Nicht am Ziel wird der Mensch groß,
sondern auf dem Weg dorthin.

Ralph Waldo Emerson

W0380341

Der Roman spielt hauptsächlich in allseits bekannten Städten und Gemeinden, doch bleiben die Geschehnisse reine Fiktion. Sämtliche Handlungen und Charaktere sind frei erfunden.

FSC
www.fsc.org
MIX
Papier | Fördert gute Waldnutzung
FSC® C104608

Der CO_2-Ausstoß dieses Druckproduktes wurde mit ClimateCalc berechnet und kompensiert:
www.climatecalc.eu
Cert. no. CC-000094/DK

Bibliografische Information der Deutschen Nationalbibliothek
Die Deutsche Nationalbibliothek verzeichnet diese Publikation in der Deutschen Nationalbibliografie; detaillierte bibliografische Daten sind im Internet abrufbar über https://www.dnb.de

© 2024 CW Niemeyer Buchverlage GmbH, Hameln
www.niemeyer-buch.de
Alle Rechte vorbehalten
Umschlaggestaltung: C. Riethmüller
Der Umschlag verwendet Motiv(e) von 123rf.com
Druck und Bindung: Nørhaven, Viborg
Printed in Denmark
ISBN 978-3-8271-9326-1

Klaus E. Spieldenner

Das kann doch nicht Ihr Ernst sein!

CW Niemeyer

Vorwort des Autors

Liebe Leserinnen und Leser,

nach elf Regionalkrimis mit Kommissarin Sandra Holz, neun davon spielen in Hamburg, war es für mich an der Zeit, das Genre befristet zu wechseln. Sandra wurde es ‚Manchmal etwas zu viel' und ich sehe das für den schreibenden Teil meiner Person ähnlich. Nach zwei Jahren Pandemie, einem andauernden Krieg in der Ukraine und diversen Veränderungen im Alltag musste ich das Defizit meines inneren literarischen Freudespeichers mal wieder auffüllen. So präsentiere ich Ihnen heute das Buch „Das kann doch nicht Ihr Ernst sein". Für mich als Wohnmobilist und begeisterten Camper war die Figur Ernst Groß schnell gefunden und so verkörpert der Hamburger auch einiges von mir selbst. Gut, nicht unbedingt die Körperlänge, dennoch habe ich im Buch vieles untergebracht, was mich als Mensch bewegt, aber auch stört. Die Kapitel selbst spielen an der Ostsee zwischen Lübeck und Usedom. Die Handlung bewegt sich zwischen spaßiger Komik und fiktiver Realität.

Es wird weitere Hamburg-Krimis geben, in denen meine langjährige Kommissarin Sandra Holz die Hauptprotagonistin sein wird. Doch im Moment erfreue ich mich an den Abenteuern von Ernst Groß und gebe Sandra Zeit sich zu erholen.

Haben Sie viel Spaß beim Lesen dieses Buches und vergessen Sie nicht: Lachen ist gesund!

Ihr Autor

Klaus E. Spieldenner

Kapitel 1
Das kann doch nicht Ihr Ernst sein

„Das kann doch nicht Ihr Ernst sein!“

Die Worte prasselten mit blankem Hohn auf Ernst Groß herab. Wie ein plätschernder Wasserfall. Und jeder Buchstabe, der den Halbwüchsigen traf, verstärkte die Beschwerden in seiner Magengegend.

„Mama“, stöhnte er, „ich werde doch sicher noch wachsen?“

Immer mehr Gestalten gruppierten sich um den um Hilfe bettelnden Jungen. Sie grinsten ihn an, als sei er die Hauptattraktion im Tierpark Hagenbeck. Eine Glocke aus Urin hing über der Szene und der Geruch verursachte ihm Übelkeit. Ernst spürte, wie ihm die Luft ausging. Röchelnd und mit letzter Kraft wehrte er sich gegen einen Typen, dessen fauler Atem ihm entgegenschlug. Mit verzerrtem Gesicht robbte dieser Untote auf ihn zu, ließ die Angst des Hauptschülers weiter ansteigen. Ernst musste das Näherkommen unbedingt verhindern. Mit aller Kraft und wütend trat er in Richtung des Angreifers. Er hatte die Gesichtsmitte des geifernden Irren angepeilt und war sich sicher, sie auch zu treffen. Doch beim Auftreffen auf den Schädel ließ ihn ein höllischer Schmerz im Fuß beinahe ohnmächtig werden. Sekundenbruchteile später ex-

plodierte der Schmerz auch in seinem Kopf. Ernst wurde schlagartig aus dem Albtraum gerissen und erwachte.

Der 64-Jährige richtete sich abrupt auf und massierte seinen lädierten Zeh. Wie oft hatte er von diesen Geschehnissen schon geträumt? Aber noch nie endeten sie mit Schmerzen im Fuß. Schuld daran war das Pflegebett des verstorbenen Vaters, in dem er die Nacht verbracht hatte. Es besaß rundherum ein Holzgeländer, woran er sich gestoßen hatte. Es tat höllisch weh. Er begutachtete den Fuß. Ein Zeh lief blau an. Das fehlte noch! Prasselte nicht gerade jeglicher Mist dieser dämlichen Welt auf ihn herunter? Der 1,57 Meter große Hamburger, Ernst Groß, hatte das Gefühl, ständig nur auszuweichen, bevor ihn die nächste Ladung der weichen, eklig riechenden Masse von oben traf.

Warum ich? Warum trifft es immer mich? Warum nicht die anderen?

Dem Hamburger begegneten ständig vergnügte und ausgelassene Menschen in der Innenstadt. An ihrer Seite Partner oder Freunde, die sich entspannt zeigten. Nur er hatte sein Päckchen zu tragen. Doch inzwischen war es zum riesigen Paket angewachsen und er konnte es bald nicht mehr stemmen. Waschmaschinengroß lastete es auf seinen Schultern. Ernst war aufgestanden, hatte die Hose übergezogen und humpelte zur Badewanne. Während er einen Lappen mit Wasser beträufelte, überdachte er seine aktuelle Situation: Vor weniger als 48 Stunden musste er seine alte Wohnung in Wedel Hals über Kopf mit dem Nötigsten verlassen. Nachdem seine Ex, Bärbel Boose, ihn durch ihren krankhaften Kaufzwang mit seiner eigenen Kreditkarte hoch in Schulden getrieben hatte, waren gefühlt alle hinter ihm her. Die Bank forderte ihn auf, seinen noch laufenden Kredit zu tilgen und den Dispo umgehend auszugleichen. Privatinsolvenz drohte ihm. Der türkische Hausbesitzer hatte ihm schon mehrfach Schläge angedroht, um an seine noch ausstehende Miete zu kommen. Das war ernst zu nehmen. Der Typ verfügte über eine ganze Horde muskelbepackter Gefolgsleute. Dabei waren es doch nur vier Monatsmieten, die ihm der Frührentner schuldete. Auch das für Wedel zuständige Amtsgericht Pinneberg hatte sich auf ihn eingeschossen und ließ ihn nicht in Ruhe. Dazu drohten Steuernachzahlungen. Seit wann mussten Steuern gezahlt werden, wenn man nichts besaß? Sicher hatten sie schon die Kuckucksaufkleber gedruckt und waren auf dem Weg in seine Wohnung. Doch die würden sich wundern! Bis auf den alten 32-Zoller-Fernseher im Wohnzimmer würde der Verkauf des Hausstandes kaum den Wert eines Kasten Holsten-Bier ergeben. Alles war alt, abgenutzt und aufgetragen. Aber war das nicht auch ein Armutszeugnis? Über dreißig Jahre hatte er als Lkw-Fahrer bei der Spedition Hansi Murksbach in Buxtehude gearbeitet. Just-in-time-Transporte, überwiegend innerdeutsch. Immer ehrlich seine Steuern bezahlt, zumindest in den besten Jahren. Selten sein Konto überzogen. Und nun besaß er … fast nichts mehr. Es gab noch das alte Hymer-Mobil, das ihm sein im März verstorbener Vater hinterlassen hatte. Aber auch dieses war inzwischen in die Jahre gekommen, eher in die Jahrzehnte. Ernst erinnerte sich, dass die Eltern den Hymer in den 70er Jahren gekauft hatten und noch lange danach abzahlten. Sie verzichteten sogar auf einen PKW, um das Fahrzeug finanziell halten zu können. Aber es hatte sich gelohnt. Sie konnten bis zu Mamas Tod zahlreiche Touren damit unternehmen. Inzwischen war das Wohnmobil vom Ordnungsamt Altona mit Parktickets überhäuft, wie nach einem Kamellen-Regen beim Kölner Rosenmontagsumzug. Die Abstellmöglichkeiten für einen fünf Meter fünfzig langen Wagen waren aber auch beschissen geregelt in der Stadt Hamburg. Überall funktionierte es nur noch mit Anwohnerparkausweis und auch hier in Rissen war kostenfreies Parken gerade so rar gesät wie eine günstige Penthouse-Wohnung. Das hatte Papa schon vor Jahren bemängelt und den Wagen bis vor einem Jahr in einer Scheune in der Wedeler Au abgestellt. Sicher hatten sich auch dabei weitere Schulden angehäuft. Der TÜV des Hymer-Mobils musste bereits vor vielen Monaten abgelaufen sein. Nur wer sehr blauäugig war, glaubte ernsthaft daran, den Wagen erneut für zwei weitere Jahre auf die Straße zu bekommen. Ernst massierte den schmerzenden Zeh mit einem kühlen, feuchten Lappen. Zum Glück hatte der Vater die Miete seiner Zweizimmerwohnung an der *Rissener Dorfstraße* noch bis Ende Juni bezahlt. Nach dem Tode Mamas war Papa aus der Siedlung Mechelnbusch, in der Ernst und seine Schwester aufgewachsen waren, weggezogen. Er bezog dann diese Zweizimmerwohnung, um Zuflucht zu suchen. Hier war Ernst im Moment noch sicher vor all denen, die hinter ihm her waren.

Eine Polizeisirene ließ ihn erstarren. Waren sie schon unterwegs? Kamen sie, um ihn abzuholen? Zuzutrauen wäre es den Gesetzeshütern. Die taten eh, was die Staatsanwaltschaft verlangte – ohne darüber nachzudenken, ob es den Falschen traf.

„Holt mal den Ernst Groß *in Rissen ab und buchtet ihn ein!“*

„Alles klar, Peter 11, sind unterwegs!“

Ernst hatte inzwischen jegliches Vertrauen in den Staat und dessen politische Führung verloren. Wer war gerade an der Regierung? Er versuchte seine Denkblockade zu überwinden. Bei „Wer wird Millionär“ wäre er schon bei der 100-Euro-Frage mit Glanz und Gloria rausgeflogen. Lange Jahre war es her, dass er sich an einer Land- oder Bundestagswahl beteiligt hatte. Es lag einfach an den Wahltagen, entschuldigte er sich. Die Termine lagen so blöd; er hatte die jeweiligen Sonntage stets mit dem Lkw auf einem Autobahnparkplatz verbracht.

Ernst packte zwei Löffel Kaffeepulver in den alten, noch von der letzten Zubereitung halb vollen Filter der alten Kaffeemaschine und schüttete etwas Wasser in ihren Tank. Nach dem Einschalten gab sie sofort beängstigende Zischlaute von sich.

„Das waren noch Geräte!“

Bewundernd starrte er die Krups-Kaffeemaschine aus den Neunzigern an. Er hatte sie seinem Vater, nach dem

Tod der Mutter vor 26 Jahren, zum Einzug in die neue Wohnung geschenkt. Oder musste man Rückzug sagen? Auf jeden Fall verrichtete die Maschine noch immer ihren Dienst. Kaffeegeruch drang aus dem Filter und zog durch die kleine Küchenzeile in Richtung Wohnraum. Sofort wurde der muffige Geruch von Mottenkugeln und Urin überlagert. Ja, sein Vater hatte alles richtig gemacht. Er war bis zum letzten Atemzug hier in der Wohnung geblieben. Und sogar darin verstorben. Ohne jegliche Qualen. War einfach eingeschlafen. 89 Jahre alt war Rentner Julius Groß, ehemaliger Metallbauer im Kraftwerk Wedel und gebürtiger Rostocker, geworden. Sohn Ernst fand ihn bei seinem abendlichen Besuch tot im Bett. Wie friedlich er damals aussah. Es war gut, dass er das Elend seines einzigen Sohnes nicht weiter miterleben musste. Papa hatte mit Schwester Klara immer das bessere Verhältnis. Sie war vier Jahre jünger als er und stets fleißiger gewesen als er. Sie schaffte sogar den Realschulabschluss. Tatsächlich, Klara hatte es zu etwas gebracht. Die inzwischen 60-Jährige betrieb aktuell einen gut laufenden Blumenladen auf der Insel Fehmarn. Klara erschien ihm plötzlich vor seinen Augen. Das kleine brünette Mädchen mit den wippenden Zöpfen. Wie sie erschrocken am Strand vor den Wellen davonrannte und Papa ihr zärtlich „Klärchen, sei vorsichtig!“, zurief.

Ernsts Blick fiel auf die schwarzlackierte Hundeskulptur. Sie sollte den Chihuahua darstellen, den Mama einst so liebte. Ernst selbst konnte mit dem Tier wenig anfangen und „Räuber“, so nannte Mama ihren

Liebling, spürte seine Aversion gegen Hunde. Mehr als einmal wurde Ernst von ihm in die Wade oder in die Hand gebissen. Letztendlich war Räuber durch Gift gestorben, das Unbekannte auf der Wiese vor dem Häuserblock verteilt hatten. So hatte sich Ernst den Abgang des nervigen Hundes auch nicht gewünscht. Und Mama war lange Wochen kaum ansprechbar. Inzwischen stand die hässliche Skulptur seit Jahr und Tag auf dem kleinen Schreibtisch am Fenster. Sie musste Papa an bessere Zeiten erinnert haben. Tage vor seinem Tod fragte er nach ihr. Sohn Ernst hatte ihm das schwere Teil in die zitternden Hände gelegt.

„Halte die Figur in Ehren, mein Junge!“, hatte Papa gesagt. „Es ist alles, was ich euch hinterlasse! Vertrag dich mit Klärchen und teile mit ihr. Versprich mir auch, meinen Bruder Bernd zu besuchen.“

Ernst hatte nicht alles verstanden, aber alles versprochen.

Hinter dem Bett hingen zwei über die Jahre verblichene Fotos. Mit Nadeln befestigt, zeigten sie zum einen die Hochzeit von Ernst mit seiner damaligen Frau Hilde. Schon seit fünfzehn Jahren war die Ehe geschieden. Aber Papa hatte Hilde gemocht und so das Hochzeitsfoto, trotz seiner Bitte, nie abgehängt. Ein weiteres Foto zeigte die Familie Groß, Mitte der 70er. Damals muss er knapp 17 Jahre alt gewesen sein, überlegte Ernst. Mama und Papa waren groß gewachsen. Beide um die 1,75 Meter. Auch die vier Jahre ältere Schwester Klara überragte ihn um eine Kopflänge. Nur er, mit seinen 1,57 Metern, stach auf diesem Foto wie ein Kleinkind hervor. Warum hatte ihn der liebe Gott so leiden lassen?

„Er hätte mir doch einen kleinen Wachstumsschub schenken können, keine Frage!“

Wie oft hatte er den Allmächtigen angefleht und noch ein ‚Vaterunser‘ draufgelegt.

„Nur zehn Zentimeter, lieber Gott! Was sind schon zehn Zentimeter für dich, der du übers Wasser laufen kannst und Brot vermehrst?“

Doch Gott hatte ihn aus irgendeinem Grund nicht erhört. Vielleicht wurde er von ihm einfach übersehen? War vielleicht sein Kleinwuchs schuld? Und musste man, wenn man klein war, auch noch „Groß“ heißen?

Ernst riss das Familienbild von der Wand und steckte es ein. Nach einem schweren Bandscheibenvorfall vor zwei Jahren, der gelungenen Operation und der Genesung hatte für Ernst alles nach einem guten Ende ausgesehen. Man schickte ihn, ohne große Diskussion, in den Vorruhestand. Mit Abzügen. 1.334,96 Euro reichten, um in Wedel zu überleben – wenn das geldgeile Luder, Bärbel, nicht gewesen wäre. Wie kam er nur auf die dumme Idee, sich mit der damals 54 Jahre alten und verwitweten Friseurin einzulassen. Die war doch nur hinter seinem Geld her gewesen. Wahrscheinlich hatte sie auch ihren Ex-Mann in den Tod getrieben, wenn sie ihn nicht selbst umgebracht hatte. Und Ernst ließ sich von ihrer üppigen Figur und dem aufgesetzten Charme blenden! Nun saß er hier, in der Wohnung des Vaters, verarmt und auf der Flucht vor der Staatsmacht. Er sah schon, wie Rudi Cerne zusammen mit einem Hamburger Kommissar in der Fernsehsendung *Aktenzeichen XY … ungelöst* einen Fahndungsaufruf nach ihm startete:

Wer hat diesen Mann gesehen? Er ist nur 1,57 Meter groß und sollte jedem sofort auffallen!

Ja, weit würde er nicht kommen.

Beim Durchstöbern des Hausstands war er im Schrank auf Papas Münzsammlung gestoßen. Dazu auf einen Geldbeutel voller DM-Banknoten. Papa gehörte zur alten Garde, hatte dem Euro nie getraut. Es waren zwar nur siebenhundertfünfzig DM in Fünfziger-Scheinen, aber immerhin. Papa hatte nie viel übrig gehabt und lebte stets in einfachen Verhältnissen. Vor Jahren tippte er sogar mal einen Fünfer im Lotto und überwies beiden Kindern je fünftausend Euro. Die Finanzspritze kam damals zur rechten Zeit und Ernst reichte sie 1:1 an den Scheidungsanwalt weiter. Er hatte tolle Eltern, erinnerte sich Ernst an seine Kindheit.

Plötzlich wurde dem 64-Jährigen klar, er musste unbedingt weg von hier. Weg aus seinem Geburtsort Hamburg. Weg aus der Stadt, die ihn von der Grundschule bis zur Rente gequält und nie ernst genommen hatte. Sein einziger Zufluchtsort war lange Jahre der Lkw gewesen. Dort fragte keiner nach der Körpergröße. Man war dann groß genug, wenn man die Zugmaschine und den Anhänger fahren und rangieren konnte. Und er konnte. Wie sehr wünschte er sich seinen Beruf zurück. In den Jahren hatte er so viele gleichgesinnte Trucker kennengelernt.

Noch heute schrieb man sich E-Mails. Und sie alle fragten nach seinem Wohlergehen. Vor allem mit dem Polen Tymon Wójcik verband ihn eine tiefe Freundschaft. Plötzlich fiel es Ernst wie Schuppen von den Augen. Genau das könnte die Lösung seiner Probleme sein: Er musste zu Tymon nach Polen. Dort würde keiner nach ihm suchen. Er hatte dort seine Ruhe. In Polen waren auch die Ponys so klein, wie hierzulande die Rottweiler. Warum also sollte er dort aufgrund seiner Körpergröße auffallen? Er musste sich nur eine Fahrkarte kaufen und zum Freund aufbrechen. Plötzlich zitterten seine Hände. Was wäre, wenn man ihn zur Fahndung ausgeschrieben hatte? Er sah schon die Plakate in der Stadt, am Bahnhof: *Kleinwüchsiger gesucht! Ernst Groß auf der Flucht!* Nein, der Zug war keine gute Idee. Eher noch der FlixBus. Oder sollte er sich eine Mitfahrgelegenheit suchen?

Er schlürfte den schwarzen Kaffee aus einer ungespülten Tasse. Sein Magen meldete sich mit einem Knurren. War noch etwas zum Kauen da? Nein, die letzte Brotkante hatte er gestern Abend zusammen mit einer Flasche Holsten vertilgt. Es gab keinen Plan B. Er musste dringend von hier verschwinden. Polen ging ihm nicht mehr aus dem Kopf. Wie oft hatte Tymon ihn schon eingeladen.

„Komm zu mir, ich besitze in Rewal ein altes Haus nahe der Ostsee. Du kannst bleiben, solange du möchtest!"

Die Worte des befreundeten Truckers hingen noch in Ernsts Ohren. Das klang nach Zukunft. Nach Perspektive. Also, was hielt ihn noch hier in der Hansestadt? Er packte Papas Aktenordner in die Kiste mit seinen eigenen Utensilien und griff nach seiner Jeansjacke an der Garderobe. An einem Haken über der kleinen Ablage im Flur fiel ihm ein Schlüsselbund ins Auge. Es handelte sich um den Schlüsselanhänger, den Mama ihrem Mann beim Kauf des Hymer-Mobils im Jahr 1972 gebastelt hatte. Die Autonummer hatte sie damals mit Edding drauf gemalt: HH-VB 1972! Die Aufschrift war inzwischen fast verblasst. War das ein Wink mit dem Zaunpfahl? Sollte er womöglich mit dem Wohnmobil nach Polen aufbrechen? Ernst wurde plötzlich ganz schwindelig. Er musste sich setzen. Die Idee war gar nicht so abwegig, ging es ihm durch den Kopf. Der Wagen war zwar auf Papa zugelassen, aber bestimmt fahrbereit. Zumindest hatte Papa zu Lebzeiten nie über technische Mängel geklagt. Die wenigen Hundert Kilometer zu Tymon würde das alte Gefährt sicher durchhalten. Papa wäre stolz auf ihn. Ernsts Körper wurde plötzlich von einer Gänsehaut überzogen.

„Danke Papa für die Idee. Ich werde mit dem Hymer nach Polen fahren. Es wird so etwas wie die Abschlussfahrt für unser altes Wohnmobil. Und ich werde in Poppendorf vorbeifahren, wo du 1934 geboren wurdest und deinen jüngeren Bruder, Onkel Bernd, besuchen. So, wie du es gewünscht hast."

*

Ernst schaute noch einmal aus dem Fenster hinaus, auf der Suche nach Beamten, die ihm ans Leder wollten. Unten an der *Rissener Dorfstraße* parkte das Hymer-Mobil. Die Scheibenwischerblätter wölbten sich vor Parktickets und Werbeprospekten. Papa hatte das Wohnmobil bestimmt genau dort abgestellt, um aus dem Bett einen Blick darauf werfen zu können. Es musste seine letzte Verbindung und Erinnerung an die Familie gewesen sein. Die Geschichten gaben ihm in den letzten Tagen und Wochen vor seinem Tod sicher einen Rest Lebensqualität. Ernst schlich aus der Wohnung wie ein gesuchter Terrorist. Ein letzter Blick durch den Flur auf Papas Bett. Halt, dort stand noch die dämliche Skulptur, und er hatte Papa doch versprochen...! Leise schlich sich Ernst Groß die Treppe hinunter, Skulptur und Kiste unter die Arme geklemmt. So verließ er das Haus.

*

Die Lackierung des alten Fahrzeugs hatte aufgrund jahrelanger Sonneneinstrahlung sehr gelitten. Ernst glaubte sich noch erinnern zu können, wie der Wagen bei seiner Übergabe glänzte. Inzwischen war der Lack verwittert und verblasst. Das Weiß war eher shabby, doch das kam ja gerade in Mode. Auch die ehemals spiegelnden Chromteile waren erblindet und Rostblasen hatten sich darauf gebildet.

„Nichts ist mehr, wie es war!“

Ernst dachte an die Fahrt und die Strecke nach Rewal. Die Lampengläser des Hymer-Mobils hatten eher etwas Milchfarbenes und er zweifelte daran, dass durch diese Gläser je wieder Licht auf die Straße fallen würde. Egal, da musste er durch. Die Polen sahen das sicher nicht so eng wie die Deutschen. Er schloss die Tür des Wohnmobils auf. Leichtgängig ließ sie sich öffnen. Der Geruch, der ihm entgegenströmte, war eine Mischung aus Moder, abgestandenem Rauch und Feuchtigkeit. Jetzt erinnerte er sich wieder: Papa hatte im Wagen stets viel geraucht. Trotz Mamas ständigem Gemecker und Hinweisen auf die Gesundheit der Kinder ließ er sich nicht davon abbringen. Und Mama, Chemielaborantin und Nichtraucherin, war später an Lungenkrebs gestorben. Papa, sechsundzwanzig Jahre danach, an Organversagen. Vielleicht war doch nicht das Chemiewerk schuld gewesen, sondern die von Papa jahrelang ausgestoßenen Rauchschwaden? Nach Mamas Tod hatte Papa mit der Quarzerei aufgehört. Warum erst dann? Hoffentlich kamen auf ihn und seine Schwester nicht noch lebensbedrohliche Lungenkrankheiten zu, quasi als Passivraucher ...

Der Innenraum des Hymer-Mobils hatte sich nicht verändert, stellte Ernst fest. Als ob es Sommer 1976 wäre, in dem Familie Groß wochenlang in Dänemark, mit Blick aufs Meer, gecampt hatte. Platz für eine Person gab es reichlich. Er würde sich zum Schlafen in das ehemalige Bett der Eltern legen. Unter die karierte

Wolldecke, das von Mama gestrickte Kissen unter dem Kopf. Ob der Motor des Hymer-Mobils ansprang? Das wäre sicher ein Wunder. Doch Wunder gab es doch immer wieder. Wer sang diesen Schwachsinn noch? Nachdenklich stieg er aus, entfernte die Papierfetzen von der Windschutzscheibe und setzte sich wieder hinter das Lenkrad. Er steckte den Schlüssel ins Zündschloss und drehte ihn vorsichtig um. Tatsächlich, Öl- und Batterieleuchte zeigten Funktion. Ernst vergewisserte sich, dass kein Gang im Getriebe eingelegt war, und drehte den Zündschlüssel ganz nach rechts. Nur ein Klacken war zu hören. Hatte er es sich nicht gedacht? Der Batteriestrom reichte nicht aus, um den Anlasser zu drehen. Das fing ja schon gut an. Er brauchte dringend jemand, der ihm half. Im selben Moment scherte vor ihm ein DHL-Fahrzeug ein. Die Jungs hatten auf ihren zahlreichen Touren doch sicher ein Überbrückungskabel dabei. Ein Dunkelhäutiger im schwarz-gelben Dress stieg aus, in der Hand einen Stapel Kartons. Wie ferngesteuert lief der Postler auf das große Wohngebäude zu. Verrückt, irgendwie waren die Paketboten auch ferngesteuert. Der Konsument drückte einen Knopf auf seiner Computertastatur und die Boten schleppten umgehend die gewünschten Waren heran. Meist unnötiges Zeug, wie er von Bärbel wusste. Später ging alles wieder zurück und die Transportunternehmen verdienten ein zweites Mal, nun an der Retoure. Ob er den Boten nach Hilfe fragen sollte, wenn er zurückkam? Aber der Typ sah nicht nach einem Techniker aus, und wo genau die

Kabelklemmen an die Batterie-Pole mussten, war auch ihm inzwischen entfallen. Nein, der Bote war nicht der Richtige. Weiter hinten schleppten zwei Unbekannte Möbel aus einem Kleintransporter in ein Haus. Sicher ein Umzug. Hier in der Straße war vielleicht ein Kommen und Gehen! Wie oft hatte Ernst oben vom Fenster aus die Aktivitäten beobachtet und sich gewundert, wie viele Umzugsunternehmen bei Tag und bei Nacht Hausstände aus- und einluden. Das stand in keinem gesunden Verhältnis. Es war ihm, als kämen mehr Familien in der Straße an, als von hier verschwinden würden. Aber wie sollte das funktionieren? Lösten sich die Menschen in Luft auf? Wurden sie von Außerirdischen auf einen anderen Planeten gebeamt? Egal, es war nicht seine Baustelle! Ernst vergewisserte sich, dass niemand auf der Straße war, der ihm schaden konnte. Dann lief er zu den Männern beim Transporter.

„Moin, könnt ihr mir bitte mal helfen? Meine Batterie streikt. Sicher habt ihr ein Kabel zum Überbrücken mit."

Die Möbelpacker stellten den Schrank ab, den sie gerade trugen und musterten den Ankömmling. Ernst spürte, wie sein Blutdruck anstieg. Warten war nicht sein Ding und fehlende Antworten auf seine Fragen schon gar nicht.

„Was ist nun?" Verstanden sie ihn nicht? Vielleicht handelte es sich um Polen. Die wurden hier in der Hansestadt immer beliebter, wenn es um Handwerk und Umzüge ging. Er wollte schon resigniert abdrehen, als einer der Männer bemerkte: „Was zahlen?"

Klar, immer ging es um Geld. Konnte denn keiner hier in der Republik mal etwas tun, ohne gleich dafür entlohnt werden zu müssen? Ernst fiel ein, dass er nur die DM-Scheine von Papa hatte. Sicher konnten die Typen nicht wechseln.

„Fünfzig Mark?"

Die beiden zeigten sich erst überrascht, dann grinsten sie. „Das alte Wohnmobil dort?", fragte einer.

Ernst nickte. Schon war der Kleinere im Wagen verschwunden und kam einen Moment später mit einem Überbrückungskabel wieder. Er hatte es wie eine Schlange um den Hals gelegt und lachte. Zu zweit liefen sie über die *Rissener Dorfstraße,* während einer der Männer den Kleintransporter startete.

*

Das Hymer-Mobil war tatsächlich sofort angesprungen. Es machte noch einige Minuten Töne, als sei der Motor-Tod nur eine Frage von wenigen Umdrehungen. Doch mit der Zeit schien sich der Vierzylinder in sein Schicksal ergeben zu haben. Nach weiteren fünf Minuten klang er fast wie ein halbwegs funktionierendes Triebwerk. Nur der Qualm, den der alte Motor des Hymer-Mobils ausstieß, war Ernst mehr als peinlich. Dunkle Rauchschwaden zogen aus dem hinteren Bereich hoch. Sicher glaubten die Anwohner, die alte Rissener Kokerei sei wieder zum Leben erweckt worden. Er musste weg, bevor um die Umwelt bangende und genervte Nachbarn die Polizei riefen.

„Kommen Sie schnell, draußen geht es gerade der Erderwärmung an den Kragen!“

Während Ernst im Wohnmobil einen der Fünfzig-DM-Scheine herauskramte, hatten sich die beiden Umzugshelfer vom Fahrzeug entfernt. Sie riefen: „Bei dem Auto können wir kein Geld von dir nehmen“, rüber und lachten noch, als sie schon bei ihrem Transporter angekommen waren.

Ausnahmsweise ging es mal nicht um seine Größe, freute sich Ernst. Und es gab tatsächlich noch Menschen, die nicht so geldgierig waren. Obwohl, wie wäre es gewesen, hätte er Euros besessen?

Die Spritanzeige des Hymer-Mobils deutete auf einen fast vollen Tank hin.

„Danke Papa. Damit hast du mich gerettet!“

Es war 19.44 Uhr – die Flucht konnte beginnen.

Auf dem Weg von der *Rissener Dorfstraße* zur Autobahn musste Ernst mit dem Hymer-Mobil zwangsläufig durch die Innenstadt Hamburgs. Die Viergang-Schaltung zeigte sich, nach all den Jahren, in gutem Zustand. Die Kupplung dürfte auch noch einige Zeit halten. Nur die fehlende Servolenkung machte Ernst anfangs zu schaffen. Doch wenn der Wagen mal rollte, war alles in Ordnung. Aber einen kompletten Kreis wollte er mit dem Fahrzeug nicht wagen. Zunächst machte er einen kurzen Umweg zum *Blankeneser Friedhof* am *Sülldor-*

fer Kirchenweg. Er hielt kurz an einer Parkbucht an, den Motor ließ er laufen.

„Tschüss, Papa! Ich werde auf das Hymer-Mobil aufpassen!“, brüllte er aus dem Wagenfenster in Richtung des durch Bäume verdeckten Grabes. Eine alte Dame in Schwarz, die gerade am Wagen entlanglief, erschrak und ihre kalkweiße Gesichtshaut sprach Bände. Hastig ordnete sich Ernst wieder in den fließenden Verkehr ein.

Ernst bemühte sich, den Motor an den zahlreichen Ampeln nicht absterben zu lassen. Und es gelang. Beim *Horner Kreisel* fuhr er auf die A 24 und wechselte wenig später auf die A 1. Der Benzinmotor des alten Wohnmobils schnurrte fast wie ein Kätzchen und Ernst war sich sicher, schon am nächsten, spätestens am übernächsten Tag, Freund Tymon in Polen in die Arme schließen zu können.

*

Beim Kreuz Lübeck stand ein erneuter Autobahnwechsel an. Nun fuhr er auf der A 20 weiter, die ihn bis zum ersten Ziel nach Rostock führen würde. Mehr als 70 Stundenkilometer waren nicht drin mit dem altersschwachen Wohnmobil und noch nie in seinem Autofahrerleben hatten Ernst so viele Lkws überholt wie in den letzten Minuten. Er lenkte sich ab und überlegte die nächsten Schritte. In die Dunkelheit durfte er nicht geraten. Mit dem schlechten Scheinwerferlicht war das sicher äußerst riskant. Andererseits ging ihm das ständige Überholen mordsmäßig auf den Sack. Die Brummifahrer hupten und hatten auch noch ihren Spaß an dem vor ihnen kriechenden Wohnmobil. Sie sahen es als kurzweiligen Wettbewerb, den Hymer mit wenig Seitenabstand zu überholen und dann knapp vor ihm einzuscheren. Selten kam sich Ernst so schäbig vor wie auf dieser Tour. Vielleicht war es vernünftiger, in der Nacht die Reststrecke zu fahren? Dann saßen seine ehemaligen Fahrerkollegen aufgrund des Lkw-Nachtfahrverbots auf den Rastplätzen fest. Es war ein Vorteil, im Wohnmobil zu reisen. Zum ersten Mal hatte er kein Mitleid mit den ehemaligen Berufskraftfahrern. Er schaltete das Radio ein. Früher hörte die Familie während der Fahrt stets Musik. Gemeinsam grölten sie bekannte Lieder. Doch das alte Gerät war inzwischen, wie das Hymer-Mobil selbst, in die Jahre gekommen. Nur im Bereich Mittelwelle quälte sich ein schlecht klingender Sender aus dem Lautsprecher.

Die Tankanzeige hatte sich über die bisherige Strecke kaum verändert. „Der Hymer ist sehr sparsam“, dachte Ernst noch, als sich, kurz vor der Ausfahrt *Schönberg*, der Motor des Wohnmobils verabschiedete. Es war ein leises, schnelles Dahinsterben. Hupend fuhren drei Lkws eng an ihm vorbei. Ernst ließ den Wagen auf dem Standstreifen ausrollen. Das fehlte gerade noch. Es dunkelte auch schon. Wenn er jetzt den ADAC rief, musste er die Fahrzeugdaten preisgeben. Und sicher würden sie nicht die ‚Gelben Engel‘ schicken, sondern gleich die Polizei. In dieser dämlichen, digitalen Welt konnte man nicht mal mehr auf einem Parkplatz urinieren, ohne Angst haben zu müssen, durch seine DNA den Behörden verraten zu werden.

Hinter dem Wohnmobil kam ein großer heller Transporter mit Kofferaufbau zum Stehen. Ein kahlköpfiger Typ im blauen Overall stieg aus. Er steckte die Hände oben in den Blaumann und lief, den Wagen neugierig musternd, am Hymer entlang.

„Wow, ein altes Hymer-Mobil 550! Solch einen hatten wir auch mal, 78er! Unserer ist schon vor zig Jahren der Schrottpresse zum Opfer gefallen. Sag, wie hast du denn den hier so lange am Leben erhalten können?"

Ernst war überfordert mit der Antwort. Er kam besser gleich zur Sache – bevor noch ein Polizeiwagen längs kam.

„Der Motor ging plötzlich aus."

„Sprit?"

Ernst überlegte kurz. Ob die Tankanzeige tatsächlich defekt war und sich der Motor aufgrund fehlenden Treibstoffs verabschiedet hatte? Noch während Ernst spekulierte, war der unbekannte Fahrer hinter das Steuer gesprungen und bemühte sich, dem abgestorbenen Motor wieder Leben einzuhauchen.

„Sprit fehlt! Tankanzeige defekt! Kenn ich! Die Batterie ist auch leer – sicher die Lichtmaschine!"

Ernst hatte gehofft, das Aggregat würde während der Fahrt die Batterie wieder aufladen. Doch auch dieses Bauteil schien in die Jahre gekommen zu sein.

„Ich habe nur Diesel-Kraftstoff mit, das nützt dir wenig. Und Fremdstarten funktioniert hier auch nicht. Aber ich habe ne Stange dabei. Könnte dich abschleppen."

„Wo musst du denn hin?"

„Nach Priwall! Bringe einen 6.400-Liter-Flüssiggastank auf einen Campingplatz. Wie heißt du eigentlich?"

„Ernst! Und du?"

„Willi, Willi Kemper!" Die Männer gaben sich die Hand.

„Gut Willi, ich nehme dein Angebot dankend an. Also einmal bitte per Stange nach Priwall."

„Alles klar! Dort wird man sich um deine Lichtmaschine kümmern. Sicher rutscht nur der Keilriemen durch. Wenn die Spannschrauben nicht gleich abbrechen, halbe Stunde Arbeit. Ist ein ständiger Fehler bei dem alten Opel-Motor. Und Sprit haben die dort auch", grinste er. „Mach schon mal vorne die Klappe für den Haken auf. Ich stelle mich vor dich."

Kapitel 2
Auto fängt mit ‚A' an und hört mit ‚O' auf!

Unterwegs hatte Willi von einer knapp zwanzig Kilometer langen Fahrt nach Priwall gesprochen und zunächst verlief auch alles recht entspannt. An der Ausfahrt Schönberg rollte der Transporter, das Hymer-Mobil im Schlepptau, von der Autobahn 20 und das gemeinsame Gespräch drehte sich ausschließlich um ihre Erlebnisse als Lkw-Fahrer. Der Motor des Zugfahrzeugs war PS-stark genug, um den Wagen zu ziehen, und das Wohnmobil auch willig, sich schleppen zu lassen. Als Willi jedoch auf die Landstraße wechselte, machten die schmalen Alleen, die hinter der breiten Autobahn auf ihn lauerten, dem Fahrer extrem zu schaffen. So kamen sie nur mäßig voran. Ständig mussten sie anhalten. Hatten riesigen Lastkraftwagen oder Wohnmobilen Platz zu machen, da der Hymer stark ausscherte. Schweißgebadet verriet Willi, zwischen geschicktem Manövrieren und dem Zurücklenken des Zuges vom Bankett auf den Asphalt, dass seine Hauptaufgabe überwiegend darin bestand, leere Tanks durch die Weltgeschichte zu bugsieren. Er sei unverheiratet, selbstständig und habe sich darauf spezialisiert, Gastanks zu befördern.

„Ich komme gebürtig aus Hannover. Habe eine kleine Wohnung in Linden-Mitte beim Flughafen. Dort in der Nähe werden auch die Behältnisse produziert."

„Linden! Kenne ich gut!"

Ernst war froh, ein Thema gefunden zu haben, um den Fahrer abzulenken. Es bekümmerte ihn, dass er den Fremden so viel Ärger ausgesetzt hatte.

„Da gibt es doch diese Eckkneipe, Willi. Ich komme gerade nicht auf den Namen. Doch, warte, *Lindener Eck*, kann das? Nahe einer U-Bahn-Station?"

„Das *Lindener Eck*? Klar kenne ich das. Gina, die Wirtin, und ich, wir hatten mal was miteinander. Nichts Ernstes, ist schon Jahre her!"

Willi riss gerade das Lenkrad herum, da vor dem Wagen ein riesiges Loch im Straßenbelag auftauchte. Er trat auf die Bremse und hinter ihm ertönte, wie bestellt, ein nerviges Hupkonzert. Inzwischen war gefühlt eine Stunde vergangen, seit Willi das Hymer-Mobil mittels Stange mit dem Transporter verbunden hatte. Sicher war der Zug keine zehn Kilometer weit gekommen und es war ein Wunder, dass die Schlange an Fahrzeugen hinter ihnen nicht außer Kontrolle geriet. Jeden Augenblick wartete der Besitzer des Hymer-Mobil auf die Sirene, die eine Polizeistreife ankündigte. Ernst war sich nicht sicher, wie weit es noch bis zum Ziel des Gastanks war, denn seine Nerven und die des Fahrers lagen brach.

„Ernst, hör zu. Du siehst, wie schwierig es ist, mit dem Fahrzeug am Haken zu rangieren. Ich hatte mir das echt einfacher vorgestellt. Ich denke, es ist besser, wenn ich dich beim Autohaus Schrader in Dassow abkuppele. Ich kenne den Besitzer, Markus Schrader, recht gut. Er bekommt auch hin und wieder einen Tank von mir. Dort kannst du übernachten!“

Willi machte mit dem Daumen eine Geste nach hinten und Ernst war klar, dass er damit das Wohnmobil meinte.

„Morgen früh werden sie bestimmt gleich in der Werkstatt nach dem Problem des Hymers schauen. Grüß Schrader einfach vom Gastank-Willi aus Linden, dann klappt das schon.“

*

Eine halbe Stunde später lehnte Ernst leicht verloren an seinem Fahrzeug und winkte Willi nach. Unter lautem Hupen verschwand der Transporter in der Dunkelheit. Das Autohaus Schrader lag etwas abseits im Industriegebiet der Kleinstadt Dassow. Der vordere Teil des Gebäudes war so hell beleuchtet, dass man Angst haben musste, eine verirrte Lufthansa-Maschine im Anflug auf den Airport Lübeck würde versuchen dort zu landen, grinste Ernst. Willi hatte das Wohnmobil im äußeren, hinteren Zaunbereich abgehängt. Hier war es, im Gegensatz zum vorderen Teil, extrem duster. Doch nach und nach gewöhnten sich die Augen des Hamburgers an die Dunkelheit. Schon wenig später erkannte er, jenseits des Zaunes, eine große Parkfläche, auf der zahlreiche Wagen abgestellt waren. Vergebens bemühte sich der Wohnmobilbesitzer, die Innenbeleuchtung im Fahrzeug anzuschalten. Die Batterie musste sich vollständig entladen haben. Kein Wunder, der Hymer war jahrelang nicht gefahren worden. Auch eine Taschenlampe gab es nicht. Egal, für eine Nacht musste es so funktionieren. Ernst spürte leichte Furcht. So alleine, in einer Ecke von Meck-Pomm, die er nicht kannte. Aber zu den Zeiten als Lkw-Fahrer hatte er auch die eine oder andere Nacht im Nirgendwo verbringen müssen, machte er sich selbst Mut.

Willi hatte ihm beim Abschied noch eine Stulle in die Hand gedrückt. Dazu eine Dose Bier. Auch seine Handynummer steckte ihm der neue Kumpel auf einem Zettel zu.

„Wenn du dich mal in meiner Ecke rumtreibst, besuchen wir zusammen Gina und trinken einen!"

So waren die Brummifahrer! In Ernst flammten schöne Erinnerungen auf. Die Außentemperatur war angenehm, und er setzte sich auf die Stufe des Wohnmobils. Sterne waren keine zu sehen. Doch das Bier war eiskalt und die Stulle mit einer Frikadelle belegt. Auch an Senf hatte Willi gedacht. Später, wenn seine Flucht vorüber war, würde er Willi in Linden besuchen. Ja, das war gesetzt.

Langsam fielen dem Hamburger die Augen zu. Sicher war es schon weit nach Mitternacht. Noch nicht mal eine Uhr hatte er dabei. Er musste dringend aus den

Fehlern lernen, nahm er sich vor. Seine Blase meldete sich und er stand auf und spazierte seitlich am Zaun entlang. Beim Pinkeln vernahm er nicht weit entfernt Motorengeräusche. „Klingt nach Motorrad!“, dachte er bei sich. Auf dem Rückweg zum Wagen drehte er den Kopf, um zu schauen, wie weit die Lichter entfernt waren. Dabei übersah er den kleinen Wassergraben vor sich. Ernst stürzte der Länge nach hin und konnte noch in letzter Sekunde den Arm schützend vor sein Gesicht legen. Dann landete er in voller Körperlänge im Kiesbett.

*

Als Ernst aufwachte, bewegte sich etwas Feuchtes vom Ansatz seiner spärlichen Haare in Richtung der Wange. Es fühlte sich an wie das Abschlecken von einer Zunge! Noch während er halb ohnmächtig nach Gründen für die Situation suchte, sah er im Geiste Mamas geliebten Chihuahua vor sich. Nein, bitte nicht der Köter! Eben noch am Kackhaufen eines Kumpels geschnüffelt und nun mit der Zunge durch sein Gesicht! Es ekelte ihn. Ernst blinzelte, um der Ursache genauer auf den Grund zu gehen. Eines seiner Augenlider war mit etwas Feuchtem, Dickflüssigem überzogen und ließ sich kaum öffnen. Er spürte Schmerzen am Kopf. Ob das Blut war? Er erinnerte sich an den Sturz und an den Aufschlag.

Ein Geräusch, genau vor ihm, ließ ihn zusammenzucken. Sein Herzschlag nahm Fahrt auf und er fasste den Entschluss, erst einmal ruhig liegen zu bleiben. Hieß es nicht, dass es in dieser Gegend irgendwelche Tiere gab, die für Menschen gefährlich waren? Man hörte ständig über Horden von Wildschweinen, die äußerst hungrig seien und nächtliche Jagd auf die kulinarisch interessanten Bio-Tonnen der Zivilisation machten. Oder gar Wölfe, die in den neuen Bundesländern ausgewildert worden seien. Eine Gänsehaut zog über Ernsts Körper. Plötzlich war da ein Geräusch – als ob ein Feuerzeug angezündet wurde. Hinter dem Zaun züngelte etwas. Die Flamme war größer als die eines normalen Feuerzeuges. Vielleicht so ein Ding mit dem man sich Zigarren ansteckte? Hinter dem Schein der Flamme tauchten Teile einer Gestalt auf. Ernst überlegte fieberhaft, ob er sich bemerkbar machen sollte. Zumindest lauerte dort kein Tier, sondern ein Mensch. Dann wurde das Feuer größer. Das Gesicht der Person vor ihm, nur durch den Maschendrahtzaun getrennt, wurde kurz sichtbar. Er sah aus wie … Buffalo Bill! Ernst hatte die Western um den legendären amerikanischen Cowboy als Jugendlicher geliebt und verschlungen. Der Typ besaß einen Schnurrbart wie Horst Lichter, dazu einen Spitzbart am Kinn und seine langen lockigen Haare hingen strähnig bis auf die Schultern. Die Person war unvermittelt aufgesprungen. Schritte im Kies waren plötzlich zu hören. Wieder brannte das Feuerzeug, verursachte diese lodernde Flamme. Dieses Mal etwa zwei, drei Meter von

Ernst entfernt. Was spielte sich dort ab? Ernst konnte sich das Ganze zunächst nicht erklären. Er verlor den Unbekannten in der Dunkelheit aus den Augen. Wenige Atemzüge später vernahm er erneut Schritte. Ein Motor startete stotternd. Ein Zweirad entfernte sich.

Es hatte etwas von einer Eingebung, als Ernst bewusst wurde, was der Unbekannte Bösartiges im Schilde führte. Es musste die erklärte Absicht Buffalo Bills sein, diverse Fahrzeuge anzuzünden. In Hamburg hatte Ernst so etwas schon einmal beim G20-Gipfel im Jahr 2017 erleben müssen. Damals brannten an jeder Ecke Hamburgs irgendwelche Fahrzeuge. Inzwischen kokelte vor ihm schon der Reifen. Der Geruch von verbranntem Gummi zog in seine Nase. Etwas ratlos rappelte sich Ernst vorsichtig auf. Er konnte doch nicht tatenlos zuschauen, wie sich auf dem Gelände ein Feuer ausbreitete, musste dringend etwas unternehmen. Sicher standen in wenigen Minuten beide Fahrzeuge in Flammen. Gab es vielleicht im Hymer einen Feuerlöscher? Ernst hatte keine Ahnung, glaubte aber eher nicht daran. Im Innern des Wohnmobils war es dunkel, und wenn da ein Löscher hing, würde er sicher, ähnlich wie die Batterie, nicht mehr funktionieren. Ernst rannte los. Ihm wurde schwindelig und er hielt sich für einen Moment am Zaun fest. Dann wischte er sich das Blut von der Stirn und vom Augenlid. Endlich war er wieder beidäugig sehend unterwegs.

Die Flammen schlugen inzwischen schon höher. Ernsts Herz raste. Ein Feuerlöscher musste dringend her. Das Wohnmobil stand nahe beim Zaun. Wenn die

Flammen in wenigen Minuten auf Papas Wagen übergriffen … nicht auszudenken. Der Hamburger rannte im heller werdenden Licht der Flammen um den Zaun herum auf das grell beleuchtete Gebäude des Autohauses zu. Der Zugang zum Außenbereich war durch ein hohes Tor verschlossen, ähnlich einem Hochsicherheitsbereich. Eines war klar: Er musste dort hinein. Sicher gab es irgendwo drinnen einen Feuerlöscher. Ernst zog sich am Eisentor hoch. Er war eher unsportlich, aber das Eingeständnis nutzte gerade nichts. Darüber musste er später nachdenken. Oben am Tor hatten irgendwelche Idioten Metallzacken aufgeschweißt. Er ignorierte sie tapfer. Riss sich dabei seine Hose auf. Auch etwas Haut seines Oberschenkels ging dabei drauf. Fluchend sprang er auf der anderen Seite des Tores hinunter und humpelte zum Eingang. Ob dort drinnen jemand schlief? Ernst hämmerte wie wild an die Tür. Nichts tat sich. Er konnte bis in die hinterste Ecke des Verkaufsraumes schauen. Keine Menschenseele. Seitlich von ihm an der Wand fiel ihm ein Kasten auf. Darin könnte sich ein Feuerlöscher befinden. Er riss den Deckel ab. Tatsächlich! Ernst hob das unhandliche Teil mit einem festen Ruck heraus und bemerkte erst beim Laufen, wie schwer es doch war. Wie funktionierten diese Dinger? Noch nie im Leben musste Ernst einen Löscher bedienen. Oder hatte er es bloß vergessen?

Der Feuerschein wies ihm den Weg. Schweißgebadet und außer Atem erreichte Ernst die Fahrzeuge. Einer der Reifen brannte schon lichterloh. Die Flammen drohten auf den daneben stehenden Wagen überzuspringen. Beim zweiten war der Brand noch nicht so weit fortgeschritten. Ernst drückte auf dem Feuerlöscher herum. Endlich gab dieser auf und löste aus. Der Druck, der dabei entstand, riss dem Hamburger das schwere Metallteil fast aus den Händen. Vorne trat weißes Pulver aus. Ernst packte den sich wie eine Schlange windenden Schlauch und hielt ihn in Richtung des brennenden Reifens. Schon bald waren die Flammen erstickt. Ernst rannte zum zweiten Wagen; die gleiche Prozedur. Noch im Unterbewusstsein hörte er quietschende Reifen, Bremsen, Geräusche wie Metall auf Metall, Schritte im Kies. Ernst hielt den leeren Löscher noch immer, wie in Schockstarre, in der Hand, obwohl das Pulver inzwischen vollständig ausgetreten war. Es war wieder dunkel geworden auf dem Hof, keinerlei Flammen mehr zu sehen. Nur noch eine weiße Schicht auf dunklem Boden wie nach einer Mehlschlacht. Und so stand er wie versteinert und blickte auf die Fahrzeuge. Dann war Lärm zu hören. Hinter Ernst leuchteten grelle Lampen auf. Eine laute, vor Wut zitternde Stimme brüllte: „Wenn du Arsch dich nicht sofort auf den Boden legst, blase ich dir das Gehirn weg, du dämlicher Brandstifter!“

Es klang ein wenig nach Buffalo Bill, aber der hatte damals sicher noch keine derartigen Schimpfwörter gekannt.

*

Im Schlaf schwankte Ernst noch immer zwischen tatsächlichem Geschehen und einem äußerst unangenehmen Traum. Der Geruch von Kaffee und frischen Croissants ließ ihn erwachen. Der Kopf schmerzte und seine erste Handbewegung führte zur Stirn. Sie schien geschwollen zu sein und ein riesiges Pflaster verlief vom Haaransatz bis zur Augenbraue. Auch seine angebrochene Zehe machte sich wieder bemerkbar. Am oberen und unteren Ende seines Körpers war gerade absolut nichts in Ordnung.

„Guten Morgen, Ernst! Kaffee?"

Der Hamburger wandte sich erschrocken um. Er lag auf einer dunklen Couch. Der Ledergeruch war angenehm, doch von einer Note Männerschweiß überlagert. Der Raum selbst sah nach einem Büro aus. Ein kräftiger Kerl im weißen Hemd beugte sich über ihn und er wich zurück. Doch der Mann grinste; schien ihm also eher wohlgesonnen. Ernst nickte erleichtert. Er fühlte, zusätzlich zu den Schmerzen, wahnsinnigen Hunger. Willis Brot kam ihm in den Sinn. Es war das Einzige, was er seinem Körper gestern an Nahrung angeboten hatte.

„Das war vielleicht eine Nacht, nicht wahr?", meinte der Unbekannte. Er lief zu einer Kaffeemaschine und schenkte aus einer Thermoskanne Kaffee in zwei große Porzellanhumpen ein. Er stellte sie auf das kleine Tischchen vor Ernst und spazierte davon. Mit einem halben Dutzend Croissants, in einem Weidenkörbchen, kehrte er zurück.

„Ich hatte dir in der Nacht schon mehrfach gedankt für deine Umsicht. Das ganze Autohaus wäre womöglich abgefackelt, wenn du nicht so beherzt eingegriffen hättest. Und wir hatten zunächst geglaubt, du…!“

Ernst fiel es plötzlich wie Schuppen von den Augen. Er dachte kurz darüber nach, dass sein Eingreifen in der Nacht auch etwas von Egoismus gesteuert worden war.

„Wir konnten den von dir als Buffalo Bill beschriebenen Brandstifter sofort identifizieren. Gunter Glanz, ein ehemaliger Angestellter. Ich musste ihn vor Monaten entlassen, weil er unter der Hand einige meiner Fahrzeuge verkauft und den Gewinn eingesteckt hatte. Auch Ersatzteile hat der Gauner verschachert. Das ging dann bis vors Gericht. Der Arsch hat alles abgestritten. Kam mit einer Geldstrafe davon. Glanz kannte sich auf dem Gelände aus, wollte sich wohl rächen. Aber da hat er Pech gehabt. Die Polizei wird ihn dazu vernehmen.“

Erschrocken schnellte Ernst hoch. Gerade war ein Stück Croissant von der Speiseröhre auf dem Weg zu seinem Magen, als dieses sich irgendwie verhakte. Ernst würgte, hustete, verschüttete dabei den Kaffee aus der Tasse, die er in der Hand hielt. Der Mann nahm ihm das Gefäß ab und stellte es auf den Tisch. Dann schlug er ihm kräftig auf den Rücken. Die Speiseröhre hatte den massiven körperlichen Einwand verstanden und es gelang Ernst, den Bissen hinunterzuschlucken. Er hustete noch einige Male, spürte dann Erleichterung.

„Aber … die Polizei?“, keuchte Ernst.

„Nein, keine Angst. Du hast mir von deiner Flucht erzählt. Ich sage nur: Richard Kimble! Doch eine Hand wäscht die andere. Ich habe meine Jungs noch in der Nacht losgeschickt. Die haben sich um Glanz gekümmert. Er wird seiner gerechten Strafe nicht entkommen!"

„Muss ich vielleicht als Zeuge…?"

„Nein, nein, nichts dergleichen. Ich, Markus Schrader, habe auf der Lauer gelegen und ihn selbst auf frischer Tat ertappt." Der Autohändler tippte sich mit dem Zeigefinger unter sein linkes Auge, schob die Wange etwas hinunter, beugte den Kopf und grinste.

„Aber nun zu deinem Hymer-Mobil. Du warst so schnell eingeschlafen, vielleicht auch ohnmächtig geworden. Oder gar beides. Du konntest mir die Geschichte nicht mehr vollständig erzählen. Also Willi, der mir die Gastanks bringt, hat dich hergeschleppt?"

Ernst nickte und griff zu einem weiteren Croissant. Abwechselnd kauend und schluckend erzählte er von seiner Flucht aus Hamburg. Der Autohausbesitzer schien eine ehrliche Haut zu sein und das Geständnis fühlte sich an wie eine überfällige Aussprache in einem Beichtstuhl. Als plötzlich bei der Eingangstür zum Showroom eine Glocke läutete, hob Schrader die Hand, drehte seinen Kopf zur Seite und brüllte laut: „Gunnar, kümmere dich!" Anschließend hörte er den weiteren Ausführungen Ernsts zu.

„Der Sprit war alle. Auch die Batterie wurde unterwegs nicht geladen. Und Willi, also der mit den Gastanks, meinte, hier könne man mal danach schauen. Ich werde es natürlich bezahlen." Ernst dachte kurz an die Fünfzig-Mark-Scheine, packte den Kaffeebecher und trank einen großen Schluck daraus.

„Ich habe Mettbrötchen bestellt. Freitags gibt es bei uns immer Mettbrötchen. Du isst doch Mett?"

Ernst nickte.

„Also, was dein Problem mit dem Wagen angeht, helfe ich dir. Kostenlos, ist doch klar. Du hast verhindert, dass es zu einem Großbrand kam. Dabei wurdest du auch noch verletzt!" Schrader deutete mit mitleidsvoller Miene auf das Pflaster an Ernsts Kopf.

Der verzichtete auf eine exakte Aufklärung darüber, wie die Kopfwunde entstanden war.

„Ich habe dein altes Hymer-Teil in die Werkstatt schleppen lassen. Kann dir nix versprechen. Aber volltanken und neue Batterie bekommen wir hin. Was den TÜV angeht…!"

Schrader schien ein erfahrener Autohändler. Ihm war sogar der abgelaufene TÜV nicht entgangen.

„Später habe ich die DEKRA im Haus. Die werden einen Blick auf den Wagen werfen. Das sind mir die Jungs schuldig. Und ohne Fragen zu stellen, klar. Danach schauen wir mal, wie wir weiter vorgehen."

Ein Mann in einer Art Fleischerkittel trat unaufgefordert in den Raum. „Markus, hier sind die Mettbrötchen. Wie gewünscht!" Er trug sie in einen Seitenraum und kehrte kurz darauf zurück.

„Komm, Ernst, jetzt wird erst einmal gefrühstückt!"

*

Der Sachverständige der DEKRA trug einen blauen Overall, stellte sich als Ruben Rostich vor und trat, in der Hand einen riesigen Zettel, auf Ernst zu. Dieser saß auf der Couch und schaute seit einer Weile Werbe-Videos des Autohändlers an.

„Sind Sie der Besitzer des … alten Hymer-Mobils?" Ernst war aufgesprungen und nickte.

„Meinen Glückwunsch, der linke hintere Reifen hat noch Profil!"

Ernst war sich sicher, der Mann machte Witze. Er nahm gegenüber von Ernst auf einem der Sessel Platz und grinste: „Eigentlich sind solche Wohnmobile aus den 70ern selten zu finden. Der Zahn der Zeit, der an ihnen nagte, hat sie meist zerfressen. Aber Ihr Wagen ist, vom Zustand her, gar nicht so schlimm dran. Also: Zunächst tropft Motoröl aus der Ölwanne. Und nicht wenig. Die Bremsleitungen sind korrodiert und müssen ausgetauscht werden", las er vom Blatt ab. „Bremsen müssen komplett neu. Auch das Bremszugseil der Handbremse. Drei Reifen sind abgefahren. Doch alle müssen getauscht werden. Sie sind noch vom letzten Jahrhundert. Die Gas-Prüfung war schon vor Jahren fällig. Was Rost angeht, bin ich ganz überrascht. Hier und da eine Stelle, nix Ernstes. Gläser und Reflektoren der Lampen sind blind wie Fledermäuse. Austauschen! Wenn es überhaupt noch Teile dafür gibt. Was die Emissionen angeht, ist das wie bei einem Hauskamin: Was hochzieht, kommt ungefiltert oben raus. Kein Kat oder Ähnliches. Doch das H-Kennzeichen schützt den Wagen … noch. Ach ja, der Auspuff macht seinem Namen keine Ehre mehr. Er ist löchrig wie ein Sieb. Ich denke, Sie müssen einiges an Geld in die Hand nehmen, bevor das Hymer-Mobil wieder auf der Straße rollt. Ich meine, mit technischem Prüfbescheid. Empfehle mich!“

Der Mann sprang auf, drückte Ernst das Blatt Papier in die Hand und verließ den Showroom. Ernst rief ihm ein „Danke“ hinterher. Autohausbesitzer Schrader kam seitlich auf Ernst zu. Der saß inzwischen, wie von einer Schlange hypnotisiert, da und rang nach Atem.

„Habe alles gehört. Könnte schlimmer kommen.“

„Wie, noch schlimmer?“

„Ja, aber du hast doch mich. Ich werde meinen Retter nicht alleine lassen. So wahr ich Markus Schrader heiße.“

Kapitel 3
Der tote Taucher taugt nix

Ernsts Hände zitterten wie Espenlaub, als er den Schlüssel im Zündschloss drehte. Doch der Motor des Hymer-Mobils war sofort angesprungen. Die Anspannung hatte sich gelöst und glücklich sank er in das ausgeblichene Rückenpolster des Fahrersitzes. Schrader ließ, seiner Aussage nach, neue Gummis aufziehen und das Wohnmobil betanken. Nur knapp acht Liter hatten im Tank gefehlt. Das verwunderte Ernst doch. Es musste einen anderen Grund gegeben haben, dass sich der Motor auf der Autobahn verabschiedet hatte. Als Schrader hörte, dass Ernst nicht mal telefonisch erreichbar war, schenkte er ihm zum Abschied noch ein Smartphone. Dazu eine Prepaid-Karte.

„Wenn du mich brauchst, ruf an. Tag und Nacht. Du gehörst nun zu meiner Familie!“, versicherte ihm der Autohausbesitzer und Ernst war bewusst, er meinte das auch so. Der Hamburger winkte Schrader ein letztes Mal aus dem offenen Wagenfenster zu und das Autohaus verschwand nach und nach aus dem Außenspiegel. Schrader hatte am Morgen seine Beziehungen spielen lassen, um zwei gebrauchte, aber intakte Scheinwerfer zu beschaffen. In Bottrop war er schließlich fündig geworden. Bald würde das Hymer-Mobil auch in der Nacht wieder fahren können, freute sich sein Besitzer. Das Problem mit dem abgelaufenen TÜV war noch nicht aus der Welt. Schrader hatte Ernst mit schlechtem Gewissen darauf hingewiesen. „Da musst du durch. Hast du genügend Knete? Die Scheinwerfer sind bezahlt. Auch der Einbau geht aufs Haus."

Ernst hatte dankbar genickt und kurz an die DM-Scheine gedacht. Nein, er wollte keine weitere Unterstützung von dem Mann. Der hatte schon genügend geholfen.

Markus Schrader hatte Ernst eine Adresse im nahe gelegenen Boltenhagen aufgeschrieben. Sein langjähriger Freund Wilfried Happi betrieb dort, Schraders Aussage nach, eine Tauchschule am Ende der Mecklenburger Promenade, nahe der Weißen Wiek.

„Happi kennt sich mit Fahrzeugen aus. Er hilft. Die Teile werden per Express dorthin geschickt. Er wird sie dir ruckzuck einbauen. Ich habe hier gerade keinen Mechaniker. Alle Corona verseucht, sorry. Ich würde es ja selbst tun, aber…!" Gerade klingelte Schraders Handy zum x-ten Mal in den letzten Minuten und unter Schulterzucken hatte der viel beschäftigte Mann den Anruf angenommen.

Die Strecke in das Ostseebad Boltenhagen war keine dreißig Kilometer lang. Sein Wunsch, in Rostock die erste Etappe abzuschließen, war gescheitert. Gut, dass er sich nicht beim Freund in Rewal angemeldet hatte. Tymon würde sonst wohl auf ihn warten und sich sorgen.

Es machte Ernst riesige Freude, sein altes Wohnmobil zwischen den Feldern und kleinen Ortschaften durch die Provinz Mecklenburg-Vorpommerns zu bewegen. Die Last, dass etwas seine Fahrt unterbrechen könnte, war durch die Aussage des TÜV-Beamten fast auf null geschrumpft. Vierzig Minuten später bog der Hymer, mit Ernst vergnügt pfeifend am Steuer, beim *Dorfhotel Boltenhagen* in die Straße *Am Waldrand*, in Richtung der Tauchschule, ab.

Wilfried Happi erwartete ihn bereits. Der drahtige Endfünfziger sprang auf ihn zu. Eine Haut wie Backpapier, grinste er Ernst offen an. „Freunde von Markus sind auch meine Freunde!", rief er, während er Ernst fest an die Brust drückte. „Aber erst die schlechte Nachricht: Die Scheinwerfer werden erst am späten Abend oder morgen in der Früh geliefert. Du wirst wohl hier übernachten müssen. Suche dir irgendwo auf dem Gelände einen Platz, wo du dein Womo abstellst. Dann komm in den Laden und wir trinken gemeinsam Kaffee. Wir haben knapp eine Stunde Zeit für ein Schwätzchen. Dann trifft die nächste Tauchgruppe ein."

Die Tauchschule selbst bestand aus einem mittelgroßen Flachgebäude, das auf einem Strandgrundstück gebaut worden war. Es lag keine dreißig Meter von der Ostsee entfernt. Wenn nicht das Schild mit einem Hinweis auf die Tauchschule am Eingang gewesen wäre, hätte man dort eher eine Lagerhalle erwartet. Ernst stellte den Wagen direkt neben dem Gebäude ab und zog die Handbremse an. Was hatte der Techniker der

DEKRA erklärt? Die Bremse sei gänzlich ohne Funktion und Wirkung. Der Fahrer blickte voller Skepsis durch die Windschutzscheibe in Richtung der Ostsee. Wahrscheinlich würde der rollende Wagen vor dem Auftreffen auf das Wasser im Sand stecken bleiben, beruhigte er sich selbst, legte einen Gang ein und stieg aus.

Das Innere der Tauchschule war zweigeteilt. Zum einen bestand es aus einem Bürotrakt und zum anderen aus einem Lager bzw. einem Raum, der gefüllt war mit Neoprenanzügen und Masken. Seitlich lagen in Regalen etliche Sauerstoffflaschen. Draußen verrichtete ein Kompressor lautstark seine Arbeit. Sicher wurden dort die Flaschen aufgefüllt, spekulierte Ernst. Die Sonne schien und der Wind lieferte eine steife Brise. Es roch gefühlt überall nach Fisch.

*

Happi war ein Süßer. Im wahrsten Sinne des Wortes.

„Unser Bäcker, Manne Mehlig, ist echt der Beste. Weißt du, ich liebe Torte. Manne macht die beste Schwarzwälder-Kirsch. Fast besser als bei uns im Schwarzwald."

„Du kommst gebürtig aus dem Schwarzwald?", wollte Ernst wissen. Happi nickte, während er geschickt ein halbes Tortenstück auf einer kleinen Kuchengabel in den Mund jonglierte. Nur wenig Sahne ging daneben und genüsslich rieb sich der Tauchlehrer den Mund an der Haut seines sonnenverbrannten Unterarms ab. Ernst schaute der akrobatischen Nummer bewundernd zu, bevor auch er von der Torte probierte.

„Ja, bin in der Nähe von Triberg geboren. Habe früher Kfz-Mechaniker gelernt. Bei einem Wohnmobilhändler. Nach der Wende, 1996, machte ich mich hier oben mit meiner Liesel selbstständig. Ein Taucher hat später meine Frau, samt zwei Sauerstoffflaschen und einem Neoprenanzug, abgeschleppt. Habe sie nie wieder gesehen. Aber läuft!"

Ernst freute sich über die Kurzversion von Happis Leben. Er war also nicht der Einzige, der Pech mit Frauen hatte.

„Nimm mehr Torte, wie heißt du noch gleich?"

„Ernst! Ernst Groß!" Ernst spürte, wie Happi nach der Vorstellung bemüht war, ein breites Grinsen zu vermeiden. Was blieb, war ein gequälter Gesichtsausdruck. Happi nickte und lud das nächste große Tortenteil auf die überforderte Gabel.

„Aber Tauchen im Schwarzwald. Wird man dort nicht eher Skilehrer?"

„Du hast den Nagel auf den Kopf getroffen", erklärte Happi, während er kaute. „Ich habe am Wochenende nebenbei noch als Skilehrer gejobbt. In der *Köhlerei am See*. Im Winter war ich mehr Skilehrer als Autoschlosser. Im Sommer verdiente ich die Brötchen am Bau und mit der Reparatur von Wohnmobilen. Ein bisschen getaucht bin ich damals auch schon. Im

Schluchsee. Liesel hatte dort einen Job als Köchin. Mann, die konnte vielleicht zaubern! Damals wog ich zehn, nein, was sage ich, fünfzehn Kilo mehr. Liesel und ich kamen zusammen. Nach der Wende planten wir hier an der Ostsee durchzustarten. Irgendwann kam dann dieser Jüngling und weg war sie. Ist schon ne Weile her."

Ernst ließ das letzte Stück im Mund verschwinden. Die Torte war tatsächlich lecker. Aber er hätte sich eher ein Wurstbrot oder eine warme Mahlzeit gewünscht und spürte, wie sein Körper negativ und mit leichter Übelkeit auf den Zucker reagierte. Auch sein Backenzahn meldete sich plötzlich mit Schmerzen zurück. Schon vor Monaten riet ihm ein Hamburger Zahnarzt zu einer Parodontose-Behandlung. Aber er war nicht mehr hingegangen. Immer mal wieder kamen und gingen die Beschwerden. Er hatte gehofft, sie würden dauerhaft wegbleiben. Nun waren sie wieder da. Ob es an der Torte lag?

„Hör mal Happi, ich frage ungern, aber kannst du mir fünfzig D-Mark in Euro wechseln?"

Happi schaute etwas verdutzt. „Habe ich das richtig verstanden? D-Mark in Euro?"

Ernst nickte. „Das Erbe meines verstorbenen Vaters."

Happi griff in die Hosentasche seiner Shorts und zog ein Geldbündel raus. Er entnahm ihm einen Fünfzig-Euro-Schein und hielt ihn Ernst mit den Worten hin: „Markus hat am Telefon erklärt, du seist kreditwürdig. Hier, nimm!"

Ernst nahm den Schein und nickte dankbar. „Ich schau mich mal hier etwas um!"

„Gute Idee, ich befülle die letzte Flasche, bevor die Taucher eintreffen." Happi stand auf und verließ das Gebäude.

*

Die direkte Gegend um die Tauchbasis zeigte sich extrem öde. Mehr Gestrüpp und trockenes Gras als sonst etwas. Doch auf seinem Fußweg auf der Suche nach einem Imbiss erreichte Ernst eine kleine Siedlung. Er war überrascht von der Ruhe und der guten Luft hier an der Ostsee. Der Stress der Metropole Hamburg fiel von ihm ab und er überlegte, vielleicht hier irgendwo anzuheuern und zu arbeiten. Saisonal waren willige Arbeiter sicher gefragt. Im Herbst könnte er dann zu Tymon nach Polen fahren und dort überwintern. Nach einem Fußweg von knapp zwanzig Minuten, vorbei an einer Klinik, erreichte er ein Café. Es lag an einem parkähnlichen Platz, der dazu auch einen kleinen Kinderspielplatz anbot. Doch keine Menschenseele war zu sehen. Das *Ostsee-Café* warb mit einem Schild vor der Tür für frische Pizzen und Ernst ließ sich nicht lange bitten. Die Zahnschmerzen waren in den Hintergrund gerückt und Ernst setzte sich draußen auf die Terrasse. Er bestellte eine ‚Vierjahreszeiten' und dazu ein ‚Störtebeker Bernstein-Weizen'.

Die Terrasse war leer, bis auf ein Pärchen in der hinteren Ecke. Die beiden blickten kurz auf, erwiderten aber nicht Ernsts Gruß. Sie diskutierten mit gedämpften Stimmen. Die Frau war schlank und besaß lange blonde Haare, die sie ständig aus ihrem Gesicht nach hinten warf. Ihre Begleitung war eher der Allerweltstyp. Ernst ignorierte fortan die Anwesenden. Alleine die Vorfreude auf das Essen ließ seine Mundhöhle voller Speichel laufen. Er kam gar nicht mit dem Schlucken hinterher. Ernst beobachtete Touristen, die umherflanierten, und endlich wurde die Pizza gebracht. Sie war knusprig und hing über den riesigen Tellerrand hinaus wie ein alter Sombrero. Ernst ließ es sich schmecken. Die Bedienung spazierte weiter zu dem Pärchen in der Ecke. Schroff wies man auf Nachfrage darauf hin, dass die Gläser ja noch voll seien. Ernst hatte etwas Mitleid mit der dunkelhäutigen Frau. Sie war eher klein und etwas dicklich, besaß aber ein freundliches Gesicht. Er bat sie zu sich und meinte: „Mach dir nix draus, es gibt hin und wieder solche Gäste!“ Die Bedienung grinste dankbar und Ernst freute sich, dass die beiden in der Ecke seine Bemerkung gehört hatten. Sie sprangen auf. Der männliche Teil des Duos warf einen Zehneuroschein auf den Tisch und dann liefen sie mit einem verächtlichen Blick an Ernst vorbei. Der grinste mit vollen Backen.

Ernst hatte die Pizza fertiggegessen und fühlte sich pappsatt. Er bestellte ein weiteres Weizenbier und lief zur Toilette. Sie befand sich im Innenbereich des kleinen Cafés. Hinter dem Tresen stand ein Mann und spülte Gläser. Er würdigte ihn keines Blickes. Über dem Pissoir befand sich ein Fenster im Bullaugenstil. Von dort konnte man sicher das Meer sehen. Ernst reckte sich, aber es gelang ihm nicht, den Ausblick zu genießen. Wieder war sein Kleinwuchs schuld. Während er deprimiert dort stand, hörte er draußen Stimmen. Sie klangen unsympathisch und er war sich absolut sicher, sie gehörten dem dämlichen Paar von der Terrasse. Die männliche Stimme murmelte etwas, was Ernst als ‚um drei bei der Goldesel' verstand. Dann hörte man eine Autotür schlagen, einen Motor starten und durchdrehende Reifen. Ein Sportwagen entfernte sich unter nervigem Motorenlärm. Ernst war sich sicher, der Typ war nicht ganz koscher. Oder zumindest ein Depp, so wie er ihn eingeschätzt hatte. Inzwischen war er der einzige verbliebene Gast und die Bedienung setzte sich zu ihm. Sie erzählte, aus ihrer Heimat Syrien geflohen zu sein und auf eine Aufenthaltsgenehmigung zu warten. Und, wie sie sich ausdrückte, auf ‚echte Papiere'. Aber auch die Abschiebung sei möglich. Ernst bemerkte, wie sich in den Augen der Frau Tränen bildeten. Sie drehte den Kopf seitlich, um diese vor dem Gast zu verbergen. Sie habe in Syrien eine Ausbildung zur examinierten Krankenschwester gemacht, erklärte sie. Nun arbeite sie in Deutschland als Bedienung.

„Welche Verschwendung", bemerkte Ernst und er meinte es auch so. Als die Frau ihm ein Weizen ausgeben wollte, winkte er ab. „Nein, lass nur. Ich trinke normalerweise kaum Alkohol und finde sonst nicht mehr den Weg zurück zum Wohnmobil. Wie heißt du übrigens?"

„Gohar – das heißt Herz!"

Ernst war gerührt. Er zahlte und gab der Frau reichlich Trinkgeld. Sie bedankte sich überschwänglich.

„Macht nichts, ich habe das Geld auch geschenkt bekommen!", grinste der Hamburger, während er aufstand.

Winkend verließ Ernst das Café und spazierte zurück. In einem zu dieser Zeit noch geöffneten Kiosk kaufte Ernst für überteuertes Geld ein Kfz-Ladekabel. Der Akku seines Mobiltelefons ging langsam dem Ende zu. Danach spazierte er am Strand entlang zur Tauchbasis. Es war kurz nach 21 Uhr und er spürte die Müdigkeit. In der Nacht hatte er wenig geschlafen. Dazu die Aufregung. Auf der Tauchbasis angekommen, suchte er nach Happi. Doch der war nirgends zu sehen. Ernst zog sich in sein Wohnmobil zurück und machte es sich auf dem Bett bequem. Irgendwie war die Welt doch angenehm. Dieser Roadtrip fing an, ihm Spaß zu machen. Das Leben anderer lief noch schlechter und Ernst wuchs ein wenig, während er einschlief.

*

„Verhaftet mich ruhig! Ich gestehe alles! Ja, ich habe Schulden gemacht, aber bitte nicht die Höchststrafe…!"

Ernst wurde von seinem eigenen Geschrei wach. Die Zahnschmerzen waren immer noch präsent. Er musste sich einen Moment sammeln, ehe ihm einfiel, wo er sich befand. Draußen war es Nacht geworden. Blaulicht blitzte in zahlreichen Varianten um das Hymer-Mobil herum. Laute, aufgeregte Stimmen wurden überlagert von Motorengeräuschen. Schauer um Schauer lief über Ernsts Haut. Er war in die entlegenste Ecke Meck-Pomms geflüchtet und trotzdem hatten sie ihn aufgespürt. Er dachte kurz an seinen verstorbenen Vater; schickte ein Stoßgebet zum Himmel: *„Lieber Gott, lass das bitte Papa nicht sehen!"*

Es klopfte laut und fest an die Tür des Wohnmobils.

„Sie kommen mich zu holen, doch sie werden mich nicht finden …", versuchte er sich mit dem abgewandelten Text von Falcos Song *Jeanny* Mut zu machen. Ernst schaltete die Innenbeleuchtung an, öffnete die Türschließe, streckte die Arme aus und drückte die Fäuste gegeneinander. Dann schob er die Tür mit dem Fuß auf. Er schaute in das verblüffte Gesicht eines Uniformierten. Der Polizeibeamte schien überfordert mit der Situation und der eindeutigen Bitte um Handschellen seines Gegenübers. So, dass er ihn zunächst nur sprachlos anstarrte.

„Ich bin bereit, Officer, nehmen Sie mich fest!"

Der Beamte legte den Kopf zur Seite und überlegte, ob der Mann im Wohnmobil betrunken war oder er ihn verarschen wollte. Dann grinste er. „Nein, so schlimm ist es auch nicht! Obwohl! Haben Sie das Fahrzeug heute auf der Straße bewegt?"

Ernst nickte zustimmend.

„Der TÜV ist ja schon eine … Weile abgelaufen."

Wieder nickte Ernst.

„Gut, dann holen Sie bitte die Papiere und treten aus dem Wohnmobil."

Ernst hatte das Gefühl seine volle Blase nicht mehr kontrollieren zu können. „Kann ich vorher noch …?" Er zeigte auf seinen Unterleib. Der Polizist verstand.

„Klar, ich warte!"

Während Ernst in dem kleinen Waschraum auf der chemischen Toilette saß, ging ihm vieles durch den Kopf. Vielleicht wäre es anders gelaufen, wenn er nicht mit dem Wagen gefahren wäre, sondern gleich mit der Bahn? Dort lief alles anonymer. Was sollte er dem Beamten zu den verlangten Papieren erzählen? Sein Magen meldete sich. Er musste aufstoßen. Die zwei Weizen waren nicht zu verleugnen. Hoffentlich hörte man das draußen nicht. Ernst spülte und verließ das Hymer-Mobil über den Tritt.

Doch der Polizeibeamte hatte sich in Luft aufgelöst.

Ernst wurde unsicher. Spielte ihm sein Gehirn einen Streich? Was blieb, waren zahlreiche Einsatzfahrzeuge der Polizei und ein Krankentransporter. Sie hatten ihn umzingelt wie eine Wagenburg. Draußen auf der Ostsee wimmelte es von beleuchteten Booten jeglicher Größenordnung. Es erinnerte ihn an den *Hamburger Hafengeburtstag*. Ernst verstand – NICHTS. Er musste Happi dringend fragen, ob er träumte oder was genau hier ablief.

Happi stand im Vorraum der Tauchschule vor dem Tisch, an dem sie vor wenigen Stunden noch Torte verzehrt hatten. Vor dem Taucher lag eine Seekarte und neben Happi standen diverse Polizeibeamte. Auch zwei Männer in Zivil hörten, mit ernster Miene, den Ausführungen Happis zu.

„Die Gruppe war tauchen. Wie so oft. Alles gut ausgebildete Leute. Mit Top-Ausrüstung. Kurz vor dem Auftauchen fehlte plötzlich Jens von Untreu. Er ist Vorsitzender im Boltenhagener Tauchclub. Ein Taucher mit Hunderten von Stunden. Besitzt einen Lehrschein. Mein Mitarbeiter Kalle, Verantwortlicher der Tauchgruppe, ließ sofort nach ihm suchen. Solange, bis der Sauerstoff nahezu aufgebraucht war. Dann sind sie aufgetaucht. Haben mich über Funk alarmiert. Ich dann die Küstenwache und … oh, da kommt Kalle ja. Er hat die Taucher der Polizei zu der Stelle geführt, wo…!“

Kalle, einem braun gebrannten jungen Mann im Neoprenanzug, sah man die Bestürzung an. „Ich kann das nicht glauben, Happi. Jens ist einer der besten…!“

Einer der Männer in Zivil mischte sich ein. Ernst hatte sich in eine Ecke verzogen und lauschte.

„Hat der Verschwundene vorher über Probleme geklagt? Schwindel? Vielleicht einen Infekt oder so etwas?“

Kalle schaute Happi fragend an. Happi schaute zurück. Wie auf Kommando verneinten sie die Frage durch heftiges Schütteln ihrer Köpfe.

„Gut, der Helikopter ist gleich da. Er wird mit dem Suchscheinwerfer die Wasserfläche absuchen. Ich denke, er hat auch eine Wärmebildkamera an Bord. Kommissar Deppenhauer, ist doch so?“ Er blickte zu seinem Kollegen und der nickte eifrig.

„Hatten sie den Tauchgang vor der Dunkelheit beendet?“ Die Frage stellte der Ermittler nun an Kalle.

„Natürlich, es war definitiv kein Nachttauchen geplant. Das macht dort auch keinen Sinn. Wir haben beim Riff nach den alten Wracks getaucht, uns ständig über Funk abgefragt und bis kurz vor dem Aufstieg hat sich Jens am Gespräch beteiligt.“

„Können das die anderen Taucher bestätigen?“

„Das will ich meinen!“, erwiderte Kalle etwas schroff.

„Gut! Stanovicz, haben wir die Angehörigen von von Untreu informiert?“

Der zweite Kommissar in Zivil nickte. „Seine Frau steht draußen und weint. Ich glaube, sie hat mit dem Leben ihres Mannes schon abgeschlossen.“

Mit den Worten „Was, Susi ist draußen?“, war Happi aufgesprungen und hinausgerannt. Ernst folgte ihm. Er musste dringend wissen, ob der Polizist von eben tatsächlich existierte. Plötzlich und unerwartet stand dieser Polizist genau vor Ernst. Sie stießen regelrecht zusammen. Ernst wollte das Gebäude verlassen – der Beamte wollte hinein.

„Ach, schau mal an, der Besitzer des alten Hymer-Wohnmobils!“

Ernst kniff sich mit zwei Fingern in die Haut seines Armes. Als es schmerzte, war ihm klar geworden: Der Polizist von eben war echt.

„Sie werden das Wohnmobil nicht mehr bewegen, ist das klar? Das ist eine polizeiliche Anordnung!"

Zitternd und verängstigt nickte Ernst. Happi kam zurück, eine blonde schlanke Frau an seiner Seite. Sie heulte wie ein Schlosshund. Der Inhaber der Tauchbasis blieb überrascht stehen.

„Waldi, was ist los?", fragte Happi den Beamten. Er schien ihn gut zu kennen. Kein Wunder, sicher lebte er schon zig Jahre in Boltenhagen.

„Das ist Ernst, ein guter Freund von Markus und mir."

Die Frau hatte das Weinen eingestellt und klammerte sich wie ein Äffchen an den Inhaber der Tauchbasis. Happi bekam kaum Luft und schob sie sanft zurück. Die Großgewachsene blickte auf Ernst hinunter und er spürte ihren spöttischen Blick. Dann fiel ihm ein, dass er die Frau schon einmal gesehen hatte. Das war doch die Unsympathische von heute Nachmittag!

„Beim Wohnmobil des Mannes ist der TÜV abgelaufen …!", fing der Polizist an.

„Ja, ich weiß, Waldi. Aber ich glaube, wir haben gerade andere Sorgen!" Mit einer Kopfbewegung wies er auf die Frau an seiner Seite.

Polizist Waldi nickte.

Ernst wollte von dem Treffen mit der Frau erzählen. „Heute Nachmittag habe ich…!" Happi unterbrach ihn.

„Lass gut sein, Ernst. Waldi wird sich erst einmal um den Verschwundenen kümmern. Morgen ist auch noch ein Tag und wir reden über das Hymer-Mobil. Alles klar?“ Es klang wie ein Befehl und Polizeibeamter Waldi salutierte richtig. Es schien, als gebe es irgendeine Abhängigkeit zwischen den beiden Männern. Als die langhaarige Blondine wieder die Sirene startete, schob Happi sie in das Gebäude. Der Polizist folgte ihnen.

Ob die Sache gut ausging, fragte sich Ernst? Er meinte damit nicht den verschwundenen Wichtigtuer vom Nachmittag. Vielleicht sollte ja seine Fahrt nach Polen schon am morgigen Tag zu Ende sein? Wenn er an die lange TÜV-Mängelliste dachte, wurde ihm schummrig. Er zog sich genervt zurück in sein Wohnmobil.

*

Wie hieß der beim Tauchgang Verschwundene noch? Jens von Untreu! Dämlicher Name! Ernst suchte im Smartphone nach dem Namen und wurde schnell fündig. Tatsächlich, da gab es ein Foto der Hackfresse. Von Untreu betrieb eine Vermögensberatung. Das passte wie die Faust aufs Auge. Ernst hatte jegliches Vertrauen in diese Geldabzocke-Truppe verloren. Die jonglierten doch nur mit dem Geld anderer Menschen. Und wenn etwas dabei heraussprang, behielten sie es selbst. Wenn nicht, zuckten sie mitleidig mit den Schultern. Er hatte

Lehrgeld bezahlen müssen. Damals. Aber warum war er so gehässig? Vielleicht schwamm von Untreu schon tot in der Ostsee und die Haie stritten sich um den leckeren Happen Fleisch. Weshalb war der Typ heute Nachmittag noch im Café? Ernst war gleich aufgefallen, dass das Paar etwas ausheckte. Und was hatte dieser von Untreu draußen gesagt, als Ernst am Pissoir verweilte? „Um drei bei der Goldesel". Genau das waren die Worte des Vermögensberaters. Vielleicht war übermäßiger Alkohol im Spiel und war das der Grund für seinen Kollaps unter Wasser? Die Worte „Um drei bei der Goldesel" klangen ohne jeglichen Zusammenhang. Goldesel war doch ein Märchen, das ihm Mama oft vorgelesen hatte? Ernst suchte weiter nach Infos zu von Untreu. Es gab Einträge zu einem Insolvenzverfahren des Geschäftsmannes. Das wunderte Ernst nicht. Aber was scherte ihn diese Geschichte? Er hatte morgen einen harten Termin mit Waldi, dem Boltenhagener Polizisten. Darüber sollte er sich wohl eher Sorgen machen. Oder Happi vertrauen? Ernst legte sich auf das Bett, zog nur die Schuhe aus. Doch von Untreus Verschwinden ließ ihm keine Ruhe. Er gab „von Untreu" und „Goldesel" in die Suchmaschine ein. Treffer! Von Untreu besaß eine kleine Jacht mit dem Namen *Goldesel.* Sicher war das angelehnt an seine Geschäfte als Vermögensberater und betraf die armen Kunden.

„Um drei bei der Goldesel! Um drei bei der Goldesel!"

Was, wenn das Ganze ein abgekartetes Spiel war und der Vermögensberater seinen Tod aus irgendwelchen

Gründen vorgetäuscht hatte? Er musste dringend mit dem Kommissar sprechen. Wie hieß der noch?

*

Ernst saß hinten im Polizeiwagen und leise zuckelte das Elektrofahrzeug in Richtung des Boltenhagener Hafens. Er hatte Kommissar Stanovicz draußen beim Rauchen angequatscht und ihm seine Theorie erzählt. Hatte Ernst geglaubt, der Ermittler lache ihn aus, hatte er sich getäuscht. Stanovicz verschwand und kam kurz darauf mit seinem Chef, Hauptkommissar Deppenhauer, zurück. Dem musste Ernst die Geschichte erneut erzählen. Während Helikopter, Boote und Taucher der Küstenwache nach dem Leichnam suchten, wurde Ernst zum Hafen kutschiert. Die Beamten vom Landeskriminalamt Wismar legten sich in der Nähe der Goldesel auf die Lauer. Kommissar Deppenhauer bat Ernst mitzukommen, da er den Verschwundenen am Nachmittag gesehen hatte. Er sollte ihn gegebenenfalls identifizieren. Deppenhauer wollte die Geschichte noch nicht öffentlich machen. „Vielleicht hat er ja etwas anderes gemeint oder Sie haben etwas falsch verstanden!“, erklärte er Ernst.

Der Hafen war hell erleuchtet und jeder, der dort sein Boot betreten wollte, musste durch ein Tor, das vorne am Bootssteg angebracht war. Kurz vor drei Uhr am

Morgen hielt ein BMW-Sportwagen beim Hafen und eine Frau mit Kopftuch stieg aus. Blondes Haar fiel auf ihre Schultern. Sie schaute sich verdächtig um, gab beim Tor einen Code ein und lief über den Bootssteg zur … *Goldesel!*

„Das muss Frau von Untreu sein!", bemerkte Stanovicz leise und Ernst nickte bestätigend.

An Bord der Yacht wurde Licht eingeschaltet, nach einer Weile wurde es wieder gelöscht. Doch die Frau blieb verschwunden. Deppenhauer hatte ein Boot der Küstenwache in Bereitschaft versetzt. Sie befanden sich in der Nähe und man unterhielt Funkkontakt.

„Bleiben Sie im Dunkeln, Wismar Zwei!"

Man bestätigte das.

Plötzlich bewegte sich die Yacht, als ob jemand sie hin- und herschaukelte. Am hinteren Ende kletterte eine Person die Bootsleiter hinauf. Sie trug dunkle Kleidung und hatte eine Taucherflasche auf dem Rücken. Der Unbekannte blieb auf der Sonnenplattform stehen, schaute sich um und verweilte dabei einen Augenblick. Dann legte er die Flasche ab, betrat mit zwei Schritten das Boot und verschwand ins Innere.

„Zugriff, Wismar Zwei!", flüsterte Deppenhauer in sein Handy. Sofort ertönte eine Sirene, Blaulicht tauchte wenige Meter vor der *Goldesel* auf der Ostsee auf und spiegelte sich in den Wellen. Schnell hatte das Boot der Küstenwache die Yacht erreicht und mehrere uniformierte Beamte sprangen auf die *Goldesel.* Ernst traute seinen Augen nicht. Es lag etwas vom ‚Fluch der Karibik‘ in der Luft. Dem Teil, als Jack Sparrow, alias Johnny Depp, mit seinen Piraten die Interceptor enterte. Das Ganze nur ohne Feuer, Rauch und übertriebenen Lärm.

Minuten später brachten die Polizeibeamten von Untreu vom Boot ins Freie. Ernst war froh. Nicht nur, dass er recht hatte. Nein, er durfte auch noch Zeuge davon werden, wie man den unsympathischen Vermögensberater einbuchtete. Die unglaubliche Story musste er morgen unbedingt Gohar erzählen.

*

Happi weckte Ernst mit einem Klopfen an die Wand des Wohnmobils.

„Kaffee, Ernst?“

Na, wenn das so weiterging, musste er sich am Morgen nie wieder Sorgen um sein Frühstück machen, grinste der Hamburger. Er zog seine Hose an, ein Shirt darüber, schlüpfte in die Latschen und verließ das Hymer-Mobil. In der Nacht hatten sich die Kriminalbeamten bei Ernst bedankt. Auch Polizist Waldi war nicht mehr aufgetaucht. Ob die Sache mit dem fehlenden TÜV irgendwie unter den Tisch gekehrt wurde?

Happi und Kalle hatten ein schönes Frühstück zu dritt vorbereitet. Mit Lachs und Eiern. Ernst war ganz von den Socken.

„Das hätten wir von Jens nie gedacht. Sicher war er ein Wichtigtuer. Erzählte ständig von seinem Reichtum. Fuhr angeberisch mit seinem Porsche durch die Gegend. Aber er war auch ein echter Taucher. Zum Glück hat Ernst aufgepasst."

Happi wandte sich erneut an den Gast. „Sonst hätte er sicher viele Anleger betrogen und wäre mit dem Geld und der Yacht auf Nimmerwiedersehen in die Karibik verschwunden."

Kalle hatte bisher auf seinem Ei rumgekaut und mischte sich nun ein. „Er muss wohl auch eine Lebensversicherung abgeschlossen haben, hörte ich. Eine Million Euro oder mehr. Na, da hat er in der Haft Zeit, darüber nachzudenken", grinste der Taucher. Man konnte ihm ansehen, dass er von Untreu nicht besonders mochte.

„Wenn das alles aus dem Ruder gelaufen wäre, hätte ich die Basis wohl schließen müssen", jammerte der Besitzer der Tauchschule.

Ernst klopfte ihm auf die Schultern. „Ist ja gut gegangen." Die Zahnschmerzen waren zurück und er überlegte, Happi nach einer Schmerztablette zu fragen. Aber er ließ es.

„Ja, eines noch, Ernst. Heute in der Früh, als du noch schliefst, war Waldi da. Er brachte diese Ermächtigung vorbei." Happi drückte Ernst ein Blatt Papier in die Hand. Ernst las: ‚*Die Polizeibehörde Wismar erlaubt Ihnen, das Wohnmobil ohne den erforderlichen TÜV auf den Straßen innerhalb Mecklenburg-Vorpom-*

merns zu bewegen.' Die Ermächtigung war auf 14 Tage befristet.

„Super, damit komme ich ohne Magengeschwür nach Rostock. Dort muss dann etwas geschehen." Ernst freute sich. Dazu hatte ihm Stanovicz beim Abschied seine Visitenkarte mit den Worten überreicht: „Falls Sie mal die Kriminalpolizei brauchen!" Sogar seine private Handynummer war darauf vermerkt.

*

Kurz nach sechzehn Uhr verabschiedete sich Ernst bei Happi. Kalle war schon wieder mit einer Gruppe von Tauchern auf der Ostsee unterwegs.

„Die Lampen sind eingebaut und funktionieren. Nun hast du einen Meilenstein erreicht. Fahre vorsichtig und melde dich mal. Du bist jederzeit willkommen. Könntest hier auf der Basis arbeiten. Flaschen füllen, die Anzüge wässern und reinigen und so. Ja, einen Tüchtigen wie dich brauch ich immer. Also, wenn du mal…"

„Danke, Happi. Ich muss erst einmal nach Rostock. Ich habe es Papa versprochen. Vielleicht komme ich auf dem Rückweg auf dein Angebot zurück."

Ernst startete das Hymer-Mobil und rollte damit langsam rückwärts vom Hof. Im Außenspiegel sah er, wie ihm Happi, die Hände in den Hosentaschen, nachblickte. Es gab doch noch viele gute Menschen in diesem Land, philosophierte der Hamburger.

Ernst stoppte beim *Ostsee-Café*. Er hatte sich vorgenommen, noch kurz bei Gohar reinzuschauen. Doch die Bedienung musste gewechselt haben, denn statt Gohar fragte ihn ein junger Mann nach seinen Wünschen. Ernst winkte ab. Als er nach Gohar fragte, zog die Bedienung bloß die Schultern hoch. Ernst ließ nicht locker und betrat den Innenbereich des Cafés. Der Besitzer stand hinter der Bar und spülte Gläser. Ernst grüßte und fragte ihn nach der syrischen Emigrantin.

Der Mann blickte kurz hoch. „Gohar? Ja, das war eine ganz Tüchtige. Sie wurde heute Morgen in ihrer Unterkunft von der Polizei abgeholt und wird nach Syrien abgeschoben. Eigentlich schade!" Dann drehte er sich um und setzte, ohne eine Regung, das Gläserspülen fort.

Kapitel 4
Au Backe in Wismar

Ernst hatte den direkten Weg von Boltenhagen in Richtung Wismar genommen. Sein Plan war es, dort auf die Autobahn zu wechseln und die letzten sechzig Kilometer nach Rostock zu fahren. Die Vorfreude auf den Besuch des Onkels war grenzenlos. Wären da nicht die nervigen Zahnschmerzen. Schon kurz hinter Gägelow zwangen ihn diese zu einem ersten Stopp. Es pochte bis hoch in seine Schläfen und Ernst hatte das Gefühl, es vernebele ihm beim Fahren die Sicht. Es war zum Mäusemelken: Er würde wohl nie in Rostock ankommen. Der Fahrer wechselte von der L 01 auf die *Lübscher Straße* und fuhr im Schritttempo in Richtung Wismar. Es machte einfach keinen Sinn mit den Beschwerden weiterzufahren. Erst musste ein Zahnarzt nach dem entzündeten Backenzahn schauen. Hinter ihm regten sich die Autofahrer über seinen unsicheren Fahrstil auf. Das beschleunigte seinen Blutdruck und die Beschwerden stiegen um ein Vielfaches. Beim Stadion gab Ernst auf. Die immer stärker auftretenden Schmerzen ließen eine Weiterfahrt nicht mehr zu. Er bog dort ab, ließ die Kilometer lange Autoschlange vorbei und parkte sein Wohnmobil auf dem leeren Besucherparkplatz. Ernst griff nach der karierten Wolldecke, die sich Mama früher an kühlen Abenden auf den Campingplätzen immer um den Unterleib gelegt hatte. Er legte sich, in der Hoffnung, die Beschwerden würden nachlassen, auf die Wiese. Doch das war ein Trugschluss. Hinzu kam Durst. Ob im Hymer-Mobil noch etwas zu trinken lag? Im unteren Schrank stieß er auf eine grüne Glasflasche. Ihr Etikett gab als Inhalt Mineralwasser an. Sie schien noch aus dem letzten Jahrhundert zu sein, doch er wagte es. Wasser blieb schließlich Wasser. Schon nach dem ersten Schluck spuckte er die Flüssigkeit in das Spülbecken. Was hatte Papa da eingefüllt? Kühlerkonzentrat? Mein Gott, warum lief alles so schleppend und gegen ihn? Konnte nicht mal irgendetwas auf Anhieb klappen?

Seitlich von einem Baum ertönten klagende und furchterregende Schreie. Ernst überlegte, was gerade schlimmer sei, dieses laute Geschrei oder die Schmerzen. Er entschied sich dafür, nichts zu tun und liegen zu bleiben. Sicher waren es Kinder, denen es Spaß machte, Erwachsene zu ärgern. Oder aber irgendein seltsamer, ihm unbekannter Vogel. Die Tierwelt Ostdeutschlands war ihm fremd. Er hatte keinerlei Interesse, den schmerzenden Kopf auch noch damit zu belasten. Etwas sprintete plötzlich hinter ihm vorbei. Er hörte das Tapsen kleiner Pfoten. Doch er unterließ es, den Kopf zu drehen. Jede Bewegung schmerzte. Sicher handelte es sich bloß um ein Eichhörnchen oder eine herumstreunende Katze. Nach einer Weile ließen die Schmerzen etwas nach.

Ernst griff nach seinem Smartphone und suchte in der Umgebung nach einem Zahnarzt. Die nächstgelegene Praxis lag gegenüber der *Wismarer Jugendherberge*, keine zwei Kilometer von hier. Das musste sein Ziel sein. Erst wollte er anrufen und seinen Besuch dort ankündigen, ließ es dann aber und startete das Hymer-Mobil. Bevor sie ihn abwimmelten, wollte er persönlich vorstellig werden und über seine Beschwerden berichten.

*

Die Zahnarztpraxis befand sich im zweiten Stock eines großen Gebäudekomplexes und wenige Minuten, nachdem er den Parkplatz verlassen hatte, parkte Ernst das Wohnmobil vor der Jugendherberge. Eine Horde Kinder und Jugendlicher sprang ausgelassen umher. Neugierig blickten sie auf das Fahrzeug und seinen Besitzer. Ernst verließ den Wagen und überquerte mit einem letzten Blick auf den Hymer die Straße.

Es musste sich um ein Ärztehaus handeln. Weitere niedergelassene Mediziner zeigten auf blinkenden Edelstahltafeln, dass sie im Gebäude eine Praxis unterhielten. An der Eingangstür bemerkte Ernst ein Plakat, das auf ein entlaufenes Tier hinwies. Auch ein Foto war darauf gedruckt. Er überflog den Aufruf:

Das kleine Katta-Weibchen Rosa ist heute aus dem Tierpark Wismar entwichen. Die beiden Neugeborenen brauchen dringend die Mama zurück. Alle Bewohner Wismars und Umgebung werden gebeten, sich an der Suche nach Rosa zu beteiligen. Der Finder erhält als Belohnung eine Jahresfreikarte für den Tierpark Wismar.

Katta? Von dieser Tiergattung hatte Ernst noch nie etwas gehört. Auf dem Foto hätte er Rosa für ein Äffchen gehalten. Was schleppten die auch für seltsame Primaten aus dem Urwald an. Sicher würde man auch bald in *Aktenzeichen XY … ungelöst* nach dem entlaufenen Tier fahnden. Die Menschheit schlug sich vielleicht mit Sorgen rum!

Die Zahnarztpraxis hatte zum Glück geöffnet und Ernst betrat unter schlimmen Schmerzen den Eingangsbereich. Hinter einem hohen Tresen saß eine ältere Empfangsdame mit Halbbrille. Sie schlug sich gerade mit ihrer Tastatur herum, die Stirn in Falten gelegt. Ernst konnte nur Kopf und Schulterpartie erkennen. Schräg an der Wand hing das gleiche Suchplakat nach Rosa, das er schon draußen entdeckt hatte. Gab es nichts Wichtigeres als einen entwichenen Affen? Zum Beispiel seine Zahnschmerzen? Endlich zeigte die Frau durch ein Heben des Kopfes an, dass sie gewillt war, mit dem Patienten vor ihr zu kommunizieren. Sie musterte den Neuankömmling erst argwöhnisch über den Brillenrand, winkte ihn dann aber heran und folgte seinen vorsichtigen Schritten in ihre Richtung mit Argusaugen und skeptischem Blick.

Ernst spürte, hier lag Ärger in der Luft.

Er trat nahe an die Empfangstheke, grüßte und erklärte: „Ich habe Zahnschmerzen und muss dringend zum Arzt!“

Die Gesichtszüge der Frau entgleisten. Doch sie fing sich schnell wieder und starrte kritisch auf die Person vor ihr.

„Es ist der Backenzahn.“ Ernst wurde unruhig und deutete mehrfach mit dem Zeigefinger auf seinen Kiefer. „Der nervt schon länger … aber gerade ist es total schlimm …!“, ergänzte der Hamburger und setzte seine wehleidigste Miene auf.

Endlich schien die Dame verstanden zu haben. „Zahnschmerzen? Was glauben Sie, warum alle diese Patienten hier sind?“ Sie fuhr ihren Arm in Zeitlupe aus, schob ihn vollständig über die Resopal-Platte und wies mit dem Zeigefinger an Ernst vorbei. Er drehte den Kopf und … erschrak. In einem Wartesaal saßen, durch eine Milchglasscheibe von der Außenwelt abgeschottet, noch zig weitere Patienten. Darunter einige Kinder.

„Die meisten von denen leiden unter Schmerzen, mein Herr. Und Dr. Lahnstein versucht sie alle schmerzfrei zu bekommen. Welche Kasse?“, wollte die Dame wissen.

Ernst war so perplex ob der Masse an Menschen, die noch vor ihm an der Reihe waren, und stotterte nur: „Wie … Kasse?“

„Darf ich mal Ihre Versichertenkarte sehen?“, bat die Dame nun. Es schien Ernst, als verliere sie langsam ihre

Geduld. Hinter ihm klopfte es zaghaft und eine weitere Person betrat die Praxis. Ernst drehte sich nicht um, aus Angst, die Aufmerksamkeit der Zahnarzthelferin zu verlieren. Er hörte nur das Schnaufen eines, wie er glaubte, männlichen Neuankömmlings.

„Oh, Versichertenkarte! Ja, die … liegt zu Hause." Jetzt war es raus!

„Also zu Hause! Guter Mann, ich könnte Ihnen …", die Frau neigte den Kopf, blickte durch die Brillengläser auf das Computerdisplay vor sich und erklärte, „… einen Termin in der nächsten Woche anbieten: Mittwoch, 8.45 Uhr. Darf ich Ihren Namen wissen?"

„Groß, Ernst Groß!", entwichen die Worte dem Mann. Hinter sich glaubte er ein unterdrücktes leises Kichern zu hören.

Ernst nahm allen Mut zusammen: „Hören Sie, ich habe die Schmerzen jetzt und nicht in einer Woche. Ich bin auf dem Weg nach Rostock und…!"

Wieder öffnete sich die Praxistür. Ernst drehte den Kopf. Ein älterer Herr stand einen Schritt hinter ihm und in diesem Moment betrat eine Frau mit einem kleinen Jungen die Praxis. Langsam wurde es verdammt eng vor dem Tresen.

„Sind Sie jetzt endlich fertig?", fragte der Mann hinter Ernst. Er war es, der bei Nennung seines Namens gekichert hatte. Ernst fand ihn extrem unsympathisch.

„Nein, bin ich nicht!", und dem Tresen zugewandt, „Ich möchte, dass mich der Arzt noch heute behandelt." Ernst hatte die Arme verschränkt wie der Schwertträger der Oskar-Statue. Dabei schaute er die Frau hinter dem Tresen standhaft an.

„Wir sind hier nicht bei *Wünsch dir was!*", mischte sich die Frau mit dem Jungen aus heiterem Himmel ein. „Entweder Sie sind fertig … oder … also, ich habe ein kleines Kind dabei und wir haben nicht endlos Zeit, wie Sie sich denken können."

„Klar", dachte Ernst, „jetzt wird die Mutter-Kind-Karte gespielt. Die zieht immer."

Der etwa Zehnjährige schien mit den Worten seiner Mutter, was die Bezeichnung zum Kleinkind anging, nicht einverstanden zu sein. Der Junge trat ihr, übermütig, aber fest, an das Schienbein. Seine Mutter hatte nicht mit dem Angriff gerechnet. Sie rang nach Luft wie eine Ertrinkende, bemühte sich aber, den Schmerz durch ein verzerrtes Grinsen zu überspielen.

„Danke für deine tatkräftige Unterstützung, mein Junge!", rief Ernst und hielt den Daumen hoch. Die Gesichtsfarbe der Frau wechselte ins Dunkelrote. Ihre Schnappatmung war nicht zu überhören.

Der Arzthelferin wurde langsam klar: Die kleine Person vor dem Tresen wurde zum Problem. Der Typ hielt den Praxisbetrieb auf. Ihr Job war es, für Ordnung zu sorgen. Dem wurde sie gerade nicht gerecht. Auch den Patienten im Wartezimmer war der Tumult im Empfangsbereich der Zahnarztpraxis nicht entgangen. Sie hatten neugierig geworden die Milchglastür geöffnet. Man wollte wohl nichts von der kurzweiligen Einlage verpassen.

Das Telefon klingelte. Es war wie eine Flucht nach vorne und die Frau hinter dem Tresen nahm den Anruf dankbar entgegen.

„Praxis Dr. Lahnstein, Hildesheimer! Wie kann ich Ihnen helfen?“

Im Raum, aber auch im Wartebereich, herrschte wie auf Kommando absolute Stille. Sogar der Junge schien neugierig geworden zu sein über den Verlauf des Gesprächs.

„Ach, Sie haben eine Krone verloren? Das tut mir …“ Es schien, als prasselten Hunderte von Wörtern im Maschinengewehr-Takt durch den Hörer, und die Frau hinter dem Tresen war für eine Minute sprachlos.

„Halt, halt, warten Sie! Zu meinem Bedauern haben wir heute leider keinen Termin mehr frei. Wie wäre es mit … ach, Sie sind Privatpatientin? Oh, darf ich Ihren Namen erfahren? Roos? Und bitte das Geburtsdatum. Ich wiederhole: 28.07.1953. Gerne, Frau Roos. Könnten Sie gleich kommen? Hier in der Praxis ist es gerade ruhig und wenn Sie…“

Im selben Moment wurde der Frau bewusst, dass ein Dutzend und mehr Patienten ihrem Gespräch gelauscht hatten. Sie stockte. „Äh, also, vielleicht könnte es doch etwas dauern …“, ihre Stimme wurde leiser und ihr Gesichtsausdruck zeigte extreme Unsicherheit. Sie beendete das Gespräch mit den Worten: „Kommen Sie gleich vorbei, liebe Frau Roos. Der Doktor wird sich kümmern.“

Ernst war sprachlos. Was war bloß mit der zahnärztlichen Versorgung los? Ihn versuchte man abzuwimmeln und dieser Frau, einer Privatpatientin, kroch man in den Allerwertesten. Regierte nur noch die Knete? Und blieb der schmerzgeplagte Kassenpatient dabei auf der Strecke? Die Empfangsdame ahnte, was nun kommen würde, und entschuldigte sich mit den Worten: „Ich hole schnell meine Kollegin!" Sie sprang auf und öffnete die Tür zu einem Nebenzimmer. Dort gerieten zwei weiß gekleidete Personen in das Blickfeld der wartenden Patienten. Ein Mann und eine Frau. Beide hielten Kaffeetassen in der einen, und ein mit Zucker überzogenes und, wie Ernst sich sicher war, ungesundes Hefegebäck in der anderen Hand. Wie ertappt schauten sie auf die Gaffenden. Nun war es auch dem älteren Mann hinter Ernst zu dumm geworden. „Das ist doch wohl die Höhe!", brüllte er. „Die Praxis ist zum Bersten voll. Und Sie, Herr Doktor, machen Kaffeepause!" Er schien den Zahnarzt zu kennen. Konnte ihn als Pausierenden identifizieren. Sofort stellte der Angesprochene die Tasse ab und verschwand fluchtartig durch eine rückwärtige Tür.

*

Genau einhundertzwanzig Minuten später war Ernst seine Schmerzen, aber auch den Backenzahn los. Es tat ihm richtig leid. So lange Jahre waren sie schon zusammen. Wie Pech und Schwefel, und der Zahn hatte stets einen guten Job gemacht. Hätte er ihn nur besser gepflegt. Seine Ex-Frau kam ihm in den Sinn. Auch sie hatte er lange Zeit vernachlässigt. Bis auch sie sich entfernt hatte. Aber zum Glück selbstständig. Bei dem Zahn musste mit einer Zange nachgeholfen werden. Nach dem Röntgen hatte der geflissentliche Dr. Lahnstein dem Hamburger eröffnet, dass sein Zahn mit der lustigen Bezeichnung ‚Drei Sieben' im linken Unterkiefer nicht mehr zu retten sei. Auch eine Krone würde bei Herrn Groß keinen Sinn machen. Doch er selbst sei Spezialist, was hochwertige Implantate angehe. Ernst ließ ihn einfach quatschen. Seine Schmerzen waren verflogen und das war mehr als die halbe Miete. Auch war es nicht der erste Zahn, den er verlor. Abgesehen von den Milchzähnen mussten schon ein halbes Dutzend der Beißerchen seinen Mundraum dauerhaft verlassen. Langsam wurde das Zermahlen von Speisen in seinem Kiefer zu einer Art ‚Try & Error-Spiel'. Aber auch zu einem ernsten Problem, was die Nahrungsaufnahme anging.

Bei dem ganzen Durcheinander hatte die Empfangsdame vergessen, erneut nach der Versichertenkarte zu fragen. Sie tippte zwar die Hamburger Adresse von Ernst in den Praxiscomputer. Aber da er nie wieder zurück in seine Heimatstadt wollte und konnte, würde die Rechnung des Arztes, wie viele andere Rechnungen auch, die an ihn gerichtet waren, in seinem rostigen Briefkasten ihr trauriges Ende finden.

Vergnügt und schmerzfrei verließ Ernst die Zahnarztpraxis.

Auf der anderen Straßenseite, bei der Jugendherberge, schien etwas passiert zu sein. Zahlreiche Menschen standen im Pulk zusammen und seitlich konnte Ernst auch einen Streifenwagen der Polizei erkennen. Vielleicht war es besser, erst einmal beim Italiener ein Eis zu essen und zu warten, bis sich die Ansammlung aufgelöst hatte. Doch seine Mundhöhle, so die Aussage des Zahnarztes, sei erst in zwei bis vier Stunden wieder zur Essensaufnahme bereit. Ernst setzte sich auf einen Plastikstuhl vor der Eisdiele und ließ sich einen doppelten Espresso kommen. Von Getränken hatte Dr. Lahnstein ja nichts gesagt. Neben ihm saß ein Rentnerpaar und löffelte Eis aus einem Eisbecher, hoch wie ein Gletscher der Antarktis. Ernst schaute neidisch auf den Sahneturm, der die Spitze des Glaskelchs krönte.

„Was ist dort drüben los? Ein Unfall?", fragte er die beiden. Sie stoppten abrupt ihre Schaufelei und an ihren Gesichtszügen konnte Ernst erkennen, dass die Unterbrechung nicht besonders gut ankam. Während der Mann das Schlemmen unter leichtem Kopfschütteln wieder aufnahm, meinte die Frau nur: „In so einem alten Wohnmobil haben sie wohl den entlaufenen Affen entdeckt. Die machen vielleicht einen Aufstand wegen des Viehs!" Schon hatte sie den Löffel wieder tief in das Eis geschoben.

Ernst hatte nur ‚altes Wohnmobil' verstanden. Sicher war nicht sein Hymer-Mobil gemeint. Eiskalt lief es ihm den Rücken herunter. Aber stand dort drüben bei der Jugendherberge noch ein anderes Wohnmobil? Er reckte den Hals, konnte aber bis auf die Menschenmenge nichts erkennen. Gerade fuhr ein Kleintransporter mit der Aufschrift *Tierpark Wismar* auf den Parkplatz und stoppte mit quietschenden Reifen.

Es nutzte nichts, er musste auf die andere Straßenseite und sich vergewissern, dass alles in Ordnung war.

*

Katta Rosa saß auf dem Armaturenbrett des Hymer-Mobils und ließ sich von der riesigen Menge vor dem Fahrzeug feiern. Ernst zog es vor, erst mal nicht zu erklären, dass es sich um sein Wohnmobil handelte. Aus dritter Reihe sah er zu, wie zwei Polizeibeamte um das Hymer-Mobil schlichen und an die Fenster und die Tür klopften. Der Tierpfleger im grünen Overall mit Aufschrift *Tierpark Wismar* lief überfordert hinter ihnen her. Er schrie: „Wir müssen das Fahrzeug aufbrechen, Rosa bekommt da drinnen keine Luft!" Ernsts Blick wechselte zum Affen. Der kratzte sich gerade entspannt am verlängerten Rücken und machte auf ihn nicht den Eindruck, unter akuter Atemnot zu leiden. Rosa hatte sich einen alten Faltplan von Papa geschnappt und war dabei, ihn zu einem Puzzle umzugestalten. Sicher der von Italien. Was sollte er bloß tun? Eines war klar, das Tier musste raus und er musste weg. Doch wie war der Affe in seinen Wagen gelangt? Er erinnerte sich an seinen Stopp beim Stadion. War Rosa dort durch die offen stehende Tür geschlüpft und hatte sich im Innern versteckt? Das könnte die Lösung sein.

Plötzlich zerrte ein Kind an seinem T-Shirt. „Hallo du, dir gehört doch das Auto. Nicht?“

Ernst erschrak. Alle Blicke waren plötzlich auf ihn gerichtet. Er kam sich gerade groß und wichtig vor statt nichtig und klein. Einer der Polizeibeamten musste die Worte des Kindes gehört haben und war zu ihm getreten.

„Sind Sie der Besitzer des Wohnmobils?“

Es machte wenig Sinn, das abzustreiten. In der Hosentasche fasste Ernst nach der Visitenkarte von Kommissar Stanovicz. Sie war so etwas wie sein Rettungsschirm.

„Ja, tatsächlich. Mir gehört das Hymer-Mobil. Also, eigentlich meinem Vater. Aber der ist vor…!“

Die Menge hatte die Lage richtig erfasst und brüllte im Chor: „Holt Rosa raus! Holt Rosa raus!“

Ernst schob sich durch die Menschenmenge und sperrte die Tür zum Innenraum auf. Er würde den Teufel tun und den Wagen betreten. Das sollten schön die hochbezahlten Polizeibeamten tun. Oder vielleicht der Tierpfleger. Und genau der übernahm den Job, Rosa einzufangen. Der Mann öffnete ein wenig die Tür, zwängte sich hinein und zog sie hinter sich wieder zu. Draußen verfolgten Ernst und die Anwesenden durch die Frontscheibe, wie er sich bemühte, den Primaten mit der Hand einzufangen. Es war ein Katz- und Mausspiel: Mal saß Rosa auf dem Bett und der Tierpfleger lag über dem Beifahrersitz. Mal warf sich der Pfleger auf Mamas Wolldecke und der Primat kreischte herzergreifend vorne auf dem Armaturenbrett. Ernst hatte etwas Angst vor Gerüchen oder Schäden im Fahrzeug. Endlich konnte der Pfleger das Tier ergreifen und Rosa ergab sich in ihr Schicksal. Beide, der Affe und der Pfleger, verließen unter lautem Beifall den Hymer. Der Tierpfleger wandte sich mit dankbarem Blick an Ernst: „Kommen Sie mit in den Tierpark. Sie haben uns Rosa zurückgebracht. Es gibt auch eine Grillwurst und ein Tässchen Bier." Die Menge grölte und einige Umstehende klopften Ernst kräftig auf die Schultern. Einer rief: „Toller Typ, danke!" Die Polizeibeamten legten grüßend zwei Finger an die Mütze und liefen zu ihrem Streifenwagen. Auch die Menge löste sich langsam auf. Ernsts Magen meldete sich. Hatte der Pfleger nicht etwas von Bratwurst erzählt?

*

Knapp zwei Stunden nach der Zahnextraktion biss Ernst vorsichtig in die heiße Thüringer Bratwurst. Sie steckte in einer Semmel und war dick mit Senf beschmiert. Allein der Geruch, der von ihr ausging, ließ Ernst schaudern. Er bemühte sich, die andere Kieferseite zum Beißen zu benutzen, und es gelang ihm nur leidlich. Der

Direktor des Tierparks, Herr Riemenschnitter, hatte sich ausgiebig bei Ernst bedankt und etwa ein Dutzend Hände musste der Hamburger schütteln, bis ihm alle Pfleger und Angestellte des Parks gedankt hatten. Er nahm es gelassen, obwohl er ja nichts dafür konnte, dass sich das Tier unbemerkt in das Wohnmobil geschlichen hatte. Man hatte ein kleines Bierfass angezapft und es schien, Rosas Flucht war nur ein vorgeschobener Anlass zu einer Veranstaltung gewesen. Ausgelassen bis Mitternacht feierte man die Rückkehr Rosas in den Tierpark.

„Auch Rosa bekam vor dem Schlafen einen besonderen Happen!", erklärte eine Pflegerin, die extrem nah an den Hamburger herangerückt war. Nur mit Mühe gelang es ihm, Abstand zu halten. „Alkohol macht anhänglich", dachte Ernst und ließ sich noch ein Bier zapfen. Als er in der Runde von seiner Fahrt zum Onkel nach Rostock erzählte, bot man ihm sofort an, das Hymer-Mobil auf dem Gelände abzustellen und dort die Nacht zu verbringen. Ernst nahm dankend an. Riemenschnitter informierte ihn, dass er den Tierpark nur ehrenamtlich leite. Beruflich, so erklärte er, sei er Geschäftsführer der *Wismarer Darlehens Bank*. Sofort fielen Ernst die Fünfzig-Mark-Scheine ein und er sprach den Bänker darauf an.

„D-Mark-Scheine? Kein Problem, bringen Sie das Geld doch morgen früh bei der WiDaBa vorbei. Wir tauschen sie dort umgehend in Euro."

Schwankend lief Ernst spät in der Nacht zurück in sein Wohnmobil. Unzählige Tiergeräusche begleiteten ihn. Es hatte etwas von Grzimeks *‚Serengeti darf nicht sterben!‘* Das hier wäre etwas für Papa gewesen. Der liebte wilde Tiere und sein größter Wunsch war es gewesen, einmal nach Afrika zu reisen und an einer Safari teilzunehmen. Er, Ernst Groß, hatte das fast geschafft. Zumindest, was den Tierbestand hier im *Tierpark Wismar* anging. In voller Montur fiel Ernst auf Mamas karierte Wolldecke. Es roch etwas streng, glaubte er. Ob der Affe … doch bevor er weiter darüber nachdenken konnte, war er schon in den Tiefschlaf gefallen.

Kapitel 5
Unser Fiffi frisst kein Viagra

Heftige Schmerzen und Lärm weckten Ernst im Hymer-Mobil auf. Die Zahnbeschwerden von gestern hatten zugunsten von Kopfschmerzen gewechselt. Aber er war sich sicher, diese mit einer Tablette *Kater-Ex*, schnell aus der Welt zu schaffen. Er schaute auf sein Handy. Mist, es war schon nach zehn Uhr am Morgen. Gerade hatte der Tierpark Wismar seine Pforten geöffnet und die Besucher blickten im Vorbeilaufen neugierig in das Wohnmobil, bevor sie weiter zu den Gehegen spazierten. Ob sie glaubten, dass er die neueste Attraktion hier im Tierpark darstellte?

Ernst gab dem Mitarbeiter an der Kasse Bescheid, den Park verlassen zu wollen, und rangierte, Minuten später, das Hymer-Mobil vorsichtig zwischen Kinderwagen und Tretroller auf die Straße. Er musste unbedingt vor Mittag bei Herrn Riemenschnitter eintreffen. Trotz all der Kopfschmerzen war ihm das Geldtauschangebot von heute Nacht wieder eingefallen.

Die von Riemenschnitter angegebene Bank lag in der Wismarer City und Ernst war klar, er musste weit außerhalb parken und dabei ein Stück Fußweg in Kauf nehmen. Jetzt nur noch das Geld einstecken und er konnte loslaufen. Ernst war sich sicher, die fünfzehn Geldscheine in ein Kuvert gesteckt und dieses im Hängeschrank hinter den Tassen deponiert zu haben. Doch nachdem er das gesamte Geschirr aus dem Schrank auf die Spüle geladen hatte, blieb das Kuvert unauffindbar. Er bekam Schweißausbrüche. Das konnte doch nicht sein. Er sah im zweiten Schrank nach. Aber auch dort keine Spur eines Kuverts. Dafür fiel ihm der alte Korb von Mama entgegen. Für einen Moment fühlte er sich in die Zeit zurückversetzt, als Mama mit ihren beiden Kindern im Wald zum Pilzesammeln unterwegs gewesen war. Sie selbst hatte diese Kenntnisse von ihrem Vater, einem begnadeten Sammler, übernommen und war stets interessiert daran, sie an ihre beiden Sprösslinge weiterzugeben. Doch weder Ernst noch Klara fanden Gefallen am Sammeln von Pilzen. Wenn sie den Kindern wenigstens geschmeckt hätten. Abends am Tisch würgten sie das Pilzragout runter und nicht selten lief Ernst mit vollem Mund auf die Toilette, um den Bissen auszuspucken und hinunter in die Kanalisation zu spülen. Sollten die Ratten das Zeug fressen. Auch Papa aß Mamas Pilze immer voller Skepsis, erinnerte sich Ernst, während er vor dem Schrank im Hymer stand, den Korb in der Hand. Bestimmt plagten den Vater Bedenken, Mama könnte sich bei der Auswahl mal vertan haben. Aber weil alle danach noch lebten und nicht durch Vergiftung gestorben waren, schien sie genügend Kenntnisse über die Pilze gehabt zu haben, resümierte Ernst. Er schob den Korb zurück und suchte weiter nach den D-Mark-Scheinen. Doch sie tauchten nicht mehr auf. Ernst war verzweifelt. Es fehlte noch, dass jemand ihm die letzten Kröten geklaut hatte. Er war aber auch zu gutgläubig, ärgerte er sich. Nur selten hatte er das Wohnmobil verschlossen. Und wenn, ließ sich das alte Türschloss bestimmt mit einer Hutnadel öffnen. Enttäuscht von der Menschheit setzte er sich auf Mamas karierte Wolldecke. Es nutzte nichts zu jammern. Er musste zumindest dem Bänker Bescheid geben. Sicher erwartete er ihn.

*

Kurz nach elf betrat Ernst die *Wismarer Darlehens Bank*. Er schaute sich vorsichtig im Kassenraum um. Nachdem was ihm in den letzten Tagen passiert war, konnte es gut sein, dass er noch in einen Banküberfall geriet. Aber alles schien ruhig. Er fragte nach Herrn Riemenschnitter, nannte der netten Dame seinen eigenen Namen und mit einem eingeübten Lächeln brachte ihn die schlanke Schönheit nach hinten in das Büro des Filialleiters.

„Mensch, Groß. Schön, dass Sie kommen! Ich hatte kurz überlegt, ob ich das mit dem D-Mark-Tausch nur geträumt habe. Aber jetzt, wo Sie live und in Farbe vor mir stehen, bin ich sicher, es war nicht der Alkohol." Der Mann amüsierte sich. „Aber setzen Sie sich doch. Kaffee? Tee? Etwas Hartes?" Wieder lachte der

Bankdirektor lauthals. Als Ernst dankend ablehnte, verschwand die Dame und zog die Tür hinter sich zu.

„Das Geld ist … weg!“, gestand Ernst.

Riemenschnitter machte ein Gesicht, als habe man ihm eröffnet, er sei ab sofort seinen Job los und auf Arbeitslosengeld angewiesen. Er stutzte und Ernst klärte die unschöne Sache auf.

„Ich hatte die siebenhundertfünfzig D-Mark in einem Kuvert im Schrank deponiert. Nun ist es nicht mehr auffindbar. Irgendwelche … egal. Das Geld ist verschwunden!“

Der Filialleiter der Bank hatte kopfschüttelnd aus einer Schublade eine seltsam eckige Flasche und zwei Gläser gezogen. Geschickt schenkte er eine braunfarbene Flüssigkeit ein.

„El Maestro Sierra Solera!“, flüsterte er, als würden sie abgehört. *„Gran Reserva!“*, fügte er noch hinzu, während er nach dem Glas griff. „Das gibt es doch nicht. Wer macht denn so etwas? Lassen Sie uns auf den Schreck etwas trinken. Vierzig Jahre alt der Brandy. Sie mögen doch Brandy?“

„Schlimmer konnte es nicht kommen“, dachte Ernst und kippte den teuren Stoff weg wie Wasser aus dem Sprudler. Er schmeckte etwas nach altem Leder. Riemenschnitter hielt sein Glas noch immer unberührt in der Hand und schaute etwas pikiert, hielt sich aber mit jeglicher Bemerkung zurück.

„Und nun?“, fragte der Bänker, nachdem er an dem Schwenker genippt hatte.

„Keine Ahnung. Der Tank des Hymer ist voll. Ich werde wohl bis Rostock kommen. Aber dort den Onkel um Geld bitten? Nachdem wir uns sechsundzwanzig Jahre nicht gesehen haben gleich anpumpen? Nein!“

Riemenschnitter nickte und nahm einen weiteren Schluck.

„Das heißt einen Job suchen?“

Ernst nickte. „Da komme ich wohl nicht drum herum!“

„Könnten Sie auch nachts arbeiten?“, wollte der Leiter der Bankfiliale wissen. Ernst gingen trotz Alkohol und Kopfschmerzen einige Szenarien durch den Kopf. Ob er vielleicht Geld fahren sollte für die Bank oder Goldbarren im Tresor stapeln? Doch welche Wahl hatte er?

„Gut, ich nehme den Werttransporter-Job!“, rief er aus – noch ganz in Gedanken.

Riemenschnitter war etwas perplex ob der Aussage seines Gegenübers. „Wie meinen Sie?“

„Nein, vergessen Sie es. An welchen Job hatten Sie gedacht?“

Er nahm einen letzten Schluck, versteckte Flasche und Gläser wieder im Schreibtisch und antwortete: „Wissen Sie, Groß, meine Schwester Käthe und mein Schwager Sönke betreiben in Rerik einen Campingplatz, das *Ostseecamp*. Ich bevorzuge Hotels, mindestens fünf Sterne, Vollpension und Animation. Alles, was mit ‚ion‘ endet.“ Er lachte sich kaputt. „Nun, Sönke fehlen Mitarbeiter ohne Ende. Corona hat sie alle flachgelegt. Zwar nur für wenige Tage, aber auf dem ausgebuchten Platz benötigt er gerade jetzt jeden Mann. Er hat heute Morgen bei einem Telefonat darüber geklagt und mich gefragt, ob ich vielleicht jemanden kenne, der zwei Nächte als Platzwächter arbeiten könnte. Eine Vertrauensperson. Nun habe ich jemanden gefunden. Vorausgesetzt, Sie haben Zeit und Lust?“

Ernst hatte gar nicht nach der Entlohnung gefragt, sondern sofort zugesagt. Riemenschnitter kontaktierte sofort seinen Schwager und erklärte, die Stelle wäre noch frei. „Sie könnten auch länger bleiben. Wenn Sie alles richtig machen!“, grinste Riemenschnitter, nachdem er aufgelegt hatte. Ernst ließ sich nicht darauf ein, zwei Tage bzw. Nächte waren genug. Er wollte irgendwann auch mal in Rostock ankommen.

*

Das *Ostseecamp* lag zwischen Rerik und Kühlungsborn und Ernst hatte die ganze Fahrt über die Spritanzeige im Blick. Sie bewegte sich keinen Millimeter. Das fand er extrem merkwürdig. Seltsamerweise fielen ihm gerade die autofreien Sonntage im November und Dezember 1973 ein. Damals verbot die Regierung unter Bundeskanzler Willy Brandt tageweise das Autofahren. Grund war, dass die Scheiche massiv am Öl-Hahn gedreht hatten und der begehrte Rohstoff zur politisch-ökonomischen Waffe wurde. Der Entschluss der Eltern, zwei

Jahre später das Hymer-Mobil zu kaufen, lag am – für damalige Verhältnisse – geringen Spritverbrauch des Wohnmobils von knapp über zehn Liter.

Ernst befuhr gerade eine schmale mit alten Betonplatten belegte Straße, die ihn laut Karte zum Meschendorfer Weg bringen sollte. Er betete, dass ihm hier niemand entgegenkam. Doch er hatte Glück und blieb allein. Vor dem Campingplatz stellte er das Hymer-Mobil ab und spazierte den Berg hinunter zur Anmeldung. Sein erster Eindruck war, dass der gesamte Platz neu und modern war. Draußen vor der Anmeldung roch es nach Pizza. Sicher lag ein Restaurant oder Imbiss in der Nähe. Gegenüber auf der anderen Straßenseite betrieb man einen Einkaufsladen und wenige Meter entfernt lugte eine Art Piratenschiff durch die Bäume. Lautes Kindergeschrei war zu hören, Musik, dazwischen Hundegebell. Weiter unten schlugen die Wellen an den Strand. Badegäste liefen dort auf und ab und Ernst freute sich auf die Tätigkeit in der Campinganlage. Was immer auf ihn zukam.

„Mein Name ist Ernst Groß, ich soll hier für Herrn Sönke arbeiten."

Die junge Frau am Empfang hatte gerade etwas anderes zu tun als ihm zu antworten und der Hamburger setzte sich auf einen bereitgestellten Sessel. Nach einer Weile blickte sie endlich zu ihm auf.

„Sie möchten sich anmelden? Haben Sie reserviert? Ansonsten muss ich Ihnen leider sagen, dass wir völlig ausgebucht sind …!"

Als die Frau einatmete, sah Ernst seine Chance dazwischen zu grätschen. „Nein, ich bin der neue Platzwart. Ich soll hier arbeiten!"

„Oh!", rief die Frau überrascht. „Da hole ich Herrn Semmler. Der wird sie einweisen."

Semmler hatte eher das Aussehen eines Jungen als das eines Mannes und er tat sich etwas schwer mit dem *Du* und dem *Sie*. Mal rutschte ihm das *Du* heraus, mal sprach er Ernst mit einem *Sie* an. Ernst ließ sich in Ruhe alles erklären. Seine Aufgabe schien nichts Weltbewegendes zu sein: Nach zweiundzwanzig Uhr war im *Ostseecamp* Platzruhe angesagt und er sollte in gewissen zeitlichen Abständen seine Runden drehen. Immer mal einen anderen Bereich ablaufen. Bis um sechs Uhr am Morgen hatte er für Ruhe und Ordnung auf dem Campingplatz zu sorgen. Semmler gab ihm einige Telefonnummern: den Notruf, die Nummer der Reriker Polizei, aber auch die von Semmler selbst, der seiner Aussage nach auf dem Platz in einem Bungalow residierte. Er brachte Ernst persönlich zu einem Stellplatz nahe der Entsorgungsstation und etwa eine Stunde nach dem Eintreffen parkte das Hymer-Mobil unweit von gelben, schwarzen und blauen Containern. Es müffelte dort etwas, stellte Ernst fest und rümpfte die Nase. Sicher lag es an den Hügeln mit Rasenschnitt, die unweit vom Hymer-Mobil aufgeschüttet lagen. Aber es ging hier bloß um einige Stunden und den Tag würde er eh am Strand verbringen.

„Sie können alles nutzen. Fragen Sie Piet. Er gibt Ihnen ein Stand-Up-Paddle-Board oder was immer Sie benötigen. Aber pünktlich um zweiundzwanzig Uhr sind Ihre Dienste wieder gefragt. Wolle, also Wolle Weber, der diesen Dienst sonst macht, wird Mittwoch wieder übernehmen. Er liegt zurzeit mit Fieber im Bett, aber das wird schon. Wolle ist zäh! Ach ja, Herr Groß, Sie werden für beide Nächte mit zweihundert Euro entlohnt. Ist das o. k. für Sie?"

Ernst nickte dankbar. Mit zweihundert Euro kam er schon wieder ein paar Tage weiter. Womöglich sogar bis nach Polen zu Tymon. Dort würde der Freund ihm sicher eine Arbeit beschaffen können. Semmler drückte dem neuen Platzwart eine orangefarbene Warnweste in die Hand. Darauf stand in schwarzen Lettern *Sicherheitsdienst Ostseecamp*.

„Ich bitte Sie, die Weste heute Nacht überzuziehen. Damit sind Sie quasi der Ordnungshüter hier auf dem Platz und weisungsbefugt. Wenn Sie die Camper auf Lärm ansprechen müssen, haben die das umgehend abzustellen. Ansonsten wird der Platz am nächsten Tag für freundlichere und ruhigere Camper frei werden. Sie verstehen?"

Ernst hatte verstanden. Semmler drückte ihm noch zwei Bons für je ein Abendessen im Restaurant in die Hand. „Um Frühstück müssen Sie sich selber kümmern. Kaffee bekommen Sie als Platzangestellter zu jeder Zeit hier an der Anmeldung. Natürlich nur, wenn sie geöffnet hat. Sonst noch irgendwelche Fragen?"

Ernst spürte, dass Semmlers Zeit für ihn abgelaufen war, und unterdrückte weitere Fragen zu seiner Arbeit.

Er würde pünktlich um zweiundzwanzig Uhr die Weste anlegen und seinen Spaziergang über den Campingplatz beginnen. Das hätte er sich nicht träumen lassen. Dass er mal auf der anderen Seite stand. Auf der der Guten, der Wichtigen und der, die etwas zu sagen hatten. Er würde die Camper fair behandeln, nahm er sich vor. Aber auch nichts durchgehen lassen.

*

Fast hätte Ernst an seinem ersten Arbeitstag verpennt. Grund war, dass er mit der Weckvorrichtung des Smartphones nicht zurechtkam. Das Gerät hatte zur eingegebenen Weckzeit keinen Signalton von sich gegeben. Da musste er noch nachbessern. Zum Glück hatte kurz vor Arbeitsbeginn ein Autofahrer in nächster Nähe bei laufendem Motor seinen Müll entsorgt und die Tonnendeckel etwas fest zugeschlagen. Normalerweise müsste er den Camper anmeckern. Andererseits hatte er ihm den Hintern gerettet. Was, wenn er erst gegen Mitternacht aufgewacht wäre? ‚*No money, no cry*', fiel ihm der alte Bob-Marley-Song ein. Einige Momente später war er sich nicht mehr sicher, ob es ‚*No woman, no cry*' hieß. Egal, er hatte nun gewissermaßen die Platzgewalt. Handelte stellvertretend für den Eigentümer und schützte die Camper-Schar vor Lärm und Ärger in ihrer wohlverdienten Nachtruhe. Andächtig zog Ernst seine orangefarbene Warnweste über.

*

Punkt zweiundzwanzig Uhr wurden alle lärmverursachenden Aktivitäten im *Restaurant Belvedere* und der *Anker-Strandbar* abgestellt. Man hielt sich vonseiten des Betreibers an die Ruhezeiten. Nun war es an ihm, für die Nachtruhe der Urlauber und Erholungssuchenden zu sorgen. Er machte sich auf den Weg. Hin und wieder fuhren noch Kinder mit Rädern über den Platz. Aber auch sie wurden von Minute zu Minute weniger. Ihre Eltern schienen ein Auge darauf zu haben.

Schon bald lernte Ernst, dass es sich bei Campern um freundliche und sehr lustige Menschen handelte. Sie saßen auch nach der Sperrstunde noch bei Bier, Grillwurst und Steak vor dem Wohnwagen oder ihrem Wohnmobil und Ernst schämte sich etwas, als sie ihn nach seiner Unterkunft ausquetschten, und er lenkte ab. Seine Warnweste wurde zum kulinarischen Freifahrtschein. Überall, wo er vorbeikam, bot man ihm etwas an. Schon nach Beendigung der ersten Platzrunde wankte Ernst leicht angetrunken mit schlechtem Gewissen zurück zum Wohnmobil. Er hätte die Anfragen zu einem Absacker oder einem kleinen Bier sofort dankend ablehnen müssen. Die Grillwurst und das halbe Steak, das man ihm fast aufdrängte, sorgte dafür, dass sein Magengrummeln verstummt war, und er nahm sich für den nächsten Abend vor, vor zweiundzwanzig Uhr auf alles Essbare zu verzichten. Hier bei seiner Runde wurde er gut versorgt. Ob Wolle das auch so handhabte? Und wenn nicht, er selbst würde ja schon übermorgen in Rostock sein. Nach ihm die Sintflut!

Die nächste nächtliche Tour ab 2.30 Uhr würde er nie mehr vergessen. Er hatte nur wenige Minuten Schlaf hinter sich. Bestimmt war der Alkohol schuld, aber auch die Angst vor dem Ausbleiben des Handy-Weckrufs. In der nächsten Nacht, das hatte er sich wiederholt geschworen, würde er tatsächlich auf Alkohol in jeglicher Form verzichten. Auch wenn es ihm bestimmt schwerfiel. Müde kletterte er im Dunkeln aus dem Hymer-Mobil und spazierte in den zugewiesenen Bereich, in dem überwiegend riesige Bungalows dominierten. Alles war ruhig hier, die Wege gut ausgeleuchtet. Hin und wieder schlich eine Katze vorbei und erschreckte ihn. Bestimmt schliefen die Urlauber schon. Morgen sollte die Temperatur nochmals ansteigen und die Camper benötigten sicher ihre Kräfte, um auf dem Stand-Up-Paddle-Board durchzuhalten.

Gerade als er sich auf den Rückweg zum Hymer machte und sich auf einige Minuten entspannten Schlaf freute, ertönte hinter ihm ein lauter Schrei. Daran schloss sich der weinerliche und laute Ruf eines Namens an: FIFFI!

Ernst war schlagartig hellwach. Hoffentlich schlitterte er nicht noch in einen Mord hinein? Das fehlte noch! Er überlegte kurz, ob er nicht so tun sollte, als habe er den Schrei nicht gehört. Doch hinter ihm wurde es plötzlich unruhig. Lichter wurden eingeschaltet, Türen öffneten sich und einige Camper traten schlaftrunken heraus auf ihre blau und rot gestrichenen Veranden.

In einem Eckbungalow herrschte Festbeleuchtung und gerade, als Ernst davor auftauchte, trat eine kräftige, blondierte Frau aus der Tür. Sie wedelte mit den Händen über dem Kopf wie zu den Basslinien eines Rocksongs. Dazu weinte sie in einer Tonlage, die Gläser zerspringen ließ. Als sie Ernst in seiner orangefarbenen Weste erblickte, stoppte sie jegliche Aktivitäten und brüllte: „Herr Ordnungshüter! Gut, dass Sie kommen. Starten Sie sofort die Ermittlungen zum Tode meines Lieblings, Fiffi!“

Ernst blieben nur die Worte ‚Ordnungshüter‘ und ‚Tod‘ im Gehörgang hängen und er erschauderte. Wo war er da wieder hineingeraten? Mord? Totschlag? Natürliches Ableben? Alle Blicke der umherstehenden Camper waren auf einen Schlag auf ihn gerichtet und ihm wurde bewusst: Er musste nun etwas tun. Wann hatte er schon mal die Gelegenheit, wichtig zu sein?

*

Ernst trat auf die Veranda, näher zu der Frau. Sie mochte Anfang bis Mitte sechzig sein, aber erfahrene Maskenbildner und Schönheitschirurgen schienen dafür gesorgt zu haben, dass sie noch top in Schuss war. Ihr seidener Morgenmantel klaffte etwas auseinander und zeigte Bräune, wie sie Ernst nur von der Piz-Buin-Sonnencreme-Werbung aus dem früheren Fernsehprogramm kannte. Sie trug den Hauch eines schwarzen Spitzenoberteils, der ihren Busen entsprechend aus der Tiefe in den Vordergrund hob. Dazu einen Slip in gleicher Farbe. „Von dem bisschen Stoff könnte man sicher keine Krawatte herstellen", dachte der Platzwart. Die Camperin spürte Ernsts Blicke und einen Moment ließ sie diese zu. Dann verschloss sie die Seide mit einem schamhaften Augenaufschlag. Im selben Moment erinnerte sie sich wohl an den Grund dieses Treffens.

„Hugo!", brüllte sie laut. Ernst hörte polternde Schritte auf dem Holzboden des Bungalows. Nun erschien hinter der Frau ein Mann in gleicher Bronzefarbe. Er hatte eine Glatze und trug ein schwarzes T-Shirt, bedruckt mit goldenem Löwenkopf. Auch er hatte untenrum nur einen Slip an. Dazu hielt er eine E-Zigarette in der Hand.

Ernst war klar, er musste nun handeln. „Dann bitte ich Sie, mir genau zu erzählen, was geschehen ist!", begann er.

Hugo witterte seine Chance, endlich einmal gegen seine sprachgewandte Frau kommunikativ anzukommen und rief: „Man hat unseren Hund Fiffi vergiftet. Sicher die Holländer!“ Er zeigte über den Weg auf einen Bungalow, vor dem ein junges Ehepaar stand und verschlafen zu ihnen blickte.

Der Mann dort rief fassungslos: „Ik verbied dat!“, herüber.

Hugo ignorierte das. „Evi und ich wollten heute einfach mal eine schöne Liebes …, also einen schönen Abend genießen. Ich hatte alles vorbereitet: Champagner, Häppchen, Sie wissen schon, alles was Frauen so in Stimmung bringt.“ Er zog zwischendurch an der E-Zigarette. „Fiffi, unser Mischlingsrüde, leidet seit Jahren unter Asthma. Eigentlich hatten wir ihn vor acht Jahren, als wir ihn aus dem Tierpark in Arenal holten, Malle getauft. Meine Frau und ich lieben Mallorca, müssen Sie wissen. Wir haben da auch eine kleine Wohnung. Ja, und irgendwann begann er zu pfeifen.“

„Pfeifen? Wie pfeifen?“, wollte Ernst wissen.

„Er bekam Asthma, Herr Platzwart. Hundeasthma. Sicher ist Hugos Pafferei schuld!“ Seine Frau schien fassungslos über die Umgangsformen ihres Angetrauten.

Hugo zog die braune Wampe etwas ein und machte einen auf entrüstet.

„Und überhaupt, was laberst du da vom Liebesabenteuer, du Perverser. Du bekommst doch schon lange keinen mehr…“

Hugo war mit einem für seine Figur sportlichen Ausfallschritt auf die renitente Evi zugesprungen und hielt ihr den Mund zu. Das letzte Wort des Satzes blieb ihr im Halse stecken. Doch Ernst wusste genau, was sie meinte: Seine Ex-Frau hatte ihn auch oft mit solchen niederträchtigen Aussagen verletzt. Die ganze Sache mit dem toten Köter erinnerte ihn an das Ableben von Mamas Hund, Räuber. Das führte damals auch zu Verdächtigungen der Nachbarn und lange Zeit schaute man sich im Haus nicht mehr an. Man grüßte sich gegenseitig auch nicht mehr. Hier würde es ähnlich enden. Nur dass die Nachbarn bald wieder verschwunden waren und in ihren eigenen vier Wänden, weit entfernt voneinander, weiterlebten.

Schon alleine für Mama und ihren Räuber musste er Licht ins Dunkel bringen, glaubte Ernst.

„Aber wie kommen Sie dazu, die Nachbarn zu verdächtigen?“ Ernst zeigte mit dem Zeigefinger seiner Hand auf die Niederländer. Das Paar drängte sich erschrocken noch enger zusammen.

„Der hat sich beschwert über den Lärm von Fiffi“, antwortete Hugo.

„Und er hat ihn getreten!“, ließ Evi alle Anwesenden wissen.

„Der Köter hat mich auch gebissen!“, rief der Holländer plötzlich in bestem Deutsch und er zeigte auf seine Wade, die unter dem weißen Cord-Bademantel in ebensolchem Weiß herausstach.

„Wie ist Fiffi denn zu Tode gekommen?“ Ernst registrierte, dass sich einige der Anwesenden schon wieder gelangweilt und zu Gunsten ihrer Nachtruhe zurückzogen. Das konnte ihm ganz recht sein.

Hugo und Evi schauten sich an und zuckten mit den Schultern. „Er lag plötzlich da und pfiff nicht mehr!"

„Wollen Sie das arme Tier nicht mal anschauen, Herr Polizist?" Evi wurde etwas giftig. „Kommen Sie mit, Fiffi liegt in der Küche!"

*

Der Hund war bedeutend größer als Mamas Chihuahua. Er lag auf dem Rücken, die kleinen schwarzbehaarten Beine nach oben gen Himmel gestreckt. Es kam dem Hamburger erst vor, als würde ihn das Ehepaar mit einer Hundeattrappe oder einem ausgestopften Tier verarschen wollen. Er erwartete jeden Moment, dass Barbara Schöneberger mit ihrem Slogan *Verstehen Sie Spaß* durch die Salon-Tür der Küche marschiert kam. Doch das blieb leider aus. Fiffis, alias Malles, Zunge hing nach unten aus dem Maul. Was Ernst aber sofort auffiel war, dass der Penis des Hundes etwas herausragte. Das war doch nicht normal. Ernst überlegte, ob bei seinem eigenen Tod später einmal…! Nein, das musste wohl an der Gattung liegen, mutmaßte er. Er war kein Spezialist, was Hunde anging, und wo genau hatten die beiden das Tier noch her? Ach ja, von der Insel Mallorca. Ob das vielleicht eine Rolle spielte? Ernst kam es vor, als läge Fiffi auf der Lauer und spränge jeden Moment auf, um eine Hündin … nein, er wollte sich diesen Gedanken nicht vorstellen. Es ging hier einzig und allein um einen Todesfall. Ob Hund, Katze oder Maus, er hatte die Verpflichtung zu ermitteln und der hieß es nachzukommen. Ernst spürte, dass sein nachdenkliches Schweigen dem Ehepaar missfiel, und er kam einer spitzen Bemerkung mit einer schnellen Frage entgegen: „Was hat Fiffi denn zu Abend gefressen?"

Ernst spürte, dass das Wort ‚fressen' Evi nicht gefiel. Sie stoppte ihr Schluchzen und schwärmte, dass Fiffi ein Feinschmecker sei bzw. war.

„Er aß nur die edle Kost vom Sylter Tiernahrungsproduzenten *Mac-Dog-Satt*. Ich habe es sogar mal mit einem Stück Rinderlende versucht. Nein, die hat er verachtend angeschaut und wir mussten das teure Stück später selbst grillen. Aber das Dosenfutter von *Mac-Dog-Satt*, das verschlang er. Es war so süß, ihm dabei zuzuschauen." Sie ließ ihren Tränen wieder freien Lauf und Hugo legte seinen Arm um seine Ehefrau. Sie ließ es zu.

Ernst schaute sich in der Küche um. Sie war modern und großzügig eingerichtet. Ein teurer italienischer Kaffeeautomat stand verlockend in einer Ecke. Hugo hatte die Blicke des Platzwartes richtig gedeutet.

„Möchten sie vielleicht einen doppelten Espresso. Also nur, wenn Sie das nicht als Bestechung werten."

Ernst nahm das Angebot dankend und ohne schlechtes Gewissen an.

Mit der kleinen Tasse in der Hand spazierte Ernst stolz durch die Küche. Er genoss es, wichtig zu sein, und die Blicke des Ehepaares zeigten, dass er alles richtig machte. Er blieb bei dem dreiteiligen Mülleimer stehen. Mit einem Blick zum Paar trat er auf den Auslöseknopf und der Deckel hob sich. Die Mülltrennung schien so weit in Ordnung zu sein. Da schimmerte etwas silbern aus dem Restmülleimer. Ernst stellte die leere Espressotasse ab und bückte sich. Er zog ein Tabletten-Blister heraus. Es hatte vormals vier Tabletten aufgenommen, die in Rautenform angeordnet waren. Drei blaue Tabletten davon waren noch in der Packung. Zu Zeiten seiner Rückenprobleme musste Ernst zahlreiche unterschiedliche Schmerztabletten schlucken, aber solche kannte er nicht. Er zog die Packung aus dem Eimer. „Sie trennen nicht ganz korrekt!", ließ er das Paar wissen. Plötzlich fiel sein Blick auf die Hände des Mannes. Sie zitterten wie Espenlaub und Ernst glaubte, dass die bronzefarbene Gesichtshaut sogar um eine Nuance heller geworden war. Evis Kopf schnellte hoch. Die Frau stoppte ihren Weinkrampf und ihr Blick wurde eisig. Dann rollte sie regelrecht auf Ernst zu. So, dass ihm angst und bange wurde. Sie entriss ihm die Medikamentenverpackung.

„Viagra?", schrie sie mit einem Blick auf die Packung und Hugo schien um einige Zentimeter zu schrumpfen.

„Vielleicht hat Fiffi ja davon gefressen?", warf Ernst mit einem flüchtenden Schritt nach hinten ein.

„Unser Fiffi frisst kein Viagra!", brüllte die Frau mit hochrotem Kopf. Ernst vermutete einen emotionalen Ausbruch. Doch hatte sich das tote Tier nicht gerade bewegt? Das Ehepaar musste doch die Vitalfunktionen des Rüden überprüft haben. Nein, das konnte nur eine Sinnestäuschung gewesen sein. Ob der Espresso seinen eigenen Kreislauf dermaßen in Wallung gebracht hatte, dass er…? Ernst erschauderte. Das gab es gar nicht, wackelte nicht Fiffis Schwanz? Das ganze Tier kam plötzlich in Bewegung. So, als habe man nach einem Herzstillstand den Defibrillator erfolgreich eingesetzt. Plötzlich setzte ein Fiepen ein, als würde eine Hundertschaft südafrikanischer Riesengrillen die Küche annektieren. Fiffi lebte! Er fiel in Zeitlupe auf die Seite, rappelte sich dann wie ein Boxer nach dem K.o. auf und schüttelte sich ausgiebig.

*

Ernst hatte Hugos Bitte zugestimmt, gemeinsam ein Glas Champagner auf den Schreck und die Wiederbelebung Fiffis zu trinken. Beide Männer machten es sich auf der Veranda bequem und prosteten sich zu. Evi hatte sich überaus glücklich mit dem plötzlich wieder quietschfidelen Fiffi zu einem Strandspaziergang abgemeldet.

„Ich bin der Hugo, sag einfach Hugo zu mir!" Der Mann hielt Ernst eine Visitenkarte hin und erklärte: „Wenn du mal Hilfe benötigst, ich bin für dich da, mein Freund!"

„Danke, ich bin der Ernst!", antwortete der Sicherheitsbeamte des *Ostseecamps* unter Gähnen und verzichtete auf die Nennung seines Nachnamens.

„Weißt du, Ernst, wenn du nicht gewesen wärst…!" Hugo schüttelte seinen Kopf und es kam dem Hamburger vor, als stünde der großgewachsene und leicht übergewichtige Mann kurz vor einem Weinkrampf. „Im Moment läuft eh alles Scheiße! Entschuldige die Wortwahl."

Ernst entschuldigte großzügig. „Ich kenne das gut, Hugo!"

„Unser Sohn hat vor drei Jahren im Urlaub ein Mädel kennengelernt und die hat dann auch ein Kind von ihm bekommen. Obwohl ich nicht sicher bin, dass er auch der Vater ist. Weißt du, Ernst, Jendrosch ist etwas …", Hugo griff sich an die Stirn, „…also nicht behindert, eher leichtgläubig und diese Lieselotte Dauberschmidt hat ihn voll auflaufen lassen. Sicher hat er ihr großspurig von meinem Reichtum erzählt. Und ich habe gehofft, der Junge wird mal die Straßenbaufirma übernehmen. Anfangs sah es auch so aus, aber dann…! Na ja, was soll ich sagen. Jetzt hat die Mutter das Kind und wir dürfen es kaum sehen. Wir haben uns entschlossen, dagegen vorzugehen und zu klagen – für das alleinige Sorgerecht Jendroschs. Der zieht zwar nicht mit, noch nicht, aber egal. Evi und ich kümmern uns um das Kind, wenn ... ach, was belästige ich dich damit, mein Lieber. Sicher hast du genügend Probleme an den Hacken." Er schaute etwas erschrocken und ergänzte dann: „Wie jeder von uns!"

Ernst nickte. Dann versuchte er Hugo zu beruhigen. „Das mit Fiffi war sicher nur ein Missverständnis. Die Sonne hat ihm zu schaffen gemacht, sonst nichts. Pack ihn das nächste Mal in den Schatten!“, schlug Ernst vor.

„Nein, nein. Er hat tatsächlich eine der … du weißt schon … Tabletten gefressen.“

Ernst war baff! „Du meinst … er hat eine Viagra …?“

Hugo nickte. „Ich hatte sie unter dem Kopfkissen deponiert. Wollte Evi mit einer Erektion … o. k., vergiss es. Auf jeden Fall war die Tablette verschwunden, als wir zu Bett gingen. Evi hat dem Hund oft Leckerlis zugesteckt. Vielleicht hat er geglaubt, die Tablette sei eines. Und kurz darauf verstummte Fiffis Asthma-Gepiepe.“

„Das könnte tatsächlich die Lösung sein, Hugo. Und danach hast du die restlichen Tabletten entsorgt?“

Hugo nickte mit reumütigem Blick. „Glaube mir, danach stand mir nichts mehr…!“

Beide blickten sich an und begannen entspannt zu lachen.

*

Herr Semmler war ganz angetan von Ernsts Leistungen. Nach Abschluss beider Nachtschichten hatte er den Kurzzeitangestellten in sein Büro gebeten.

„Möchten Sie abschließend noch einen Kaffee?"

Ernst wollte.

„Und du bist dir sicher, nicht länger hier arbeiten zu wollen? Wir haben nur Gutes gehört von deinem nächtlichen Wirken. Man berichtete, Sie haben Streitigkeiten geschlichtet und diverse Probleme mit einem Hauch Coolness abgewendet. Hugo Borowsky, einer unserer finanziell gut gestellten Dauercamper aus Dortmund, hat sich gar nicht mehr eingekriegt mit Lobeshymnen über Sie. Als ob du ihn bestochen hättest! Nein, das war natürlich Spaß." Er lachte. „Borowsky veranstaltet heute Abend für alle Nachbarn ein Grillfest auf seinem Platz. Sie müssen wissen, er ist ein erfolgreicher Geschäftsmann, besitzt ein großes Unternehmen, das Straßen baut. Sicher ist dir der Name Borowsky schon mal auf einer Autobahn-Baustelle aufgefallen. Der steht in Nordrhein-Westfalen gefühlt auf jeder Baumaschine. Und Borowsky hat einiges für das Camp gespendet. Unter anderem wurde der Spielplatz von seinem Geld renoviert und umgebaut. Aber wie dem auch sei, Sie sind hier gern gesehen. Wir haben den Platz bis Ende Oktober geöffnet. Aber auch darüber hinaus suchen wir zuverlässige Kräfte, die das *Ostseecamp* über den Winter erhalten und bewachen. Wenn Sie also Lust haben…?"

Bei diesem hin und her zwischen Du und Sie wurde es Ernst ganz schummrig und er schüttelte den Kopf.

„Ich … ich melde mich und vielen Dank für das Vertrauen."

Er hielt dem Mann die Hand hin und der schlug ein. Semmler packte ein Kuvert von seinem Schreibtisch und hielt es Ernst hin. „Hier sind zweihundert Euro, plus ein kleiner Bonus!“

Ernst bedankte sich und spazierte in Richtung des Hymer-Mobils. Vor dem Bio-Müll stand ein Junge und warf gerade eine mit Essensresten gefüllte Plastiktüte in den offen stehenden Container.

„Halt, mein Junge. Du musst die Plastiktüte extra entsorgen!“, wies Ernst den Jungen an. Der gehorchte unter Achselzucken und warf die Tüte nach Leerung in den entsprechenden Container.

„Na, geht doch!“

Der Junge lief stumm weiter. Dabei hielt er den Stinkefinger hoch über seinen Kopf.

Im Kuvert lagen sechs Fünfzigeuroscheine. Ernst war ganz begeistert. Das war mehr, als er erwartet hatte. Dank Semmler konnte er nun entspannt die restlichen Kilometer zum Onkel fahren und sicher damit auch den Sprit nach Polen bezahlen. Er startete das alte Wohnmobil und fuhr über den schmalen Weg in Richtung Straße. Eigentlich lief es doch prima. Na gut, er kam, was die Strecke anging, nicht so richtig voran. Aber ansonsten konnte er nicht klagen. Alle Personen, mit denen er in den letzten Tagen zu tun hatte, waren ihm stets wohlgesonnen gewesen. Allein, wenn er die Ausbeute an Visitenkarten anschaute…! Alles sprach dafür, dass sein Entschluss, Hamburg in Richtung Polen zu verlassen, richtig gewesen war. Ernst schaltete gerade in den vierten und letzten Gang, als der Motor des Hymer-Mobils kurz vor dem Aussichtsturm *Wichmannsdorf* verstummte.

Kapitel 6
Das Pedelec ist weg

Der riesige Traktor, der neben dem Hymer-Mobil zum Halten kam, erinnerte Ernst an seine Kindheit. An Märchen mit Riesen, Zwergen und anderen kleinen Lebewesen, die ihm seine Mutter oft vorgelesen hatte. Es war damals als Einschlafhilfe gedacht, bewirkte aber das Gegenteil. Ernst lag dann die halbe Nacht wach und hörte voller Angst in das Zimmer hinein. Jedes auftretende Geräusch ließ ihn die Bettdecke über den Kopf ziehen. Mama glaubte damals bestimmt, ihrem Sohn mit dem Vorlesen eine große Freude zu bereiten. Doch es hatte ihm jedes Mal vor dem abendlichen Vorlesekult gegrault. Er hatte sich nie getraut, die Mutter zu enttäuschen und zu bitten, es sein zu lassen. Diese Erinnerungen kamen in Ernst hoch, als er zu dem Mann aufschaute, der oben in der Kabine des Monsters thronte.

„Kann ich helfen?", brüllte der Unbekannte.

Ernst tat sich schwer, die Worte zwischen lautem Diesellärm und dem Gehupe der genervten, hinter dem Traktor zum Stillstand gekommenen Autofahrer zu verstehen. Plötzlich fuhr die Maschine an und setzte sich vor den Hymer. Der Fahrer stoppte den

Motor, kletterte mehrere Stufen aus dem Fahrzeug hinunter und trat an das offene Fenster des alten Wohnmobils.

„Na, was für ein Problem zeigt denn das alte Schätzchen?"

Auch Ernst kletterte vom Fahrersitz und verließ sein Gefährt. Der Mann konnte nicht viel jünger sein als er selbst. Er hatte noch volles, rotes Haar wie Feuer und ein Grinsen, dass sicher alle, die er ansprach, mitriss. Ernsts Laune veränderte sich schlagartig und er fühlte wie es ihm trotz der erneuten Panne schon besser ging. Wieder bot sich jemand spontan an zu helfen, hier, keine halbe Stunde von seinem Etappenziel Rostock entfernt.

„Hallo und danke, dass Sie angehalten haben. Der Motor streikt. Ich stehe hier schon eine Weile, doch alle ignorieren mich."

„Schon mal mit dem ADAC versucht?"

Ernst hatte befürchtet, dass die Frage kommen würde.

„Die haben gerade keinen Wagen in der Nähe!", behauptete er stramm.

„Seltsam, ansonsten ist auf die Jungs Verlass. Aber die Unmengen an Touris, die gerade in Scharen zur Ostsee strömen. Manchmal glaube ich, die kümmern sich das ganze Jahr nicht um ihr Auto. Im Urlaub dann, wenn sie liegenbleiben, rufen sie sofort hysterisch den Pannendienst. Egal, ob Sprit fehlt oder nur der Reifendruck etwas zu niedrig ist! Also, nicht missverstehen.

An diesem alten Teil", er blickte auf den Hymer, „kann man sicher nichts vorhersehen."

Ernst bestätigte die Gedanken des Unbekannten durch ein Kopfnicken. Hier auf der Lichtung neben der Landstraße war es angenehm kühl. Unterwegs hatte er bedauert, dass das alte Hymer-Mobil nicht mit einer Klimaanlage ausgestattet war. Dagegen sah der Traktorfahrer entspannt aus. Bestimmt war das Riesenteil vollklimatisiert.

„Vielleicht haben die Autofahrer auch geglaubt, Sie machen bloß ein Nickerchen?", holte der Mann Ernst aus seinen Gedanken zurück. Im selben Moment fuhr ein älteres Biker-Paar an den Fahrzeugen vorbei und schaute neugierig auf das seltsame Gespann.

„Kann sein. Aber damit ist mir halt nicht geholfen."

„Das ist wahr. Also, ich selbst habe wenig Ahnung von Motoren. Vielleicht liegt es ja nur am Sprit, der fehlt. Diesel oder Benzin?"

„Benzin!", seufzte Ernst. „Für einen Dieselmotor hat es bei Papa und Mama 1972, beim Kauf des Hymer-Mobils, nicht gereicht."

Was den Blick anging, erschloss sich dem Mann die Antwort wohl nicht.

„Wo wollen Sie denn hin?"

„Nach Rostock!"

„Gut, wir sind nicht so weit von meinem Hof entfernt. Ich könnte sie bis dorthin oder aber auch bis Ortseingang KüBorn abschleppen. Dort lassen Sie mal einen Fachmann nachschauen." Der Unbekannte schaute auf die Uhr. „Es ist noch früh. Da werden die Werkstätten im Ort geöffnet haben.“

*

Wenige Minuten später hing Ernst an einer stabilen Kette und der Trecker zog ihn in einer Geschwindigkeit über die Landstraße, die ihm hinter der Windschutzscheibe angst und bange machte. Er hatte etwas Bedenken, jeden Moment abzuheben.

„Einfach mit der Bremse arbeiten. Der Trecker schüttelt sich nur, sollte ihm das alte Wohnmobil hinten auffahren. Aber Achtung, wenn ich die Rundumleuchte einschalte, sind wir fast am Ziel angekommen. Ich lasse das Fahrzeug auf einer flachen Wiese vom Haken. Aber wachsam sein, ich bremse ganz langsam. Alles klar?“, hatte der Mann vor Fahrtbeginn beruhigend gemeint. Aber das führte bei Ernst nur zum Gegenteil. Er schwitzte im Fahrerhaus und war sich sicher, es lag nicht an den Außentemperaturen. Er spürte, wie sein Herz in Überschallgeschwindigkeit schlug, und hoffte, es setzte nicht aus wie der Motor des alten Hymer-Mobils vor einer guten Stunde.

Die fünf Kilometer in Richtung des Ostseebades verstrichen wie im Fluge und Ernst war sich sicher, sogar die Autofahrer hinter ihnen kamen, was ihre Geschwindigkeit anging, kaum nach. Doch alles lief prima und kurz nach dem Ortsschild begann sich die Rundumleuchte des Treckers blinkend zu drehen. Ernst setzte den Fuß vorsichtig auf die Bremse, bis er Druck spürte, und stoppte das Fahrzeug sanft auf der vorhergesagten Wiese.

Beide Männer hatten ihre Fahrzeuge verlassen und spazierten aufeinander zu.

„Hat doch geklappt. Ich hätte Sie auch nach Rostock fahren können. Gegen Sprit, versteht sich", grinste der Rothaarige. Ernst war klar, das war nur so ein Spruch. Sicher betrieb der Mann keinen Abschleppservice und hatte genug zu tun, die Ernte einzufahren oder sonst irgendetwas Landwirtschaftliches zu erledigen.

„Ich habe unterwegs mal rumtelefoniert. Sie sollten zu Tankstätter gehen. Der Kfz-Meister betreibt an der *Neuen Reihe* eine freie Werkstatt. Ich habe ihn kontaktiert und sie angekündigt. Das war doch in Ihrem Interesse?"

Ernst freute sich und verschluckte sich an seiner eigenen Spucke, als er antworten wollte.

„Schon gut, links die nächste Straße rein, dann immer geradeaus. Die Werkstatt befindet sich auf der linken Seite."

„Was bin ich Ihnen schuldig?", wollte der Hamburger wissen.

Der Treckerfahrer winkte ab. „Ich wünsche Ihnen viel Erfolg und dass es kein großer Schaden am Motor ist. Also dann, gute Fahrt."

Leichtfüßig kletterte der Rothaarige hoch in die Kabine und bewegte die gewaltige Maschine zurück auf die

Straße. Dann bog der Trecker hinter dem Hymer-Mobil ab. Ernst hörte noch eine ganze Weile den PS-starken Dieselmotor.

Er schaute sich um. Das Wohnmobil stand auf einer öffentlichen Wiese nahe eines Hofs. Von der Ostsee war weit und breit nichts zu sehen. Von Touristen auch nichts, außer zahlreichen Fahrzeugen und Wohnmobilen, die in Richtung Stadtzentrum unterwegs waren. Viele davon bestückt mit neuen Fahrrädern, die wie schwere Waffen hinten auf den Anhängerkupplungen thronten. Die Republik hatte ein echtes Luxusproblem.

Ernst vergewisserte sich, dass sich die dreihundert Euro noch in seinem Geldbeutel befanden und steckte diesen ein. Dann schloss er das Hymer-Mobil ab und spazierte weiter in Richtung der vermeintlichen Kühlungsborner Innenstadt.

*

Nach sechs Minuten Fußweg hatte Ernst die empfohlene freie Werkstatt erreicht. Draußen auf dem Hof waren jede Menge Fahrzeuge abgestellt. Der Hamburger bekam etwas Angst, dass sich der Besitzer und sein Team aufgrund von Instandsetzungsarbeiten vielleicht nicht so bald um das Hymer-Mobil kümmern könnten. Er klopfte fest an das offen stehende Werkstatt-Tor, doch niemand kümmerte sich um ihn. Drinnen hievten gerade zwei Männer einen dicken Reifen auf die Nabe eines Transporters. Ein dritter Mechaniker, unweit von ihm, hing fast im Motorraum eines älteren Ford C-Max.

Noch bevor Ernst etwas sagen konnte, grummelte der Mann aus dem Motorraum: „Sie sind sicher der Typ mit dem Hymer-Mobil?"

Ernst bestätigte das. Langsam schob der Mann seinen Oberkörper zurück und hielt ihm die verölte, verdreckte Hand hin. „Tankstätter, Gunnar Tankstätter!"

Ernst schaute etwas verwirrt auf die Hand und nickte nur.

Tankstätter putze seine Hände an einem Lappen ab, der ebenso schwarz und verölt war. Ernst war sich sicher, dies würde an der Verschmutzung nichts ändern.

„Und der Motor ist abgestorben? Einfach so?"

Ernst erzählte dem Mann die Geschichte vom ersten Motoraussetzer auf der Autobahn, kurz hinter Lübeck. Auch die nicht funktionierende Tankanzeige erwähnte er.

Tankstätter hatte sich eine Filterzigarette angezündet und auf einem leeren Fass vor der Werkstatt Platz genommen. Er zog einmal, zweimal an der Fluppe und schien zu überlegen.

„Alte Benzintanks haben oft Schwierigkeiten mit der Entlüftung", begann er zwischen zwei weiteren Lungenzügen. Ernst lehnte sich an einen alten grauen Trabant und hörte interessiert zu.

„Das führt irgendwann mal dazu, dass sich der Tank zusammenzieht. Passten vorher vielleicht sechzig Liter hinein, können es anschließend bedeutend weniger sein. Je nachdem, wie stark der Behälter sich unter Vakuum zusammengezogen hat." Er schaute auf Ernst und der nickte.

„Gut! Das heißt, der Fahrer glaubt der Anzeige, die ihn glückselig auf einen vollen Tank hinweist. Vorher hatte er vielleicht nur zehn Liter aufgefüllt. Dann geht mir nix, dir nix der Motor aus und die zehn Liter sind verbraucht. Verstehst du?"

Ernst verstand. Es konnte sein, dass der Tank des Hymer-Mobils nur noch wenige Liter fasste. Papa hatte sicher schon lange nicht mehr aufgetankt. Geschweige denn nachgeschaut oder sich überhaupt Gedanken über den Hymer gemacht. Er musste sich schon Monate vor seinem Tod sicher gewesen sein, das geliebte Fahrzeug nicht mehr bewegen zu können.

„Ich glaube, dass der alleinige Grund des Motoraussetzers Spritmangel ist. Bill wird den Wagen mit dem Schlepper abholen. Sollte es der Tank sein, blasen wir ihn mit Druckluft auf, bohren ein größeres Löchlein in den Tankdeckel und du kannst deine Fahrt fortsetzen."

Erst wollte Ernst nach dem Preis fragen. Doch er war noch im Besitz der dreihundert Euro. Das sollte für Reparatur und etwas Benzin reichen.

„Geh schon mal vor zum Wagen. Der steht ja, wie Bauer Knolle berichtet hat, an der Ecke *Pfarrweg-Schlossstraße*. Warte dort, bis Bill kommt."

Tankstätter hatte die Kippe mit einem seiner Sicherheitsschuhe ausgetreten und war schweigend zurück in die Werkstatt spaziert. Ernst machte sich auf den Weg. Wenn das tatsächlich die Ursache seines Ärgers war, wurde ihm hier dauerhaft geholfen. Er erreichte den Hymer, als die Kirchglocke der Stadt Kühlungsborn den Mittag einläutete.

Schon von Weitem bemerkte er einen kleinen Zettel, den jemand hinter den Scheibenwischer geschoben haben musste. Als er näher kam, war klar, ein Knöllchen war es nicht. Das Papier war mit Schreibmaschine geschrieben und wies den Besitzer des parkenden Wohnmobils darauf hin, dass er hier – bei Bußgeld – nicht übernachten durfte. Der in schlechtem Deutsch verfasste Zettel kam vom Ordnungsamt der Ostseegemeinde und schloss mit einer unleserlichen Unterschrift. Ernst wunderte sich. Das war ja, wie ein Flugzeug vor dem Start zur Landung zu zwingen. Nie hatte er die Absicht gehabt, hier zu übernachten. So schön war die Wiese auch nicht. Was bildeten sich die Beamten bloß ein? Wie lange war er seit der Ankunft des Hymer-Mobil weg gewesen? Keine Stunde! Und schon hatten die Angestellten des Ordnungsamts ihn bzw. das parkende Wohnmobil entdeckt? Entweder sie verfügten über eine Armada an Kontrolleuren oder er hatte einfach Pech. Wie dem auch war, gerade kam ein gelber Abschleppwagen die Straße hoch und wendete auf der Wiese.

*

Tankstätter grummelte noch etwas Unverständliches zum Zettel der Gemeinde, den Ernst ihm gezeigt hatte. Dann gab er ein Wort zum Besten: „Arschlöcher!" Anschließend wandte er sich einer gerissenen Frontscheibe zu. Ernst verließ die Werkstatt und stieg auf das nagelneue E-Bike, dass ihm der Kfz-Meister überlassen hatte.

„Wir geben unseren Kunden stets ein E-Bike. So können sie während der Reparatur die Stadt erkunden und gehen uns hier nicht auf den Sack. Kennst du das? Während wir nach dem Fehler suchen oder einen Reifen wechseln, bespaßen die uns. Ähnlich wie im Zirkus!"

„Ich glaube, hier hat es geklappert! Oder war es dort?", machte der Mann einen Kunden mit hoher Stimmlage nach. Ernst nahm das Angebot dankend an. Es war nicht das erste Mal, dass er auf einem E-Bike saß. Bei einem früheren Ausflug hatte er sich mal eines ausgeliehen und war anschließend sicher, sich selbst mal solch ein Fortbewegungsmittel zuzulegen. Doch bisher war es nicht dazu gekommen. Finanziell gesehen war so ein teures Rad nicht drin. Ihm fiel Bärbel Boose ein, die Frau, der er seine Flucht und seine andauernde Euro-Schwäche zu verdanken hatte.

Auf die Frage, wann er zurück sein sollte, meinte Tankstätter: „Auf jeden Fall vor Feierabend. Der ist um 17.00 Uhr."

Da hatte er fast fünf Stunden Zeit und nahm sich vor, über den Ostsee-Radweg nach Heiligendamm zu radeln.

*

Nach einigen Hundert Metern durch Kühlungsborn radelte Ernst weiter am Strand entlang. Touristen hatten sich unter bunten Schirmen vor der Sonne versteckt oder mittels Abgrenzungen ihren Strandabschnitt gesichert. Kinder warfen sich Frisbees oder Bälle zu. Besitzer von Stand-Up-Paddling-Boards versuchten sich, bei leichtem Wellengang, krampfhaft auf ihrem Brett zu halten. Das Meer machte es ihnen nicht einfach. Ein Schild mit der Aufschrift ‚Hundestrand' geriet plötzlich in sein Blickfeld. Hundestrand? Wieso brauchten Hunde einen eigenen Strand? Pferde hatten doch auch keinen? Oder Katzen…? Nein, die Tour mit dem E-Bike sollte ihn entspannen und nicht aufregen. Mochten die Behörden hier in Kühlungsborn gerne jeden Morgen den Kot der Viecher aus dem Strand puhlen. Ihm konnte es schließlich egal sein. Sicher zahlten die Hunde auch Taxe. Hundetaxe? Wenn nicht, musste er das der Kurverwaltung unbedingt mitteilen. Das könnte eine neue Einnahmequelle bedeuten. Sicher effizienter, als Kontrolleure durch die Stadt zu hetzen und zahlende Touristen mit Wohnmobilen von Wiesen zu vergraulen. Beim Bootshafen wechselte Ernst vom Strand in den kühlen Wald und fuhr weiter in Richtung Heiligendamm. Zahlreiche Radfahrer kamen ihm entspannt und gut gelaunt entgegen. Hin und wieder winkte eine oder einer der Biker und er winkte zurück. Bis das Vorderrad seines E-Bikes während des Winkens auf Schotter ins Rutschen kam. Erschrocken schaffte Ernst es gerade noch, einen Unfall abzuwenden. Fortan hielt er die Hände fest am Lenker und schaute bei entgegenkommenden grüßenden Radfahrern einfach zur Seite. Ihm fiel das G8-Treffen im Jahr 2007 ein. Der politische Gipfel hatte doch in Heiligendamm stattgefunden? Ernst erinnerte sich deswegen so genau daran, da es die heiße Phase seiner Scheidung gewesen war.

*

Die Strandpromenade von Heiligendamm, einem Stadtteil Bad Doberans, war, was Touristen anging, wenig besucht. Ernst unterbrach dort seine Fahrt. Er lehnte das Rad an einen Zaunpfosten gegenüber des Kurhauses und schloss es, mittels des von Tankstätter mitgegebenen Zahlenschlosses, ab. Zumindest mit den Füßen wollte er Kontakt zum Wasser aufnehmen, dachte er, als er in Richtung Strand und Meer lief. Ein älteres Ehepaar auf einer geblümten Decke nickte ihm zu, als er seine Hosenbeine hochkrempelte und sich einen Weg ins kühle Nass bahnte. Mein Gott, war das Wasser der Ostsee kalt. Er spürte die Blicke der Alten im Rücken, die sicher schon, abgehärtet wie sie waren, ein komplettes Tauchbad in der Ostsee genommen hatten. Also lief er leise stöhnend weiter, bis das Wasser den Stoff der Jeanshose benetzte.

„Angenehm!", teilte er den beiden Alten mit, als er zurücklief. Sie hatten gerade eine Tupper-Schüssel geöffnet, in der Ernst leckere belegte Brote ausmachte. Sein Magen meldete sich. Er musste jetzt langsam etwas zu sich nehmen. Seit dem Frühstück … da fiel sein Blick zum Zaun, an dem er eben das Rad festgemacht hatte … doch es war verschwunden. Seine Gedanken gingen in alle Richtungen: War er beim Wasserbad etwas abgedriftet und das Fahrrad stand weiter vorne? Er rannte vom Strand nach oben. Nein, dort hing noch sein Zahlenschloss. Jemand musste es mit einem Bolzenschneider durchtrennt haben. Ernst war außer sich. Das gab es doch gar nicht! Sein Wohnmobil stand in Kühlungsborn und das einzige Fortbewegungsmittel zurück zum Hymer wurde ihm gestohlen. Wenige Minuten nachdem er es abgestellt hatte. Aufgebracht rannte Ernst an den Strand zu den Alten.

„Haben Sie vielleicht jemanden gesehen, der ein Rad weggeschoben hat?“, fragte er atemlos die Senioren.

Die beiden zuckten mit den Schultern, erklärten, nur auf das Meer geschaut zu haben. Doch sie bedauerten inständig den Verlust des teuren Rades.

*

Tankstätter, der Inhaber der Autowerkstatt, ging sofort an sein Handy. Ernst sah es als einzige Chance, irgendwie zurück nach Kühlungsborn zu kommen, wenn er den Besitzer des Bikes über den Diebstahl informierte.

Der Mann blieb äußerst gelassen. „Hatte ich dir nicht erklärt, das Rad nicht aus den Augen zu lassen? Und, dass Diebe hier in der Ecke ein Vermögen mit gestohlenen E-Bikes machen?"

Ernst verneinte das.

„Dumm gelaufen! Welches Rad hast du? Ach ja, das neue. Da ist ein GPS-Teil eingebaut. Damit kann ich das Rad orten. Ich rufe dich gleich zurück." Der Mechaniker hatte aufgelegt. Ernst setzte sich auf die niedrige Mauer, wo eben noch das Bike angekettet gewesen war. Erneut traf es ihn. Sicher hätte ein anderer Bike-Nutzer nicht diesen Ärger. Hätte, hätte, Fahrradkette. Das traf voll zu.

„Das Bike muss sich ganz am Ende der *Gartenstraße* befinden", teilte Tankstätter mit. „Zumindest zeigt das GPS es an. Du solltest unbedingt die Polizei benachrichtigen. Und nichts alleine unternehmen. Oft sind die Kerle bewaffnet und schrecken vor nichts zurück."

Ernst versprach es und machte sich auf den Weg zur genannten Straße. Der Ort war nicht sehr belebt. Einige Luxuswagen fuhren hin und her und vereinzelt begegneten ihm Fahrradtouristen. Bislang hatte er keinen ohne ein E-Bike ausgemacht. Sollte jemand professionell Bikes stehlen, kam er hier sicher voll auf seine Kosten. Und für die Bestohlenen war das Risiko eher gering. Die Hausratversicherung übernahm ja wohlwollend den Neukauf.

Die *Gartenstraße* zeigte eher den ärmlichen Ortsteil Heiligendamms. Als ob sich die Bewohner hier wehrhaft gegen den Bau von Luxusappartements und Hotels durchgesetzt hätten, lief Ernst ausschließlich an älteren Einfamilienhäusern vorbei. Manche ungepflegt und andere wiederum neu gestrichen und mit einem Schild ‚Ferienwohnung' versehen. Was, glaubte er, erwartete ihn auf seiner abenteuerlichen Suche nach dem Bike? Wenn die Diebe es in einem Gebäude versteckt hatten, gab es sicher keine Möglichkeit, das Rad aufzufinden. Das letzte Haus in der Straße war modern und sah nicht nach einem Versteck für gestohlene Fahrräder aus. Die *Gartenstraße* endete mit einem Parkplatz. Dort waren ein koreanischer SUV und ein überlanger Fiat-Transporter abgestellt. Ernst schaute sich um, keine Menschenseele war zu hören oder zu sehen. Instinktiv zog es ihn zu dem Transporter. Der war schon etwas in die Jahre gekommen. Rost gehörte zur Grundfarbe. Im Führerhaus bemerkte er leere Zigarettenpäckchen und zerknüllte Getränkeflaschen. Es gab keine Fenster, aber Flügeltüren hinten. Dem Kennzeichen nach wurde der Transporter im bayerischen Rosenheim zugelassen. Wieder blickte sich Ernst um. Aus einiger Entfernung waren Stimmen zu hören, aber sehen konnte er die Personen nicht. Er zog am sonnengebleichten Griff der Hecktür und sie ließ sich tatsächlich öffnen. In dem einige Meter langen Innenraum standen oder lagen, eng zusammengepfercht, bestimmt fünfzehn bis zwanzig Bikes. Alle waren durch Decken und Schaumstoffkeile notdürftig aneinander gekettet. Man wollte wohl Kratzer und Beschädigungen vermeiden. Ernst versuchte, im halbdunklen Raum sein E-Bike zu erkennen. Doch er konnte sich weder an die Marke noch an die Farbe erinnern. Die Stimmen wurden lauter. Unten am Anfang der Straße tauchte nun ein Fahrradfahrer auf. Neben ihm spazierte ein Mann. Irgendetwas in Ernst sagte, es könnte sich bei den Männern um die Fahrraddiebe handeln. Er überlegte, in einem Gebüsch zu verschwinden. Doch ein Meter hoher Zaun trennte den Parkplatz vom Grün. So sprang er auf die Ladefläche des Fiat Ducato und zog die Tür hinter sich zu. Vielleicht hatte er Glück und es handelte sich bloß um Touristen. Vorsichtshalber packte er eine Decke und warf sie über sich. Sekunden später öffnete sich eine Tür. Licht fiel in den dunklen Raum; ein Rad wurde hineingeschoben. Ernst konnte es nur vermuten. Die Männer selbst unterhielten sich nervös und angespannt in einer für Ernst fremden Sprache. Sie erinnerte den Hamburger an Tymon. Sprach der nicht auch so mit seinen Landsleuten? Also Polen! Die Türen knallten so laut zu, dass Ernsts Gehör schmerzte. Dann startete der Anlasser eines Dieselmotors und es kam Bewegung in das Fahrzeug. Erst jetzt wurde sich Ernst seiner Lage bewusst: Er saß regelrecht in der Falle. Wenn die Männer die gestohlenen Fahrräder in einer Halle abluden, würden sie zwangsläufig auf ihren blinden Passagier stoßen. Und wer Räder stahl, schreckte auch vor Mord oder zumindest Körperverletzung sicher nicht zurück. Ernst lief es trotz der hohen Innentemperatur eiskalt den Rücken hinunter. Was hatte er sich bloß dabei gedacht, hier einzusteigen?

*

Der Transporter war keine fünf Minuten unterwegs. Der Dieselmotor schien in die Jahre gekommen zu sein. Er keuchte schwer und Ernst, im hinteren Teil des Transporters, hatte das Gefühl, dass Abgase ins Innere seines Verstecks drangen. Er musste unbedingt mit dem Handy Tankstätter informieren. Doch er hatte vergessen, das Gerät aufzuladen, und schon nach der Eingabe der ersten Zahl zeigte sich das Display dauerhaft im Dunkeln. So ein Scheißtag!

Plötzlich war von Weitem das Geräusch einer Polizeisirene zu hören. Ernst spürte, wie der Fahrer den Wagen beschleunigte, was der Diesel mit einer höheren Rasselfrequenz quittierte. Dann näherte sich das Signal. Der laute und nervige Ton schoss in der Nähe von Ernsts Gehörgängen vorbei. Plötzlich bremste der Transporter. Die gestohlenen Räder kamen in Bewegung und Ernst spürte einen Fahrradlenker und die Pedale eines Bikes am Kopf und in seinen Weichteilen. Nach einem Wortwechsel draußen wurden die Hecktüren aufgerissen.

„Ach schau mal da, Bingo!“, rief ein Uniformierter und Ernst spürte, wie ein Betonklotz von seinem Herzen polterte. Den nächsten Satz des Polizeibeamten empfand er als nicht so angenehm: „Da sitzt noch einer von den Dieben. Hat es sich im Kofferraum gemütlich gemacht. Raus mit dir und die Hände hoch!“

Unter Schmerzen, die er durch die Bremsung erlitten hatte, bemühte sich Ernst, den Gesetzeshüter von seiner Unschuld zu überzeugen. „Ich habe nichts mit dem Diebstahl der Räder zu tun!“

„Ach, du sprichst ja gutes Deutsch. Sicher hier mal als Erntehelfer gearbeitet. Raus jetzt und Mund halten. Deine Lügenmärchen kannst du dem Staatsanwalt mitteilen.“

*

Ernst saß mit den zwei, des Diebstahls verdächtigten Polen in einem Zimmer im Polizeihauptrevier in Bad Doberan. Außer einem großen Tisch in der Mitte, vor dem an jeder Seite ein Stuhl stand, gab es an den Wänden noch zwei Holzbänke. Auf einer saß Ernst, auf der anderen die Diebe. Die Beamten hatten den Transporter mit der Diebesware in der Nähe der Stadt Bad Doberan angehalten und die drei Insassen in das dortige Revier gebracht.

„Du Dieb!“, flüsterte einer der Polen und schaute Ernst mit einem Blick an, als wolle er ihn gleich verprügeln.

„Was? Du spinnst wohl? Wer ist hier der Dieb?"

„Du wollen unsere Räder stehlen...!"

Ernst konnte es nicht glauben. Solch eine Unverfrorenheit gab es doch gar nicht. Da klauten die Typen die E-Bikes und sprachen noch von ‚ihren Rädern'.

„Nein, das stimmt nicht!", verteidigte sich Ernst, „Eines der gestohlenen Räder aus Heiligendamm war meines. Eigentlich das von Tankstätter."

Die Polen schauten sich beide verständnislos an.

„Du Dieb!", pöbelte nun auch der zweite Mann.

Ernst zuckte mit den Schultern. Reden war Silber, Schweigen war Gold und das Schweigen verschonte ihn sicher vor Prügel. Sollte die Polizei den Sachverhalt klären. Er war unschuldig. Die Tür wurde aufgerissen.

„Ernst Groß, kommen Sie raus."

Die Polen schauten beleidigt, als Ernst den Raum verließ. Er ließ noch kurz den Mittelfinger seiner Hand hochschnellen, woraufhin die Polen in lautes Geschrei ausbrachen.

Draußen auf dem Flur lehnte Gunnar Tankstätter an einer Wand. Als er Ernst sah, löste er sich und grinste. Ernst fiel auf, dass er seine Hände nahezu sauber gewaschen hatte.

„Wie gut, dass ich die Polizei informiert habe. So musst du nicht mit den Polen in U-Haft nach Rostock oder wo immer sie die Typen hinbringen. Wenn du dort erst mal einsitzt ..." Der Kühlungsborner unterbrach seinen Satz, weil der Beamte neben ihm ihn kritisch anschaute.

„Na ja, ich meine ja nur."

„Darf ich zurück nach Kühlungsborn?", wollte Ernst wissen.

Der Beamte nickte. „Kann sein, dass Sie noch etwas aussagen müssen. Aber ich glaube eher nicht. Die Sache ist eindeutig. Also ab dafür!"

*

Während der Rückfahrt nach Kühlungsborn lud Ernst im Mercedes des Werkstattbesitzers sein Handy auf. Tankstätter hatte Handykabel für zahlreiche Mobilfunkgeräte im Handschuhfach und der Hamburger griff dankbar darauf zurück.

„Das ist ja zum Glück noch mal gut ausgegangen. Ich dachte schon, das Bike habe ich für immer gesehen. Habe fast zwei Mille dafür hingelegt. Natürlich ist es versichert. Aber der Papierkram … in der Zeit habe ich zwei Kolbenfresser repariert", grinste Tankstätter.

„Apropos Kolbenfresser…!"

Ernst bekam Schnappatmung.

„… es war tatsächlich nur der Tank. Wir haben ein größeres Loch in den Deckel gebohrt, den Tank aufgeblasen und aufgefüllt. Zweihundert Euro und die Mehrwertsteuer ist auch schon drin!", grinste der Fahrer, „Ein Schnäppchen!" Gerade lenkte Tankstätter den Mercedes von der Straße auf seinen Werkstatthof.

„Du kannst gerne die Nacht hier verbringen. Aber vorher noch die Kohle abdrücken, klar?“

Kapitel 7
Tri tra trullala

Ernst war früh aufgebrochen. Die Fahrt nach Rostock an diesem Morgen lief wider Erwarten ohne Pannen und Stopps. Die Tankanzeige schien sich mit dem reparierten Tank arrangiert zu haben und nun zu funktionieren. Trotzdem war die Fahrt für Ernst alles andere als entspannt. Auf den ersten Kilometern erwartete er jeden Moment den Motorkollaps. Später dachte er nur noch ab und zu an das bisher Erlebte. Das Hymer-Mobil erreichte die Stadt an der Warnow über die Bundesstraße 105. Auf dem Baumarktparkplatz in Rostock-Schutow stellte Ernst den Motor zum ersten Mal ab. Er war beruhigt. Ab jetzt schien sich das Blatt gewendet zu haben. Zukünftig sollte das Wohnmobil zuverlässig seinen Dienst verrichten. Im Backshop des *Bauhauses* leistete sich Ernst eine Butterbrezel und einen großen Pott Kaffee. Zahlreiche Bau- und Bastelbegeisterte schoben Einkaufswagen und Lastenkarren hin und her. Ernst glaubte ihre Leidenschaft, etwas am Haus oder in der Wohnung zu verändern, zu verstehen. Am Anfang ihrer Ehe hatten Hilde und er in den eigenen vier Wänden auch tapeziert und gestrichen. Später wurde das immer mehr vernachlässigt. Vielleicht wäre eine neu gestrichene Wand nicht nur der Wohnatmosphäre zugutegekommen, überlegte er. Während der Fahrt war Ernst bewusst geworden, dass er nicht die geringste Ahnung besaß, wo der Onkel wohnte. Natürlich stand die Adresse in Papas Adressbuch. Doch das lag im Flur auf dem kleinen Tisch. Beim Kaffeetrinken im *Bauhaus* suchte er vergebens im Smartphone nach einem ‚Bernd' oder einem ‚Bernhard Groß' in Rostock. Personen mit dem Namen ‚Groß' gab es reichlich im Telefonbuch der Stadt. Doch ein ‚Bernd' oder ein ‚B. Groß' fand sich nicht. Wieso war er bloß so blauäugig losgefahren? Plötzlich erinnerte sich Ernst an seine Cousine. Sie trug so einen lustigen Vornamen, wie er von damals, beim letzten mit ihr Treffen als junger Mensch, noch in Erinnerung hatte. Trulla oder Trula. Er suchte erneut im Telefonbuch. Eine ‚Trulla Groß' gab es nicht. Dafür eine ‚Trulla Hansemann'. Sie wohnte in *Lütten Klein*. Ernst erinnerte sich, die Familie des Onkels damals auch dort besucht zu haben. Nannte man das Wohnviertel vor der Wende nicht *Die Platte* und war es damals, zu DDR-Zeiten, nicht Heimstadt der werktätigen Bevölkerung? Ernst rief auf der angegebenen Festnetznummer an. Doch niemand hob ab. Trulla war wohl seine einzige Chance, Onkel Bernd zu finden.

*

Die Siedlung *Lütten Klein* war keine fünf Kilometer von seinem aktuellen Standort entfernt und einen Versuch wert, nach Trulla zu suchen. Als Anschrift wurde *Warnow Allee* genannt, doch als Ernst sein Hymer-Mobil dort parkte, stellte sich heraus, dass der Häuserblock aus gefühlt 1.000 Wohneinheiten bestand. Als er vor der ersten Klingelknopf-Armada nach dem Namen ‚Hansemann' suchte, wollte er schon aufgeben. Doch dann könnte er Papas Wunsch nicht erfüllen. Zum Glück wohnte eine ‚T. Hansemann' im mittleren der fünf Blöcke im zehnten Stock, doch erst beim dritten Anlauf stieß er auf den entsprechenden Klingelknopf. Zwei Schüler mit Ranzen auf dem Rücken liefen laut diskutierend an ihm vorbei und öffneten die Tür mit einem Schlüssel. Bevor der Eingang sich schloss, schlich sich Ernst hinter ihnen in den Flur. Danach nahm er einen der beiden Aufzüge in den zehnten Stock. Nach und nach meldete sich seine Erinnerung und weckte Bilder des Besuchs kurz nach der Wende in seinem Kopf. Papa hatte mal erzählt, Bernd wollte die DDR nicht verlassen. Doch er selbst hatte, der Liebe wegen, Rostock Ende der 60er Hals über Kopf verlassen und war mit Mama in Hamburg gelandet.

*

Ernst klingelte, doch niemand öffnete. Er versuchte es mit Klopfen an der Tür. In der Nachbarwohnung regte sich etwas. Ein Schieben und Schlurfen war zu hören. Nach Minuten bangen Wartens öffnete sich die Eingangstür der Wohnung nebenan und ein alter Mann schaute neugierig über den Flur. Er schob eine Gehhilfe vor sich her.

„Was … willst du?“, fauchte er Ernst mit rasselndem Atem und gelegentlichen Atemaussetzern an. Er schien unter starkem Asthma zu leiden.

„Ich möchte zu Trulla!“

„Trulla? Was hast du … mit Trulla … zu schaffen? Wir kaufen … nix,…. brauchen keine … Versicherungen und … Strom haben wir … auch. Mach den … Abflug … Kleiner.“

„Ich bin Ernst Groß, der Cousin von Trulla!“ Ernst war klar: Angriff war die beste Verteidigung.

„Ernst … Groß? Der Sohn … von Julius?“

Ernst nickte.

„Du bist ja … seit damals gar … nicht gewachsen. Oder täusche … ich mich?“

Ernst überlegte, was er darauf antworten sollte. Ihm fiel nichts ein. Also ließ er es.

„Gut, wenn das … so ist, Ernst. Du kannst … im Flur warten. Sie ist … sicher einkaufen.“

Der Alte wendete den Rollator umständlich im Flur, während er Flüche zu den bekannten Atempausen ausstieß. Anschließend trat er die Tür mit dem Fuß zu. Ernst stand mutterseelenallein im langen Flur.

Tatsächlich verließ wenige Minuten später eine Frau den Etagenlift. Als sie Ernst vor ihrer Tür sitzend bemerkte, stockte sie in ihrer Bewegung. Man konnte an den Gesichtszügen erkennen, wie sie sämtliche Eventualitäten, was den Fremden anging, gedanklich durchspielte. Ernst rief von Weitem: „Ich bin es, Ernst Groß, Sohn von Onkel Julius!“ Sofort änderte sich die Mimik der Frau.

„Ernst!“, rief sie. „Du bist ja groß geworden!“

Ernst fand Trulla sofort sympathisch.

*

„Wieso Hansemann?“

„Nun, ein großer Fehler vor Jahren!“ Trulla zuckte lächelnd mit den Schultern. Sie hatte Kaffee gekocht und Kekse vor Ernst auf dem Tisch abgestellt.

„Papa lebt seit Jahren im Pflegewohnstift *Lichtenhagen* in der *Bützower Straße*. Fußweg keine fünfzehn Minuten von hier. Es geht ihm ganz gut. Er ist etwas tüttelig, nicht mehr so schnell mit Füßen und Beinen. Aber was sein Erinnerungsvermögen angeht, ist der 89-Jährige noch ganz gut auf der Höhe“, fuhr sie fort.

Ernst freute sich das zu hören. Einen toten Onkel auf dem Friedhof zu besuchen, war das Letzte, was er jetzt brauchte.

„Ernst, wir können heute Abend zusammen essen. Ich koche etwas und eine Flasche Rotkäppchen-Sekt habe ich auch noch im Kühlschrank. Aber um zwölf beginnt meine Schicht bei *Scandlines*. Manchmal fange ich auch schon um sechs in der Früh an."

„*Scandlines*?"

„Ja, die betreiben die Fähren nach Dänemark und Schweden."

„Und du bist sicher Kapitänin einer solchen Fähre."

Trulla schoss das Blut in ihr sonst helles Gesicht. „Wo denkst du hin? Ich arbeite beim Terminal. Zwar nur halbtags, aber ich kann gut davon leben."

„Interessant! Also, was die Essenseinladung angeht, die nehme ich dankend an!", erklärte Ernst und war schon in Gedanken bei der Planung des Nachmittags.

Trulla freute sich und zeigte das durch ein strahlendes Lächeln. „Prima, wenn du gegen 18.30 Uhr hier sein könntest…?"

Ernst bestätigte das und nahm über die Treppen den Weg nach unten. Er musste etwas Bewegung haben. Das Rumsitzen und Warten im Flur hatte seine Muskulatur kaum belastet.

*

Das Pflegeheim lag tatsächlich fußläufig, nur dreißig Minuten von Trullas Wohnung entfernt. Es lag beschaulich eingebettet in eine riesige Wohnanlage in U-Form, 3-stöckig in einem neu erschlossenen Gebiet. Moderne, fünfstöckige Flachbauten gegenüber verhinderten einen

Blick der Bewohner in die Weite. Ernst erinnerte sich, bei einem Besuch Onkel Bernds mit Trullas Rad unterwegs gewesen zu sein. Sicher war er auch hier auf dem damaligen Brachland gefahren. Es hatte sich einiges verändert in den mehr als dreißig Jahren seit der Wende.

Trulla hatte ihn wohl angekündigt, denn am Empfang wusste man schon von seinem Besuch. Der Eingangsbereich war bunt und gepflegt und hinter einem langen Tresen, wie in einem Hotel, grinste ihn eine Dame im hellen Kostüm an: „Sie möchten sicher zu Herrn Groß. Er ist gerade in der Physio. Bis …“, die Frau schaute auf die große Uhr hinter sich, „… also noch zwanzig Minuten. Dann geht er zum Mittagessen. Die Besuchszeit ist eigentlich ungünstig. Aber wenn Sie warten können? Später wird Kaffee und Kuchen serviert. Auch für Sie, wenn Sie möchten.“ Die Frau grinste. „Wir haben Ihren Onkel schon vorbereitet auf Ihren Besuch. Ich glaube, er kann es gar nicht erwarten. Wenn Sie etwas Wasser möchten, dort ist der Spender.“

Ernst war erstaunt. Hier schien alles bestens geregelt. Vielleicht sollte er sich das Pflegeheim merken. Seine letzten Jahre in einem Heim zu verbringen, lagen für einen 64-Jährigen gar nicht mehr in weiter Entfernung. Er griff sich eines der Kunststoffgläser, füllte es aus dem Spender mit kühlem Wasser auf und trank den Inhalt in einem Zug aus. Unter dem aufmerksamen Blick der Rezeptionistin verließ er die Halle.

*

Wald und Wiesen vermisste man hier in Gänze. Sicher befand sich das Grün weit hinter den Häuserfluchten – das hoffte Ernst für alle Heimbewohner. Dafür gab es reichlich Straßen und Parkplätze. Sein Ziel für die letzten Jahre sollte eine Wohnanlage sein. Eine, die mitten im Wald liegt. Aber sicher ließen sich die Betreiber einer solchen Anlage den exklusiven Blick auch etwas kosten. Also blieb eher etwas in dieser Preisklasse, stöhnte er und setzte sich seitlich auf eine Bank. Hier war momentan wenig los. Vielleicht lag es an der Mittagszeit. Nur hin und wieder verließen einige Senioren alleine oder zu zweit das Pflegeheim und spazierten von dannen.

Der Hunger quälte Ernst. Erneut hatte er vor lauter Planung nicht an die Essensaufnahme gedacht. Sicher gab es später bei Onkel Bernd einen leckeren Marmorkuchen oder eine Obstschnitte. Das beruhigte ihn.

Eine alte Frau kreuzte plötzlich seinen Blick. Sie musste die Pflegeanstalt aus einem Seitentor verlassen haben. Zumindest kam sie nicht über den Haupteingang raus. Sie war keine fünfzig Meter von seiner Bank entfernt neben den großen Müllcontainern aufgetaucht und schaute sich nervös um. Ob sie ihr Zimmer ohne Erlaubnis verlassen hatte? In den letzten Jahren vor Papas Tod gab es hin und wieder Aufregung, weil der Hochbetagte aus der Wohnung verschwunden war. Einmal musste Ernst sogar die Polizei verständigen, nachdem Papa bis spät in der Nacht nicht wieder aufgetaucht war. Später stellte sich heraus, dass er nur eine Etage tiefer beim Nachbar saß und Fernsehen geschaut hatte.

Die Frau hielt eine große Ledertasche in der Hand und diese schien äußerst schwer zu sein. Sie wechselte andauernd die Hände und stellte die Tasche letztendlich auf dem Boden ab. Ernst war sich sicher, die Unbekannte musste verzweifelt sein. Vielleicht sollte er den Pflegekräften Bescheid geben? Aber mischte er sich nicht wieder in anderer Menschen Sorgen und Nöte ein? Noch während er mit sich haderte, hatte die Frau die Tasche wieder aufgenommen und schleppte sie in die entgegengesetzte Richtung. Sie lief auf die Parkplätze vor den Blöcken zu. Ernst war klar, er musste die Frau ansprechen und rannte hinter ihr her. Als sie seine Schritte hörte, stoppte sie, drehte sich um und rief: „Sind sie der Kriminalbeamte?“

Ernst verstand nicht. Die Frau musste tatsächlich durcheinander sein.

Sie schaute ihn trotzig, aber in guter vitaler Form an. „Was ist, sind Sie es nun oder nicht? Mein Enkel kommt ansonsten in ein Gefängnis, wenn wir nicht schnell handeln.“

Ernst wurde bewusst, er hatte es mit einer dementen Person zu tun. Da war Vorsicht geboten und vor allem Fingerspitzengefühl. Er musste unbedingt Unterstützung holen, aber sollte er sie alleine lassen und zurück zum Empfang rennen?

„Kommen Sie, wir gehen zurück in Ihre Wohnung!“, forderte er die Unbekannte auf und packte sie zart am Arm. Doch die Frau riss sich los. „Wenn der Staatsanwalt nicht bald die geforderte Kaution bekommt, werden sie Patrick hinter Gitter bringen. Das hat er nicht verdient. Er ist doch noch so jung und hat den Unfall nicht absichtlich verursacht." Die Frau stellte die Tasche ab und weinte. Oben klaffte das Leder etwas auf und Ernst konnte darin golden glitzernde Gegenstände erkennen. Er war etwas durcheinander: Was machte die Frau mit all dem Gold?

„Tut mir leid, Herr Kommissar. Die gewünschten Fünfzigtausend Euro in bar habe ich nicht. Nur zehn und dazu einiges an Gold und meinen Schmuck. Ich hoffe, das reicht?" Die Frau hatte das Weinen eingestellt und schaute voller Hoffnung auf Ernst. Der befand sich gerade in einer Grauzone zwischen Verständnis und Unverständnis. Plötzlich schoss ihm ein Gedanke durch den Kopf: Ging es hier vielleicht um ein Verbrechen? Er erinnerte sich, schon vom sogenannten ‚Enkeltrick' gelesen zu haben, aber nur beiläufig. Er selbst hatte keinerlei Nachkommen. Sollten ihn diese Schurken kontaktieren, würde er nur antworten: „Ich habe gar keinen Enkel!"

Die Frau wurde immer nervöser. Ihre Finger zitterten und sie bekam blaue Lippen. Ernst wurde klar, er musste sofort etwas unternehmen. Aber was? Wenn er sie zurückbrachte ins Wohnheim, würde sie ihre Ersparnisse behalten dürfen. Aber die Verbrecher kamen davon und würden sicher schon morgen beim nächsten Opfer anrufen. Ernst schwitzte vor lauter Nervosität. Er musste das Richtige tun. Aber was war das Richtige? Und vor allem drängte die Zeit. Sicher warteten die

Gauner schon hinter dem Block auf die Frau und die erhoffte Beute.

Die Heimbewohnerin hatte ihre Hände vor das Gesicht gelegt und schluchzte. Spontan packte Ernst die Tasche und schüttete den gesamten Inhalt in die neben ihnen stehende Papiertonne. Klappernd fielen jede Menge Krügerrand und Goldketten zwischen die Kartonage. Später würde man alles wieder rausfischen müssen. Aber das war eine andere Baustelle. Ernst packte große Kartonstücke drüber. So sah man den Schatz nicht schon beim Öffnen des blauen Papiercontainers. Er füllte die Tasche mit Kies aus dem angrenzenden Beet auf, zog den Reißverschluss zu und drückte sie der Frau in die Hand.

„Ich bin nicht der Kommissar. Der wartet dort hinten."

Die Frau griff genervt nach ihrem Besitz, riss die verweinten Augen auf und lief in die von Ernst angegebene Richtung. Er selbst rannte über die Wiese, um sich das weitere Geschehen aus der Entfernung anzuschauen.

Tatsächlich wartete eine ärmlich gekleidete Frau mit pechschwarzen Haaren auf die ältere Dame. Als sie diese sah, winkte sie ihr freundlich zu. Dabei schaute sie sich verdächtig um. Ernst konnte genau sehen, wie sich die Gesichtszüge der Wartenden erhellten. Sicher war sie in Erwartung einer großen Beute. Die würde sich vielleicht wundern! Er sah, wie die beiden Frauen aufeinandertrafen und miteinander redeten. Dann nahm die Schwarzhaarige der alten Frau die Tasche ab und entfernte sich langsam. Die Frau aus dem Pflegeheim blieb erleichtert und wie angewurzelt stehen.

Die Diebin entfernte sich um die Ecke des riesigen Blocks und Ernst betete, dass sie dort ihren Wohnsitz hatte. Nach einem Anruf bei der Polizei könnte sie schnell festgenommen werden. Doch die Frau lief auf ein kleines, weißes Auto, einen Koreaner, zu. Sie stieg in den Wagen und parkte ihn aus. Das gab es doch nicht, was sollte er jetzt machen? Unweit des Parkplatzes entdeckte Ernst einen jungen Mann, der gerade auf seinen Motorroller stieg. Er war dabei, seinen Helm auf den Kopf zu ziehen, und startete den Motor. Ernst sah seine letzte Chance, die Frau nicht aus den Augen zu verlieren, darin, sie zu verfolgen. Er rannte zum Rollerfahrer.

„Hallo, die Frau, die sich dort mit dem Kleinwagen entfernt, hat gerade mit einem Enkeltrick versucht, meine alte Mutter zu betrügen!“, schwindelte er.

Der Mann riss die Augen auf und schien erst etwas überrumpelt zu sein.

„Sie meinen, wir sollten hinterher?“

Ernst nickte.

„Gut, dann aufgesessen.“

*

Der Kleinwagen fädelte sich auf der B 103 in Richtung Messegelände ein und die Lenkerin passte ihre Geschwindigkeit der Beschilderung an. Der Rollerfahrer setzte sich im Abstand von zwei Autolängen dahinter.

„Wie alt ist Ihre Mutter?“, fragte er mit einer Kopfdrehung nach hinten. Ernst war klar, dass er den Mann belogen hatte. Er wollte nicht noch mehr Blödsinn erzählen und meinte: „Schauen Sie besser nach vorne. Wir wollen das Auto ja nicht verlieren.“ Der Fahrer nickte und der Hamburger klammerte sich erleichtert an der Reling des Rollers fest.

Sie verfolgten den Wagen vielleicht zehn Minuten, als die Frau am Barnstorfer Ring abbog. Es ging vorbei am *Rostocker Zoo*, dann an einem Friedhof, bevor der Koreaner nach einigen Schwenks in Richtung eines Kleingartenvereins abbog. Die Diebin parkte den Wagen auf einem unbefestigten Platz und stieg aus. Auch der Rollerfahrer hatte angehalten.

„Warten Sie, ich werde der Frau ein Stück folgen. Möchte nur wissen, in welcher Laube sie verschwindet.“

Der junge Mann nickte und zog seinen Helm aus. Zügig und ortserfahren spazierte die Frau an den zahlreichen Parzellen vorbei. Sie bog einmal rechts ab und öffnete dann ein Gartentor. Plötzlich war sie zwischen großen Hecken und einem alten Trampolin verschwunden. Ernst verharrte einen Moment. Vielleicht war das bloß eine Finte? Solche Gauner waren mit allen Wassern gewaschen. Wenn sie sich verfolgt fühlte, briet sie ihm vielleicht gleich etwas über den Schädel. Plötzlich hörte er lautes Geschrei und Männerstimmen. Es klang nach unzufriedenem Gezanke. Sicher hatte die Diebin ihre Auftraggeber erreicht und die waren über die Kieselsteine nicht gerade erfreut. Ernst kicherte und stellte sich dabei deren dummen Gesichter vor. Er spazierte unter gleichgültigem Blick an der Datscha vorbei. Auf der Wiese davor stand ein runder Pool. Dazu ein Kindertrampolin. Diese Parzelle sollte er später gut wiederfinden und er lief zurück.

Sein Fahrer hatte es sich auf dem Boden neben dem Roller bequem gemacht.

„Und, wie geht es nun weiter? Gibt es eine Belohnung? Könnte ich gut brauchen. Studiere noch und kann mir eh kaum was leisten!"

Ernst nickte zustimmend, während er seine nächsten Schritte überlegte. Ihm fiel die Visitenkarte des Wismarer Kommissars ein. Tatsächlich, er trug sie noch immer bei sich. Er rief ihn an.

„Stanovicz!"

„Hallo Herr Kommissar, hier spricht Ernst Groß. Vielleicht erinnern Sie sich. Der Taucher in Boltenhagen!"

Stanovicz erinnerte sich. „Ja, hallo Herr Groß! Wie kann ich Ihnen helfen?"

Aus Ernst sprudelten die Worte nur so heraus und er spürte, dass sich der Kriminalbeamte schwertat, seinen Ausführungen zu folgen.

„Wenn ich richtig verstanden habe, stehen Sie irgendwo in Rostock in einer Kleingartenanlage und haben den Verdacht, eine Enkeltrickbetrügerin gestellt zu haben?"

„Na ja, ‚gestellt' ist das falsche Wort. Die Typen und die Frau befinden sich in einer Laube hier in der Nähe. Ich wusste nicht, an wen ich mich wenden sollte."

„Alles richtig gemacht, Herr Groß. Geben Sie mir bitte Ihre GPS-Koordinaten oder nennen sie mir die Straße, in der sie sich befinden."

Ernst schaute sich um. Da war ein Straßenschild.

„Julius-von-Liebig-Weg!"

Der Rollerfahrer musste das Gespräch mitgehört haben. „Warten Sie!" Er hatte sein Handy gezückt. „Hier sind die Koordinaten: 54.075044, 12.098452".

Er schrie die Zahlen fast und Ernst hatte Bedenken, dass die Betrüger ihn hören könnten. Doch alles blieb ruhig.

„Bleiben Sie in der Nähe, Herr Groß. Aber tun sie nichts. Nähern Sie sich bitte nicht der Hütte. Ich werde die Einsatzkräfte in Rostock in Kenntnis setzen. Sie kommen ohne Martinshorn und weisen sie dann ein. Alles klar?"

Ernst bestätigte das und beendete erleichtert das Gespräch.

„Was war nun mit Ihrer Mutter?", nervte der Rollerfahrer erneut. „Die muss ja steinalt sein!", grinste er.

*

Es waren gefühlt Stunden vergangen, als Ernst in die Papiertonne kletterte und zusammen mit Frau Leistenbruch, der Geschäftsführerin des Pflegewohnstifts, die Wertgegenstände von Frau Wessels aus dem Container zurück ans Tageslicht beförderte.

„Da halten wir ständig die Augen und Ohren auf, um unsere Bewohner von kriminellen Machenschaften fernzuhalten", jammerte die Frau, während ihr Ernst einen Krügerrand nach dem anderen reichte, „doch die Betrüger werden immer cleverer. Und wir haben kaum Personal, um der Sache Herr bzw. Frau zu werden. Ein Glück, Herr Groß, dass Sie die Augen offenhielten. Ihr Onkel kann stolz auf seinen Neffen sein."

Endlich war der Container frei von Gold und Euro-Noten und nur alte Pappkartons und Zeitungen waren übrig geblieben.

„Sie sind natürlich zum Abendessen unser Gast. Und ich denke, unser Senioren-Chor wird Ihnen noch ein musikalisches Ständchen bringen. Wo ist eigentlich der junge Mann mit dem Motorroller abgeblieben?"

„Ach der! Er hatte noch Termine. Doch ich habe seine Anschrift. Falls es eine Belohnung gibt."

„Na, davon gehe ich stark aus!"

Frau Leistenbruch ließ es sich nicht nehmen, die Wertgegenstände selbst zu tragen und sie Frau Wessels persönlich auszuhändigen. Ernst überlegte kurz, hatte aber Vertrauen zu der Frau. Man konnte solch ein Pflegeheim nicht leiten, wenn man kein guter Mensch war.

Onkel Bernd machte, zu Ernsts Überraschung, nicht viel Aufhebens über den Besuch des Neffen. Viel wichtiger schien ihm der Nachtisch zu sein und er aß den des Neffen gleich mit auf. Ernst hatte ihm die letzten Grüße seines Bruders übermittelt und Onkel Bernd nahm sie, ohne große Emotionen, entgegen. Auch eine weitere Konversation, wie von Ernst gehofft, kam nicht zustande. Vielleicht hatte er den Verwandten bloß an einem schlechten Tag besucht. Egal, er war dort gewesen und Papas Wunsch somit eingelöst.

Das geplante Abendessen mit Trulla musste er absagen. „Vielleicht komme ich noch auf einen Absacker vorbei!"

Die Erlebnisse beim Kleingartenverein gingen ihm nicht mehr aus dem Kopf: Innerhalb weniger Minuten nach seinem Gespräch mit Kommissar Stanovicz war ein dunkler VW-Bus eingetroffen. Maskierte Männer sprangen heraus, ohne ein Wort zu sagen. Einer war gebückt zu ihm gelaufen. Der Rollerfahrer hatte sich verängstigt zurückgezogen. Ernst hatte den Beamten die Parzelle gezeigt. Dann ging alles ganz schnell. Ein kurzer heftiger Knall, dann hörte man für ein paar Sekunden das Geschrei von Personen. Und keine fünf Minuten später schleppte die Sondereinheit zwei Männer und eine keifende Frau in Handschellen über den kleinen Pfad aus der Kleingartenanlage. Die Kriminalbeamten nickten Ernst zu. Der Einsatzleiter hielt ihm sogar die Hand hin und meinte: „Gut gemacht, wenn mehr Menschen Eier hätten wie Sie…!" Ernst verstand nicht ganz. Aber es musste sich um ein Lob handeln. Doch was hatte das Ganze mit seinen Weichteilen zu tun? Aber egal. Alles war gut gegangen. Kommissar Stanovicz hatte noch angerufen. Ernst wollte ihm alles erzählen, doch er wusste schon Bescheid.

„Wenn Sie mal einen Job als Ermittler suchen, Herr Groß, melden Sie sich. Manchmal stellen wir auch Quereinsteiger ein!", lachte er. Ernst war klar, der Kommissar machte nur Spaß. Sicher brauchte die Kriminalpolizei keinen 1,57 m kleinen, 64-jährigen verschuldeten Rentner in ihren Reihen.

*

Erst kurz vor 21.00 Uhr tauchte er bei Trulla auf. Sie fragte nach ihrem Vater und Ernst zuckte die Schultern. Bis spät in die Nacht saßen sie zusammen und plauderten über ihre Kindheit und erzählten von den Eltern. Ernst schlief später auf der Couch ein. Die beiden waren sich einig, das nächste gemeinsame Treffen sollte nicht erst dreißig Jahre später stattfinden.

Als Ernst am nächsten Morgen zum Parkplatz spazierte, wo er am Nachmittag zuvor den Hymer abgestellt hatte, war das Fahrzeug verschwunden.

Kapitel 8
Dänen lügen nicht

Ernst war fassungslos, doch Trulla wusste Rat. Sie rief bei der Rostocker Polizei an und dort konnte man ihr anhand der Autonummer den Standort des abgeschleppten Hymer-Mobils mitteilen. Das Wohnmobil befand sich auf dem Betriebshof des Abschleppdienstes Niegenug, ein ganzes Stück vom Rostocker Ortsteil *Lütten Klein* entfernt. Bei ihrem Anruf erklärte man kurz und bündig, das Hymer-Mobil sei von der Polizei komplett und endgültig aus dem Verkehr gezogen worden. Nicht das falsche Parken war der Grund. Nein, jemand hatte den abgelaufenen TÜV gemeldet und Vertreter der Staatsgewalt waren herbeigeeilt, um das Fahrzeug abzuschleppen, so der Sprecher vom Abschleppdienst.

„Mit Bußgeld zahlen und Abholen ist es bei Weitem nicht getan!", erklärte der Typ am Telefon.

Cousine Trulla hatte keine Zeit, Ernst im eigenen Auto dorthin zu kutschieren. Sie schrieb ihm jedoch die Buslinien auf, die er nutzen sollte, um zum *Satower Weg* zu gelangen. „Die Fahrt zu seinem Freund nach Polen entwickelte sich langsam als ‚never ending story'", überlegte Ernst, während er im vollbesetzten Bus saß und versuchte, seine Lunge durch die Gesichtsmaske mit Sauerstoff zu versorgen. Vielleicht wäre es tatsächlich besser, sich von dem alten Hymer zu trennen. Und stattdessen einen PKW zu kaufen, der durchhielt bis Polen? Sicher konnte man ihn dort abgeben und schlug sogar noch Profit raus. Doch zunächst musste er mal nach Papas altem Wohnmobil schauen.

Über eine Stunde war Ernst im Bus unterwegs, bis er beim *Satower Weg* ankam. Sie waren nahezu dieselbe Strecke gefahren, die er gestern mit dem Rollerfahrer genommen hatte. Sein Fahrzeug ragte, eingereiht zwischen verschiedenen Automarken, als einziges Wohnmobil auf dem Firmengelände heraus. Der Abschleppdienst verdiente sich bestimmt eine goldene Nase mit falschgeparkten Fahrzeugen. In Hamburg gab es immer wieder Diskussionen über die dortige Abschleppinflation. Inzwischen wurden seit Jahren auf Discounter-Parkplätzen nach Geschäftsschluss und am Wochenende abgestellte Fahrzeuge sofort zur Kfz-Verwahrstelle an der *Ausschläger Allee* abgeschleppt.

„Sind Sie der Besitzer des alten Hymers?"

Der Mann, der im Büro des Abschleppunternehmens saß, grinste ihn etwas dämlich an.

„Nein, wissen Sie, eigentlich ist es der Wagen meines Vaters … aber der ist schon … verstorben!"

Ernst spürte, dass der Mann keine Zeit für Konversation mit ihm eingeplant hatte.

„Ich muss es Ihnen kurz und knapp sagen: Der Wagen hat große Mängel und wird wohl polizeilich nicht mehr auf die Straße gelassen. Gut, dass er nicht Ihnen gehört. Dann haben Sie ja keine Probleme. Wo erreiche ich den Besitzer?"

Hatte der Mann nicht zugehört? Ernst ärgerte sich. Zum einen über den unfreundlichen Ton und zum anderen über das Nachfragen.

„Sie finden meinen Vater im Himmel!"

„Wie bitte, ich verstehe nicht…!"

„Also, mein Vater ist verstorben und hat mir das Hymer-Mobil vermacht."

„Auch gut! Dann sind Sie also doch der Besitzer und müssen sich mit dem Schrott rumärgern. Ich hätte das Erbe ausgeschlagen!"

„Ich verbitte mir, den Wagen als Schrott zu beleidigen. Sagen Sie einfach, wie es weitergeht!"

Der Angestellte schien froh, am Ende der Diskussion angekommen zu sein.

„Sie zahlen zunächst die Abschleppkosten von glatt zweihundert Euro. Dann noch den Transport auf den Schrottplatz. Das Teil besteht ja mehr aus Plastik als aus Metall. So gibt es vonseiten eines Schrottplatzes auch kein Geld. Rechnen Sie mal mit gesamt vierhundert Euro und Sie sind die Kiste los."

Ein neuer Kunde hatte das Büro betreten. Er trug einen teuren Anzug und wedelte mit einem Porsche-Schlüsselanhänger hin und her.

„Alles klar!" Ernst trat unter Schnappatmung nach draußen. Seine einzige Rettung könnte jetzt Markus Schrader aus Dassow sein. Wenn einer helfen konnte, dann er. Er wählte gleich seine Nummer.

„Markus, hier ist Ernst. Du erinnerst dich, die Nacht der brennenden Fahrzeuge?“

„Natürlich, mein Freund Ernst. Geht es dir gut? Sicher rufst du aus Polen an. Wie war die Fahrt?“

„Nix Polen, ich stecke in der Klemme, Markus. Das Hymer-Mobil wurde heute Morgen von der Rostocker Polizei abgeschleppt. Nun steht es bei einem Abschleppunternehmen. Die wollen einen Haufen Knete und raten mir, ihn verschrotten zu lassen.“

„Was? Das ist doch Ausbeuterei! Wie heißt der Laden? Lass mich mal da anrufen! Natürlich wird dein alter Hymer noch zig Jahre die Straßen der Republik mit seinem nostalgischen Anblick bereichern.“

Ernst fasste wieder Hoffnung. Er nannte Schrader Namen und Anschrift des Abschleppunternehmens und wartete.

Nach einer gefühlten Stunde, die Ernst auf einer Bank neben dem Büro sitzend verbrachte, trat ein kräftiger Mann im klassischen Karo-Hemd aus dem Gebäude.

„Sie sind Herr Groß?“

Die Stimme des Fragenden klang freundlich und Ernst war sofort klar, der Chef des Unternehmens stand vor ihm. Er lächelte sogar.

Ernst nickte.

„Kollege Schrader vom Autohaus in Dassow hat mich kontaktiert. Ich bin Habbe Niegenug, der Inhaber des Unternehmens.“ Er reichte Ernst die Hand und der schlug ein.

„Die Sprüche von Edgar, was die Verschrottung des … antiken … Wohnmobils angeht, sollten Sie bitte schnell vergessen. Der hat zu viel um die Ohren. Sollte sich mal eine Burnout-Auszeit nehmen." Niegenug lachte. „Wir machen es folgendermaßen: Ein Freund, keine fünfhundert Meter entfernt, betreibt eine kleine Reparaturwerkstatt. Wir schleppen den Hymer dorthin und in knapp einer Woche ist er wieder fahrbereit und besitzt volle zwei Jahre TÜV!"

„Eine Woche?" Ernst wusste nicht so recht, ob er sich über die Worte des Mannes freuen sollte. Wo sollte er eine Woche lang unterkommen? Sicher konnte er nicht im Wohnmobil schlafen, während die Mechaniker daran werkelten. Mal abgesehen von der Rechnung, die so eine Instandsetzung kosten würde.

„Kollege Schrader hat sich bereit erklärt, die Abschleppkosten zu übernehmen. Sie zahlen dann nur noch die Reparatur. Übrigens, ein netter Kerl, dieser Schrader!"

„Nur noch die Reparatur? Haben Sie eine ungefähre Zahl, was da auf mich zukommt?"

Der Mann zog ein Blatt Papier aus der Tasche, dessen Text Ernst bekannt vorkam.

„Schrader hat mir den vorläufigen TÜV-Bericht gefaxt. Also wenn ich mir das so anschaue … gehen Sie mal von … zweitausend Euro aus."

Es war Ernst, als bräche eine Welt zusammen. Er spürte, wie ihm die Beine wegklappten.

„Halt, nicht gleich umfallen!" Niegenug hatte den Hamburger am Arm gepackt und hielt ihn fest. „Ich weiß, das ist eine Stange Geld. Wenn ich mit Özdemir rede, wird es eventuell billiger. Aber schauen Sie, der macht einen Neuwagen daraus." Der Mann versuchte Ernst mit seinem Grinsen aufzubauen. Doch es misslang.

„Vielleicht kann er ja auch einige gebrauchte Teile einbauen. Wir bringen das Fahrzeug heute noch hin und melden uns bei Ihnen. Alles klar?"

Nix war klar. Alles geriet durcheinander. Trotzdem nickte Ernst wie in Trance. Er brauchte Zeit, um darüber nachzudenken. Vielleicht konnte Trulla ihm helfen? Sie machte einen so selbstständigen Eindruck. Sicher war sie für jeden Mann eine große Stütze. Warum hatte er mit Ehefrau Hilde solch eine menschliche Niete gezogen? Schon als Kind auf dem *Hamburger Dom* zog er in der Lotterie bloß Nieten. Das war beispielhaft für sein ganzes bisheriges Leben.

Der Mann schrieb noch Ernsts Handynummer auf und versprach, man würde sich im Laufe des nächsten Tages bei ihm melden.

„Machen Sie sich keinen Kopf, das wird schon!", verabschiedete Niegenug den Hamburger.

Wieder fuhr Ernst mit dem Bus über eine Stunde lang zurück.

*

„Und du meinst die Reparatur kostet zwei Mille?“ Trulla war außer sich. „Ich ließ mal einen Ölwechsel bei meinem alten Twingo durchführen. Die Spinner wollten siebzig Euro für die paar Liter. Als ob sie nach Dubai reisen müssten, um die Pampe dort selbst zu zapfen! Denen habe ich was geblasen!“

„Aber Trulla, der Hymer ist echt durch. Papa hatte seit Jahrzehnten keinen Euro mehr investiert und man sollte nicht vergessen, der Wagen hat mehr als fünfzig Jahre auf dem Buckel.“

Trulla beruhigte sich wieder. Sie schenkte Ernst vom obligaten Rotkäppchen-Sekt nach.

„Also, diese Nacht kannst du noch hier schlafen. Aber dann…! Weißt du, ich hatte es nicht erwähnt, aber ich bin verlobt.“

Ernst verschluckte sich und hustete einige Tröpfchen Sekt heraus.

„Ja, tatsächlich. Ich habe Ole Løgner im Frühjahr beim Terminal in Warnemünde kennengelernt. Er wollte mit dem Motorrad zurück nach Gedser. Du musst wissen, Ole ist Däne. Ich habe seine Bordkarte kontrolliert und wir kamen ins Gespräch. Er lud mich spontan zum Abendessen ein … ja, und da hat es gescheppert.“

„Was meinst du mit ‚gescheppert‘? Hatte sein Motorrad einen Unfall?“

Trulla lachte. „Nein! Ich meine, da hat es zwischen uns Klick gemacht. Ole kommt alle zwei Wochen rüber und wir verbringen ein paar schöne Stunden miteinander. Er ist viel unterwegs. Arbeitet auf einer Ölplattform. Doch uns macht es nichts aus. So bleibt für beide genügend Zeit, auch mal alleine etwas zu unternehmen. Mittelfristig wollen wir heiraten."

Ernst überlegte: Eine Woche lang die Nächte auf der Couch der Cousine verbringen, das konnte er sich schon mal abschminken. Und ohne Arbeit machte es keinen Sinn, hier in Rostock zu bleiben. Vielleicht war die Option, den Wagen zu verschrotten, die bessere Wahl? Um anschließend mit der Bahn nach Rewal zu fahren. Er besaß noch knapp einhundert Euro und die alte Münzsammlung. Damit sollte er bis Polen kommen.

„Weißt du Ernst, mir fällt ein, dass man bei *Scandlines* in der Urlaubszeit immer mal wieder Kontrolleure an den Terminals sucht. Da brauchst du keine Ausbildung. Ich zum Beispiel musste Englisch-A2 nachweisen, damit man mich einstellte. Zum Glück hatte ich in der Schule aufgepasst und Russisch abgewählt. Aber ich denke, du könntest bei *Scandlines* stundenweise arbeiten und so das Geld für die Reparatur aufbringen. Was meinst du? Soll ich morgen mal nachhaken?"

Ernst schöpfte wieder Hoffnung. „Prima Idee! Wenn du etwas arrangieren könntest, Cousinchen. Nur die Pennerei muss ich noch auf die Reihe kriegen!"

„Ach, da findet sich etwas. Ich höre mich mal um. Komm, wir trinken noch ein Glas Rotkäppchen."

*

Trotz der vielen Schwierigkeiten sah Ernst Licht am Ende des Tunnels. Es hatte zwar etwas von einem Blick durch die Gas-Pipeline *Nordstream 1*, aber zumindest ging es voran.

Der Autoschlosser Özdemir warf ihn am Morgen aus dem Bett. Er bat Ernst, ihn Öz zu nennen, und erzählte vom tollen Wohnmobil und davon, den Hymer unbedingt für die Nachwelt erhalten zu müssen. Dann kam er zur Sache: Motorabdichtung, Bremsen und der neue Auspuff, dazu TÜV und Gasprüfung schlugen mit zweitausend Euro, inklusive Märchensteuer, zu Buche. Der Preis sei fest, erklärte der Türke und versprach, das Wohnmobil innerhalb von sieben Arbeitstagen geputzt und gewienert in *Lütten Klein* vorbeizubringen. „Solltest du die Ummeldung des Fahrzeugs auf deinen eigenen Namen wünschen, verschlingt das weitere zweihundert Euro. Eine Anzahlung von fünfhundert Euro ist natürlich sofort fällig!“

Ernst verstand den Selbstständigen. Sicher brachte der Hymer auf dem freien Markt keine fünfhundert Euro. Schon gar keine zweitausend. Auch nicht mit frischem TÜV.

*

Schon zwei Tage später durfte Ernst zur Probe arbeiten. Trulla hatte ihm die fünfhundert Euro geliehen.

Mit der eindringlichen Bitte, sie umgehend zurückzugeben. Sie benötige das Geld, so ihre Aussage, spätestens in vierzehn Tagen zurück, um einen Notfall in der Familie begleichen zu können. Darüber hinaus konnte die Cousine eine Freundin überreden, Ernst ihre Datscha im Kleingartenverein *An der Warnow* für die Dauer von vier Wochen abzutreten. Die Frau befand sich in ihrem Domizil auf Teneriffa und kam erst spät im Herbst zurück. So richtete sich Ernst in dem kleinen Holzhaus nahe der Unterwarnow gemütlich ein. Nachdem ihn sein neuer Arbeitgeber mit einer Arbeitshose und der passenden Jacke ausstaffiert hatte, musste er zusammen mit einem Deutsch-Türken dafür sorgen, dass die Fahrzeuge im Bauch der Fähre von ihren Eigentümern vernünftig abgestellt wurden. Man wollte sicherstellen, dass möglichst viele Autos und Laster auf das Schiff passten. Keine Frage, hier ging es um reichlich Knete. Ernst erinnerte sich an das Schiffsunglück 1994 mit der unter estnischer Flagge fahrenden Fähre *Estonia.* Es bereitete ihm leichtes Unbehagen, auf einem Schiff zu arbeiten. Zum Glück kehrte er vor dem Auslaufen wieder zurück an Land. Die Arbeit war einfach und er musste nicht viel reden. Handbewegungen reichten aus, um überwiegend Deutschen und Dänen klarzumachen, wie sie ihr heiliges Blech abzustellen hatten. Am Abend des zweiten regulären Arbeitstages sank Ernst müde auf die kleine Couch, die er zum Schlafen nutzte. Das Bett in der, was die Größe anging, überschaubaren Hütte fand er leicht unhygienisch und ärgerte sich, Mamas Wolldecke nicht eingesteckt zu haben.

Ernst hatte die Zwölf-Stunden-Schicht gewählt. Das brachte schnelles Geld, aber am Feierabend auch schwere Gliedmaßen. Nach vier Tagen bekam er seinen ersten freien Tag und fuhr nach dem Frühstück mit S-Bahn und Bus zum Automechaniker Özdemir. Er musste unbedingt nach seinem Hymer-Mobil schauen.

Der Wagen hing regelrecht an der Decke der Halle und als Ernst die Werkstatt betrat, hatte er beim Anblick des Fahrzeugs Angst, er falle jeden Moment von der Hebebühne.

„Du musst keine Angst haben, der sitzt fest!"

Öz, der ihn begrüßt hatte, war groß, besaß blitzende Augen und schien ein guter Kerl zu sein. Er brachte sofort Kaffee und erklärte Ernst anschließend den Reparatur-Fortschritt: „Die Bremsen waren vielleicht der Horror. So viel Rost! Wir haben sie fotografiert, das glaubt uns sonst keiner", kicherte er. „Sicher sind es noch die ersten Bremsen seit Auslieferung des Fahrzeugs. Der Auspuff war kein Ding, da passen viele Modelle drunter. Schau!"

Er zeigte auf einen nigelnagelneuen Auspuff, der, glänzend wie eine Speckschwarte, das einzige Neuteil unter dem Hymer war. „Was das Leck am Motor betrifft, war es nur die Ölwanne. Man muss schon sagen, die Jungs von Opel haben damals besser geschraubt als heute. Der Motor ist ansonsten trocken und sollte beim TÜV keinerlei Ärger machen. Gasprüfung lief nicht so geschmiert. Der Herd war undicht und erst im zweiten Anlauf klebte man uns die Plakette drauf." Öz zeigte stolz auf einen runden Aufkleber an der Hecktür. „Ich denke, Dienstag ist der Wagen fertig. Hast du dir das mit dem Besitzerwechsel überlegt?"

Ernst nickte. „Habe heute Morgen schon mit einer Versicherung telefoniert. Die digitale Deckungskarte sollte per Mail unterwegs zur Zulassungsstelle sein. Ich habe hier einen Code." Er reichte Öz einen Zettel.

„Super, dann unterschreibe noch die Vollmacht und alles wird gut."

Ernst spürte, auf den Türken konnte man sich verlassen. Wieder so einer dieser Lichtblicke in der immer dunkler und ärmer werdenden Welt.

„Öz, ich bin dir so dankbar, dass du den Hymer …!"

Ernst hatte Tränen in den Augen und der Mann schien es bemerkt zu haben.

„Kein Ding! Meine Mutter hat immer gesagt: *Gerçek dost kötü günde belli olur.* Das heißt übersetzt: *Ein Freund in der Not, ist ein Freund in der Tat.*"

Ernst war gerührt, und noch ehe sich Öz versah, hatte ihn der 64-Jährige an seine Brust gezogen und klopfte ihm auf die Schulter.

„Ist ja gut, mein Freund!", schmunzelte der Mechaniker und schob den Hamburger sanft von sich weg.

„Könntest du mir bitte noch einen Gefallen tun, Öz?"

Der Mann schaute Ernst neugierig an. „Klar, raus damit!"

„Könntest du mir noch ein vernünftiges Radio einbauen?“

*

Trulla hatte am Abend ausgerechnet, dass ihr Cousin, bei 12,65 Euro Stundenlohn, nach den ersten vier Tagen schon sechshundert Euro Arbeitslohn erhalten würde. Wenn das so weiterlief, war er in drei Wochen mit dem Abstottern der Rechnung durch. Die Verantwortlichen der Fährlinie hatten sich Trulla gegenüber positiv zum Auftreten von Ernst geäußert. Sie wollten ihren neuen Arbeiter gerne dauerhaft einstellen. Gerade war sie dabei, es ihm schmackhaft zu machen.

„Bei *Scandlines* fahren die Fähren 365 Tage im Jahr. Da machst du Geld ohne Ende. Ich bin mir sicher, in drei Monaten wohnst du in einem kleinen Appartement in Warnemünde. Ende des Jahres gibt es sogar Weihnachtsgeld. Dazu kannst du vier Mal im Jahr kostenfrei mit der *Scandlines-Fähre* nach Dänemark fahren.“

Der Gedanke an eine Schiffsfahrt verursachte bei dem Hamburger starkes Unwohlsein.

„Was soll ich in Dänemark, Trulla? Ich möchte doch nach Polen!“

Die Cousine schien etwas beleidigt zu sein und nippte am Sektglas.

„Das musst du selber wissen, Ernst! Ich denke nur, nachdem was du mir alles erzählt hast, solltest du dir mal etwas Ruhe gönnen. Hier in Rostock erwartet dich ein geordnetes Leben. Vielleicht findest du ja auch noch eine nette Frau. So, wie ich meinen Ole getroffen habe. Apropos Ole: Hast du die fünfhundert Euro zurücküberwiesen? Ich muss ihm aus einer Notlage helfen."

Ernst war hellhörig geworden. „Das Geld sollte auf deinem Konto sein. Aber was ist Ole passiert?"

„Er hatte Ärger auf der Bohrinsel. Durch seine Schuld hat sich ein Bohrer gelöst und Schaden angerichtet. Ich hoffe, ich gebe das vernünftig wieder. Der norwegische Arbeitgeber hat ihm gesagt, entweder er zahlt den Schaden. Oder…!"

„Oder was?"

„Oder er ist arbeitslos."

„Und was kostet der Bohrer?"

„Fast zehntausend Euro. Er hat das Geld natürlich. Aber in Gold angelegt, und wenn er dort ran will, verliert er zu viel. Ich habe ihm gesagt, klar kannst du die fehlenden fünftausend Euro von mir bekommen. Es bleibt ja in der Familie!", kicherte sie.

Ernst war klar, er durfte sich nicht einmischen. Seine negative Einstellung den Menschen gegenüber wurde zwar nach und nach aufgeweicht, aber dennoch blieben genügend schwarze Schafe übrig.

„Er hat mir schon einen Hochzeitstermin genannt. Heute in vier Wochen." Sie wedelte mit ihrer Hand vor Ernsts Gesicht hin und her, bis ihm klar wurde, Trulla wollte ihn auf den neuen Ring aufmerksam machen.

„Oh stimmt ja, ihr seid verlobt!“

„Danke! Lass uns anstoßen, Cousin.“ Trulla hob ihr Glas.

„Möchtest du ein Foto von Ole sehen?“, wollte Trulla wissen, nachdem sie das Glas abgestellt hatte. „Du musst wissen, er lässt sich ungern fotografieren. Doch ich habe es mal geschafft, als wir spazieren waren und er mir einen Strauß Kornblumen pflückte.“ Sie nahm ihr Handy vom Tisch und hielt es Ernst einige Sekunden später hin.

Ole plagte wohl der Haarausfall, denn er trug eine Glatze. Dazu waren seine Ohrläppchen durchbohrt. Die darin befindlichen, tunnelartigen Ringe erinnerten Ernst an die Ösen des Duschvorhangs im alten Badezimmer seiner Eltern. Dazu trug der Däne eine weiße Lederjacke. Oles Blick, so glaubte Ernst, zeigte statt Freundlichkeit eisige Kälte. Wie konnte Trulla diesen Typ nur mögen? Aber, wo die Liebe hinfiel.

*

Der Tag begann sonnig und trocken, doch während Ernst in Richtung des Fähranlegers spazierte, wurde ihm bewusst, dass der Herbst immer näher kam. Und damit auch ein Temperaturrückgang. Er musste sich überlegen, wie seine Planung für die nächsten Monate aussehen sollte. Sollte er nicht in Warnemünde einen

Halt von einigen Monaten einlegen, so wie es Trulla ihm empfohlen hatte? Ernst traf sich seit letzter Woche sogar regelmäßig mit einer kleinen Skatrunde. Er war zufällig auf die Männer gestoßen. Doch auch die Strandspaziergänge, die er in seiner Freizeit absolvierte, bauten ihn mental auf. Was aber war die Alternative? Zu Tymon nach Rewal fahren. Doch würde sich der ehemalige Kollege überhaupt freuen über sein Kommen? Vielleicht kam er dort an und der Pole war weggezogen. Oder Schlimmeres! Da musste baldigst eine Entscheidung her.

Im Umkleideraum der Reederei zog er seine Arbeitskleidung über und spazierte in Richtung des Rumpfes der Fähre *Berlin*. Eine Schlange an Fahrzeugen schob sich an ihm vorbei. So, als ob es um die letzten Plätze ging. Ernst bewegte sich seitlich, um einem Zusammenstoß zu entgehen. Gerade fuhr ein roter Wagen an ihm vorbei und durch die offene, rechte Seitenscheibe flatterten Papierfetzen ins Freie. Er sah noch die Gesichtszüge einer Frau. So eine Umweltfrevlerin, entrüstete sich Ernst und blickte dem Fahrzeug hinterher. Das Kennzeichen konnte er nicht richtig erkennen. Doch es fing mit den Buchstaben ‚GÜ' an. Die Mitarbeiter hatten vonseiten der Geschäftsführung Order, die Passagiere sachlich, aber bewusst auf den geltenden Umweltschutz hinzuweisen. Ein Stück des zerrissenen Blattes landete plötzlich vor seinen Füßen. Es war handschriftlich beschrieben und mehr aus Neugierde als aus Umweltschutzgründen hob

Ernst den Fetzen auf. Nur ein halber Satz stand darauf: „… bringe mich um…“

Ernst erschrak fürchterlich. Für einen Moment senkte sich sein Blutdruck auf einen bedrohlich niedrigen Wert und er spürte, wie ihm schwarz vor Augen wurde. Er machte einen Schritt in Richtung Schiffswand und lehnte sich gegen den kühlen Stahl. Wenn er die drei Worte auf dem Papier richtig deutete, war die Frau im roten Wagen drauf und dran sich … umzubringen. Um Gottes Willen! Was sollte er tun? Vielleicht plante die Unbekannte die Tat in der Öffentlichkeit durchzuziehen? Womöglich noch auf dem Schiff seines Arbeitgebers. Er sah schon im Geiste den Körper der Frau in der Ostsee treiben. Lag es in seiner Hand, die Frau gesund nach Hause zu ihren Kindern zu bringen und dafür zu sorgen, dass sie keine Dummheiten machte?

Sein Kollege hatte sich schon zurückgezogen und die Klappe der Fähre begann sich zu schließen. Zum Telefonieren blieb ihm keine Zeit. Er musste sofort handeln. Mit einem Satz sprang Ernst zurück in den Bauch der Fähre und nur seiner Arbeitskluft und der Aufschrift *Scandlines* war es zu verdanken, dass die Wachleute der Fähre ihn nicht anmaulten.

*

Die Fähre war ausgebucht. In ihrem Bauch parkte Wagen neben Wagen und nur mit Mühe quetschte sich der Hamburger an den Autoreihen entlang. Er spürte Ungemach, Nervosität. Doch nun musste er sich dieser Aufgabe stellen und es gab kein Zurück. Sicher hundert rotfarbene Fahrzeuge waren hier abgestellt. Aber bestimmt nur wenige mit einem GÜ-Kennzeichen. Ernst atmete tief ein. Er spürte das gleichmäßige Vibrieren der starken Schiffsmotore und dazu ein leichtes Schwanken der Fähre auf dem Wasser. Es verursachte bei ihm Übelkeit. Ernst schluckte mehrfach seine Spucke hinunter, in der Hoffnung, es helfe. Plötzlich wurde ihm bewusst, dass er nur wenig Zeit hatte. Vielleicht stand die Frau schon oben an der Reling und suchte nach einer geeigneten Absprungstelle. Schiffsreisen, so hieß es, wurden bevorzugt von suizidgefährdeten Menschen gebucht. Daniel Küblböck, dem er einst beim Vertilgen von Würmern in der TV-Show *Ich bin ein Star, holt mich hier raus* zugesehen hatte, war doch mal vor Jahren auf der AIDA von Bord gegangen. Damals wurde darüber ein Riesenaufstand gemacht. So, als gäbe es kein Morgen.

Der rote Wagen, ein Peugeot, mit dem Güstrower Kennzeichen stand ganz am Rande der Schiffswand und endlich hatte Ernst ihn entdeckt. Aber wie sollte er die Fahrerin ausfindig machen? Ob er erst den Kapitän der Fähre informieren und diesen bitten sollte, sie über das Kennzeichen auszurufen? Nein, dann würde die Suizidgefährdete sicher sofort, mir nix – dir nix, über die Reling hüpfen. Vorne beim Armaturenbrett entdeckte Ernst ein Foto. Es zeigte eine junge Frau und einen Mann und steckte in einem Spalt des Plastiks. Ernst überprüfte, ob eine der Türen offen stand. Nein, doch bei der Heckklappe hatte er mehr Glück. Er verrenkte sich fast, um im Innenraum über den Rücksitz nach dem Foto zu greifen. Endlich gelang es ihm, das Foto vom Armaturenbrett zu entfernen. Freudig erregt stürzte er die Treppen hinauf zum Aufenthaltsbereich der Gäste.

Die Frau besaß rote Locken, ähnlich einer Löwin, und schon nach wenigen Augenblicken konnte Ernst sie im Speisesaal der Fähre ausmachen. Sie saß beim Essen, hatte einen riesigen Teller voller Garnelen und ein Glas Weißwein vor sich. „Sah so jemand aus, der sich das Leben nehmen will“, fragte sich Ernst. Doch was wusste er schon von lebensmüden Menschen. Er trat neben die Unbekannte und bat, sich setzen zu dürfen. Sie stoppte ihre Nahrungsaufnahme. Mit offenem, aber fragendem Blick schaute sie den Fremden neben sich an. Dann blickte sie sich im Raum um.

„Es gibt genügend freie Plätze. Suchen Sie sich bitte einen anderen Tisch!“

Genüsslich tunkte sie eine gepuhlte Garnele in die lecker aussehende Tomatensauce. Ernst lief das Wasser im Mund zusammen. Wieder meldete sich sein Magen.

Er setzte sich und die Frau unterbrach das Essen.

„Hatte ich mich nicht klar ausgedrückt? Oder soll ich den Sicherheitsdienst rufen?“

Na dafür, dass die Dame bald ihr Leben beenden würde, war aber noch genügend Power in ihr, mutmaßte Ernst.

„Ich weiß Bescheid!", flüsterte er leise. Er wollte nicht, dass andere Reisende etwas mitbekamen. Dazu legte er den Papierschnipsel neben die Frau.

„Sie wissen also Bescheid. Sind also so etwas wie ein Bescheid-Wisser." Ihre Stimme klang verhalten. Das änderte sich in dem Moment. Sie brüllte: „Aber habe ich irgendein Interesse an einem Gespräch mit Ihnen? Eindeutig: Nein!"

Sie würdigte den Papierschnipsel mit keinem Blick.

„Ich weiß genau, was Sie beabsichtigen!"

Langsam verdickte sich der Hals der Frau. Sie blickte sich suchend im Raum um. Ernst wurde klar, er musste auf den Punkt kommen.

„Sie wollen sich ... das Leben nehmen. Jetzt ist es raus!"

Ernst spürte, wie sein Herz an seine Leistungsgrenze stieß. Es machte ihm – Teufel noch mal – keinen Spaß, solche Botschaften an den Mann bzw. hier an die Frau zu bringen.

Die Unbekannte am Tisch erblasste, schaute völlig fassungslos auf ihr Gegenüber und war aufgesprungen.

„Sind Sie nicht ganz bei Trost! Was erzählen Sie da?"

Inzwischen waren schon einige Passagiere auf das streitende Duo aufmerksam geworden.

„Hier, ich habe es schwarz auf weiß!“ Ernst nahm den Schnipsel vom Tisch und hielt ihn der Frau hin. Endlich griff sie danach. „Was soll das sein?“

„Sie haben Ihren Abschiedsbrief aus dem Fenster des Wagens geworfen. In Warnemünde bei der Einfahrt auf die Fähre.“

Unter heftigem Kopfschütteln setzte sie sich wieder und beäugte das Papier. Endlich antwortete sie: „Das ist … tatsächlich die Handschrift meines Ex-Freundes, auch sein Brief. Aber der Satz ist ja völlig aus dem Zusammenhang gerissen.“

Ernst verstand nicht. „Wie … aus dem Zusammenhang gerissen?“

„Nun, es geht Sie zwar nichts an, aber ich werde es Ihnen trotzdem erzählen. Vor Wochen gab es eine Auseinandersetzung zwischen mir und meinem langjährigen Partner. Die Affäre mit einer Kollegin hatte ich ihm noch verziehen. Dann wollte er plötzlich auf den gemeinsamen Urlaub verzichten. Ich glaube, die andere Tusse hatte ihn schon verplant. So habe ich Schluss mit ihm gemacht. Danach hat er mir einen Brief geschrieben. In diesem Brief erklärte er, er wolle mich zurückhaben. So, wie Männer halt sind. Dämlich! Unübertroffen dämlich. Er versprach mir ‚Alles Gold der Erde‘, wenn ich nur zu ihm zurückkäme. Ich habe ihm am Telefon gesagt: ‚Wenn du mir einen kiloschweren Goldbarren schickst, werde ich deinem Wunsch entsprechen.‘ Darauf hat er sich nie mehr gemeldet. Ich hoffe, er wird glücklich mit der Anderen!“

„Aber diese Worte im Brief ‚bringe mich um‘?“ Ernst ließ nicht locker.

Sie schien zu überlegen. „Soweit ich mich an den Inhalt des Briefes erinnere, hieß der Satz, den Ingo schrieb: ‚… bitte bringe mich zum Lachen, wie du es früher geschafft hast…!‘ Sehen Sie hier, das ‚z‘ hat sich in der Knickfalte des Papiers versteckt.“ Sie glättete das kleine Stück Papier mit dem Handrücken. Und tatsächlich, da stand kein ‚um‘, sondern ein ‚zum‘.

Ernst hatte das Gefühl, er schrumpfe auf unter einen Meter, und spürte, wie sein Herz die Drehzahl noch einmal erhöhte. Sein Magen meldete sich und plötzlich wurde ihm schlecht. Die Beine versagten ihm und er klappte zusammen.

„Hallo, Sie da! Beißen Sie mal in ein Stück Weißbrot und trinken Sie etwas.“

Die vermeintliche Selbstmörderin hatte Ernst etwas Brot in den Mund gesteckt und hielt ein Wasserglas in die Nähe seines Kopfes. Um ihn herum hatte sich eine Menschentraube gebildet. Alle schauten besorgt auf den Mann, der da auf dem Stuhl hing wie ein Schluck Wasser in der Kurve.

„Mensch, da haben Sie sich umsonst aufgeregt, mein Bester. Wie Sie sehen, bin ich putzmunter und hatte niemals die Absicht, aus dem Leben zu scheiden“, lachte die Unbekannte und ihre Löwenmähne verlor etwas die Fasson.

*

Ernst lehnte an der Reling der *Berlin* und sog tief die Seeluft ein. Der Erste Offizier der Ostsee-Fähre hatte kurz mit ihm gesprochen und in sauberem Deutsch erklärt: „Besser einmal nachgefragt, als wenn sich eine Person das Leben nimmt. Das haben Sie gut gemacht. Grüße auch vom Kapitän."

Stolz wich der bisherigen Ohnmacht und die Zuversicht des Hamburgers kehrte zurück. Inzwischen lief die Fähre im dänischen Hafen Gedser ein und in knapp einer Stunde würde Ernst wieder in Warnemünde von Bord gehen. So eine Schiffsfahrt war doch angenehmer, als er geglaubt hatte, revidierte er seine bisherige negative Einstellung zum Bordaufenthalt. Die unbekannte Frau mit den roten Locken hatte ihm noch ein komplettes Menü spendiert. Sie outete sich als Anästhesistin des Güstrower Klinikums und bedankte sich beim Abschied, dass er sich so uneigennützig um seine Mitmenschen sorgte. Auch ihre Visitenkarte hatte sie ihm gegeben.

„Ich denke, wenn Sie in der Nähe sind, kommen Sie mal zur Sprechstunde vorbei. Wir checken sie durch. Ganz gesund scheinen Sie nicht zu sein!"

Die Worte beunruhigten den Hamburger und er nahm sich vor, das Angebot der Ärztin irgendwann mal anzunehmen. Nichts war wichtiger als die eigene Gesundheit.

Ernst beobachtete auf dem Deck unter ihm die Passagiere, die das Schiff zu Fuß oder mit dem Fahrrad verließen. Sie würden nun sicher ihren Urlaub beginnen oder zu ihren Lieben zurückkehren. Familie war etwas Großes. Nichts war dagegen einzutauschen. Er stoppte seine Überlegungen: Spazierte dort unten nicht Ole, der Verlobte von Cousine Trulla? Er erinnerte sich an den unsympathischen Glatzkopf in weißer Lederjacke mit den seltsamen Ohrringen, wie sie früher an ihrem Duschvorhang zu Hause angebracht waren. Die Cousine hatte gar nicht erzählt, dass er in Rostock war. Alles deutete darauf hin, dass es sich tatsächlich um den Dänen und damit Trullas Verlobten handelte. Ernst beobachtete, wie der vermeintliche Ole über das metallene Deck die *Berlin* verließ. Er griff nach seinem Handy und filmte die Szene. Draußen erwarteten zahlreiche Menschen sehnsüchtig ihre Freunde und Familienangehörigen. Es hatte etwas von James Camerons Spielfilmdrama *Titanic*: Wartende Menschen auf einem Fähranleger! Plötzlich löste sich eine blonde Frau aus der Menge. An der Hand hielt sie zwei kleine Kinder und vor der Brust trug sie in einem Beutel, wie ein Känguru, ein Baby. Sie rannte mit den Kindern auf Ole zu und herzte ihn. Der Mann streichelte die Kleinen liebevoll über den Kopf und küsste die Frau ausgiebig auf den Mund. Dann packte er seinen Arm um ihre Hüfte und die Fünf verschwanden in Richtung der Parkplätze. Zufrieden steckte Ernst das Handy ein. Er hatte gewissermaßen ‚alles im Kasten'!

*

Der Boden des Wohnzimmers war übersät mit Haushalts- und Papiertaschentüchern. Dazu einige leere Sektflaschen. Zum Glück hatte Trulla genügend Taschentücher gebunkert und Ernst kam gar nicht mehr hinterher, mit dem Heranschleppen. Hundertmal schaute sie sich das Video von Ole und seiner Familie an. Solange bis Ernsts Handy wegen akuten Strommangels den Geist aufgab. Und jedes Mal gab Trulla einen tiefen Seufzer von sich und griff nach einem neuen Papiertuch. „Dieser dämliche Däne!", rief sie immer wieder und trank Rotkäppchen-Sekt, um ihren Kummer zu ertränken. Spät am Abend, Ernst hatte der Cousine versprochen, sie in einer solch schrecklichen Nacht nicht alleine zu lassen, geriet ihre Aussprache alkoholbedingt aus den Fugen. Sie lallte nur noch und die Worte ‚dämlich' und ‚dänisch' klangen verwirrend ähnlich. Ernst hatte beruhigt zur Kenntnis genommen, dass die gewünschte Summe an Trullas Ex-Lover noch nicht überwiesen wurde. Somit gab es zunächst keinen Verlust. Zumindest was das Finanzielle anging. Menschlich gesehen war das Verhalten des Dänen eine Nullnummer und Ernst nahm sich vor, Ole bei der nächsten Begegnung zu verprügeln. Auch wenn ihm schon jetzt klar war, Ole würde der Überlegene sein. Er musste es halt geschickt anstellen: zuschlagen und anschließend sofort wegrennen! Vielleicht sollte er schon in den nächsten Tagen mit dem Lauftraining beginnen: Laufen für Raufen! Obwohl, viele Zähne zum Rausschlagen gab es bei ihm ja leider nicht mehr.

*

Beim Einschlafen drehte sich die Wohnzimmercouch und Ernst erlebte eine Karussellfahrt, die ihn fast zum Erbrechen brachte. Es war schon eine Weile her, dass er so etwas erleben musste, und er erinnerte sich an die Zeiten, als es mit seiner Ehe zu Ende ging. Um den Ärger runterzuspülen, hatte das Paar damals maßlos gemeinsam Alkohol konsumiert. Überwiegend Rotwein. Diesen Italiener in der Zwei-Liter-Flasche. Mit hundertprozentiger Kopfwehgarantie. Leere Flaschen stapelten sich im Flur der kleinen Wohnung, doch weder Ernst noch Hilde konnten sich überwinden, das Leergut zum Glascontainer zu schleppen. Das war stets ein schwerer Gang, der dem Betreffenden viel abverlangte. Verbunden mit Schamgefühl und schlechtem Gewissen. Hilde und er waren inzwischen schon so weit, die Flaschen trotz des Verbots spät am Abend um die Ecke einzuwerfen. Eines Nachts, als Ernst sich zum Container schlich, hatten sich auch andere Schluckspechte diese vermeintlich anonyme Entsorgungszeit vorgenommen. Und als Ernst dort eintraf, stieß er auf weitere Gleichgesinnte, die reichlich Leergut loswerden wollten. Erst wandte man sich befremdet voneinander ab. Entsorgte die Überbleibsel exzessiver Saufgelage in die Stahlcontainer. Mit Geräuschen, die Tote weckten oder zumindest die umliegende Nachbarschaft. Doch schon wenige Minuten später bestand Konsens. Einer der Unbekannten entdeckte noch Weinreste in einer Bag-in-Box, die jemand zur Müllentsorgung dort abgestellt hatte. Auch wurden plötzlich Weinflaschen durchgereicht. Die Anwesenden saßen gemeinsam auf dem Bürgersteig, tranken und grölten deutsches Liedgut. Erst als später eine von den Nachbarn gerufene Polizeistreife auf die Containerlandschaft zusteuerte, zerstreuten sich die nächtlichen Trinker in Windeseile in alle nur erdenklichen Himmelsrichtungen. Das alles ging Ernst durch den inzwischen schmerzenden Kopf und er schaffte es dann doch noch einzuschlafen.

Früh am Morgen, draußen begann es gerade hell zu werden, legte Ernst eine Decke über die Cousine. Im Gegensatz zu ihr hatte er gefühlt kaum ein Auge zugemacht. Da waren diese Träume. Dazu Übelkeit und Kopfschmerzen. Zusätzlich hatte Trulla im Schlaf ständig laut den Namen des dämlichen Dänen gebrüllt. Und das in Verbindung mit zahlreichen Schimpfwörtern. Die letzte Zeit waren nur noch Schnarchgeräusche aus ihrem Schlafzimmer gegenüber zu hören. Ernst kehrte zurück ins Wohnzimmer, ließ sich auf die Couch fallen und legte die Füße vorsichtig auf den kleinen Tisch. Endlich war er eingeschlafen.

*

Özdemir, von der Auto-Werkstatt, hatte ihn aus dem Schlaf gerissen. Er habe noch eine Überraschung, erklärte er am Telefon, wollte aber nicht damit rausrücken.

„Komm erst einmal her!“

Neugierig geworden, bat Ernst die Cousine, ihn an diesem freien Tag zur Werkstatt zu bringen. Unterwegs musste er das Fenster des Wagens öffnen, um den Kopf aus dem Fenster zu halten. Die andauernden Kopfschmerzen machten ihm zu schaffen. Dazu hatte Ernst etwas Bedenken, Trullas Alkoholausdünstung könnte bei ihm einen erneuten Rausch verursachen.

Viel verändert hatte sich an dem Aussehen des Wohnmobils nicht. Wegen solch einer dämlichen TÜV-Plakette so viel Arbeit und Aufwand. Obwohl, es sah aus, als habe Öz’ Mannschaft versucht, das verblichene Kunststoff etwas aufzuhübschen. Auch innen im Wagen schienen sie geputzt und gesaugt zu haben. Das Armaturenbrett glänzte seltsam feucht und in der Mitte thronte tatsächlich ein neues Radiogerät. Es besaß extrem viele kleine Tasten und Ernst nahm das mit Überforderung zur Kenntnis.

Öz war hinter ihn getreten. „Keine Angst, die Tasten sind für das eingebaute CB-Funkgerät.“

Er griff in die Ablage und zog ein Handmikrofon mit einem Spiralkabel heraus.

„Schau, das Mikrofon wurde in den 70ern hier hineingesteckt.“ Öz deutete auf einen Stecker im Radio. „Ich hatte wenig Möglichkeiten etwas Vernünftiges einzubauen. Schachtgrößen von einem DIN gibt es kaum noch. Ist alles größer geworden. Wenn du etwas Modernes wünschst, musst du zum Car-Audio-Spezialisten gehen. Da berappst du aber, ich weiß nicht, wie viel. Dieses alte Blaupunkt-Radio tut es auch. Hab es selbst ausprobiert. Und die unteren Tasten kannst du einfach ignorieren. Geht aufs Haus!“

Mit gemischten Gefühlen verließ Ernst das Wohnmobil. Der Werkstattbesitzer wünschte Bargeld und so hatte er die restlichen eintausendfünfhundert Euro dabei.

„Also war das Radio die Überraschung?“, wollte Ernst wissen. Öz schüttelte den Kopf und zog grinsend einen Umschlag aus der Tasche. Damit wedelte er vor Ernsts Gesicht herum.

„Und?“

„Den Umschlag haben wir hinter dem Schrank im Hymer aufgefunden. Wir haben ja auch innen sauber gemacht und da lag er.“

Zu Ernsts Verwunderung zog Özdemir fünfzehn 50-D-Mark-Scheine aus dem Kuvert und blätterte sie einzeln, in einer Geste von Großzügigkeit, vor ihn hin.

„Somit reduziert sich die Reparatur auf schlappe eintausendzweihundertfünfzig Euro.“ Man sah Öz den Stolz über den Fund im Gesicht an.

Ernst wusste gar nicht, was er sagen sollte. Er hatte schon Gott und die Welt verdächtigt, das Geld gestohlen zu haben. Dabei war es einfach nur hinter den Schrank gerutscht. Für kurze Zeit hatte er den Glauben an die Menschheit zurückgewonnen.

„Danke, Öz. Ich hatte das Geld schon abgeschrieben!"

„Kein Problem! Wir sind ehrliche Leute." Ernst übergab ihm die Restsumme und er zählte sie nach. Dann steckte er die Banknoten in den Blaumann.

„Und, bist du jetzt glücklich? Keiner wird den Hymer mehr abschleppen!", fragte der Inhaber der Werkstatt den Fahrzeugbesitzer.

Ernst zuckte mit den Schultern. „Schauen wir mal!" Nun hatte er zu seinem Restarbeitslohn, den er für die kommenden Arbeitstage noch erhalten würde, weitere siebenhundertfünfzig Euro dazugewonnen. Das bedeutete keinen schlechten Start für seine Tour nach Polen. Trotzdem, was hätte man mit dem Reparaturpreis von zweitausend Euro alles anfangen können!

„Ach ja, ich habe diese Gussfigur auf dem Armaturenbrett mit einer Klebepistole befestigt. Irgendwann hätte dich das schwere Teil in einer Kurve erschlagen", grinste Öz.

Ernst war begeistert!

*

Zwei Wochen später hatte der Hamburger bei *Scandlines* seinen letzten Arbeitstag. Obwohl ihm Trulla noch etliche Male ins Gewissen geredet hatte, zog es ihn nach Rewal. Er hatte es sich in den Kopf gesetzt und wollte es nun auch durchziehen. Am Nachmittag reinigte er die kleine Hütte wie bei einem Frühjahrsputz. Am letzten Abend lud er Trulla noch einmal zum Griechen ein. Sie ließen sich richtig volllaufen und er schlief diese Nacht wieder im Hymer-Mobil auf dem Parkplatz *Lütten Klein*.

Bis auf dreihundert Euro ließ Ernst das restliche Geld auf dem neu eröffneten Bankkonto. Es war zu viel geschehen. Und auf einer Bank lag das Geld sicherer als im Fahrzeug. Er verfügte inzwischen sogar über eine Bankkarte. Wie lange war es her, seit Ernst an einem Automaten Geld hatte abheben können. Er war ein bisschen stolz auf sich.

Trulla stand an diesem Sonntagmorgen winkend oben auf ihrem kleinen Balkon. Er würde wiederkommen nach *Lütten Klein*. Bald, das hatte er der Cousine versprochen. Ernst legte noch einen kurzen Halt bei Onkel Bernd ein. Doch der schlief und man erlaubte dem Neffen nur einen kurzen Blick auf den schlafenden Angehörigen. Dann brach er endgültig auf in Richtung Polen.

Kapitel 9
Familie ist alles

Ernst bereitete das Cruisen am Steuer des reparierten Hymer-Mobils durch die Landschaft große Freude. Es kam ihm vor, als sei der Wagen fabrikneu. Der Motorsound war leiser geworden, die Bremsen zeigten schon beim ersten Tritt Wirkung und Ernst glaubte, den Wagen, trotz der noch immer fehlenden Servolenkung, nun leichter bewegen zu können. Öz schien auch die Scheibenwischerblätter ersetzt zu haben. Der Fahrer bemerkte es, als ein kurzer Nieselregen einsetzte. Diese Werkstatt in Rostock konnte man nur weiterempfehlen.

Ernst nahm die B 110 über Broderstorf und Sanitz und beabsichtigte in Tessin wieder auf die Autobahn 20 zu gelangen. Etwas mehr als drei Wochen war es her, dass er mit einem defekten Wohnmobil und fast ohne Bargeldbestände aus Hamburg flüchten musste. Inzwischen hatte er einiges erlebt und war sich sicher, seine Erfahrungen würden noch nicht so schnell enden. Der damalige Entschluss hatte sich als richtig herausgestellt. Papa wäre sicher stolz auf seinen einzigen Sohn. Im weiteren Verlauf der 370 Kilometer langen Strecke würde er hinter Krackow nach Polen wechseln. Von Stettin aus waren es noch knapp 100 Kilometer nach Rewal. Ernst war sich fast sicher, nicht die gesamte Strecke an diesem Tag zu schaffen, aber er wollte es zumindest nicht unversucht lassen. Gerade zeigten ihm die Extra-Systolen seines Herzmuskels, dass er seine innere Freude übertrieben hatte, und er atmete tief ein und aus. Plötzlich klingelte sein Handy. Kurz war er in Versuchung, den Anruf während der Fahrt anzunehmen. Doch sofort wurde ihm bewusst, wie gut alles lief, und das wollte er sich nicht durch einen dummen Fehler kaputt machen lassen. So steuerte Ernst den Wagen in die Einfahrt eines Waldweges und stoppte.

„Ja, hallo?"

„Mensch Ernst, gut dass ich dich erwische!"

Er rätselte über die Person zu dieser ihm unbekannten Stimme, aber kam nicht drauf. Nur wenige kannten diese Nummer, also wer war der Anrufer?

„Sicher hast du mich schon an der Stimme erkannt. Ich bin es, Hugo Borowsky, dein Freund aus Rerik."

Jetzt war Ernst alles klar. Der Ehemann von Evi und das Herrchen von Fiffi war am Apparat. „Ist mit Fiffi alles in Ordnung?", wollte Ernst scheinheilig wissen. Obwohl ihm die Gesundheit des Hundes eher nicht am Herzen lag.

„Ja, ja, alles klar. Der pfeift noch immer aus dem letzten Loch!" Der reiche Unternehmer lachte laut und Ernst musste das Handy etwas vom Kopf weghalten.

„Ernst, wo befindest du dich gerade? Doch sicher noch nicht in Polen?"

„Nein, ich bin eben aus Rostock weggefahren. Habe den Onkel besucht. Aber ich denke, spätestens morgen wird es in Polen eine große Wiedersehensfeier geben."

„Könntest du dir vorstellen, diese Feier um ein paar Tage zu verschieben? Ich sage mal für … fünftausend Euro?"

Ernst glaubte sich verhört zu haben. „Hast du Fünftausend gesagt, Hugo?"

„Richtig! Du bist doch stets in Sachen Recht und Ordnung unterwegs. Ähnlich einem Polizisten, nur ohne … Beamtenstatus? Wir haben ja deine Fähigkeiten zu ermitteln und aufzudecken in Rerik erfahren dürfen."

Ernst fühlte sich geschmeichelt und musste das Lob erst einmal verkraften.

„Hör zu Ernst, ich hatte dir von Lieselotte, der Mutter unseres Enkels, erzählt, dieser dummen Pute. Und davon, dass wir für unseren Sohn Jendrosch um das alleinige Sorgerecht kämpfen. Natürlich mit einer Handvoll der besten Anwälte für Familienrecht."

Ernst erinnerte sich und bestätigte das.

„Weißt du, nun sind die beiden, also Lieselotte und der zweijährige Maximilian, in einer Mutter-Kind-Kur in Graal-Müritz. Nicht weit von dir."

Ernst dämmerte langsam, wohin die Reise ging. Er war sich sicher, dass seine Fahrt nach Rewal nun unterbrochen werden würde.

„Also! Ich wollte dich herzlich bitten nach Graal-Müritz zu fahren und dir die Mutter anzuschauen. Sicher hängt Lieselotte nur in Diskos ab, während der kleine Max die Nächte alleine und schreiend in seinem Bettchen in der Kurklinik verbringt."

Ernst schwieg einen Moment und überlegte. „Und … was genau soll ich tun?"

„Du wirst so eine Art Privatdetektiv sein. Besorgst mir Fotos und Infos darüber, wie diese schlechte Mutter ihr Kind, also unseren Enkel, vernachlässigt."

„Und du zahlst fünftausend Euro für meine … Arbeit?"

„Fünf Mille auf die Kralle oder ich überweise sie dir. Wie du möchtest. Natürlich musst du auch etwas liefern. Etwas, was uns den Enkel bringt."

Ernst hatte verstanden. Wenn diese Lieselotte tatsächlich eine schlechte Mutter war, wie von Borowsky beschrieben, konnte es für das Kleinkind nur gut sein, wenn die Großeltern es in Zukunft aufzogen. Und für einige Fotos und Beobachtungen so fürstlich entlohnt zu werden war einfach großartig. So konnte er mit einer stattlichen Summe auf dem Konto in Rewal aufschlagen und läge Tymon nicht gleich auf der Tasche.

„Alles klar, ich wende sofort und fahre zu dieser Kureinrichtung in Graal-Müritz. Wenn du mir noch Anschrift, Namen der Frau und alles Wichtige per SMS schicken könntest?"

„Aber klaro! Du bist mein Bester, Ernst. Ich wusste, du rockst das. Ich werde Evi gleich sagen, sie soll schon mal die Kinderzimmermöbel bestellen."

*

Das mecklenburgische Seeheilbad Graal-Müritz lag keine vierzig Autominuten von Sanitz entfernt. Ernst hatte die Strecke über Ribnitz genommen und schon am Eingang der Gemeinde wies ein Schild auf einen Wohnmobilstellplatz hin. Er hatte Glück, zwei Plätze waren dort noch frei. Er stellte den Hymer beim *Muschelweg* ab und kam auch gleich mit seinem Platznachbarn ins Gespräch. Der Holländer glaubte, Ernst sei sachkundig, und wollte von ihm wissen, wo man hier im Ort gut essen konnte. Da war Ernst überfragt und er erklärte es dem Mann. Sie unterhielten sich noch kurz über den alten Hymer und anschließend lief Ernst los, auf der Suche nach der Kureinrichtung. Hugo hatte ihm alle notwendigen Informationen per SMS gesandt. Dazu auch die Zimmernummer der jungen Mutter.

Die Einrichtung lag keine zwei Kilometer vom Wohnmobilstellplatz entfernt. Unterwegs kaufte Ernst bei einem Bäcker noch zwei belegte Brötchen und einen Kaffee. Er aß und trank unterwegs und erreichte nach etwa dreißig Minuten gestärkt die Einrichtung. Es handelte sich um eine moderne Vorsorge-Klinik für Mutter- und Kind- bzw. Vater- und Kind-Kuren. Das *Heidesanatorium* war ein mehrstöckiger gepflegter Gebäudekomplex, zum Teil in Winkelbauweise angelegt. Ähnlich einer Wagenburg lagen die Gebäude zusammen und beherbergten mittig einen Innenhof, in dem sich Gäste und Patienten aufhalten konnten. In dieser Grünanlage spazierten Mütter und Väter mit ihren Kindern. Dazwischen auch einige Patienten, die auf Krücken oder einen Rollstuhl angewiesen waren. Seitlich befand sich ein gut besetztes Café, das wohl zur Anlage gehörte. Doch, wie zum Teufel, sollte er in dieser Menschenansammlung Frau Dauberschmidt und den kleinen Maximilian finden? Ernst sah den Auftrag gefährdet. Doch schon jetzt aufzugeben wäre verfrüht. Wenn er sich als Besucher ausgab, würde man sicher keinen Verdacht schöpfen. Hugo hatte ihm auch einige Fotos der Frau gesandt. Es handelte sich um einen Rotschopf und Ernst dachte daran, dass Evis Haare rot, aber gefärbt waren. Dann passte das Mädel doch in die Familie Borowsky, lachte er. Doch sein Auftrag war nicht die Zusammenführung der Familie. Das Gegenteil war der Fall. Er warf die leere Tüte und den Kaffeebecher in einen der bereitgestellten Abfallkörbe und spazierte zum Eingang des Sanatoriums. Eine Automatiktür öffnete sich und gab den Blick frei auf die Anmeldung. Dort werkelten zwei junge Frauen in einer Art Uniform an ihren Computern. Sie schienen momentan nicht ausgelastet zu sein und Ernst nutzte die Chance sie anzusprechen.

„Hallo, mein Name ist Groß, ich möchte meine Nichte besuchen!“, schwindelte er.

„Hallo, das dürfen Sie natürlich, Herr Groß!“, grinste eine der Frauen. „Aber wer genau ist Ihre Nichte? Wenn Sie mir ihren Namen verraten würden…!“

„Oh, natürlich. Dauberschmidt, Lieselotte Dauberschmidt. So heißt sie.“

Ernst hoffte, dass die Frau keinen Verdacht schöpfte. Sie tippte etwas auf der Tastatur, als ihr Blick in die Empfangshalle fiel. „Schauen Sie mal, dort läuft Sie. Frau Dauberschmidt verlässt gerade mit ihrem Kind die Halle … diese wunderschöne rote Mähne!“

„Ach ja … danke!“, stotterte Ernst und machte sich auf den Weg, der Frau zu folgen. Maximilian saß in seinem kleinen Buggy und krächzte so laut vor Freude, dass Ernst sich sicher war, dass es dem Kind, zumindest im Moment, an nichts fehlte. Der Junge musste den Erzählungen Borowskys nach zwei Jahre alt sein und besaß augenscheinlich dieselbe rote Haarfarbe wie seine Mutter.

Sicher spazierte die Frau zum Meer, schlussfolgerte Ernst. Am Kinderwägelchen baumelte ein bunter Plastikeimer und aus der Ablage schaute eine Sandschaufel heraus. Sie lief selbstbewusst und zügig und war, das musste Ernst zugeben, eine äußerst schöne Frau. Also hatte Hugos Sohn zunächst einmal alles richtig gemacht. Doch Menschen verstanden sich halt nicht dauerhaft. Da konnte Ernst ein Wörtchen mitreden.

*

Der Strand war voller Kinder. Die dazugehörigen Mütter und Väter saßen verstreut auf bunten Decken im Sand, auf denen *Heidesanatorium* aufgedruckt war. Die Altersspanne der Kinder ging vom Baby bis zum Teenager. Frau Dauberschmidt selbst steuerte die Decke eines einzelnen Mannes an. Der etwa Dreißigjährige grinste, stand auf, öffnete den Sicherheitsgurt von Maximilians Wagen, hob ihn sanft aus dem Buggy und küsste ihn auf die Stirn. Dann setzte er ihn sanft im Sand ab. Lieselotte hatte inzwischen die Sandspielsachen vor Max abgelegt und das Kind packte sofort den Eimer und steuerte unbeholfen das Meer an.

Ernst war etwas überrascht und griff nach seinem Handy. Wenn er die Liebkosungen des Unbekannten aufnehmen könnte, würde das Hugo sicher gut gefallen, glaubte er. Damit wäre bewiesen, dass sich die Frau und Mutter schon einen anderen Typen geangelt hatte. Ob das dem Familienrichter reichte? Ihm konnte es egal sein. Ernst fiel auf, dass die Strandbesucher ihn anstarrten, während er hier, nicht maritim gekleidet, mit seinem Fotohandy hantierte.

Neben ihm befanden sich leere Strandkörbe und er spazierte zum Vermieter weiter oben. Er zahlte stolze 12,50 Euro für den halben Tag, inklusive Kurtaxe. Zurück am Strand öffnete Ernst den Korb mit dem Schlüssel, den ihm der Mann ausgehändigt hatte. Die Sicht aus dem Möbel heraus war äußerst ungünstig und Ernst mühte sich mörderisch ab, das schwere Teil in Position zu drehen. Endlich war es geschafft.

Nun konnte er das Paar mit Maximilian beobachten. Doch die grelle Sonne machte ihm zu schaffen und zudem lag seine Sonnenbrille noch im Wagen. An was man alles denken musste als Privatdetektiv! Das Paar hatte sich inzwischen zusammengekuschelt, ließ den Jungen aber nicht aus den Augen. Ernst machte einige Fotos der drei. Er musste aufpassen, man schaute schon argwöhnisch auf den fotografierenden Typen im Strandkorb. Inzwischen wurde ja hinter jeder männlichen Person, die Kinder fotografierte, ein Pädophiler vermutet. Plötzlich stand der Unbekannte von der Decke auf und ließ Lieselotte alleine zurück. Ernst überlegte, ob er die junge Mutter ansprechen sollte. Das könnte nützlich sein. Gerade in dem Moment, als er sich aufrappelte, kam der Mann zurück. Er brachte dem Jungen eine Eistüte mit und drückte sie ihm in das kleine Händchen. Dabei küsste er ihn auf die Haare. Ernst hatte alles im Kasten und war sich sicher, sein Geld fast verdient zu haben. Plötzlich trat eine junge Frau im Bikini zur Decke, auf dem das Paar saß. Sie flüsterte etwas und Ernst glaubte, sie zeige mit dem Finger auf ihn. Die drei schauten zu ihm hin und plötzlich wurde ihm klar, er musste schleunigst das Feld räumen. Blitzschnell verzog er sich nach oben zum Strandkorbvermieter. Dort gab es günstigen Kaffee und Ernst ließ sich einen Becher einschenken.

„Na, Sie machen sicher Urlaub hier?“, fragte der Mann, während er Ernst neun Euro auf den Zehneuroschein herausgab.

„Nein, ich bin Privatdetektiv und habe hier einen Auftrag zu erledigen!", erklärte Ernst stolz. Er setzte sich auf einen der Stühle und nippte vorsichtig an dem heißen Getränk.

Dem Mann fiel die Kinnlade herunter. „Um was handelt es sich denn? Ich meine, Ihr Auftrag?"

Ernst überlegte. Dann flüsterte er: „Ein hochrangiger Politiker. Sitzt unten am Strand mit einer fremden Frau. Seine Angetraute bezahlt mich, um kompromittierende Fotos für sie zu schießen. Aber das ist schon alles erledigt." Ernst zeigte auf das Handy, das er neben sich auf der Stuhllehne liegen hatte.

„Wow, das ist sicher ein interessanter Job!"

Ernst wollte antworten, als Lieselotte und der Junge im Buggy ganz nah an ihm vorbeiliefen. Er glaubte, die Frau habe nach ihm geschaut, konnte sich aber getäuscht haben.

„Ich muss los!" Ernst war aufgesprungen. Dabei hatte sich der Kaffeebecher verselbstständigt. Die braune Flüssigkeit breitete sich im Sand aus.

„Macht nix, Herr Detektiv! Aber, war das die … also die Geliebte des … Sie wissen schon?" Der Strandkorbvermieter zeigte auf Lieselotte, die inzwischen auf der anderen Straßenseite angekommen war.

„Genau, das ist sie!" Ernst rannte los. Er wollte die Frau nicht aus den Augen verlieren.

*

Der Buggy verschwand um die Ecke und Ernst war sich sicher, das war nicht der Weg zurück zum Sanatorium. Ob Lieselotte noch eine Besorgung machen musste? Oder ob sie den Kleinen abgab, um feiern zu können? Wie dem auch sei, er heftete sich an ihre Fersen. Sie war schon vorne um die Ecke verschwunden, als plötzlich und unerwartet ihr Freund aus einem Hauseingang trat. Er packte den Hamburger am Revers, und noch bevor Ernst überhaupt wusste, wie ihm geschah, schleuderte der Typ ihn gegen einen gelben Müllcontainer und er blieb benommen liegen.

„Was willst du?“, brüllte der Typ. „Hat dich mein Vater geschickt? Wieder so ein Schnüffler, der alles ausspionieren soll?“

Ernst war überfordert. Seine Hüfte schmerzte stark. Auch sein Bein schien bei dem Sturz etwas abbekommen zu haben. Er bewegte es. Zum Glück kein Bruch. Der junge Mann trat näher und hielt ihm die Hand hin.

„Tut mir leid, ich wollte nicht so rabiat sein und Sie verletzen!“

Plötzlich bemerkte Ernst Lieselotte, die mit Max im Buggy hinter dem Unbekannten auftauchte. Sie legte ihre Hand auf dessen Schulter und seufzte: „Wieder so ein Privatdetektiv, Jendrosch?“

*

Ernst, Lieselotte und Jendrosch saßen im Außenbereich einer Pizzeria. Ernst hatte Lasagne bestellt und das Paar eine Pizza Vier-Jahreszeiten. Klein-Maximilian saß im Buggy und kaute gut gelaunt auf einem Stück Pizzabrot herum.

Ernst war noch ganz verwirrt darüber, dass er dem Vater des kleinen Maximilian gegenübersaß. „Sie müssen mir das noch mal erklären, Jendrosch, ich bin noch nicht ganz im Bilde“, erklärte Ernst.

„Also, Papa war stets klar, dass ich als einziges Kind irgendwann die Firma übernehmen würde. Ich habe erst das Abitur gemacht. So, wie es meine Eltern wünschten. Dann Bauingenieurswesen studiert. Auch, wie es die Eltern wünschten. Ich habe schon als junger Mensch gerne gekocht und dachte, darin liegt meine Berufung. Aber man hat mich nie gefragt. Und so blieb es stets beim Hobbykochen…!“

Lieselotte unterbrach den Freund und legte ihre Hand auf seine: „Aber dafür war es schon damals sehr lecker.“ Jendrosch küsste die Frau auf den Mund und sie gab den Kuss leidenschaftlich zurück.

„Als ich Liesel vor drei Jahren kennengelernt habe, war klar, wir bleiben zusammen. Das Kind war nicht geplant, aber wir freuten uns beide sehr, als sich Maxi ankündigte und dann auf die Welt kam. Liesel wollte unbedingt, dass ich mein Leben so gestalte, wie ich es für richtig halte. Sie hatte recht und ich begann eine Kochlehre in einem Hotel in Lübeck. Papa und Mama wussten nichts davon. Ich hatte ihnen erzählt, ich arbeite an meiner Masterarbeit. Sie mochten Liesel von Anfang an nicht. Ihnen war klar, mit ihr gaben sie den Sohn aus den Händen. Als Maxi geboren wurde, hoffte ich auf eine Wandlung. Dachte, sie würden stolze Großeltern sein. Doch sie hörten mir nicht mal zu. Arbeiteten oder machten Urlaub. Der kleine dämliche Köter, den sie irgendwann mal aus dem Urlaub mitbrachten, fand mehr Gehör als ich. Dann begannen sie mich zu bearbeiten. Ich sollte das alleinige Sorgerecht beantragen. Sollte Liesel in den Wind schießen. Ich musste dann erst einmal von der Arbeit aus für drei Monate in New York kochen. In dieser Zeit haben sie Liesel durch Detektive überwachen lassen. Als sie mich unter Tränen von diesem Erlebnis informierte, habe ich die Ausbildung beendet und bin sofort zurückgeflogen. Ich habe mit den Eltern gebrochen. So unschön, wie das ist. Aber sie geben nicht auf. Das sehen Sie ja selbst, Ernst, Papa setzt schon ein Kopfgeld aus!"

Ernst bemerkte, wie Jendrosch in sich zusammenfiel und sich Tränen in seinen Augenhöhlen bildeten. Auch Lieselotte hatte das bemerkt und legte die Arme um den Körper ihres Lebensgefährten.

„Wir werden morgen standesamtlich heiraten!", flüsterte sie so leise, dass Ernst es kaum verstand.

„Habe ich das richtig verstanden, ihr heiratet morgen?"

„Ja, wir möchten, dass Maxi eine Zukunft hat. Mit Mama und Papa!" Jendrosch wischte sich die Tränen aus den Augen und grinste schon wieder. „Aber schade, dass meine Eltern nicht anwesend sein werden. Wir hätten sie gerne dabeigehabt."

Lieselotte zuckte mit den Schultern. „Lass uns zahlen, Jendrosch. Maxi muss bald in die Falle!"

*

„Wie schlimm ist die Situation?" Hugo Borowsky war außer sich, seine Stimme zitterte. Ernst hatte ihn angerufen und ihm vorgeschwindelt, der kleine Enkel sei alleine im Zimmer und die Mutter auf der Juchhei. Der Mann tat ihm etwas leid.

„Schlimmer geht nimmer!", erklärte Ernst. „Ich habe schon im Sanatorium Bescheid gegeben. Aber die kümmern sich nicht um das schreiende Kind. Wie schnell könnt ihr hier sein? Am besten beide, Oma und Opa des Jungen."

Hugo hatte sofort zugestimmt, sich und seine Evi so schnell wie möglich ins Auto zu setzen und nach Graal-Müritz zu kommen. Ernst rechnete erst in den frühen Morgenstunden mit ihrem Eintreffen. Er hatte sich mit den Borowskys an der Star-Tankstelle an der *Ribnitzer Straße* verabredet.

*

Die Trauung würde die erste an diesem Morgen sein. Um neun Uhr sollte sie stattfinden und Ernst wartete schon weit vor der Zeit auf das Paar aus Dortmund. Endlich schoss der riesige Mercedes-SUV mit überhöhter Geschwindigkeit an den Tanksäulen vorbei. Mit quietschenden Bremsen stoppte der Fahrer den Wagen vor Ernsts Hymer-Mobil.

„Um Gottes Willen, was ist passiert?“ Evi Borowsky hatte den Benz zuerst verlassen und sprang regelrecht auf Ernst zu. Ihre Gesichtshaut war extrem gerötet. „Im gleichen Farbton wie ihre Haare“, dachte Ernst und musste sich zusammenreißen, um nicht zu lachen. Auch Hugo hatte sich aus dem Sitz geschwungen und stand nun, keuchend und nach Atem ringend, neben Ernst.

„Hört zu, ich muss euch etwas gestehen!“

Die beiden erwarteten wohl das Äußerste, denn Evi stieß einen spitzen Schrei aus.

„Nein, nicht, was Sie denken, Frau Borowsky. Lasst uns besser Platz nehmen!“ Ernst zeigte auf eine Bank neben dem Tankgebäude. Nur zögerlich folgten sie ihm.

„Ich habe Lieselotte und Maxi tatsächlich gefunden und auch kennengelernt. Eine tolle Frau und ein bezaubernder Enkel.“

Ernst beobachtete die Mienen der beiden. Hugo bekam den Mund nicht mehr zu und bei Evi glaubte Ernst ein Lächeln zu erkennen.

„Außerdem habe ich euren Sohn Jendrosch kennengelernt! Ein prächtiger junger Mann und ein liebevoller Vater.“

Hugo hielt es nicht mehr auf der Bank. Er war aufgesprungen. „Jendrosch ist auch hier?“, brüllte er. Seine Frau zog ihn an der Jacke zurück auf die Bank. „Bleib ruhig, Schatz. Lass den Mann erzählen!“

„Danke, ich mache es auch kurz. Ich möchte ja endlich mal in Polen ankommen. Also, das junge Paar liebt sich von ganzem Herzen und ich bin mir sicher, ihr tut den beiden unrecht. Ich habe euch nicht hergerufen, weil es Probleme gibt. Im Gegenteil, alles ist bestens. Doch sie werden in …“, Ernst schaute auf seine Armbanduhr, „… fünfundzwanzig Minuten standesamtlich heiraten und ich dachte mir, ihr wärt sicher gerne dabei. Zumal so etwas nicht so oft geschieht!“

Ernst war aufgestanden und blickte in die Gesichter des sprachlosen Paares.

„Hier, die Straße lang!“ Er zeigte in die entsprechende Richtung. „Das Standesamt liegt dort. Ihr könnt es nicht verfehlen. Macht das Beste daraus. Und denkt daran: Familie ist alles!“

Ernst stieg in den Hymer, startete den Motor und verließ, mit einem letzten Gruß, die Star-Tankstelle und Graal-Müritz. Noch im Rückspiegel sah er die beiden auf der Bank sitzen. Sein Bein schmerzte bei jeder Bewegung höllisch, aber das war es ihm wert.

Familie war eben alles!

Kapitel 10
Eine neue Liebe macht noch keinen Sommer

Der Aufenthalt in Graal-Müritz und die Erlebnisse mit Familie Borowsky hatten Ernst emotional und psychisch alles abverlangt. Kurz hinter Ribnitz befand sich erneut eine Tankstelle und Ernst füllte Benzin nach. Er wollte sicher sein, nicht schon wieder stehen zu bleiben. Neben der Tankstelle verkaufte man aus einem Food-Truck Hamburger und Currywurst. Ernst stellte sich in die kleine Schlange und bestellte einen *Bio Dry Aged Beef Burger* mit Pommes. Dazu eine Flasche alkoholfreies Bier. Er hatte sich nicht schlau gemacht, was sich die jungen Leute im Truck zusammenbrieten. Doch es war das, was die Hungrigen vor ihm auch bestellten. Da konnte er sicher nichts falsch machen. Er zahlte, bekam das Bier und eine Nummer und setzte sich seitlich auf eine der leeren Bänke.

Eine junge Frau geriet in sein Blickfeld. Sie trug eine gehäkelte Mütze und einen alten Parka, so wie man sie früher bei der Bundeswehr trug. Auf dem Rücken einen Rucksack mit festgebundenem Schlafsack. Sie war klein gewachsen, fast wie er, und dazu von schmaler Gestalt. Die langen Haare, die hinten heraushingen, mochten ursprünglich dunkelblond gewesen sein. Im Moment waren sie strähnig und die junge Frau sah leicht ungepflegt aus. Er bemerkte dunkle Schatten unter ihren Augen. Sie schien zu leiden, lief herum und sprach einige der Anwesenden an. Ernst verstand Sätze wie ‚habe Hunger' und ‚etwas zu essen'. Während er sein Bier trank, schaute er aus der Entfernung zu, wie die Unbekannte erfolglos bettelte. Nach einer Weile gab sie auf und trollte sich. „Wahrscheinlich eine Anhalterin", dachte Ernst. Eine, die unterwegs war auf Kosten anderer. Da musste man aufpassen und er überlegte, ob er sein Wohnmobil abgeschlossen hatte. Doch die junge Frau setzte sich abseits an einen Baum und legte das Gesicht in ihre Hände.

Endlich wurde seine Nummer aufgerufen. Ernst spazierte zum Imbisswagen und nahm das Essen in Empfang. Plötzlich fiel ihm ein, wie gut es ihm doch ging. Und wie fremde Menschen ihm, dem Loser, in den letzten Tagen wieder auf die Beine geholfen hatten. Vielleicht war es an der Zeit, selbst zu helfen und fürsorglich zu sein? Etwas zurückzugeben? Er lief zu der Frau und sie blickte ihn überrascht und mit verweinten Augen an.

„Entschuldige! Ich habe gehört, dass du Hunger hast. Ich hoffe, du isst Burger und Pommes?"

Sie rieb sich die Augen, und als Ernst in die Knie ging, um ihr sein unberührtes Essen zu reichen, wurde ihm bewusst, dass die Frau vor ihm eher noch ein Mädchen war. Sie mochte keine achtzehn Jahre alt sein, nahm ihm aber dankbar das Essen ab und begann es hungrig zu verschlingen. Sein Bein reagierte mit Schmerzen auf die Bewegung.

„Möchtest du eine Cola dazu?“, fragte er mit einem leichten Stöhnen.

Sie nickte. Ernst richtete sich auf und humpelte zurück zum Food-Truck. Inzwischen waren keine Gäste mehr dort und er bestellte das gleiche wie eben. Dazu ein weiteres alkoholfreies Bier und eine Cola.

„Komm, setzen wir uns auf die Bank. An einem Tisch isst es sich leichter.“

Zögernd stand das Mädchen auf und folgte ihm.

„Ich heiße Ernst und du?“

„Wilma!“ Der Name kam leise und Ernst konnte ihn fast nicht verstehen.

„Was ist mit deinem Bein, Ernst?“

„Vergiss es, ist nur das Alter!“, grinste er.

Ohne weitere Konversation machten sich beide über Hamburger und Pommes her. Erst nachdem Wilma die Cola-Flasche geleert hatte, bedankte sich die junge Frau bei ihrem Spender.

„Danke … Ernst! Gott, was hatte ich einen Riesenhunger!“

Ernst schaute sprachlos und nachdenklich auf die junge Frau. Er war sich noch immer nicht sicher, ob sie schon erwachsen war. Ihr Haar hing wild und zerzaust über das Gesicht und er beobachtete, wie sie die Fast-Food-Reste in sich hineinschlang. Wahrscheinlich war es die erste Mahlzeit seit etlichen Stunden.

„Bist du von zu Hause abgehauen?“, wollte Ernst spontan wissen und im selben Moment bereute er die Frage. Wilma schaute ihm trotzig ins Gesicht.

„Das geht dich nichts an!“

Ernst lehnte sich zurück und ließ ihr etwas Zeit.

„Entschuldige! Aber wenn du abgehauen bist, dann geht es dir wie mir.“ Ernst griff nach der halbleeren Bierflasche und nahm einen Schluck. Ihr Gesicht entspannte sich etwas.

„Ehrlich?“

Ernst nickte. „Warum sollte ich dich verarschen?“

Wilma zuckte mit den Schultern.

„Tatsächlich bin ich vor etwa sechs Wochen aus Hamburg abgehauen. Die Polizei war hinter mir her. Ich hatte einige Strafzettel und Schulden und bin dann mit meinem Wohnmobil in Richtung Polen geflüchtet.“

Wilma schaute ihr Gegenüber fragend an. „Auf der Flucht? Aber wie bist du hier gelandet?“

Ernst zuckte mit den Schultern. „Ich habe bisher einfach noch nicht den richtigen Weg gefunden.“

Sie steckte die restlichen Fritten in den Mund, hatte sich aber bei der Menge verschätzt und zog unter beschämtem Grinsen wieder welche heraus.

„Hast du … dort in … Polen Freunde?“, fragte sie. „Die Tonlage klang, der Pommes wegen, wie Weichspüler im Vorwaschgang“, dachte Ernst und grinste.

„Was grinst du?“ Sie hatte alles geschluckt und ihren Rücken gestreckt.

„Ja, ja! Ich besitze dort einen Freund, Tymon, aber jetzt sag mir doch bitte, warum du unterwegs bist?"

Wilma zögerte eine Weile. Dann begann sie ihre Geschichte zu erzählen.

„Ich bin vor einigen Tagen achtzehn Jahre alt geworden und habe letzten Sommer mein Abitur gemacht. Nun möchte ich auf den Darß. Nach Prerow."

Ernst war verwundert. „Dann gratuliere ich noch nachträglich. Aber möchtest du auf dem Darß Urlaub machen? Oder dich einfach erholen vom langjährigen Schulstress?"

„Nein, das ist es nicht. Ich weiß nicht ... egal ... ich bin in der Nähe von Regensburg aufgewachsen. Habe vier Brüder, alle jünger als ich. Alle haben prächtige schwarze Locken, nur ich bin die Blonde. Seltsam, nicht? Als ich jünger war, so acht oder zehn Jahre alt, hörte ich, wie Nachbarn über mich vom ‚Kuckuckskind' sprachen. Damals dachte ich mir nichts dabei." Sie zog ihre Mütze ab und schüttelt den Kopf, als habe sie Flöhe.

Ernst amüsierte sich. „Aber so ist die Natur, man kann sie nicht beeinflussen."

„Ja, das habe ich auch lange gedacht. Bis ich auf Papas Schreibtisch einen Brief fand. Dort schrieb ein Amtsgericht, Sarah Köpenick sei verstorben. Sie habe jahrelang nach ihrer Tochter Wilma gesucht. Der Brief war bei Papa gelandet!"

Ernst fragte sich nach dem Hintergrund.

Sie grinste. „Du denkst wohl jetzt gerade, was das für einen Hintergrund hat? Ja, ich habe es auch nicht verstanden. Erst nicht. Dann habe ich die Eltern so lange genervt, bis sie mir Rede und Antwort gestanden haben. Meine Mama in Regensburg bekam keine Kinder, als sie mit Papa jung verheiratet war. Sie versuchten also ein Kind zu adoptieren. So stießen sie auf mich und haben mich nach Regensburg gebracht. Als ich zwei Jahre alt geworden war, schien bei Mama die Fruchtbarkeit auszubrechen. Sie bekam ein Kind nach dem anderen und nach dem vierten stoppte sie diesen Prozess. So erzählte sie es mir."

Wilma nuckelte an den Resten ihrer Cola-Flasche.

„Möchtest du noch eine Coke?"

„Nein, danke!" Sie stand auf und vertrat sich die Beine. Dabei blickte sie still in den angrenzenden Wald. Jetzt konnte Ernst erkennen, dass sie noch recht jung war. Knapp achtzehn Jahre alt und unterwegs, ihre leibliche Mutter zu finden und ihre Identität zu klären. Die Frau war wieder an den Tisch getreten.

„Hast du deine Eltern von dieser … Reise … informiert?"

„Natürlich nicht!" Wilma hatte sich aufgerichtet und ihr Kopf glühte vor Eifer. „Sonst hätte ich vielleicht genügend Geld eingepackt."

„Aber wie geht die Geschichte nun weiter? Was erhoffst du dir von der Reise?"

Sie versuchte ein Lächeln. „Mama hätte gesagt: ‚Lass es Wilma. So viel Zeit ist vergangen.' Sie würde von alten Wunden sprechen, die aufreißen, und sagen: ‚Du bist ein schlaues Mädchen, eine junge Frau. Du solltest dich jetzt besser um deine Zukunft kümmern. Und um dein Studium. Um dein eigenes Leben. Was willst du hinter einem Phantom herrennen wie hinter einem Gespenst? Eines, dass dich vor zig Jahren abgegeben hat.' Doch ich habe sie nicht gefragt."

Ernst beobachtete, wie bei Wilma Tränenbäche die Wangen hinunterkullerten und in der leeren Hamburger-Pappschachtel landeten.

„Aber jeder Mensch hat das Recht, seine Mutter kennenzulernen?", meinte er. „Es ist doch die Frau, in deren Körper du herangewachsen bist. Sie hat den Schmerz der Geburt erlebt. Also, egal welche Beweggründe die Frau damals hatte, dich abzugeben. Sicherlich wurde sie lange davon verfolgt. Bestimmt hat es geschmerzt und sie nicht losgelassen."

Ernst wunderte sich selbst über seine Worte.

Das Weinen hatte aufgehört und tapfer blickte Wilma ihr Gegenüber an: „Ja, genau das habe ich mir auch gedacht und deswegen bin ich vorgestern abgehauen. Letzte Nacht habe ich im Wald geschlafen. Frag mich bitte nicht, wie schlimm das war. Überall Geräusche von Tieren. Ameisen in meinem Schlafsack. Ich sag dir, das möchte ich eigentlich nicht mehr erleben." Sie lachte und sah schon etwas entspannter aus.

„Hast du denn Geld?", wollte Ernst wissen. Er überlegte, ob er ihr etwas zur Verfügung stellen sollte. Er besaß ja noch genügend Euros und sah es im Moment als seine Pflicht an, ihr zu helfen. Sie winkte ab. „Nein danke! Almosen möchte ich nicht annehmen. Ich werde mich jetzt wieder an die Straße stellen und versuchen, die letzten 100 Kilometer zu trampen."

„Lief das denn bisher gut?"

Sie biss sich vorsichtig auf die Lippe. „Nein, irgendwie nicht. Ein Lastwagenfahrer hatte mich in der Nacht ein Stück mitgenommen. Von Regensburg aus. Doch die ganze Zeit über hat er nur wirres Zeug erzählt. So sexistischen Kram, weißt du? Es klang, als wollte er mehr von mir. Ein deutscher Ted Bundy habe ich gedacht. Habe gerade die Serie geschaut. Ich bekam wahnsinnige Angst und während eines Staus bin ich aus dem Lkw gesprungen. Dann über die Leitplanken geklettert und in den nächsten Ort gerannt."

Ernst war ganz verdutzt. Seine Kollegen, die Lkw-Fahrer, waren doch sonst gute Menschen. Aber auch darunter gab es sicher schwarze Schafe. Er überlegte, wie er dem Mädel helfen könnte. Eigentlich hatte er sich vorgenommen, endlich mal in Polen anzukommen und die Fahrt dorthin nicht noch weiter zu verschieben. Aber wenn er, als guter Mensch und als derjenige, der bisher so viel Glück hatte mit seinen Mitmenschen, dieses Mädchen dorthin brachte, wohin sie wollte, bedeutete es für ihn ja keinen großen Aufwand. Vielleicht eine Nacht irgendwo pennen und dann könnte er schon weiterfahren.

„Was hältst du davon, wenn ich dich mitnehme? Dich dorthin bringe, wo du hinmöchtest?"

Sie schien zu überlegen. Dann erklärte sie, mit kritischem Gesichtsausdruck: „Ich bin mir nicht sicher ...

du hast ein anderes Ziel ... möchtest nach Polen. Warum also dieser Schlenker?“

Ernst zuckte mit den Schultern.

„Ich durfte in den letzten Wochen so viele tolle Menschen kennenlernen. Sie haben mir ohne Hintergedanken geholfen und nun möchte ich einiges zurückgeben. Vielleicht verstehst du das nicht. Aber es ist einfach so. Glaube es mir!“

Er sah, wie erneut Tränen aus ihren Augen kullerten, und sie drehte den Kopf seitlich weg.

„Gut, Ernst. Dann werde ich dein Angebot annehmen. Irgendwie vertraue ich dir. Wir sind Leidensgenossen. Abgehauen, beide heimatlos und doch auf der Suche nach etwas Geborgenheit und Lebensfreude.“

Ernst besorgte beim Food-Truck noch zwei Flaschen Cola und eine große Flasche Wasser. Dann bestiegen beide das Hymer-Mobil.

*

Der Motor startete zügig, als habe er nur darauf gewartet, endlich wieder in Betrieb genommen zu werden. Wilma saß neben Ernst und scrollte auf dessen Handy herum. Ihr Smartphone hatte einen leeren Akku und war momentan nicht verfügbar. Sie suchte wahrscheinlich auf dem Darß nach ihrer Mutter.

„Weißt du, dass Hitlers SS 1941 das KZ Darß-Wieck, ein Außenlager des KZ Neuengamme, unterhielt?"

Ernst erschrak und hatte den Lenker etwas verrissen. Er brachte das Wohnmobil zurück in die Spur. „Du haust ja einen raus! Bitte warne mich das nächste Mal vor, sonst fahre ich in den Graben!" Er blickte in das erschrockene Gesicht Wilmas. „Hast du den Familiennamen Köpenick schon entdeckt?"

Wilma nickte. „Es gibt tatsächlich einige Bewohner in Prerow mit diesem Nachnamen. Ich denke, ich werde im Ort nachfragen müssen. Da bekomme ich sicher meine Antworten und wir sehen weiter."

Ernst verstand die junge Frau. Er wunderte sich nur etwas, dass sie unter achtzehn Jahren schon ihr Abitur abgeschlossen hatte, und diese Frage ließ ihm keine Ruhe. So fragte er danach.

Wilma lachte. „Ja, man unterstellt mir, ich sei hochbegabt. Ich mochte das Wort nie. Es klingt so, als sei ich eine Schleimerin. Jemand, der sich auf Kosten anderer bereichert. Ich bin halt flott im Begreifen. Mathematik, Sprachen, alles fiel mir leichter als anderen Mitschülern. Doch das hat mir auch viel Ärger eingebracht. Nun aber zu deiner Frage. Ich habe eine Klasse übersprungen und so das Abitur ein Jahr vor meinen eigentlichen Klassenkameraden gemacht."

„Gibt es denn schon einen Plan, wie es weitergehen soll?"

Wilma legte ihr Handy weg und schaute den Fahrer an. „Du fragst schon wie meine Eltern. Eigentlich wollte ich nach dem Freiwilligen Sozialen Jahr im Herbst mit dem Medizinstudium beginnen. Ich finde, es ist wichtig, anderen Menschen zu helfen. Und Corona hat mir die Augen geöffnet. Vorher dachte ich eher an Kunst oder Psychologie. Ich habe mich noch nicht gefunden. Doch umso mehr ich darüber nachdenke, glaube ich, es wird wohl Medizin werden. Mein Abitur, also meine Abiturnote, ist so gut, da kann ich mir aussuchen, wo ich studieren möchte. Vielleicht sogar im Osten, in der Nähe meiner … richtigen Familie. Ich möchte sie ja alle gerne kennenlernen."

Ernst staunte nicht schlecht. In Wilmas Alter hatte er anderes im Sinn als die Welt zu retten. Damals war er noch ein unreifer Junge und nur sein Moped, Mädels und Zigaretten zählten. Schule war eh nie sein Ding gewesen.

„Ernst, weißt du eigentlich, dass man auf dem Beifahrersitz extrem beschissen sitzt?"

Ernst fand, nun war es genug der offenen Worte.

„Ich habe mir gerade die Hand verletzt!" Wilma wies auf einen kleinen Schnitt an ihrer Handkante.

Ernst war erschrocken. „Oh, wie konnte das passieren?"

„Ich glaube, der alte Sitz muss mal überarbeitet werden."

Ernst nickte. „Das kann gut sein. Man darf sich beim Fahren nicht verletzen. Leg ein Kissen unter!"

Er nahm sich vor, später mal jemand nach dem scharfen Metallstück auf dem Sitzboden schauen zu lassen.

Inzwischen hatten sie das kleine Ostseebad Prerow erreicht. Der Ort auf dem Darß lag verlassen und ruhig da. Ernst war sich sicher, es lag auch an der kühlen Temperatur am heutigen Tag. Nur vereinzelt liefen Touristen umher. Viele davon zogen sogenannte Bollerwagen, in denen sie ihre Kinder geparkt hatten. Ernst bekam Bedenken, dass die Kleinen später im Alter nicht mehr richtig würden laufen können. Weil sie die ersten Jahre ihres Lebens und die Zeit der Skelett- und Muskelentwicklung nur von ihren Eltern gefahren oder geschleppt worden waren. Er erzählte Wilma von seiner Vermutung und sie lachte ausgelassen. Er spürte, Lachen tat ihnen beiden besonders gut. Doch langsam war es an der Zeit, eine Fahrpause einzulegen. Es wurde schon dunkel.

„Wollen wir den Wagen irgendwo abstellen? Auf einem Campingplatz vielleicht?"

Die junge Frau schaute Ernst kritisch an. Er verstand sofort. Sie machte sich Gedanken, wo sie beide schlafen sollten.

„Ich kann draußen schlafen", erklärte Ernst. „Ich habe noch ein kleines Zelt von Papa hinten. Das durften wir Kinder hin und wieder benutzen. Zum Beispiel, wenn ich im Urlaub einen Freund mitnehmen durfte. Wenn du also möchtest ... ich schlafe darin. Während du im Fahrzeug…!"

Wilma schien hin- und hergerissen zu sein. Ernst sah ihr an, wie sie abwog, ob sie diesem Mann vertrauen konnte. Dann kicherte sie: „Lass es uns so machen: Ich werde in diesem Zelt schlafen. Ich glaube deine alten

Knochen benötigen mehr Komfort als die meinigen. Und dazu einen vernünftigen Lattenrost!“

Beide lachten, bis ihnen Tränen in Strömen die Wangen hinunterkullerten.

*

Ernst hatte den Hymer auf einem Wohnmobilstellplatz in Prerow abgestellt und, bevor es dunkel wurde, auf einer angrenzenden Wiese dahinter sein kleines Zelt aufgebaut. Er stellte es so nah, dass er aus dem Fenster einen Blick darauf hatte. Irgendwie fühlte er sich verantwortlich für Wilma. Nicht, dass ihr in der Nacht noch irgendetwas passierte.

Doch alles verlief ruhig und am nächsten Morgen, Wilma schlief noch tief, rannte Ernst los und besorgte in einer Konditorei Croissants. Dazu zwei große Becher mit Kaffee. Der Laden lag mit Blick auf das Meer und das Angebot an Torten faszinierte ihn. Hier wollte er es sich, vor seiner Weiterfahrt nach Polen, noch einmal gut gehen lassen. Auch musste er dringend eine Kaffeemaschine auftreiben. Dazu ein Verlängerungskabel, um endlich Strom im Hymer-Mobil zu bekommen. Die alte Kabeltrommel, die Papa früher beim Campen benutzt hatte, war verschwunden.

Vorsichtig weckte er Wilma auf. Vor dem Zelt sitzend rief er leise: „Wilma, aufwachen, es gibt frische Croissants und Kaffee!“ So hatte Schrader ihn vor wenigen Wochen mit einem Frühstück geweckt. Nun konnte er etwas zurückgeben. Verschlafen blickte die junge Frau aus der Zeltöffnung und schälte sich aus ihrem Schlafsack. Sie rieb sich die Augenhöhlen, meinte, während sie herzzerreißend gähnte: „Was, Croissants? Das kann ich gar nicht glauben. Ich liebe Croissants. Wie lange habe ich darauf verzichtet. Sicher schon achtundvierzig Stunden.“ Lachend kletterte sie aus ihrer kleinen Unterkunft.

Wenig später saßen beide gemeinsam im Wohnmobil und frühstückten.

„Wie möchtest du weiter verfahren? Was kann ich tun, um dir zu helfen?“

Wilma schluckte den letzten Bissen Croissant hinunter, trank einen großen Schluck Kaffee und erklärte dann: „Eigentlich möchte ich nicht, dass du mich begleitest, Ernst. Ich werde den Tag über in Prerow umherlaufen und Menschen befragen. Du kannst gerne deinen Weg nach Polen wieder aufnehmen. Es war sehr lieb von dir mich hierher zu bringen, doch jetzt muss ich tun, was ich tun muss.“

Ernst überlegte. War es nicht noch zu früh, um sie alleine zu lassen? Wenn sie nicht weiterkam, wer würde ihr helfen? Er nahm sich vor, noch einen weiteren Tag auf dem Stellplatz dranzuhängen und es sich hier gut gehen zu lassen. Auch freute er sich auf die Torte. Ernst erzählte ihr von seinem Entschluss und legte dabei den Schwerpunkt auf den Kuchen.

Sie hörte ihm schweigend zu. „Gut! Es ist deine Entscheidung, Ernst. Nur du bist für dich verantwortlich. Und ich für mich, verstehst du?"

Ernst wunderte sich etwas über die erst 18-Jährige, aber er nickte.

Nachdem sich Wilma verabschiedet hatte, informierte er den Platzbetreiber von seinem verlängerten Aufenthalt. Es gab keinerlei Einwände, der Platz war nur halb belegt. Ernst fragte ihn auch nach Sarah Köpenick. Doch der Kerl schien ein Stoffel zu sein. Denn er zuckte nur mit den Schultern. So spazierte Ernst wenig später durch den Ort Prerow. Weder mit seiner Frau, noch später mit Bärbel war er groß verreist. Er war der Meinung, die Hansestadt Hamburg verfüge über alles, was der Mensch auch im Urlaub benötigte. Gut, kein Felsmassiv. Aber sonst! Vielleicht war das ein Fehler. Gerade jetzt, als er in Prerow herumspazierte, fiel ihm auf, wie schön und vielseitig sein Heimatland und die Ostküste waren. Vielleicht hätte es Ehe und Liebe gut getan, mal die Koffer zu packen und zu verreisen. Aber: Hätte, hätte, Fahrradkette. Nun war es zu spät! Ernst fand es noch etwas zu früh für Schwarzwälder Kirsch- oder Himbeertorte. Aber wann genau war die richtige Zeit? Sicher gab es in der Konditorei im Ort bestimmte Öffnungszeiten. Und wenn er dann glaubte, es wäre die richtige Zeit, dann hatte sie vielleicht geschlossen. Nein, er hatte jetzt große Lust auf Süßes und spazierte zurück.

*

Die Konditorei war gut besucht und Ernst hielt es für besser, sich draußen an den letzten freien Tisch bei der Hausecke zu setzen und alles zu beobachten. Er stellte im Alter immer mehr seine Unentschlossenheit fest. Wenn er Hunger hatte und sich irgendwo anstellte, kaufte er meistens das, was die Menschen vor ihm bestellten. Ob das ausartete? Irgendwann würde er noch seinen Toilettengang von dem anderer abhängig machen, lachte er.

„Entschuldigung, was lachen Sie? Und das, obwohl Sie noch keine Torte probiert haben."

Ernst drehte den Kopf. Seitlich des Gebäudes stand eine Frau in einer Schürze. Sie war nicht sehr groß, aber schlank und zog an einer Filterzigarette. Ihre Augen zeigten Ehrlichkeit und Lebensfreude an.

„Stimmt, ich habe noch keine Torte gekauft. Wollte noch schauen, was die anderen so bestellen!"

Die Frau nickte. „Die Himbeer-Torte mit Baiser ist mein Meisterstück. Soll ich Ihnen ein Stück bringen lassen?"

Ernst bemerkte Flecke auf der Schürze der Frau. Dazu Mehlstaub. Ob sie selbst diese Kunstwerke herstellte?

„Sind sie die … Bäckersfrau?"

Er merkte, dass das nicht die qualifizierteste Berufsbezeichnung war, aber etwas anderes war ihm nicht eingefallen.

Sie lachte und drückte die Zigarette in einem Aschenbecher auf dem Boden aus. „Ja, ich bin Konditormeisterin Halloen. Aber nennen Sie mich doch Vera." Sie hielt ihm ihre Hand hin. Ernst nahm und drückte sie. Er spürte etwas Feuchtes wie Butter an seinen Fingern, aber es störte ihn nicht.

„Setzen Sie sich doch zu mir. Oder müssen Sie...!"

„... Torten zaubern?"

Ernst nickte.

„Nein, heute nicht mehr. Ich habe alles erledigt."

„Backen Sie täglich? Ach ja, ich heiße Ernst."

Sie schüttelte den Kopf. „Hallo Ernst, schön, Sie kennenzulernen. Eigentlich backe ich täglich. Bis auf montags. Ich arbeite jedoch normalerweise in einer Konditorei in Zingst. Wohne auch dort. Hier in Prerow habe ich nur ausgeholfen. Meine Kollegin ist an Corona erkrankt und ich backe stellvertretend für sie die Torten."

Vera hatte die Bedienung gebeten, Ernst ein Stück Torte zu bringen, und dazu wünschte er sich einen Milchkaffee. Wenig später saß er schon am zweiten Stück. „Noch nie habe ich eine bessere Torte gegessen!", schwärmte er und überlegte, noch ein drittes Stück nachzuschieben.

„Lassen Sie dem Magen noch Platz für ein Abendessen!", grinste die Frau. Endlich fand Ernst Zeit, sie näher zu betrachten. Vera mochte Mitte fünfzig sein und war von der Sonne gegerbt. Ihre rotblonden Haare besaßen einen leichten Graustich und das verlieh ihr etwas Verwegenes. Ähnlich einer Piratenbraut. Ihre frauliche Figur brachte ihn seit Jahren zum ersten Mal wieder etwas in Wallung und es schien, dass sie es spürte.

Denn sie erzählte plötzlich von ihrem Ehemann, einem Kapitän auf hoher See, und den drei erwachsenen Söhnen. Zwei davon waren, so die Konditormeisterin, wie der Vater auf Schiffen unterwegs.

„Unser Kleiner ist neunundzwanzig und studiert Jura in Greifswald. Es ist der dritte Schlenker, was das Studium angeht. Aber soll er nur. Er verdient sich sein Geld selbst, also kümmert es uns nicht."

Ernst fühlte etwas, was er lange nicht mehr verspürt hatte: Gefühle! Er wollte die Frau einfach nicht mehr loslassen. Sicher verfolgte sie andere Pläne, als den Tag mit ihm zu verbringen. Oder war die Anspielung auf das Abendessen vielleicht ein Wink mit dem Zaunpfahl? Der Satz Veras war ihm wieder eingefallen.

„Ich war auch mal verheiratet, ist lange her!"

„Klingt, als seist du nicht zufrieden gewesen, Ernst?" Sie war spontan zum ‚Du' gewechselt. Ihm gefiel es.

Ernst schüttelte den Kopf. „Ein totaler Fehlgriff!"

„So habe ich das bei einer misslungenen Ehe noch nie gesehen!" Vera schien entsetzt, aber grinste dabei.

Ernst spürte, dass die beiden etwas verband. Waren es Schmerzen? Fehlende Freude? Es war ihm, als seien sie Verbündete. Und das, nach weniger als einer Stunde Unterhaltung.

„Vera, hast du Lust heute Abend mit mir essen zu gehen?" Ernst kannte sich nicht wieder. War das seine Stimme oder wurde er fremdgelenkt?

Sie überlegte kurz. „Warum nicht. Mein Mann Peter schippert gerade durch den Ärmelkanal, und wenn er zu Hause ist, verbringt er die meiste Zeit beim Kapitän-Stammtisch. Wollen wir uns in Zingst treffen? 19.00 Uhr im Restaurant *Tyrannosaurus Rex?*"

Ernst war dankbar, dass die Frau die Planung übernommen hatte, und lächelte. „Ich werde pünktlich sein."

*

Wilma saß auf der Stufe des Wohnmobils, als Ernst eintraf.

„Wartest du schon lange?", rief er in Sorge um sie, während er sich dem Hymer näherte. Als er vor ihr stand, sprang sie auf und umklammerte ihn.

„Alles Scheiße!", rief sie und weinte. Sie war doch einen Kopf größer als er. Es war ihm aufgefallen, als sie ihn beim Umklammern schon fast oberhalb seiner Schultern berührte. Er fühlte sich unwohl in dieser Haltung. Wie lange war es her, dass er eine Frau beziehungsweise sie ihn umklammert hatte? Doch er ließ Wilma weinen. Nachdem sich die junge Frau beruhigt hatte, schloss er das Fahrzeug auf und schob sie sanft nach innen.

„Setzt dich erst einmal und beruhige dich, Wilma. Dann erzähle mir bitte alles!"

Gerade als Wilma zu reden begann, klopfte es an der Tür des Hymer-Mobils. Die beiden schauten sich fragend an.

„Wer kann das sein?“, wollte Wilma wissen. Ernst zuckte mit den Schultern und trat zur Tür. Er öffnete sie. Davor stand ein riesiger Kerl mit einer Glatze. Der Unbekannte füllte den gesamten unteren Türrahmen aus und reichte Ernst bis zur Brust, obwohl der Fremde mit beiden Füßen auf der Erde stand. Seitlich daneben rieb sich eine unbekannte Schwarzhaarige mit einem geblümten Taschentuch die Augen. Die Situation war skurril und für Ernst unverständlich. Der Mann hatte das Gesicht zu einer Fratze gezogen und gerade in dem Moment, als Ernst bewusst wurde, dass er die Tür besser schnell wieder schließen sollte, schoss eine haarige Faust von unten nach oben auf ihn zu.

Ausgelöst wie über einen Haltemechanismus.

Die Handknochen trafen Ernst mit voller Wucht an der Nasenwurzel. Sie brachen den Knorpel und die kinetische Energie verursachte, dass Ernst schwer ins Schwanken geriet. Während Schmerzen sein Gesicht mit Tränen fluteten, versuchte er sich krampfhaft an der Küchenzeile festzuhalten. Ernst spürte, wie Fingernägel abbrachen, und dachte, dass er es wohl nicht schaffen würde, in eine stabile Lage zu kommen. Sein linker Fuß flutschte, beim Versuch Halt zu finden, aus der Tür und sein Körper kippte dabei zurück. Eine Filmsequenz aus *Keanu Reeves* großartigem Film *Matrix* zog an seinem inneren Auge vorbei und Ernst überlegte, ob er vielleicht dessen Stuntrolle übernommen hatte. Sekundenbruchteile später schlug der Hamburger mit dem Kopf fest auf die harte Kante des Tisches auf.

Ernsts Körper hatte im selben Moment großzügig und selbstlos sämtliche Schmerzimpulse zugunsten einer Ohnmacht abgeschaltet.

Kapitel 11
Himbeertorte zum Frühstück

Ernst thronte mitten auf einer riesigen Torte. Sie füllte das gesamte Wohnzimmer der Familie Groß aus. Dämliche Kinderlieder erklangen aus einem alten, leiernden Kassettenrekorder. Ein Megafon verstärkte den in den Ohren schmerzenden Sound noch. Kinderstimmen grölten und Ernst bemerkte eine Horde Gleichaltriger, die durch den Flur auf das Wohnzimmer zu rannte. Mit übergroßen Gabeln in der Hand näherten sie sich ihm und seiner Torte. Ernst war aufgesprungen, ging in Abwehrhaltung. Er würde alles bis auf das Letzte verteidigen. Ihm war bewusst geworden, dass er heute seinen Kindergeburtstag feierte und die anderen dabei waren, ihm alles, was er besaß, wegzunehmen. Sein ganzes Leben war nur ein Kampf. Das Wenige, was er sein Eigen nannte, musste er stets verteidigen. Wo befanden sich seine Eltern? Sie sollten ihn, ihren kleinen Jungen, doch beschützen. War das nicht die eigentliche Aufgabe aller Eltern dieser beschissenen Erwachsenenwelt? Endlich entdeckte er sie. Mama und Papa lagen neben dem Sofa unter zwei riesigen Sektflaschen mit Ausguss und ließen sich das Gesöff direkt in den Mund laufen. Sie kamen mit dem Schlucken gar nicht mehr hinterher und der Sekt ran über ihren Mund auf die Kleidung. Diese dämlichen Erwachsenen. Wann lernten sie endlich Verantwortung zu übernehmen, anstatt sich davor zu drücken? Der kleine Ernst versuchte mit einem übergroßen Papierschirmchen, das er aus dem Fondant der Torte gerissen hatte, auf sich aufmerksam zu machen. Doch die Eltern waren bloß mit der Sauferei beschäftigt. Ernst riss das dünne Papier von den Schirmlatten und hielt den Angreifern die Hölzer wie eine Lanze entgegen. Er würde ihnen schon zeigen, zu was Ernst Groß in der Lage war. Die wilde Horde kam immer näher. Er blickte in hungrige Gesichter, voller Lust an der süßen Freude, die sich nur noch wenige Zentimeter vor ihnen befand. Nein, er würde nichts von seiner Torte abgeben. Er bewegte seinen Körper und hieb mit der Lanze auf die Eindringlinge ein …

„Herr Groß, bitte, Herr Groß, bleiben Sie ruhig. Sie träumen nur. Hallo …!“

Vor Ernst tauchte ein Kopf auf. Er hatte kurzes Haar und trug eine Hornbrille. Wie ein Gelehrter. Der Mann passte nicht zur Horde der Angreifer und Tortendiebe. Ernst zögerte mit weiteren Schlägen und Tritten.

„Ich bin Dr. Paulinus, wir haben sie gerade aus dem künstlichen Koma zurückgeholt. Verstehen Sie, was ich sage?“

Ernst verstand nichts. Aber er stoppte die Tortenverteidigung und bemühte sich seine Augen so zu justieren, dass er die Umgebung wahrnahm. Die elastischen Augenlinsen projizierten ein Abbild des Mannes auf die Netzhaut und seine Ziliarmuskeln zerrten und drückten, bis der Unbekannte endlich scharf und deutlich erschien.

Es musste sich tatsächlich um einen Arzt handeln. Der Typ trug einen weißen Kittel und statt einer Krawatte ein Stethoskop um den Hals. Er grinste so dämlich, dass Ernst überzeugt war, die Angreifer abgeschüttelt zu haben. Er befand sich tatsächlich in einem Krankenzimmer.

Der Arzt vor ihm rieb sich den Schweiß von der Stirn. Es schien ihn Mühe gekostet zu haben, Ernst ohne Schäden aufzuwecken. Hinter ihm entdeckte der Patient eine Menge Personen. Sie standen in sicherem Abstand und schienen ihm wohlgesinnt. Denn entweder zeigten ihre Gesichter ein schlechtes Gewissen oder aber freudige Erregung. Als er die Reihe mit seinen Augen absuchte, erblickte er plötzlich zwei Personen, die ihm bekannt vorkamen. Bei der einen handelte es sich um Wilma und er erinnerte sich dunkel und mit einigem Abstand an die positiven Ereignisse, diese junge Frau betreffend. Neben ihr an der Wand stand ein großer Kerl mit einer Glatze. An ihn hatte Ernst eine eher schlechte Erinnerung. Je länger er darüber nachdachte, was beide verband, desto weniger fiel ihm dazu ein. Es war wie früher nach Saufgelagen, wenn er versucht hatte, mit leerem Magen zu würgen. So verhielt es sich gerade mit seinen Überlegungen. Es war ihm selbst nicht klar, wie er sich die aktuelle Situation erklären sollte.

„Es tut mir soooo leid!“, rief der Glatzkopf und machte dabei einen Ausfallschritt. Eine Art ungelenke

Bewegung auf das Krankenbett zu. Ernst erschrak und zuckte zurück. Was tat dem Typen leid? Die Frau seitlich von ihm rieb sich die Augen mit einem geblümten Taschentuch. Alles war so irreal – wie *Alice im Wunderland* in der Fortsetzung *Alice im Krankenhaus?* Aber warum gerade sollte er *Alice* spielen? War das symptomatisch?

*

Wilma hatte sich lange bemüht, Ernsts Gedächtnislücken mit den entsprechenden Informationen zu füllen. Ihm war klar geworden, sie beschönigte dabei die eine oder andere Situation. Vor allem die, als er sich den Schädel am alten Hymer-Tisch aufgeschlagen hatte.

„Papa", der Glatzkopf war also Wilmas Adoptivvater, „hat aus Angst um mich gehandelt. Er glaubte, dass mir dort im Wohnmobil etwas geschehen könnte und es ist mit ihm durchgegangen!"

Das war der Versuch einer Entschuldigung, warum der große kräftige Kerl einen zwei Köpfe kleineren ohne Vorankündigung und die Möglichkeit der Abwehr einfach geschlagen hatte. Ernst war zwar schon darüber hinweg, doch wieder nahm ihm das Ganze die Luft zum Atmen. Wo kam diese Aggressivität in der Menschheit her? Keiner sollte ihm erzählen, in Wilmas Vater hätte sich etwas angestaut. Wenn es so gewesen wäre, wieso war er die Person, an dem der Mann sich abreagierte? Hätte es nicht ein anderer kräftiger Typ sein können? Arnold Schwarzenegger vielleicht? Oder Hulk Hogan? Oder ein Tag im Fitnesscenter? Warum er? Wilma erklärte, ihr Vater habe Ernst ein Zimmer im besten Hotel vor Ort gemietet. Dort könne er sich, mangels ordentlicher Krankenversicherung, von dem ausgeführten Vernichtungsschlag erholen. Immerhin etwas. Obwohl er nicht darum gebeten hatte. Trotzdem zeigte Ernst den Mann bei der hiesigen Polizei wegen Körperverletzung an. Er hätte tot sein können! Und das, nachdem er endlich wieder ein vollwertiges Mitglied der Gesellschaft und des Lebens geworden war.

Wilma hatte inzwischen ihre Halbbrüder gefunden und getroffen. Die gemeinsame Mutter, Sarah Köpenick, war tatsächlich vor zwei Jahren in Prerow an Krebs verstorben, noch bevor sie ihre einzige Tochter wieder in die Arme schließen konnte. Das tat Ernst leid. Er hatte gehofft, der Brief sei eine Finte der Adoptiveltern, Wilma von einer Suche abzuhalten. Dem schlagkräftigen Vater wäre es zuzutrauen gewesen.

*

Die bevorstehenden Tage im Hotel *Dreieinhalb Jahreszeiten* versprachen eine gute Zeit zu werden. Wenn da nicht die Schmerzen in Ernsts Schädel gewesen wären.

Der Arzt hatte davon gesprochen, dass es lange dauern könnte, bis sie verschwunden sein würden, und ihm eine kleine Tragetüte voller Medikamente mitgegeben. Aber Tabletten waren nie sein Ding und Ernst hatte nicht vor, welche davon zu nehmen. Ansonsten ging es ihm prima. Seine Muskulatur und der Bewegungsapparat waren in keiner Hinsicht von den Beschwerden betroffen und er lieh sich tags darauf eines der Fahrräder des Hotels aus. Noch immer fehlten ihm Bruchstücke der letzten Tage vor dem Angriff. Inzwischen hatte er Abend für Abend seinen Roadtrip seit Beginn in Hamburg gedanklich nachvollzogen und war sich sicher, fast alles wieder auf seiner Hirn-Festplatte abgespeichert zu haben.

Die Radtour von Prerow aus brachte ihn über fünfundzwanzig Kilometer bis zur Aussichtsplattform *Hohe Düne-Pramort*. Auf dem Rückweg nahm er eine andere Strecke, etwas entfernt vom Meer, und machte Halt beim *Schlösschen Sundische Wiese*. Die Torte dort sah fantastisch aus und er ließ sich ein Stück Himbeertorte und einen Milchkaffee bringen.

Es war wie ein *Déjà-vu!*

Bei jedem Bissen schmerzte es im Kopf. So, als warte sein Körper auf Antworten statt auf Süßkram. Nur mit Mühe konnte er die leckere Torte aufessen.

„Hat es Ihnen nicht geschmeckt?", fragte die ältere Bedienung beim Abräumen.

Ernst schüttelte den Kopf. „Doch, alles gut!"

„Wissen Sie, wir beziehen die Himbeertorte von einer Konditorei in Zingst. Früher haben wir selbst gebacken. Aber inzwischen lohnt sich das nicht mehr. Der Aufwand…!" Die Frau brachte das Tablett weg und legte die Rechnung auf den Tisch.

Was hatte die Frau gesagt? Zingst, Himbeertorte, Konditorei…? Ernst war es, als hätte sich ein weiteres Stück seines Gedächtnisses erbarmt und die tagelange Verschlüsselung endlich aufgehoben. Da war doch diese nette Frau … diese Konditormeisterin Vera … ja, genau. Die Gefühle, die er gerade erlebte, überwogen die Schmerzen im Kopf und blendeten sie für einen Moment aus. Wieder so ein Puzzlestück, das ihm gefehlt hatte.

*

Die *Konditorei Schellenberger* in Zingst wurde regelrecht überrannt von Touristen. Ernst hatte sein Fahrrad neben der Bäckerei an einem Baum abgestellt und lehnte lässig an seinem Miet-Bike. Die Konditorei öffnete nach der Mittagspause gerade wieder ihre Pforten und wie vor den Lufthansa-Schaltern nach einem Streik von Verdi strömten die Menschen unablässig ins Innere und quollen hinten wieder heraus. Ernst kippte seinen Kopf zur Seite, um das zu überprüfen. Nach gefühlt einer Stunde schienen alle versorgt und Ernst traute sich in das Gebäude. Es war wie aus einem Film über das Schlaraffenland: Die Vitrinen waren trotz des Runs noch immer gut gefüllt und Ernst hatte schon beim Hinschauen das Gefühl, die zahlreichen Kalorien zu spüren, die fettverursachend über seinen Körper herfielen.

„Wie kann ich helfen?“, wollte eine junge Bedienung in Schürze wissen.

„Ich möchte zu Vera!“

Es schien, als sei das nicht die erwartete Antwort auf die Bestellung, und die Frau legte ihren Kopf für einen Moment in eine Schräglage.

„Vera? Sie meinen unsere Konditorin Vera Halloen?“

Ernst nickte.

„Sie hat schon Feierabend. Kommt erst übermorgen wieder.“

Ernst kam leicht ins Schwanken und hielt sich an der Theke fest. Die Frau erkannte sofort die Ausnahmesituation.

„Soll ich Vera anrufen, dann könnten Sie mit ihr sprechen?“ Schon hatte sie ein Telefon von der Theke gegriffen und darauf einige Tasten gedrückt. Noch bevor der Kreislauf des Hamburgers die Kurve kriegen konnte, erklang die bekannte Stimme einer Frau.

„Ja?“

„Hallo, hier ist Ernst!“

„Ernst?“

Ihm wurde bewusst, dass er, nach dem vermasselten Plan, die Frau zu treffen, für einige Tage aus deren Dunstkreis verschwunden war. Gewissermaßen abgetaucht. Sicher hatte sie ihn längst vergessen. Traurig wollte er schon auflegen.

„Etwa der Ernst mit dem Wohnmobil? Mit dem ich in Prerow Kaffee getrunken habe?“

*

Sie trafen sich am Strand. Vera trug nur eine Bikinihose, als Ernst an der einsamen Badestelle auftauchte. Auf das Oberteil hatte sie verzichtet. Sie besaß eine gute Figur und Ernst schaute verschämt in die andere Richtung.

„Soll ich lieber das Oberteil anziehen?“, fragte die Frau, als sie die Unsicherheit bei Ernst bemerkte.

„Nein, lass nur. Ich werde mich daran gewöhnen“, schmunzelte er. Ernst hatte nach Bekanntgabe des Treffpunktes schnell in einem Laden am Strand eine Badeshorts gekauft und streifte sie umständlich über. Fast stolperte er dabei. Vera grinste nur. Anschließend erzählte er ihr von dem schlagkräftigen Glatzkopf, dem verhängnisvollen Nachmittag und den folgenden Tagen in absoluter Dämmerung. Auch, wie er nach und nach sein Gedächtnis zurückerobert hatte. Sie streichelte ihm, während er sprach, über sein Gesicht, und bevor er sich versah, lagen sich beide in den Armen. Erst nach einer Weile lösten sie sich voneinander. Ernst war etwas überrascht von dieser Situation. Er fragte sich, welches Verhältnis sie verband. Glaubte Vera, in ihm einen Freund gefunden zu haben? Oder deutete sie seine Gefühle so, dass es mehr war als eine Freundschaft, die er für die verheiratete Frau empfand? Er spürte Erregung und versuchte sie vor ihr zu verstecken. Doch Vera hatte sie längst bemerkt.

„Wir werden das, was wir gemeinsam haben, nicht mit Scham und Verstecken beginnen!", meinte Vera und küsste ihn forsch auf den Mund. „Komm, zieh deine Badehose aus. Wir gehen nackt zusammen baden."

Sie entledigte sich gekonnt von ihrem knappen Unterteil und rannte zum Meer. Sprachlos machte Ernst es ihr nach und sie trafen sich in den Wellen der Ostsee.

Kapitel 12
Schnurres oder Auf den Hund gekommen

Ernst und Vera hatten sich schnell gegen eine Weiterführung der sich noch in den Startlöchern befindlichen Beziehung entschieden. Sie verbrachten die Nacht gemeinsam in Veras kleinem Häuschen. Inmitten einer lebendig gewordenen maritimen Kultur, mit all den Seemannsknoten, antiken Steuerrädern und Miniaturleuchttürmen, fühlte sich Ernst äußerst unwohl. Aus jeder Ecke blickte ihn Veras Ehemann, Kapitän Peter Halloen, streng an. Sogar im Schlafzimmer über dem Bett hing ein riesiges Portrait, das ihn, wie Vera erzählte, als jungen Mann auf einem Segelschulschiff zeigte. Ernst sehnte sich plötzlich nach dem Hymer zurück. Das Fahrzeug war für ihn inzwischen zum Inbegriff von Freiheit geworden. Beide Menschen spürten, dass sie noch nicht so weit waren. Irgendwo da draußen auf dem Meer lauerte der Kapitän und Ernst war klar, dass Vera den Vater ihrer Söhne jetzt noch nicht aufgeben wollte. Obwohl er, wie sie beim gemeinsamen Frühstück beiläufig und unter Kichern erzählte, nach einer langen Reise schon einmal mit einer Geschlechtskrankheit nach Hause gekommen sei. Ernst fand das nicht so lustig. Es schauderte ihn und er ärgerte sich etwas, nicht an *Safer Sex* gedacht zu haben. Am späten Nachmittag verließ Ernst das kleine Kapitänshäuschen. Sicher würde er unterwegs viel an die Zuckerbäckerin Vera denken müssen. Und vielleicht gab es gar ein Wiedersehen mit ihr. Aber dann hoffentlich unter geregelten Umständen.

Vor seiner Weiterfahrt traf er sich noch mit Wilma beim Hymer-Mobil. Gemeinsam saßen sie mit einer Tasse Kaffee auf der Stufe und die junge Frau berichtete, am nächsten Morgen mit ihren Adoptiveltern zurück nach Regensburg fahren zu wollen.

„Weißt du, dass mir meine Halbbrüder auf den Kopf zugesagt haben, ich sei nur hinter dem Erbe meiner Mutter her?"

Ernst wollte das gar nicht glauben.

„Doch, echt! Die ticken doch nicht richtig. Solche Brüder brauche ich nicht. Ich werde im Herbst in München mit dem Medizinstudium beginnen und diesen Besuch vergessen." Sie hatte Ernst ihre Hand auf den Arm gelegt und gemeint: „Dich kennengelernt zu haben war mir eine große Freude. Möchtest du auch zukünftig mein älterer Freund sein?"

Ernst versprach es und lange hielten sich die beiden in den Armen, bevor er den Hymer aus Prerow hinauslenkte.

*

Beim Netto-Markt im *Amt Niepars* füllte Ernst seine Vorräte auf. Vor allem Mineralwasser fehlte und er kaufte gleich drei Sechserträger. Er hatte den Hymer seitlich des Marktes abgestellt und sich in der Bäckerei noch ein Teilchen und einen Milchkaffee gekauft. Auf einer Metallstange sitzend, schaute er kauend dem Treiben vor dem Discounter zu. Hinter ihm kläffte schon eine Weile ein Hund, doch er ignorierte ihn. Die Stimme des Tieres klang heiser und Ernst überlegte, ob auch bei Hunden, umso öfters sie bellten, die Stimmbänder verschleißen würden. Der Kuchen hatte ihm geschmeckt und Ernst überlegte, noch zwei Brezeln für unterwegs einzukaufen.

„Der arme Hund!“, sprach ihn eine Kundin an der Bäckereitheke an. Sie war nach ihm an der Reihe, hatte sich aber in der kleinen Schlange der Wartenden schon etwas nach vorne gearbeitet. Das schien ihre Masche zu sein. Ernst bemühte sich ruhig zu bleiben und reagierte nicht. Er verfolgte nur sein Ziel, die letzten beiden Brezeln in der Vitrine, im Auge. Vor ihm kaufte eine Frau Brot.

„Geschnitten?“, fragte die Bäckereifachverkäuferin.

Die Kundin überlegte.

Was gab es da zu überlegen, fragte sich Ernst. Das war wie hell und dunkel, wie süß und sauer. Geschnitten oder nicht. So einfach war das.

Die Frau war noch immer in der Überlegungsphase und die Verkäuferin nahm diese Pause zum Anlass, Brötchen auf einem Tablett zu ordnen.

„Sie möchte es am Stück!", brüllte Ernst von hinten in Richtung Theke. Es sollte eher spaßig klingen. Keinen Druck verursachen. Aber so kam es wohl nicht an. Die Frauen vor ihm als auch die Verkäuferin hinter dem Tresen schauten Ernst an, als habe er Schimpftiraden über die ostdeutsche Bevölkerung zum Besten gegeben. Er bemühte sich, den bösen Blicken mit Ignoranz zu begegnen.

„Dann nehme ich das Brot doch geschnitten", erklärte die Frau trotzig, „und dazu noch …" Ernst stockte der Atem. Ihm war klar, wenn die beleidigte Leberwurst jetzt die beiden Brezeln kaufte, wäre es nur gerecht. Warum hatte er sich auch eingemischt?

„… zwei Semmeln!"

Ernst beruhigte sich. Alles sah nach einem guten Ende aus. Nachdem auch die Frau vor ihm die Brezeln keines Blickes würdigte, ließ er sie sich einpacken.

„Haben Sie das mit dem Hund da draußen mitbekommen?", fragte die Verkäuferin, während sie die Brezeln liebevoll erst in Papier und anschließend in eine Tüte packte.

Ernst zuckte gleichgültig mit den Schultern und legte die 2,80 Euro abgezählt in das dafür vorgesehene Körbchen.

„Stellen Sie sich vor, ich habe heute Morgen gesehen, wie ein Mann das Tier dort an den Baum gebunden hat." Sie wies durch eine Fensterscheibe nach draußen.

Ernst interessierte das nicht.

„Seitdem sitzt er dort und winselt. Ich dachte der Typ kauft dies und das. Aber er hat ihn wohl ausgesetzt, den Armen."

Ernst ignorierte das Gespräch, nahm die Tüte vom Tresen. Gerade wollte er sich umdrehen und den Markt verlassen, als die Frau ihm nachrief: „Hallo, rede ich mit der Wand?"

Verdutzt drehte er sich um. „Oh, tut mir leid, ich bin etwas schwerhörig", schwindelte er. „Um was ging es?"

Das Gesicht der Bäckereifachverkäuferin war rot angelaufen. Man sah, dass sie nur knapp vor einem Gefühlsausbruch stand. „Dieser … dieser bellende Köter da draußen. Ich denke, man sollte die Polizei rufen. Man kann ja nicht mal die Tür offenstehen lassen, um Sauerstoff zu bekommen. Dieses Gekläffe…!"

Ernst verließ nickend den Markt. Tatsächlich, dort an einem dürren Baum angebunden, hockte auf seinen Hinterläufen ein ebensolch abgemagerter Hund. Ein Rüde, wie sein fachmännischer Blick bemerkte. Das Tier schaute sich in der Umgebung um. So, als erwarte es jeden Moment sein Herrchen zurück, und kläffte erbärmlich. Sein Fell war kurzgeschnitten und schwarzweiß, wie bei einer Kuh, fand Ernst. Der Kopf war überproportional groß zum restlichen, ausgemergelten Körper. Es musste sich um einen Mischlingshund handeln. Vielleicht einer, den ein tierfreundliches Urlauberpaar in Spanien von der Straße geholt und nach Deutschland mitgebracht hatte. Und nun setzen sie ihn überfordert wieder aus. Ernst machte einige Schritte auf das kläffende Tier zu. Ob ihm irgendjemand mal Wasser gebracht hatte? Plötzlich übernahm er Verantwortung für das Tier, wie in den letzten Tagen bei Wilma. Er drehte sich um, spazierte zum Hymer, ergriff eine Schüssel und füllte sie mit Mineralwasser. Der Hund wedelte mit dem Schwanz und fegte dabei dunkelbraunen Staub auf, als Ernst zu ihm trat. Er stellte die Schüssel vor ihm ab. Der Hund roch daran. Nur zögernd begann er zu trinken. Vielleicht war es keine gute Idee, ihm Mineralwasser mit Kohlensäure anzubieten, überlegte Ernst. Doch der Hund hatte die Schüssel schon geleert.

„Der hat ja einen Schnurres!"

Ernst erschrak. Hinter ihm war eine alte Frau aufgetaucht. Sie zeigte mit zittriger Hand auf das angebundene Tier. „Mein Mann, Gott habe ihn selig, hatte auch solch einen Schnurres!" Sie spürte, dass Ernst mit dem Wort nichts anfangen konnte und gestikulierte mit beiden Händen in ihrem Gesicht herum.

„Einen Schnurres, also einen Schnurrbart!"

„Ach so!" Ernst lachte und schaute zu dem Tier. Tatsächlich, die Barthaare des Hundes standen seitlich des Kopfes übermäßig weit heraus.

„Schnurres!", lachte Ernst und auch die Frau rief laut „Schnurres" und hieb sich mit der Hand lachend auf den Oberschenkel.

„Der scheint tatsächlich so zu heißen!", rief die Alte. „Er reagiert sogar auf den Namen."

Tatsächlich hatte sich der Hund aufgerichtet. Er spürte, dass er im Mittelpunkt stand, und nutzte diese Gelegenheit, sich in seiner Gesamtheit darzustellen. Er streifte Ernst um die Beine und ließ sich von ihm streicheln.

„Hast du denn überhaupt schon etwas gegessen?" Ernst ging ihn die Hocke und der Hund leckte mit der Zunge über sein Gesicht. Es war zärtlich und die Augen des Hundes strahlten freundlich und hell.

*

Ernst kaufte im Netto eine Auswahl an Dosenfutter für Hunde. Nachdem er drei davon geöffnet hatte, stellte er sie vor dem Hund auf den Boden. Schnurres lag davor wie der Fuchs vor dem Hasenbau und schien äußerst unschlüssig, welchen Leckerbissen er zuerst auffressen wollte. Dann entschied er sich in der Mitte anzufangen und schlang den Inhalt mit einem Bissen hinunter.

„Das war Huhn!", erklärte Ernst ihm, der verwundert registriert hatte, dass es für das Tier nur ein Bissen war. Als ob er es verstand, bewegte der Hund den Kopf und wedelte dabei mit dem Schwanz. Dann machte er sich über die beiden anderen Dosen her.

„Ich habe die Polizei gerufen!" Die Bäckereifachverkäuferin war zu Ernst an den Hymer getreten und hatte es ihm mitgeteilt. Die nervige Bellerei musste sie dazu veranlasst haben.

„Gut, dann werde ich warten, bis sie das Tier abholen!", erklärte der Hamburger. Sicher war es so das

Beste. Die Beamten würden Schnurres in ein schickes Tierheim bringen. Mit eigenem Zwinger, leckerem Futter und viel Gesellschaft.

Ernst hatte die Leine gelöst. Müde geworden, legte sich der schwarz-weiße Mischlingshund unter dem Blech des Hymer-Mobils ab. Er lag fast auf dem Rücken und ein leises Schnarchen begleitete jeden Atemzug. Ernst selbst saß auf der Stufe des Fahrzeugs und blätterte zum x-ten Mal durch die Werbebroschüre. Einige Netto-Marktbesucher hatten ihn zu seinem Entschluss, sich dem Tier anzunehmen, beglückwünscht.

„Es sollte mehr solche tierliebe Menschen wie Sie geben!“

Doch Ernst erkannte in ihren Augen, dass sie froh waren, keinerlei Verantwortung übernehmen zu müssen. Nach wenigen Minuten verließ Schnurres die Lust am Ruhen und er setzte sich voller Erwartungsfreude vor sein neues Herrchen. Ernst packte einen Ast aus dem umliegenden Gehölz und warf ihn in die Wiese. Schnurres hatte riesige Freude am Apportieren. Ernst aber ging das einseitige Spiel schon bald auf die Nerven.

Nach gefühlt einer Stunde des Wartens auf die Staatsmacht spazierte ein Mann, bekleidet mit einem Kittel, in den Händen ein großer Karton, auf das Hymer-Mobil zu.

„Hallo, ich bin der Marktleiter. Auch ich habe das Tier beobachtet. Den ganzen Morgen. Hier!“, er stellte den Karton ab und öffnete ihn. Silber- und goldglänzende Dosen befanden sich darin. Auch Schnurres war neugierig herbeigelaufen und beschnupperte den Inhalt.

„Das ist Hundefutter. Es läuft eh die Tage ab. Dann haben sie eine Art Starterpaket." Der Marktleiter stellte alles vor den Hymer und zog noch eine Hundeleine und zwei bunte Gummibälle aus der Hosentasche. „Haben wir gerade im Angebot!"

„Auch abgelaufen!", lachte Ernst.

Der Mann grinste nur und verschwand unter freundlichem Winken im Netto-Markt.

*

Es dunkelte bereits und die Zahl der Einkäufer hatte sich inzwischen gelichtet. Mehrfach hatte Ernst überlegt, den Hund wieder an den Baum zu binden und endlich seine Reise fortzusetzen. Doch jedes Mal, wenn er mit der Leine zu Schnurres getreten war, hatte der sich auf die Hinterbeine gesetzt und ihn treu und ergeben angeschaut.

„Mach mit mir, was du möchtest!", schien er sagen zu wollen. So hatte Ernst die Leine jedes Mal wieder in den Hymer gelegt und dem Tier weiter einen der bunten Bälle zugeworfen.

„Ich schließe den Markt nun ab!", rief der Marktleiter vom Eingang. „Wenn Sie möchten, können Sie hier auf dem Platz übernachten." Ernst nickte. Da würde keiner mehr kommen. Sicher war die Polizei froh, sich nicht noch mit solchen Kleinigkeiten beschäftigen zu müssen. Oder die Frau hatte erst gar nicht dort angerufen. Es dunkelte, als der Dacia des Marktleiters als letztes Fahrzeug vom Parkplatz fuhr. Ernst wurde bewusst, dass ihm wohl nichts anderes übrig bleiben würde, als hier zu nächtigen. Er nahm sich vor, den Hund am Morgen in ein nahe gelegenes Tierheim zu bringen.

Ernst versorgte Schnurres noch einmal mit ausreichend Wasser und band ihn an der Stufe fest. Dann trat er ins Innere des Wohnmobils und setzte sich an den Tisch. Endlich hatte er Gelegenheit, die leckeren Bretzeln zu verspeisen. Er bestrich sie dick mit Butter und trank Mineralwasser dazu. Nach dem Zähneputzen legte sich Ernst auf das Bett. Der Tag und das Spielen mit dem Hund hatten ihn müde gemacht. Auch wollte er endlich hier weg und würde froh sein, wenn die Nacht vorüber war. Er war gerade eingeschlafen, als Schnurres draußen zu heulen begann. Erst leise, dann steigerte sich seine Lautstärke. Ob er den Mond anheulte? Erst versuchte der Hamburger die schrillen Töne zu ignorieren. Doch irgendwann reichte es ihm. Er zog seine Trainingshose über, die Latschen an und ging mit dem Hund noch eine Runde spazieren. Nachdem das Tier sich erleichtert hatte, nahm er Schnurres mit hinein in den Hymer. Er zeigte ihm seinen Platz vor der Eingangstür und verständnisvoll legte sich der Hund dort ab. Noch während Ernst seine Hose auszog, hörte er von dort ein leises Schnarchen.

Stimmen weckten Ernst. War da nicht ein Fahrzeug? Tatsächlich, ein Wagen war auf den Parkplatz gefahren, in die Nähe seines Hymer-Mobils. Dort hatte er eine Weile gestanden, mit laufendem Motor. Dann rollte der Wagen langsam davon und die Motorengeräusche entfernten sich. Wenige Minuten später vernahm Ernst leise Stimmen. Es war eher ein Flüstern. Auch Schnurres schien durch die Geräusche geweckt worden zu sein. Er hob seinen Kopf und schaute sein neues Herrchen fragend an. Der zuckte mit den Schultern. Schnurres legte den Kopf wieder ab. Doch seine Augen blieben wachsam. Die Stimmen draußen kamen näher. Ernst versuchte durch die Vorhänge etwas zu sehen. Vergebens. Öffnen wollte er sie auch nicht. Schritte deuteten an, dass Unbekannte um das Fahrzeug liefen. Vielleicht war es die Polizei? Aber die würden nicht ohne ihr Fahrzeug hier rumrennen, glaubte der Hamburger. Kurz war es still und Ernst der Meinung, die Personen seien verschwunden. Dann plötzlich gab es Geräusche an der Tür. Als ob jemand mit Gewalt an dem Plastik werkelte. Schnurres war sofort hochgesprungen. Seinen Rücken durchgestreckt, stand sein Schwanz senkrecht wie eine Pol-Dance-Stange. Das Tier fletschte die Zähne, dass es Ernst angst und bange wurde. Dann ertönte ein Brummen aus dem tiefsten Inneren seiner Kehle und anschließend ein Bellen, das Ernst Gänsehaut über den Rücken jagte. Damit hatte er nun gar nicht gerechnet. Das Hebeln an der Tür hatte abrupt aufgehört und schnelle Schritte zeigten an, dass die Unbekannten die

Flucht ergriffen. Schnurres beruhigte sich sofort, blieb aber auf den Hinterläufen sitzen, den Blick auf die Tür gerichtet. Ob die Männer in den Hymer einbrechen wollten? Ernst hatte einiges gehört von Banden, die Wohnmobile stahlen. Aber was um Himmels Willen wollten sie mit seinem fünfzig Jahre alten Teil? Aber man wusste ja nie!

*

Am frühen Morgen öffnete Ernst die Tür des Hymer-Mobils. Schnurres sprang auf und er ließ ihm den Vortritt. Der Hund rannte sofort schnuppernd um das Fahrzeug. An der Tür entdeckte Ernst leichte Spuren von Beschädigung. Nichts Schlimmes, aber die Männer von gestern Nacht hatten wohl versucht, gewaltsam einzudringen. Doch zum Glück waren sie gestört worden.

VON SEINEM NEUEN HUND, SCHNURRES.

Kapitel 13
Where the fuck is Alice?

Das nächste Tierheim befand sich in Stralsund. Das lag auf dem Weg, doch Ernst plagte das Gewissen, den sympathischen Weggefährten dort seinem Schicksal überlassen zu wollen. Schnurres hatte es sich inzwischen unaufgefordert auf dem Beifahrersitz bequem gemacht und schielte neugierig durch die Windschutzscheibe nach draußen. Ernst vermutete, dass er die Statue von Hund *Räuber* im Auge behielt. Neben dem Fahrer war stets Mamas Platz gewesen. Kinder durften nur im Ausnahmefall dort sitzen. Mama hatte nie einen Führerschein besessen und war somit dauerhaft zur Beifahrerin degradiert. Und nun lag Schnurres dort. Ernst fand es skurril, aber er fühlte sich wohl dabei. Vielleicht könnte ihn der Hund ja auf seiner Fahrt noch einige Kilometer begleiten? Sicher fanden sich unterwegs auch noch weitere Tierheime. Ernst hatte das Radio eingeschaltet. Der Klang des alten Empfängers ging in Ordnung und *Radio MeckPom* machte eine Sendung über Ost-Klassiker. Nie hatte sich Ernst mit DDR-Musik beschäftigt. *Karat*, die *Puhdys, City* – das sagte ihm alles nichts. Den einen oder anderen Song, den sie während der Fahrt spielten, hatte er schon irgendwann einmal gehört. Doch der Rock- und Pop-Musik konnte der Hamburger nie etwas abgewinnen. Im Lkw hatte er am liebsten Kassetten oder später CDs mit Schlagern abgespielt. Howard Carpendale und Roland Kaiser, die mochte er. Schnurres schien die Musikrichtung schnurzpiepegal zu sein. Ernst beobachtete das Tier, wenn sie im Radio einen neuen Song begannen. Es lag lässig und ruhig und machte keinerlei Anstalten irgendeine Bewertung abgeben zu wollen.

Kurznachrichten unterbrachen die Sendung. Man berichtete von der aktuellen Corona-Lage und anschließend über die Entführung einer jungen Schwedin. Alice Margret Petterson, Erbin des Knäckebrot-Produzenten *Pettersen-Knäck* aus Filipstad, wurde aus der Ferienvilla der Familie im schwedischen Ystad entführt. Zwei Tage war das her und die Polizei hatte wohl ganz Schweden umgekrempelt, doch bisher kein Lebenszeichen von der 22-Jährigen entdeckt. An diesem Morgen, so die Nachrichtensprecherin, hatten sich die Entführer bei den Eltern gemeldet. Sie verlangten fünfzig Millionen Kronen und gaben dem stinkreichen Vater sechsunddreißig Stunden Zeit, das Geld zu beschaffen. Ansonsten drohten sie, erste Körperteile des Mädchens an die Familie zu senden. Die deutsche Mutter von Alice, so die Sprecherin, habe man mit einem Schock ins Krankenhaus eingeliefert. Ernst wollte den Sender wechseln. Schlechte Nachrichten gab es genügend und er wollte nichts davon hören. Doch im selben Moment kehrte der Sprecher zu den ostdeutschen Rockgrößen zurück.

Das Hymer-Mobil rollte gemächlich über die Bundesstraße 105. Gerade spielte man einen Song namens *Born in der GDR*. Der sich ständig wiederholende Text nervte Ernst. Es war Zeit, den Sender zu wechseln, und er drückte und drehte an den Knöpfen des Radios herum. Plötzlich war aus dem Lautsprecher eine Stimme zu hören. Es klang ähnlich wie „Hilfe!". Erst glaubte Ernst, Schnurres hätte aufgestoßen und das Geräusch käme aus dessen Magen. Aber da war es wieder, dieses „Hilfe". Nun kam ein zweites Wort dazu: „Hjälp".

Beides klang fremd, weit entfernt und verursachte bei Ernst eine Mordsgänsehaut. Er war gerade dabei einen Traktor zu überholen und fand so keine Zeit, den nervigen Empfang zu wechseln. So beließ er es für einen Moment bei der Einstellung.

„Ich wurde entführt!", begann die Stimme. Ernst schauderte es und er war unsicher, ob ihm da jemand einen Streich spielte. Doch als die Stimme „Ich heiße Alice Margret Petterson!", flüsterte, fuhr sogar Schnurres bellend in die Höhe. So, als habe das Tier jedes Wort verstanden. Erschrocken stoppte Ernst den Hymer rechts auf dem Bankett und der von ihm eben überholte Trecker fuhr hupend vorbei.

„Kann mich jemand hören?", fragte die Stimme.

Sie klang fraulich, vielleicht auch nach einem jungen Mädchen, und Ernst wusste nicht, was er davon halten sollte. Plötzlich erinnerte er sich an das alte Funkgerät, das ihm Özdemir eingebaut hatte. Ob das der Grund für den Empfang der seltsamen Nachrichten war? Was sollte er bloß machen? Schnurres heulte nun los, als sei Vollmond, und Ernst versuchte, ihn zu beruhigen.

„Ruhig, ruhig, ich verstehe doch nichts!"

Ernst kramte das Mikrofon aus der Fahrzeugablage und bemühte sich, das Teil mit zittrigen Fingern am Radio anzuschließen. Endlich war der Stecker drin und verriegelt. Er drückte auf den Knopf seitlich und rief: „Hallo, hier ist Ernst. Ich höre dich." Schnurres ließ nicht nach mit Bellen und sein Herrchen schob ihn nach draußen. Sofort verschwand er im angrenzenden Gehölz. Das war auch gut so. Nun konnte er verstehen, was die Frau zu sagen hatte.

„Ich konnte meinem Entführer das Funkgerät wegnehmen!", berichtete die Stimme und Ernst war nicht klar, ob diese Petterson ihn empfangen hatte.

„Ich bin in Deutschland, das ist sicher. Sie fuhren mit mir über eine Stunde lang auf einem Boot über das Meer. Von Schweden aus. Ich befinde mich nun in einem alten Gebäude. Zwischen den Holzbrettern kann ich Grabkreuze sehen. Alte Kreuze. Auf einem steht ‚Werner Kempe, gestorben 03.04.1946'."

Ernst griff nach Stift und einem Blatt Papier und schrieb mit.

„Ich versuche es auf allen Frequenzen", flüsterte die Frau, „Falls mich jemand hört, verständig … oh, da kommt … halt.. nein!" Die Stimme verstummte nach einem spitzen Schrei.

Ernst stockte der Atem. Wenn man ihn nicht verarscht hatte, musste der Entführer den Verlust des Gerätes bemerkt haben. Oder ein Kumpel von außerhalb konnte das Gespräch verfolgen und war zu dem Mädchen geeilt.

Ernst vernahm eine kurze laute Diskussion, noch einen Schrei, dann ein Stöhnen, ein Poltern. Und wie auf einen Schlag war die atmosphärische Übertragung abgebrochen. Schnurres saß auf seinen Hinterläufen vor der Tür und schaute sein neues Herrchen ernst an. Ihm standen die Haare zu Berge.

„Was soll ich machen, Schnurres?"

Das Tier legte sich ab und wedelte mit dem Schwanz.

„Ich weiß, wir sollten alles der Polizei melden. Aber ich stehe mit denen doch auf Kriegsfuß und wenn ich mich in die Höhle des Löwen wage…!"

*

Die nächstgelegene Polizeistation lag in Greifswald. Mit argem Magendruck fuhr Ernst die knapp zehn Kilometer entfernte Strecke in die *Brinkstraße*. Erst hatte er überlegt, in Wismar anzurufen. Doch den befreundeten Kommissar Stanovicz andauernd zu belästigen, würde dem auch nicht gefallen. Also auf nach Greifswald.

Das vierstöckige Gebäude schien neueren Datums zu sein. Ernst fuhr erst einmal daran vorbei. Nicht weit davon entfernt befand sich wieder ein Netto-Markt.

Damit hatte er gute Erfahrungen gemacht und er stellte das Hymer-Mobil dort ab. Ernst spazierte die wenigen Meter zum Polizeihauptrevier. Er musste beim Eingang läuten, dann ertönte ein Summer und man ließ ihn hinein.

Eine junge, uniformierte Frau mit blondem Zopf schaute ihn, sitzend hinter einer Glasscheibe, erwartungsvoll an. Hoffentlich prüft sie nicht gleich meine Personalien, überlegte Ernst und hielt die zitternden Hände unterhalb des Tresens versteckt.

„Also! Wie kann ich Ihnen helfen?"

„Die haben doch diese 22-jährige Erbin entführt!", begann Ernst zögerlich.

„Erbin entführt?" Die Frau schaute wie ein Auto und Ernst wurde bewusst, bis Greifswald schien die Entführung der Schwedin noch nicht durchgedrungen zu sein.

„Ja, diese Petterson."

Der Uniformierten wurde es zu bunt. „Geht es um eine Anzeige?" Sie schaute ihr Gegenüber kritisch an. „Haben Sie vielleicht etwas getrunken?"

Ernst winkte ab. „Ich hatte Kontakt. Über Funk müssen sie wissen. Und die Frau befindet sich hier in Deutschland und ist in Lebensgefahr!"

Die Beamtin hatte den Zeigefinger nach oben gestreckt und war aufgestanden. Sie verließ ihren Platz und kam noch kaum einer Minute mit einem älteren Kollegen in Zivil zurück. Ernst hoffte endlich einen kompetenten Kommissar vor sich zu haben und wiederholte die Geschichte erneut.

„Sie sind also mit ihrem Wohnmobil gefahren und da war diese Stimme im Radio, die von der Entführung erzählt hat?“, fragte der Mann.

Es schien dem Hamburger, als amüsierten sich die beiden Beamten auf seine Kosten. So wie es aussah, kam er hier nicht weiter.

„Ach wissen Sie, lassen wir das. Ich muss nachdenken!“

Ernst verließ das Gebäude und lehnte sich draußen an die Hauswand. Sein Herz schlug wild und er spürte, dass die junge Frau in großer Gefahr war und er ihre einzige Rettung sein könnte.

„Kälberjung, Kommissar! Warten Sie, zeigen Sie mir doch mal Ihr Wohnmobil!“

Ernst schaute sich um. Der Kommissar in Zivil von eben stand grinsend hinter ihm. „Ja, und auch dieses ominöse Funkgerät.“

Ernst lief voraus und der Mann folgte ihm. Er schien nicht so gut zu Fuß zu sein, war ständig am Fluchen. „Wo parken Sie denn? Wird das hier ein Stadtrundgang?“

Endlich waren sie beim Netto-Markt angekommen und Ernst öffnete das Fahrzeug. Bellend begrüßte Schnurres den Neuankömmling. Erst mit etwas Überredungskunst traute sich der Kommissar in das Wohnmobil.

„Das ist das Funkgerät, Herr Kommissar. Schnurres und ich haben die Frau gehört.“

„Ach Schnurres hat sie auch gehört? Ist ja nicht wahr!“

Der Kommissar schaute leicht betroffen auf den ungepflegten Fahrersitz, setzte sich aber dann doch.

„Schau an, das ist ein altes CB-Funkgerät aus den 70ern. Marke *Blaupunkt*. Made in West-Germany."

Ernst wollte noch bemerken, dass *Blaupunkt* damals in Hildesheim produziert wurde, ließ es aber.

„Mag sein, dass Sie irgendetwas gehört haben. Doch das alte Teil funktioniert nur über wenige Kilometer Strecke und ich glaube, es gibt auch keine Gegengeräte mehr, mit denen man sich unterhalten kann. Sicher haben Sie sich getäuscht."

Ernst beobachtete, wie der Mann den Hymer verließ, hinten zum Kennzeichen lief und dort nach der Plakette schaute. „Und keinen Alkohol, versprochen?"

Ernst nickte und ärgerte sich unbändig. Der Beamte spazierte leise fluchend zurück zum Polizeihauptrevier.

*

Nicht weit vom Greifswalder Netto-Markt befand sich ein Internet-Café. Es war Ernst aufgefallen, als er mit dem Hund einen kleinen Spaziergang gemacht hatte. Er musste nach dem nervigen Besuch bei der Polizei den Kopf freibekommen. Er zog die Probleme an wie ein Hundehaufen die Fliegen. Konnte nicht einfach alles normal laufen? Und er endlich in Rewal eintreffen? Er besaß wenig Informationen über den Aufenthaltsort von Alice. Doch das Internet war mächtig und mit dessen Hilfe könnte daraus mehr werden.

Das Internet-Café machte einen leicht schmuddeligen Eindruck und sogar Schnurres weigerte sich einzutreten. Er legte sich vor der Tür, neben einem roten Simpson Moped ab. Innen roch es nach Moder und Cannabis. Ein junger Mann mit Dreadlocks, wohl der Inhaber, wankte auf Ernst zu, als er den Laden betrat.

„Na, alles im Lot, Alter? Was kann ich tun, um dich glücklich zu machen?“

Ernst musste sich erst einmal an die Gerüche gewöhnen, dann zeigte er auf einen von drei nicht benutzten und verstaubten Computern. „Ich muss da mal was recherchieren.“

„Krass! Recherche! Das ist so geil! Such dir einen aus. Sind alle frei.“

Ernst fand schnell heraus, dass alle gleich schmutzig und unhygienisch waren. Er goss gefühlt einen halben Liter der bereitstehenden Desinfektionsflüssigkeit über Hände und Tastatur und hoffte mit der Technik anschließend noch arbeiten zu können. Doch alles lief prima. Der Typ stellte sich hinter ihn und schaute interessiert zu.

„Voll krass, was recherchierst du denn?“

„Kennst du Alice Petterson?“ Ernst verzichtete auf jegliche Förmlichkeit.

Zu seiner Verblüffung bestätigte das Mr. Dreadlocks. „Das ist doch dieses entführte schwedische Mädel. Where the fuck is Alice!“

Ernst war von den Socken. „Gut, ich hatte Kontakt mit ihr und sie gab mir Infos zu ihrem Aufenthaltsort."

Der junge Mann hatte die Augen aufgerissen und es sah aus, als atme er nicht mehr. Ernst trat ihm leicht gegen das Schienbein und die Vitalfunktionen kehrten augenblicklich zurück.

„Was? Ist ja voll krass. Klar helfe ich dir!"

Dennis, so hatte sich der Besitzer des Internet-Cafés vorgestellt, saß neben Ernst am PC. Nicht, bevor er sich einen, wie er meinte, ‚Frühstücks-Joint' gedreht und angezündet hatte. Ernst spürte, wie die Rauchschwaden, die zu ihm hinüberzogen, eine leichte Hirnvernebelung verursachten.

„Wie heißt die Inschrift auf dem Grabstein noch mal?" Dennis hatte schon dreimal gefragt. Der Typ wurde etwas nervig und Ernst war sich nicht sicher, ob es gut war, ihn mit ins Boot zu holen.

„Werner Kempe, gestorben am dritten April 1946!", las der Hamburger vor.

„Hier! Hallo! Hier! Voll krass!" Dennis war aufgesprungen. Der Jointstummel fiel ihm aus dem Mund und glomm auf der Tastatur, zwischen den Buchstaben ‚G' und ‚H' weiter. Dennis beachtete das nicht.

Ernst schaute neugierig auf den Monitor neben sich. Da hatte Wikipedia etwas über den Verstorbenen aufgetan.

„Der war Botschafter, voll krass! Im Libanon oder so! Vor zig Jahren! Egal, Todeszeitpunkt stimmt, Name stimmt. Und hier steht auch, wo er begraben ist … *Schloss Dwasieden* auf Rügen."

Plötzlich wurde die Euphorie des jungen Mannes wie auf einen Schlag gestoppt.

„Wie war noch gleich die Frage?"

„Wir müssen das dämliche Grab von Kempe finden!"

*

Ernst hatte große Schwierigkeiten, Dennis davon zu überzeugen, in Greifswald zu bleiben. Mit einer kleinen Tüte voller Marihuana und einem gehäkelten Beutel war der Eigentümer des Internet-Cafés bis zum Hymer hinter Ernst hergetrottet.

„Voll krass!", krakeelte er. „Wenn wir die Kleine befreit haben, drehe ich ihr erst mal einen Joint. Einen großen. Sie wird ihn brauchen können."

Ernst winkte Dennis, der zusammengesunken auf dem Netto-Parkplatz stand, noch nach. Es war besser, ihn hier zu lassen, obwohl Dennis maßgeblich am Auffinden des Verstecks von Alice beteiligt war. So es denn zutraf. Doch der seltsame Typ war unberechenbar, laut und fiel ständig auf. Er selbst hatte zwar noch keinen Plan, aber die Reise führte Schnurres und ihn im Hymer-Mobil nach Rügen.

Kapitel 14
Glückspilze

Ernst fuhr zurück nach Stralsund. Knapp eine halbe Stunde später überquerte er die Rügen-Brücke und ließ das Festland hinter sich. Rügen selbst war nicht dicht besiedelt. Nur alle paar Kilometer durchquerte das Hymer-Mobil einen kleinen Ort auf der Ostseeinsel. Das von 1873 bis 1877 erbaute *Schloss Dwasieden* lag in der Nähe der Stadt Sassnitz. Doch laut Internet waren nur noch Ruinenreste, Keller und der Marstall des erbauten Schlosses übrig geblieben. Ein geeigneter Ort, um eine junge Frau vor der Polizei zu verstecken. Vor allem, wenn die Staatsgewalt in Schweden nach ihr suchte.

„Sicher steckt eine Bande dahinter, die europaweit arbeitet. Eine, die auch vor Mord nicht zurückschreckt, Schnurres!“ Ernst hatte die Worte an den Hund gerichtet, und als der das Wort Mord hörte, schien es Ernst, als lege er die Ohren an.

„Vielleicht sollten wir erst in Sassnitz die Polizei in Kenntnis setzen?“

Schnurres bewegte leicht den Kopf und Ernst deutete es als Ablehnung. „Stimmt, du hast völlig recht. Die haben uns schon in Greifswald im Stich gelassen. Wollen wir es alleine versuchen?“ Der Hund hatte sich aufgerichtet und wedelte so wild mit dem Schwanz, dass er den Schalthebel getroffen und den Gang aus dem Getriebe geschoben hatte. Ernst amüsierte sich.

„Bald kannst du das Schalten übernehmen!"

Laut Internet lag das ehemalige Schloss nahe am Meer. Das würde auch die Frage nach dem Transport der Entführten klären. Sie mussten sie, in einer Nacht- und Nebelaktion, aus ihrem Feriendomizil Ystad entführt, in ein Boot gesteckt und über die Ostsee hierher gebracht haben. Ein guter Plan. Wenn es der jungen Frau nicht gelungen wäre, mit ihm Kontakt aufzunehmen. Ob es Alice gut ging? Sicher waren die Verbrecher ‚not amused', dass die gekidnappte Person mit der Außenwelt kommuniziert hatte. Aber vielleicht waren die Verbrecher sich nicht sicher, ob das Funkgerät überhaupt genügend Reichweite besaß. Er konnte nur hoffen, dass man Alice nicht verletzte. Doch bevor kein Lösegeld gezahlt wurde, würde sich die Bande hoffentlich zusammenreißen. Das kannte Ernst aus zahlreichen Kriminalfilmen.

Ernst hatte vom *Schmetterlingspark Sassnitz* gelesen und stellte den Hymer dort auf dem Parkplatz ab. Das konnte ihm eine Art Identität geben, sollte er auf die Entführer treffen. Aber er musste den Männern, wenn er überhaupt auf sie stieß, einen besseren Grund geben, weshalb er hier rumscharwenzelte. Ihm fiel Mamas alter Korb für Pilze ein. Das wäre doch eine gute Idee. Er würde sich als naiver Pilzsammler outen und so nahe an das Schloss und den Aufenthaltsort von Alice gelangen. Außer dem Korb steckte er noch das alte Messer ein, das Mama bei ihren früheren Ausflügen im Wald benutzt hatte. Die Klinge war schon leicht angerostet und Ernst überlief eine Gänsehaut, als er das Teil, nach all den Jahren, wieder in der Hand hielt.

Gut vorbereitet leinte er Schnurres an und spazierte los. Schon bald erreichten beide den Wald und plötzlich war er mit dem Hund allein auf weiter Flur. Es war sicher nachvollziehbar, dass nicht allzu viele Menschen hier herumspazierten. Die Touristen liebten das Meer und den Strand. Und die Einheimischen wiederum hatten genügend zu tun, um die Touristen zu bespaßen. Ernst suchte vergeblich nach einem Wegweiser zum Schloss oder einem anderen Hinweis. Ihm fiel plötzlich auf, dass sein Hund, den Schwanz zwischen die Hinterläufe geklemmt, sich hier irgendwie unwohl zeigte.

Auf einer Lichtung sprangen Ernst Pfifferlinge ins Auge. Hunderte. Das gab es doch gar nicht. Wenn nur Mama hier wäre. Wie oft waren sie früher stundenlang unterwegs, um mit einer kläglichen Ausbeute und todmüde zurückzukehren. Und er, der Pilze nicht mochte, fand auf Anhieb eine ganze Lichtung voller Pfifferlinge. Er musste einige davon in den Korb packen, alleine schon wegen Mama. Ernst verließ den schmalen Pfad und wandte sich dem Sammeln zu. Schnurres versuchte unterdessen Schmetterlinge zu fangen, die es ihm aber auch nicht besonders leicht machten.

Es war schwierig aufzuhören. Es hatte den Hamburger gepackt und ehe er sich versah, quoll der kleine Korb fast über von den eidottergelben Speisepilzen.

„Na Kleiner, was treibst du da?“

Ernst erschrak und ließ Messer und Korb fallen. Auch der Hund hatte in seinem Lauf gestoppt. Er schien den Unbekannten ebenfalls weder gehört noch gesehen zu haben. Der Mann war groß, mit blondem Borstenhaarschnitt und vollständig schwarz gekleidet. Er sprach mit Akzent und Ernst tippte auf einen Schweden. Er trug ein Funkgerät am Gürtel und unter der Bomberjacke war eine Wölbung zu sehen. Er war unmittelbar hinter Ernst getreten und sein Blick verriet nichts Gutes.

„Ich … ich suche Pilze.“ Ernst hatte seine Fassung wieder zurückgewonnen. Auch Schnurres schlich, mit zwischen den Beinen geklemmtem Schwanz, zum Herrchen zurück. Er legte sich brav neben ihn. „Ich habe einen … ganzen Korb voller Pfifferlinge gefunden. Das … das gibt ein delikates Mahl!“ Ernst griff nach dem Korb und schob die herausgefallenen Pilze wieder vorsichtig hinein. Als er nach dem Messer greifen wollte, brüllte der Unbekannte: „Stopp! Das Messer bleibt liegen!“

Ernst gehorchte, setzte sich langsam auf seinen Hintern und wartete.

„Ich muss schnell meinen Kumpel informieren. Rühr dich nicht!“

Der Dunkelgekleidete war, ohne seine Augen von Ernst und dem Hund zu lassen, ein Stück seitwärts gelaufen. Er hatte sein Funkgerät vom Gürtel gezogen und sprach wohl mit seinem Freund. Ernst konnte nur Bruchstücke des Gespräches hören: „Ein Typ mit Hund

… Pilze … Wald … zum Schloss bringen.“ Sicher handelte es sich um einen der Bewacher des entführten Mädchens.

„Aufstehen! Du und dein Köter, ihr kommt mit!“

Ernst war erschrocken aufgesprungen. Auch der Hund hatte sich auf seine Beine gestellt und schaute sein Herrchen fragend an.

„Und … die Pilze?“

„Mitnehmen. Aber das Messer bleibt liegen. Ist das klar?“

Ernst nickte und griff nach dem Korb.

*

Das seltsame Trio war schon einige Minuten durch den Wald spaziert und Ernst war klar geworden, zum Hymer-Mobil würde er alleine nicht mehr zurückfinden. Vielleicht aber sein Hund. Tiere waren doch bekannt dafür, Wege und Spuren mit dem Geruchssinn zu finden. Ob die Männer ihnen etwas antun würden? Sicher waren die Entführer nicht sonderlich erfreut darüber, Besuch zu bekommen. Vor allem um Schnurres machte sich Ernst Gedanken. Bisher hatte der Hund nicht einmal gebellt. Sich brav und freundlich gezeigt. Hoffentlich blieb er so. Sonst könnte man ihn schnell … nein, er durfte nicht daran denken. Gerade hatte er begonnen, das Tier liebzugewinnen.

Endlich schälten sich die Ruinen des alten *Schloss Dwasieden* aus den Bäumen. Daneben befand sich der genannte Marstall. Zumindest war es das einzige Gebäude, das noch ganz gut erhalten war. Dorthin dirigierte ihn der Mann. Eine dicke Holztür am Eingang schien nicht aus der Gründerzeit. Man hatte sie sicher speziell für die Entführung eingebaut. Der Mann klopfte zweimal lang und zweimal kurz und rief: „Boss, ich bin es, Hoss!“ Ernst konnte sich ein Lachen kaum verkneifen. Nannten sich die Entführer tatsächlich Boss und Hoss? Oder waren das vielleicht tatsächlich ihre Namen? Nein, so dämlich konnte keiner heißen. Der Typ schaute schon seltsam und Ernst riss sich zusammen. Nach wenigen Sekunden öffnete sich die Tür mit einem ohrenbetäubenden Quietschen. Der Kopf eines weiteren Schwarzbekleideten tauchte auf. Er betrachtete erst Ernst, dann den Hund mit giftigem Blick. Es kam Ernst vor, als seien die beiden Zwillinge. Der Mann vor ihm stieß ihm, ohne Kommentar und Vorwarnung, sein Funkgerät in den Rücken und Ernst stolperte in einen dusteren Raum. Dabei purzelten einige der Pilze auf den Boden. Schnurres legte sich sicherheitshalber sofort neben der Tür im Raum ab.

„Wen bringst du Idiot denn da? Einen Pilzsammler samt Hund? Kann ich dich nicht alleine losschicken, ohne dass du Bockmist baust? Was sollen wir mit dem?“

Der Mann im Haus schien das Sagen zu haben und auch er sprach mit Akzent. Dazu schien er extrem wütend zu sein. Sein Kollege wackelte unsicher von einem Bein zum anderen. Der Typ trat plötzlich mit seinem Springerstiefel gegen einen Hocker. Dieser flog durch den dunklen, kühlen Raum. Ernst nutzte die Gelegenheit und schaute sich um. Seitlich war noch eine stabile Tür zu sehen. Die wenigen Fenster waren verrammelt. Über ihnen fehlte die Deckenverkleidung und hier und da konnte man den Himmel sehen. Nur einige Balken der Dachkonstruktion schienen das Hereinregnen zu verhindern. Das war sicher kein Versteck für einen längeren Zeitraum. Auf einem klapprigen Tisch stand ein Gaskocher. Einer, wie man ihn beim Camping benutzte. Daneben ein Kaffeefilter, Filtertüten und zwei Packungen Kaffee. Auf dem Boden, neben einer schweren Autobatterie, befand sich ein Kasten, der einem kleinen Kühlschrank ähnelte. Seitlich ein durchsichtiger Kanister mit Wasser. Dazu eine große Schüssel, aus der eine Pfanne lugte. Luxus sah anders aus. Aber sicher würden die Erpresser nach Übergabe der fetten Beute all den bisher mangelnden Luxus ausgleichen.

„Sag, was soll ich nun mit dem Typen machen?“ Der Mann war ruhiger geworden. Sein Kumpel zuckte mit den Schultern.

„Was sind das für Pilze?“

„Pfifferlinge“, erklärte Ernst. Und um das zu bekräftigen, nahm er eine Handvoll aus dem Korb und hielt sie dem Mann hin.

„Sind ganz lecker, wenn man sie zubereitet …!“, meinte der Mann, der Ernst entdeckt hatte, kleinlaut.

„Du hältst die Fresse. Sprich erst wieder, wenn ich dich frage. Verstanden?“

Der Typ nickte.

„Und du bist Fachmann?“

„Ja, ich bin staatlich anerkannter Pilzologe!“, log Ernst und hoffte, damit durchzukommen.

„Was bist du, Pilzologe? Klingt ja, wie eine Geschlechtskrankheit!“ Er lachte und sein Kumpel fiel ein. So lange, bis der Mann sein Lachen mit einem Blick stoppte.

„Etwas Vernünftiges in den Bauch könnten wir tatsächlich brauchen. Wir ernähren uns die letzten Tage nur von Knäckebrot.“ Wieder lachten beide und die Stimmung schien gerettet.

„Was brauchst du alles für ein leckeres Pilzgericht?“

„Wasser und Salz!“, schoss es aus dem Mund des Hamburgers. Genau das waren die Worte seiner Mama, wenn sie gefragt wurde. Nur Wasser und etwas Salz. So schmeckten Pfifferlinge am besten.

„Gut, dann fang an. Und du, Hoss, schau nach der … nach unserem Gast!“

Der zweite Entführer nickte und verschwand hinter der Tür.

„Ich benötige ein kleines Messer!“, bemerkte Ernst.

„Was? Auch das noch!“ Der Typ griff in seine Hosentasche und zog ein kleines Schweizer Offiziersmesser heraus.

„Das muss reichen.“

Ernst nickte und nahm das Messer in Empfang. Er packte die Pilze auf den Campingtisch. Der Entführer setzte sich währenddessen auf den Hocker und schaute ihm aus sicherer Entfernung zu. Schnurres lag wie eine Statue neben der Tür und rührte sich nicht.

Ernst füllte die Schüssel mit etwas Wasser und begann, die Pilze zu waschen. Mama hatte sie stets nur wenig gewässert und sofort danach mit einem Papiertuch abgewischt. Sie durften nicht zu feucht werden. Aber diese Prozedur musste heute ausfallen. Er selbst war ja kein Sternekoch und die Männer dazu Verbrecher. Sie sollten sich schon mal langsam an den Gefängnisfraß gewöhnen, grinste er.

„Was grinst du so dämlich?", wollte der Mann wissen.

„Oh, ich freue mich auf die leckeren Pilze!", antwortete der Hamburger.

Als alle Pilze gewaschen waren, begann Ernst sie anzuschneiden. So, wie Mama es ihm beigebracht hatte. Plötzlich erstarrte er. Das Fleisch der Pilze war durchgehend gelblich bis ins Orange. Er war fassungslos: Es handelte sich um die falschen Pfifferlinge. Wie oft hatte Mama ihren Jungs gepredigt aufzupassen, dass es zwei Arten Pfifferlinge gab. Aber er hatte es vor lauter Sammeleifer übersehen. Ernst spürte, wie ihm das Blut aus dem Gesicht wich, und auch der Typ schien bemerkt zu haben, dass etwas vorgefallen war.

„Was ist? Du siehst aus, als sei dir ein Geist begegnet."

Ernst überlegte kurz, antwortete dann: „Ich habe noch nicht gefrühstückt. Muss unbedingt mal etwas zwischen die Kiemen bekommen!"

Der Mann schien die Antwort zu akzeptieren. Er zog sein Handy aus der Jacke und begann darauf rumzutippen.

Ernst wurde leicht schwindelig, doch er fuhr fort die Pilze aufzuschneiden. Den Abfall warf er achtlos auf den Boden. Schnurres hatte seine Chance erkannt an Essbares zu kommen und war plötzlich aufgesprungen und zu Ernst gerannt. Der rief laut „Stopp!“, in der Hoffnung, der Hund würde die ungenießbaren Pilze nicht fressen. Eigentlich waren ‚Falsche Pfifferlinge‘ nicht richtig giftig. Bereiteten aber einen Tag lang böse Magenbeschwerden. Bis hin zu Krämpfen und Koliken. So hatte Mama es damals erklärt. Doch wie ein Hundemagen auf die Pilze reagierte, das war Ernst unbekannt.

„Lass ihn die Reste auffressen!“, brüllte der Mann und war neugierig aufgesprungen. Doch zu seinem eigenen Glück leckte Schnurres nur am Abfall und verzog sich anschließend wieder in seine Ecke.

„Dem scheinen sie nicht zu schmecken.“

„Hunde mögen keine Pilze“, erklärte Ernst fachmännisch.

*

Ernst aktivierte den Gaskocher und die Pilze köchelten vor sich hin. Er hatte sie mit Salz gewürzt und das Wasser weggelassen. Die Pfanne war eh schon gut gefüllt, und bevor sie noch überlief, verzichtete er darauf. Im Raum verbreitete sich ein köstlicher Duft. Ernst war verwundert darüber, dass auch die falschen Pfifferlinge so gut rochen. Er hatte noch keinen Plan, aber eines war sicher: Die beiden Männer würden ihn zum Essen der Pilze zwingen. Vielleicht konnte er es so machen wie früher als Kind: den Mund füllen und im geeigneten Augenblick alles wieder ausspucken. Aber etwas davon würde in seinen Magen gelangen. Es musste definitiv weniger sein als das, was die Männer zu sich nahmen. Dann würden sie leiden und vielleicht gelang es ihm in der Zeit, Alice in dem Gemäuer zu suchen und zu befreien.

„Wann sind die Scheißpilze endlich fertig?"

Ernst packte sich einige Pilze auf die Gabel und steckte sie in den Mund. Sie waren heiß, doch es nutzte nichts, jetzt empfindlich zu sein. Hier ging es um Leben und Tod. Was war das gegen eine verbrühte Zunge. Ernst kaute darauf herum und spuckte die Pilze in einem geeigneten Moment wieder zurück auf den Löffel. Dann drehte er sich zurück, machte weiter mit den Kaubewegungen und tat dann, als schlucke er alles voller Heißhunger hinunter. Der Mann schien es ihm abgenommen zu haben.

Hoss kam zurück. Er sog den Geruch der Pilze durch die Nase und man sah ihm die kulinarische Vorfreude an. „Soll sie … auch Pilze?"

Der Angesprochene schüttelte den Kopf. „Nein, wir teilen sie durch drei. Mach schon!"

Ernst war klar, er musste die Bauchschmerzen auf sich nehmen, um zu überleben. So packte er zwei Teller und aus der Not heraus einen Blechbecher voll mit dem Pilzgericht und begann aus dem Gefäß zu essen. Die beiden Entführer schauten ihm einen Moment überrascht zu. Dann grinsten sich Boss und Hoss an und stürzten sich auf das Pilze-Gericht. Innerhalb weniger Minuten hatten sie ihre Teller geleert und alles war in ihren Mägen verschwunden. Ernst füllte zufrieden nach. Es war den Männern vor lauter Heißhunger entgangen, dass er das Gekaute immer wieder zurück in den Becher gespuckt hatte.

Wie lange dauerte es, bis die Wirkung einsetzte? Ernst hatte keinerlei Schimmer. Doch schon spürte er selbst Krämpfe in der Magengegend. Dabei hatte er nur Bruchteile der Pfifferlinge verspeist. Ihm wurde klar, er musste nun etwas tun. So warf er sich theatralisch und vor Schmerzen krümmend auf den Boden.

„Mist, die Pilze ... es müssen giftige … dabei gewesen sein!“, brüllte er leidenschaftlich.

Inzwischen konnte man auch Boss und Hoss ansehen, wie ihre Mägen verrücktspielten. Jegliche Farbe war von jetzt auf gleich aus den Gesichtern der Entführer gewichen. Boss war aufgesprungen. Er krümmte sich vor Schmerzen und trat Ernst noch wütend in die Seite. Dann öffnete er die Tür und fiel draußen röchelnd und würgend auf den Waldboden. Hoss hockte auf den Knien und übergab sich in der Küche. In all der Aufregung war Ernst das näherkommende

Geräusch eines Zweitaktmotors entgangen. Er rappelte sich auf und öffnete die Seitentür. Dahinter war es stockdunkel.

„Alice, wo bist du? Hier ist Ernst, ich komme dich retten!“, rief er.

Eine schwache Stimme seitlich flüsterte: „Hier, ich bin hier!“

Da lag sie. Ihr blasses Gesicht leuchtete ihm entgegen wie eine schwache Ölfunzel. Ernst packte die junge Frau am Arm und zog sie hoch. „Wir müssen weg. Schnell. Ich weiß nicht, wie lange die Männer außer Gefecht sind!“

Er spürte, dass er würgen musste, und erbrach sich neben der Frau.

„Los, raus!“, rief er, während er sich mit dem Arm den Mund abwischte. Erst jetzt sah er das Klebeband an ihren Händen und Füßen. Zum Glück besaß er noch das Offiziersmesser und schnitt Alice damit frei. Die Schwedin war kaum in der Lage zu laufen. Ernst schob sie mehr, als dass sie sich von selbst bewegte.

Draußen lag Hoss noch immer würgend auf dem Boden unterhalb der Kochstelle. Schnurres lief neugierig um ihn herum und schnupperte an dem Erbrochenen. Der würde doch nicht die falschen Pfifferlinge probieren? Aber im Moment hatte Ernst tatsächlich andere Sorgen.

Lief draußen nicht ein Motor? Es klang nach einem Zweitakter. Ernst war verblüfft und schob Alice aus dem Marstall ins Freie. Davor stand Dennis. Beziehungsweise saß der Internetshop-Besitzer auf seiner roten Simpson. Er trug einen alten Armeehelm auf dem Kopf und zwischen seinen Lippen steckte der obligatorische Joint.

„Ay schräg, ich musste dir doch helfen!“, rief er grinsend und Ernst wollte sich keinerlei Gedanken über die Fahrtüchtigkeit des jungen Greifswalders machen. Er lief mit Alice zum Moped und half ihr auf den Sitz.

„Halte dich an Dennis fest!“ Sie gehorchte.

„Danke, Dennis. Bringe sie in Sicherheit. Am besten zur Polizei. Schaffst du das?“

„Aber so was von! Voll krass die Sache. Wir werden noch zu Helden!“ Dann legte der Mann einen Gang ein, gab Gas und knatternd verschwand die Simpson zwischen den Bäumen.

„Komm Schnurres, auch für uns wird es Zeit, zurück zum Wohnmobil zu laufen. Ich weiß nicht, wann die Männer wieder in der Lage sein werden, mit Waffen umzugehen.“

*

Schnurres hatte zum Glück den Weg vom *Dwasiedener Schloss* bis zum *Schmetterlingspark* nicht vergessen und Ernst kam fast nicht hinterher. Draußen wurde es dunkel und sie mussten noch eine Schlafgelegenheit für die Nacht finden. Dennis würde sich sicher um alles kümmern und die Polizei die Entführer ihrer gerechten Strafe zuführen.

Und er musste endlich weiter in Richtung Polen fahren.

Kapitel 15
Otto will nicht zurück

Ernst hatte sich in der Nacht mehrfach übergeben müssen. Solange, bis der gesamte Mageninhalt draußen war. Aber trotzdem war es ihm noch bei Morgengrauen übel. Er war in der Nacht nur wenige Kilometer weit gekommen. Als ihm langsam die Augen zufielen, hatte er den Hymer auf einem Feldweg abgestellt. Mit Schnurres, der auf ihn aufpasste, musste Ernst keine Angst haben und konnte überall schlafen. Wenn nur nicht die Magenkrämpfe gewesen wären. Aber wichtig war, dass sich Alice in Sicherheit befand.

Am Morgen, Ernst war völlig schlapp und hatte dem Hund sein Dosenessen und sich eine Schale Tee bereitet, berichteten die Medien über den Entführungsfall. Ein Kommissar der regionalen Polizeibehörde mit Namen Kälberjung erklärte im Radio: „Wir waren gleich der Ansicht, dass sich Alice Petterson nicht in Schweden aufhält. Und schnell war auch der Aufenthaltsort klar: Die Schlossruine *Dwasieden.* Ja, ich gebe zu, wir hatten Unterstützung aus der Bevölkerung. Ein junger Greifswalder half uns und so konnten wir die Schwedin Alice Petterson unverletzt aus den Händen der Entführer befreien. Die Entführer selbst wurden noch in der Nacht festgenommen. Sie liegen zurzeit noch mit Vergiftungserscheinungen in einem Stralsunder Krankenhaus."

Na, davon entsprach ja das wenigste der Wahrheit, wunderte sich Ernst. Aber er hatte auch keine Kraft, sich gegen diese Ausführungen aufzulehnen. Müde sank er wieder auf sein Bett und schlief ein.

Das Läuten des Handys weckte Ernst am späten Nachmittag. Schnurres hatte ihn schlafen lassen, aber sicher war es an der Zeit, mit ihm Gassi zu gehen. Seine Blase musste ihn schon lange quälen.

„Ja, hallo? Hier Groß!"

„Hallo, Herr Groß. Es geht um einen Hund. Sie waren doch Zeuge beim Netto-Markt in Niepars, als dort dieser herrenlose Hund angebunden war?"

Ernst bestätigte das.

„Wie dem auch sei! Wissen Sie, ein Herr hat sich gemeldet und sagt, er sei der Eigentümer dieses … Hundes namens Otto!"

„Otto?" Schnurres hat den Kopf gedreht und Ernst war sich sicher, sie sprachen beide vom selben Tier.

„Ja, Otto. Mein Gott, wer quält sein Lieblingstier schon mit dem Namen Otto. Aber, wie dem auch sei, der Mann, ein Heribert Feudel, erklärte, er habe auf der Rückfahrt von Ribnitz dort im Netto etwas eingekauft und den Hund angeleint. Später habe er ihn vergessen. Er sei schon etwas tüttelig, meinte er."

„Tüttelig?", fiel Ernst ein, „Man vergisst doch seinen Hund nicht. Außerdem hatte das Tier keine Steuermarke. Da stimmt doch was nicht!" Er war außer sich und bekam plötzlich Angst, Schnurres wieder abgeben zu müssen.

„Ja, wie dem auch sei. Wir schickten einen Streifenwagen zur angegebenen Adresse. Der Hundebesitzer ist schon einmal wegen illegalem Tierverkauf angezeigt worden. Aber die Kollegen konnten damals nichts finden."

„Wer einmal lügt, dem glaubt man nicht!", war das Einzige, was Ernst einfiel.

„Wie dem auch sei…"

Was hatte der Beamte bloß mit seinem ‚Wie dem auch sei'?

„Und nun, was schlagen Sie vor?" Ernst spürte wieder aufkommende Übelkeit. Auch musste er dringend auf die Toilette.

„Sind Sie momentan im Besitz des Tieres?"

Ernst überlegte, was er antworten sollte. Wenn er zugab, dass der Hund hier war, musste er ihn vielleicht abgeben. Wenn nicht, blieb er ein Tierdieb und war nicht besser als dieser Feudel.

„Ja, der Hund ist hier. Ich war drauf und dran ihn in ein Tier … also ich wollte ihm eigentlich ein gutes Zuhause bieten."

„Wie dem auch sei, Sie müssen das Tier zurückbringen. Alternativ kann ich einen Streifenwagen schicken, der den Hund in Empfang nimmt. Sie sind doch noch in der Nähe von Stralsund?"

„Ja, ja. Aber lassen Sie den Aufwand. Ich bringe das Tier selbst dem Hundebesitzer zurück." Vielleicht war das tatsächlich die beste Lösung und Schnurres fühlte sich dort am wohlsten.

„Prima! Dann teile ich Ihnen die Anschrift des Herrn Feudel mit: *Tannenweg* 32 in Stralsund. Das Haus liegt in der Nähe des Flugplatzes. Und ich gebe Ihnen noch meine Durchwahl. Melden sie sich bitte, wenn die Übergabe erledigt ist. Mein Name ist Oberkommissar Löffelstiel. Ach ja, wenn Sie Ausgaben hatten, Futter und so, klären sie das am besten mit dem Hundebesitzer."

*

Ernst konnte erst gegen Abend losfahren. Er hatte auch die restlichen Nachmittagsstunden mit Toilettengängen und Krämpfen verbracht. Wie musste es erst den beiden Entführern gehen? Sie hatten zwei Portionen der Pfifferlinge verschlungen. Doch sie waren sicher in ärztlicher Behandlung, im Gegensatz zu ihm. Immer wieder auf der Fahrt nach Stralsund blickte er zu Hund Schnurres rüber. War die gemeinsame Zeit mit ihm schon bald zu Ende? Nie hätte er gedacht, dass er mal an einem Tier so hängen würde. Er erinnerte sich an einen Hamster in seiner Kindheit. Das war, außer einem Goldfisch, den er auf dem *Dom* gewonnen hatte, der einzige Kontakt zu einem treuen tierischen Begleiter.

Der *Tannenweg* lag weit außerhalb der Stadt und nur nach mehrfachem Nachfragen erreichte er die Adresse.

Er musste unbedingt auf seinem Smartphone eine Navigations-App einrichten. Langsam nervte ihn die alte Karte von Papa, auf der noch die DDR eingezeichnet war. Wie schon von dem Polizisten berichtet, lag die kleine Siedlung nahe eines Flugplatzes. Sicher kein idealer Ort, um einen Hund zu halten, regte sich Ernst auf. Der Fluglärm musste den sensiblen Ohren des Tieres doch schaden. Er hatte das Gefühl, dass Schnurres auf dem Beifahrersitz immer kleiner wurde, je tiefer sie in den *Tannenweg* hineinfuhren.

Das Haus von Heribert Feudel lag als letztes am Ende der Straße und sah heruntergekommen aus. Ernst wertete das als negativen Hinweis zum Tierbesitzer. Wer sein eigenes Haus nicht pflegte …!

Am Ende des Tannenwegs begann eine riesige Ackerfläche, die zurzeit brach lag. Ernst stellte den Hymer dort ab. Während er das Fahrzeug wendete, hatte Schnurres den Beifahrersitz schon verlassen. Er hatte sich unter das Bett verkrochen und lugte nur noch mit der Schnauze hervor. Schnurres oder Otto schien nicht begeistert von der Gegend zu sein.

Ernst stieg aus und spazierte die wenigen Meter zur Hausnummer 32. Hier sah es überhaupt nicht nach einer Familie aus, die einen Hund besaß. Das alte morsche Holztor stand offen und auch im seitlich gelegenen Garten befand sich keinerlei Zaun oder Barriere, um einen Hund daran zu hindern auszubüchsen. Ernst horchte, doch aus dem Haus waren keinerlei Stimmen oder Geräusche zu hören. Vielleicht hatte sich Löffelstiel mit der Hausnummer geirrt? Aber das war nicht sein Problem. Er würde sicher nicht in der halben Straße nach dem Hundebesitzer fragen. Er drehte um und spazierte zum Wagen zurück.

„Hallo, Sie da!“

Ernst schaute zurück. In der Tür des Hauses war ein Mann in kurzer Hose und Unterhemd aufgetaucht. Er hielt eine Bierflasche in der Hand und besaß eine extrem gerötete Gesichtshaut. Sicher plagte ihn Bluthochdruck. Doch Ernst war nicht ängstlich und überhaupt interessierte ihn die Krankheitsgeschichte des Mannes nicht.

„Was wollen Sie?“

Ernst überlegte, ob er mit einer Ausrede von hier verschwinden sollte. Dann brachte er es doch nicht über sich und erzählte die Wahrheit.

„Ach, sie haben meinen Deckrüden entführt?“

Ernst verstand nicht. „Nein, nicht entführt. Der Hund saß den ganzen Tag an einen Baum gebunden. Sie haben ihn ohne Wasser und Verpflegung zurückgelassen.“

„Na, na! Jetzt werd mal nicht gleich pampig. Ich war noch nicht ganz nüchtern an dem Morgen. Kam von einer Lieferung ... also ... egal. Wo ist Otto?“

Ernst spürte, mit dem Typ musste man sich nicht anlegen. Zumal er im Recht war und es tatsächlich sein Hund war. Der Hamburger zeigte nach hinten zum Hymer-Mobil.

„Dann bring den Köter endlich her. Oder soll ich bis zum Nimmerleinstag auf mein Eigentum warten?“

Der Hund stemmte die Vorderpfoten gegen den Boden und war kaum aus dem Wagen zu bewegen. Ernst war klar, warum. Hier wollte man als Tier nicht leben. Doch war ihm auch klar, wenn er Schnurres oder Otto nicht zurückgab, würde ihn der Typ anzeigen. Und somit wäre wieder der halbe Polizeiapparat hinter ihm her. Er hatte gerade so etwas wie eine Generalamnestie hinter sich. Und es hieß, sie nicht aufs Spiel zu setzen.

Endlich hatte es Ernst mit Hängen und Würgen geschafft, Hund Otto aus dem Hymer-Mobil zu bringen. Mit rollenden Augen, heruntergeklappten Ohren und den Schwanz zwischen den Läufen auf dem Boden schleifend näherte sich das Tier dem Haus. Der besoffene Feudel war auf die Straße getreten und drohte mit der Bierflasche. „Mach endlich, dass du wieder heimkommst. Du nervige Töle!“

War Ernsts Magen gerade wieder nahezu beschwerdefrei, kehrten die Krämpfe jetzt zurück. Und das lag vor allem an diesem dämlichen Tierquäler. Ernst ging alle Möglichkeiten durch, die Situation zu ändern, kam aber zu keinem Ergebnis.

„Zieh endlich Leine, du kleine Ratte!“, lallte der Mann und machte Anstalten, mit der leeren Flasche nach ihm zu werfen. Ernst drehte sich kopfschüttelnd um und spazierte zum Hymer. Er setzte sich hinter das Lenkrad, startete das Fahrzeug und fuhr vom *Tannenweg* links auf die Straße am Flugplatz.

Beim Lokal *Gartenklause*, wenige Hundert Meter weiter, stellte Ernst den Hymer ab und atmete durch.

Was musste man alles erleben, auf das man am liebsten verzichtet hätte? Da waren ihm die Entführer ja noch lieber, die quälten niemanden. Obwohl der Vergleich nicht gut getroffen war. Er setzte sich in den Außenbereich, bestellte ein alkoholfreies Weizen und überlegte sich einen Schlachtplan.

Der Besitzer der *Gartenklause* hatte sich als solcher geoutet und brachte ihm wenig später persönlich das Bier. Es war wenig los und der Mann fragte den Gast nach dem Grund seiner Reise.

„Ich musste einen Hund zurück zu seinem Herrchen bringen!", wollte Ernst das Frage- und Antwortspiel abkürzen.

„Hund? Das klingt nach diesem Tierquäler Feudel." Der Wirt setzte sich und Ernst bestätigte das. Er erzählte ihm die Story vom angebundenen Tier.

„Ja, das ist typisch Heribert. Der Kerl ist ein echtes Schwein. Vor allem, wenn es um Tiere geht. Ich selbst habe ihn schon einmal angezeigt. Sein verletzter Hund hatte sich bis hierhergeschleppt, bevor er verendet ist. Da hat er gelegen und geblutet." Der Wirt zeigte auf einen Fleck auf der Terrasse, unweit von Ernsts Tisch.

„Und die Polizei…?"

„Die haben anderes zu tun als Tierquäler zu jagen. Ich glaube, er kam mit einer geringen Strafe davon. Und er musste seine Hundezucht … verlagern."

„Wie verlagern?"

„Ach wissen Sie, ich lehne mich schon extrem aus dem Fenster. Hier in dem kleinen Ort kennt jeder jeden. Und die Dorfzeitung ist allmächtig. Während ich hier sitze und mit ihnen rede, wird schon wieder getratscht. Und wie Sie sehen, bin ich gerade auf jede Einnahmequelle angewiesen. Touristen verlaufen sich nur äußerst selten zu mir."

Gerade waren zwei Rentner aus einem Fahrzeug gestiegen und spazierten in Richtung Terrasse.

„Vielleicht eines noch: Bleiben Sie an ihm dran. Dann wissen Sie auch, was der grausame Heri, wie man ihn hier nennt, so treibt."

Ernst hatte Mamas altes Klapprad aus dem Stauraum des Hymer-Mobils genommen, etwas Luft in die Reifen gepumpt und schon war es wieder halbwegs startklar. Der Kette mangelte es noch etwas an Öl, aber das würde er zu einem anderen Zeitpunkt erledigen. Er fühlte sich ausgeschlafen und freute sich darauf, dem grausamen Heri auf den Zahn zu fühlen.

*

Der Hamburger hatte es sich auf einer Bank eines nahegelegenen Spielplatzes bequem gemacht. Kinder waren gerade nicht zu sehen. Dafür hatte er einen großartigen Blick durch die Häuserblocks auf das kleine Gebäude, in dem nun Schnurres wohnte. Ernst hatte sich vorgenommen, das Tier zurückzuholen. Es komme, was wolle. Und wenn er diesem Deppen letztendlich Geld für das Tier geben musste. Ja, Geld war nicht alles, fand er. Obwohl er vor wenigen Tagen noch völlig anderer Meinung gewesen war.

Ein Mann mit einem kleinen Terrier lief vorbei. Neugierig musterte er den Fremden auf der Bank. Er würde später sicher hierher zurückkommen. Auf dem Dorf achtete man noch auf unliebsame Fremde. Nach einer endlosen Weile öffnete sich die Tür der Hausnummer 32. Heribert verließ, mit Schnurres an der Leine, das Gebäude. Er brüllte etwas, was Ernst nicht verstand, doch seine Ohren erreichte ein schrilles Jaulen. Ob der grausame Heri den Hund getreten oder geschlagen hatte? Wie dem auch sei, der Typ war reif. Reif wie eine Tomate. Ernst sah schon, wie er auf Heri einprügelte. Wer Tiere misshandelte, musste auch selbst einstecken. Da gab es kein Pardon. Ernst setzte sich auf das kleine Rad mit den zwei Gängen, die man über den Rücktritt schaltete. Feudel fuhr einen alten Opel-Kombi aus der Garage und schob Schnurres unter lautem Gebrüll in den Kofferraum. Ernst hoffte, er würde nicht so weit fahren. Mit dem kleinen Rad kam er kaum hinterher. Ansonsten musste er das Ganze morgen wiederholen. Er wollte nicht lockerlassen, bis er den Hund wieder in seiner Obhut hatte.

Die Fahrt führte durch die kleine Siedlung und Ernst spürte Defizite an seiner Kondition. Er schob es auf die kleinen Räder und war sich sicher, lange hielt er die Tour nicht mehr durch. Seitlich nahm er einen riesigen Bauernhofkomplex wahr und den schien der Opel anzustreben. Tatsächlich stoppte der Wagen. Wildes Gebell ertönte und Ernst war sich sicher, hier war er richtig. Schnurres oder Otto ließ sich nur mit Tritten aus dem Kofferraum in Richtung des Stalls bewegen und Ernst wollte schon eingreifen. Aber das wäre noch verfrüht gewesen. Der Mann und der Hund verschwanden und die Lautstärke des Gebells nahm noch um einige Dezibel zu. Nach wenigen Minuten verließ Feudel wieder das Gebäude. Er drückte ein Schloss in die Aufnahme des Holztores und fuhr mit dem Opel davon.

Was sollte er nun tun? Das Schloss öffnen und drinnen nach dem Rechten sehen? Die Polizei rufen? Hatte der Wirt nicht erklärt, die Polizei hier kümmere sich wenig um Tierquälerei? Zumindest hatte er es so aufgefasst. Endlich kam Ernst die geniale Idee: Der Tierschutz musste her! Die waren sicher hocherfreut, den grausamen Heri in flagranti zu erwischen. Ernst suchte im Internet nach einer Ansprechstelle.

*

Eine Stunde später erschien, auf einem Motorrad, ein junger Mann. *PETA* stand auf seinem Kapuzenpulli, und als er den Helm ablegte, schüttelte er sein langes Haar.

„Luigi Animali!", stellte er sich vor. „Und hier findet die Tierquälerei statt?", fragte er.

Ernst bestätigte das.

„Sie waren dort drinnen und haben das alles gesehen?“

Wieder nickte Ernst. Ihm war klar, er lehnte sich mal wieder weit aus dem Fenster.

„Gut, ich habe eine Kamera dabei. Auch die Polizei ist informiert. Wenn Not am Manne beziehungsweise am Tier ist, bin ich sogar berechtigt, in das Objekt einzudringen. Ich werde also das Schloss öffnen und wir schauen uns mal um.“

Aus einer Tasche seitlich am Motorrad entnahm Animali einen Bolzenschneider und schnell war das billige Schloss Geschichte.

Luigi stieß das Tor auf und sie betraten den Stall. Der Geruch, der beiden entgegenschlug, raubte ihnen fast den Atem. Ernst versuchte seinen Lungen die notwendige Luft zu beschaffen. Doch beim Versuch einzuatmen brannte es auf der Brust, wie früher in der Jugend beim Inhalieren von filterlosen Zigaretten. Auch der Tierschützer musste husten.

„Schnell, lassen Sie uns das Tor öffnen!“

Unter großer Kraftanstrengung schoben sie die riesigen Torhälften auseinander und endlich wurde die Atemluft im Stall erträglicher.

„Wie können Tiere nur so überleben?“, fragte sich Ernst. Den dunklen Stall hatte sein Besitzer nur notdürftig mit niedrigen Zaunelementen abgetrennt. In jedem der Käfige vegetierte eine Hündin mit zahlreichen Welpen dahin. Alle Tiere waren extrem schmutzig. Einige bluteten oder lagen apathisch auf dem verschissenen Stroh.

„Da haben Sie mich aber gerade rechtzeitig angerufen, Herr Groß! Ich glaube, lange hätten die Tiere hier nicht mehr überlebt."

Draußen waren Motore zu hören und zwei Polizeiwagen stoppten vor dem Stall. Sie begrüßten den Herrn von der Tierschutzorganisation freundlich und drückten auch Ernst die Hand.

„Das war fünf vor zwölf!", bemerkte eine junge Polizeibeamtin und Ernst sah, wie Tränen über ihre Wangen auf das Revers der Uniformjacke rannen. Hund Schnurres fand er im hinteren Teil des Stalles. Dort schien Feudel das Decken der Hündinnen durchgeführt zu haben. Ernst wollte sich erst gar nicht vorstellen, welches Leid sich hier abgespielt haben musste. Schnurres war außer sich. Er sprang freudig und überschwänglich am Zaunelement hoch.

„Diesen Hund, meinen Schnurres, werde ich persönlich mitnehmen!", erklärte Ernst und niemand der Anwesenden hatte irgendwelche Einwände.

Kapitel 16
Schnurres in love

Ernst fand, das Hymer-Mobil klebe regelrecht auf der Bundesstraße 105 fest. Schon seit Beginn seiner Flucht aus Hamburg war er nahezu ausnahmslos auf dem löchrigen Belag dieser Straße unterwegs. Doch nur noch wenige Kilometer. So hoffte er zumindest. Dann endlich würde das Fahrzeug auf die Bundesstraße 109 wechseln. Und später auf die B 110 über die Insel Usedom. Die B 105 kam ihm wie ein Fluch vor. Wenn er diese Bundesstraße nicht bald wechseln würde, käme sicher ein erneuter, unplanmäßiger Stopp dazwischen.

Vor der Abfahrt hatte er nachgeschaut: Die Fahrt auf der Autobahn 20 über Stettin nach Polen war zeitlich gesehen gleich lang, doch von den Kilometern her doppelt so weit. Das schien ihm nicht wirtschaftlich. So hatte sich der Hamburger entschlossen, den direkten Weg zu nehmen und durch das ländliche Mecklenburg-Vorpommern zu fahren.

Bei einem Ort mit dem seltsamen Namen *Dreizehnhausen* fing Schnurres an zu jaulen. Sicher musste er mal für große Hunde und Ernst wollte nichts riskieren. Wenn es dort einen Bäcker gäbe, könnte er auch Brot einkaufen. Er lenkte das Hymer-Mobil von der Bundesstraße und fuhr in den kleinen Ort. Der bestand nur aus wenigen Häusern und noch weniger Straßen. Ernst stellte sein Wohnmobil auf einem landwirtschaftlichen Weg ab. Es würde schon kein Trecker kommen und an dem Hindernis vorbeiwollen. Die ersten Gebäude und Scheunen lagen einige Meter entfernt und Ernst setzte sich mit einer Flasche Mineralwasser auf die Stufe des Hymers. Schnurres war sofort im Nirgendwo verschwunden. Ernst überlegte: Wenn alles klappte, könnte er heute Abend schon in Rewal sein. Ein warmes Gefühl stellte sich bei ihm ein. Es würde toll sein, den Freund zu begrüßen und später mit ihm eine Flasche Roten zu öffnen. Er erinnerte sich noch daran, dass Tymon Rotwein bevorzugte. Vor allem den Pfälzer, ja, den mochte er. Vielleicht sollte er noch eine Kiste Wein kaufen und Tymon als Geschenk mitbringen? Aber hier in Meck-Pomm würden sie bestimmt keinen Pfälzer-Wein verkaufen. Warum hatte er nicht daran gedacht, als er durch Stralsund fuhr, ärgerte er sich. Aber bestimmt machte es Tymon nichts aus, einen anderen guten Wein zu trinken. Er musste später irgendwo anhalten, um eine Flasche zu besorgen. Schnurres war schon einige Minuten verschwunden und für einmal Pinkeln war das deutlich zu lange. Ernst rief nach ihm, doch es tat sich nichts. So verriegelte Ernst den Hymer und spazierte in die Richtung, in die das Tier verschwunden war.

Seitlich schaute ein moderner Winkelbungalow zwischen einer Vielzahl von Bäumen und einer riesigen

Hecke hervor. Die hochpreisige Villa passte irgendwie nicht in die Landschaft, die ansonsten nur von alten Häusern und Scheunen geprägt war. Ernst vernahm plötzlich Tierlaute und spazierte zum Drahtzaun der Villa. Er blinzelte hindurch. Ein großzügiges Schwimmbecken, Wimbledon-Rasen und parkähnliche Pflanzen im Garten zeugten von einem reichen Besitzer.

Plötzlich sah er Schnurres. Der rannte wie gedopt über die Rasenfläche. Doch er war nicht alleine. Im Gegenteil. Da lief eine kastanienbraune Irish Setter Hündin neben ihm. Die Tiere fegten vergnügt, aber knapp an einem Terrassentisch vorbei, auf dem Geschirr stand. Darunter eine seltsam geformte Glasflasche. Sicher handelte es sich um ein Designerstück, spekulierte Ernst. Doch wo befanden sich die Hausbesitzer? Vielleicht drinnen oder gar unterwegs? Ernst bekam ein schlechtes Gefühl, was die wilde Raserei der Hunde anging. Gerade hatten sie innegehalten und beschnupperten sich ausgiebig. Schnurres hechelte wie nach einem Marathon. Ernst rief nach ihm. Die Ohren des Hundes drehten sich kurz in die Richtung des neuen Herrchens, doch dann versuchte er mit einem Sprung und einer Drehung auf den Rücken der Hündin zu gelangen. Geschickt schüttelte die Hündin ihn ab und begann davonzurennen. Erneut kamen die Tiere bei der Terrasse vorbei. Doch dieses Mal streifte Schnurres Körper den Terrassentisch. Ernst blieb das Herz stehen. Die schmale Glasflasche mit blauem Aufkleber, die dort stand, begann zu wackeln. Wie in Zeitlupe stürzte sie um. Sie war nicht verschlossen und kippte in Richtung Tischrand. Die darin befindliche klare Flüssigkeit plätscherte hinunter auf den gefliesten Boden. Doch zum Glück blieb die Flasche am Tischrand hängen. Die Hunde waren inzwischen auf der gegenüberliegenden Seite des Pools zum Stehen gekommen. Ernst überlegte, er sollte Schnurres unbedingt dort rausholen. Erstens mussten sie weiter und zweitens war das ein ganz schmales Brett, auf dem sich der Hund innerhalb des fremden Areals bewegte. Sicher war ihm der Besitzer nicht wohlgesonnen. Schon gar nicht bei seinen unlauteren Absichten. Die Hündin schien sich nun in ihr Schicksal ergeben zu haben, denn plötzlich hing der Rüde wie ein Schluck Wasser in der Kurve auf ihr. Ernst war sofort klar, was da lief. Das schlechte Gewissen plagte ihn. Sollte er seinem Hund den Spaß gönnen oder ihn zurückpfeifen? Die Hundedame schien, was Fortpflanzung anging, nicht ganz so interessiert zu sein wie Schnurres. Gerade hatte sie ihn wieder abgeworfen wie ein Pferd seinen Reiter und machte einige vorsichtige Schritte seitwärts. Nun war sie stehen geblieben und schaute Schnurres, wie es Ernst schien, herausfordernd an. Das ließ sich Schnurres nicht noch einmal sagen und nahm einen zweiten Anlauf. Dieses Mal schien es zu klappen, denn seine hektischen Bewegungen zeigten es deutlich an. Die Augen traten vor Anstrengung fast aus seinen Höhlen, erkannte Ernst. Auch die Hündin genoss das Treiben, denn sie blieb ruhig stehen und bewegte sich nicht.

Plötzlich brüllte eine tiefe Stimme: „Das gibt es doch nicht! Geh sofort da runter, du dämlicher Köter. Das fehlt mir gerade noch!“

Ernst bemerkte einen kleinen dickbäuchigen Mann mit Brille, der aus der Terrassentür trat und auf die beiden Hunde zustürzte. Er hielt seine Hände über dem Kopf, brüllte und jammerte zugleich. Schnurres ignorierte ihn einfach. Auch die Hündin ließ sich nicht stören. Erst als der Mann einen Dosierspender aus dem Pool griff und in Richtung der beiden Tiere schmiss, zuckte Schnurres zusammen. Ernst registrierte, dass sein Hund sich lösen wollte, aber irgendetwas verhinderte die Trennung. Der Hündin war inzwischen bewusst geworden, dass sie etwas getan hatte, was ihr Herrchen erzürnte, und das Tier versuchte zu flüchten. Dabei zog sie Schnurres hinter sich her und der heulte lautstark. Ernst war nicht klar, ob aus Wut oder Schmerz.

Der Mann hatte weitere Gegenstände ergriffen und verfolgte das seltsame Hundepaar, indem er erneut mit Gegenständen nach ihnen warf. Die Hündin, mit ihrem schweren Gepäck auf dem Rücken, verließ das Grundstück durch eine Lücke in der Hecke. Der Mann versuchte vergeblich hinterher zu kommen. Das Trio trollte sich draußen auf dem Feld herum und Ernst fiel plötzlich die umgestürzte Flasche ein. Was immer der Inhalt war, sicher würde der Typ stinkesauer werden, wenn er zurückkam und sah, was passiert war. Mit einem Blick auf die seltsame Gruppe kletterte Ernst durch die Heckenöffnung. Er sprintete zum Tisch, packte die Glasflasche und füllte sie im Pool mit Wasser. Dann stellte er sie ordentlich auf dem Tisch ab. Der nasse Fleck auf dem Boden war schon nahezu von der Sonne getrocknet worden. Es roch etwas streng, aber vielleicht merkte der Mann es nicht. Ernst schlüpfte mit klopfendem Herzen durch die Hecke zurück und versteckte sich im Gebüsch. Noch immer war der Mann bei seinem Vorhaben, die Hunde zu trennen, nicht weitergekommen. Die Hündin sah das Geschehen inzwischen eher spielerisch. Sie taktierte so hervorragend, dass sie, immer wenn ihr der Mann zu nahekam, die Richtung wechselte. Und Schnurres hatte sich, quasi als Anhängsel, in sein Schicksal ergeben. Er ruderte dabei mit den Hinterläufen, erreichte aber nur selten den Boden. Kondition schien nicht die große Stärke des Unbekannten zu sein, denn nun blieb er keuchend stehen. Er nahm die angelaufene Brille vom Kopf und putzte die Gläser mit seinem verschwitzten Hemd ab. Ernst verfolgte alles unbemerkt und aus sicherer Entfernung. Inzwischen war es Schnurres auch gelungen, sich von seiner neuen Liebe zu trennen, und er nutzte sofort die Freiheit, um schnell Land zu gewinnen. Wie ein Blitz und mit schlechtem Gewissen flüchtete er, die Ohren angelegt, in Richtung des Hymer-Mobils.

*

Schnurres musste sich vielleicht was anhören. Ernst schimpfte wie ein Rohrspatz mit ihm, obwohl er wusste, dass der Hund ja nur seinem Trieb nachging. Schnurres hatte sich unter dem Bett verkrochen und schien ein schlechtes Gewissen zu haben. Ernst war nach dieser Sache klargeworden, dass er das Tier dringend behördlich anmelden musste, bevor es noch jemandem Schaden zufügte. Eine Haftpflichtversicherung war dringend vonnöten. Beim nächsten Übergriff würde es vielleicht nicht mehr mit einer dämlichen Glasflasche enden. Schnell konnten solche Schäden ihn als Hundehalter ins Gefängnis bringen. Und wenn sie erst Polen erreicht hatten, gab es keine Chance mehr auf eine ordentliche Steuermarke. Sicher waren die Polen nicht ganz so tierlieb wie die Deutschen. Sie befanden sich kurz vor Greifswald und Ernst überlegte, ob er den Hund nicht noch schnell anmelden sollte. Die Hansestadt war die letzte größere Stadt vor seinem Ziel.

Kapitel 17
Vollstreckung im Stadthaus von Greifswald

Ernst saß schon über eine halbe Stunde im Stadthaus Greifswald vor einer hoch behördlichen Tür mit der Aufschrift: *Abteilung Steuern/Stadtkasse/Vollstreckung.* Wie sich das anhörte: Vollstreckung? Das klang eher danach, jemanden zu enthaupten, als nach der Anmeldung eines unschuldigen Tieres. Ernst hatte sich erst schwergetan, Schnurres mit in das Gebäude zu nehmen. Der Hund stemmte sich mit der ganzen Muskulatur seiner Hinterläufe vor dem Haupteingang beim Stadthaus auf den Boden. Nur durch Zerren an der Leine, unter den kritischen Blicken einiger Greifswalder, war es Ernst gelungen, Schnurres hineinzubugsieren. Ernst verstand das Tier. Auch er mochte keine öffentlichen Gebäude. Ob Rathäuser, Ämter oder auch Schulen, am liebsten sah er sie alle von außen. Doch heute musste der Besuch sein. Zum Besten seines Hundes. Ernst blickte sich im Flur um. Er war nicht der Einzige hier, doch der einzige mit einem Hund. Das flößte Respekt ein und er bemerkte, wie Neuankömmlinge etwas entfernt von ihm Platz nahmen. Er beglückwünschte sich noch einmal zu der genialen Idee, Schnurres behalten zu haben. Doch was die behördlichen Aktivitäten hier im Gebäude anging, tat sich null Komma nichts. Es war inzwischen kurz vor fünfzehn Uhr, und wie er den Amtsschimmel einschätzte, machte der gerade dann Feierabend, wenn er an der Reihe war. Nicht, dass im Vollstreckungszimmer nichts lief. Nein, immer mal wieder spazierte jemand hinein und kam kurz darauf heraus. Nur um ihn kümmerte sich niemand. Ernst hatte die Schnauze voll. Er sprang auf, klopfte, wartete keine Antwort ab und riss die Tür auf. Drinnen saß eine junge Frau hinter einem Schreibtisch; ein Mann saß ihr gegenüber.

„Hatte ich ‚Herein!' gerufen?", erklärte die Frau mürrisch und an dem farblichen Spiel ihrer Gesichtshaut konnte Ernst ihre Ablehnung ihm gegenüber messen.

„Ich warte schon länger!", verteidigte er sein Eindringen in gemäßigter Tonlage.

„Haben Sie eine Nummer gezogen?"

Ernst verstand nicht. „Nummer? Das ist doch keine Verlosung. Ich möchte bloß meinen Schnurres anmelden."

„Vorne beim Eingang hängt ein Automat, mein Herr. Geben Sie Ihr Anliegen ein und drücken Sie den Knopf. Auf dem Ticket, das Sie erhalten, ist eine Nummer abgedruckt. Schauen Sie draußen an die Wand auf das Display. Die Nummern werden dort angezeigt. Wenn Ihre erscheint, können Sie hier anklopfen. Auf Wiedersehen!"

Die Frau wandte sich erneut ihrem Gesprächspartner zu und behutsam schloss Ernst die Tür. Durften die alles mit einem machen? Jetzt waren die schon auf den Automaten gekommen. Er band Schnurres Leine am Stuhl noch fester und spazierte zurück in die Empfangshalle. Tatsächlich: Dort hing an einem Betonpfeiler ein Automat wie sie auch am Hamburger Hauptbahnhof zu finden sind, an denen man Karten für die U- und S-Bahn kaufen konnte. Vor diesem Blechautomaten stand gerade ein alter Herr. Er trug einen ungebügelten karierten Anzug und schien leicht durcheinander zu sein. Ernst glaubte, er sei wohl unschlüssig, welche Dienststelle im Stadthaus er aufsuchen wollte. So drückte der Alte hilflos und ohne Plan auf den zahlreichen Knöpfen herum. Ernst überkamen leichte Zweifel, Schnurres so lange alleine auf dem Flur zu lassen. Seine Erfahrungen, was den Gehorsam des Hundes anhing, waren eher schlecht.

„Kann ich Ihnen helfen?", fragte der Hamburger trotz fehlendem Hintergrundwissen, in der Hoffnung, den Mann schnell vom Automaten wegzubekommen. Der Unbekannte reagierte nicht. Nach einer Weile drehte er sich langsam zu Ernst um. Seine Züge waren ausgemergelt, wie von Sonne und Wind gegerbt. Der Blick der Augen war glasig und leer.

„Das ist sehr … nett", stotterte der Anzugträger. „Aber ich bin heute hierhergekommen, um dieses Teil endlich … einmal zu begreifen. Sie glauben ja nicht, was man uns Alten so … zumutet. Junge Menschen verstehen alles recht schnell. Sie nutzen täglich ihr … ihr Smartphone und die Computer. Sie finden sich auch mit solchen Blechidioten zurecht. Doch wo ist die normale Empfangsdame geblieben, die einem … freundlich und zuvorkommend den Weg zum gesuchten Amtszimmer weist? Sagen Sie es mir!“

Ernst nickte. Er konnte dem Mann nur beipflichten. Doch das brachte ihn im Moment nicht zum Ziel. Das Stadthaus schloss sicher in wenigen Minuten und er wollte die Nacht nicht noch in Greifswald verbringen, um morgen erneut hier zu stehen.

„Sie haben völlig recht. Die Welt hat sich verändert. Aber ich habe es total eilig, möchte meinen Hund anmelden. Könnten Sie mich bitte vorlassen?“

Die an den Mann gerichteten Worte schienen nur mit leichter Verzögerung dort anzukommen.

„Wissen Sie, alle haben keine Zeit mehr … das ist doch schlimm! Wir sparen so viel Zeit durch Automatisierung und haben doch keine.“

Wieder drückte er kopflos auf den Knöpfen rum. Ernst wurde es langsam zu bunt. Was bildete sich der Typ ein? Glaubte er Konfuzius zu sein? Er spürte, wie sein Blutdruck in eine gefährliche und ihm äußerst unkomfortable Höhe vorstieß. Am liebsten hätte er den überschlauen Alten weggeschubst. Aber das traute er sich nicht.

Eine junge Frau mit einem Kind betrat nun das Stadthaus. Sie stellte sich hinter den beiden an. Das Kleinkind begann zu quengeln und die Mutter nahm es auf den Arm.

„Ich muss nur schnell meinen Perso abholen. Kann ich …“, bat sie und zeigte auf den Automaten.

Der Alte gab endlich auf. Er drehte sich kopfschüttelnd und voller Resignation weg. Noch bevor Ernst sich darüber freuen konnte, machte die Frau einen Ausfallschritt, um den frei gewordenen Platz zu besetzen. Nein, das konnte nicht wahr sein. Doch Ernst war schneller. Und auch kräftiger. Etwas rabiat, quetschte er sich mit den Worten: „Mein Hund! Ich muss ihn anmelden, heute noch, sonst …" zwischen die Mutter und den Automaten.

Die Frau schüttelte den Kopf und Ernst war sich sicher, sie verachtete ihn.

Es war tatsächlich recht einfach mit dem Automaten umzugehen. Ernst gab seinen Wunsch ein, den Hund anzumelden, und schon bald druckte das Teil einen kleinen Zettel. Der flutschte unten raus, wie ein Bahnticket.

Die Frau drehte den Kopf weg, während er zurück zu Schnurres lief. Das Kind weinte.

Als Ernst den Flur betrat, hatte Schnurres seine vorherige Stellung gewechselt. Soweit es seine Leine überhaupt zuließ. Dem Hamburger war der Grund nicht sofort klar. Dann sah er die Bescherung: Eine Pfütze Urin breitete sich unter den Stühlen aus. Diskret löste Ernst den Hund und nahm etwas weiter hinten Platz.

Ernst hatte die Nummer 106 gezogen. Aber auf dem Wanddisplay war die Nummer 104 zu lesen. Da würde er wohl gleich an der Reihe sein. Wenn die Vorgänger nicht eine ganze Horde Hunde anmelden mussten, amüsierte er sich und Schnurres blickte ihn fragend an. Endlich wechselte die Zahl. Ein junger, schlanker Mann, der ganz hinten im Flur gesessen hatte, erhob sich und lief, unter nervösem Blick zum Hund, in Richtung der Vollstreckungstür. Dort klopfte er an und trat, nach einem Ruf von innen, ein.

Minuten vergingen. Ernst wurde langsam nervös. Sicher war der Typ ein Freund der Vollstreckerin dort drinnen und besuchte sie, spekulierte er. Wenn nicht, hatte sie ihm, sympathisch wie der Kerl aussah, einen Kaffee gekocht und die beiden quatschten nun über ihre Beziehungsprobleme. Vielleicht entwickelte sich auch eine Liebschaft, während er draußen auf heißen Kohlen saß? „Warum traf es immer ihn", überlegte Ernst, als der Mann endlich den Raum verließ.

„Na, Kaffee getrunken und ein Schwätzchen gehalten?", rief er dem Unbekannten hinterher. Der Mann wusste nicht, wie ihm geschah, und tat das einzige Richtige: weiterlaufen.

Endlich war die Nummer umgeschlagen: 106! Er war an der Reihe.

„Schnurres, jetzt bekommst du eine schöne Plakette. Wie eine Olympia-Medaille. Damit kannst du überall rumrennen."

Ernst klopfte und betrat, nachdem die Frau ihr Einverständnis verkündet hatte, den Büroraum. Als sie Ernst im Türrahmen erblickte, änderte sich ihr bislang entspannter Blick in Eiseskälte. Plötzlich bemerkte sie den Hund, der neben Ernst stand und freundlich mit dem Schwanz wedelte.

„Um Gottes Willen!“, kreischte die Frau. Ihr Gesicht nahm verzerrte, ängstliche Züge an. „Raus mit dem Tier. Ich habe eine Hundehaarallergie. Ich könnte sterben!“

Ernst begriff die hysterischen Worte nicht sofort. Dann fiel bei ihm der Groschen. Er schob Schnurres nach draußen und band ihn erneut am Stuhl im Flur fest.

„Sie haben mich aber erschreckt!“ Die Frau war noch immer kreideweiß und gerade dabei, das Fenster zu öffnen. „Was … möchten … Sie?“, stotterte sie atemlos, als Ernst vor ihr saß.

„Meinen … Hund anmelden.“

„Habe ich mir fast gedacht. Ich benötige Ihren Personalausweis.“

Ernst war vorbereitet und reichte ihn der Frau.

„Sie wohnen nicht in Greifswald?“ Ihr Ton war eine Mischung aus Genugtuung und Verärgerung.

Ernst wollte schon ‚Um Gottes Willen, nein‘ sagen. Doch dann hätte er sich die Beamtin noch mehr zur Feindin gemacht. So schüttelte er bloß seinen Kopf.

„Was wollen Sie dann hier?“

„Aber…!“

„Sie müssen den Hund dort anmelden, wo sie wohnhaft sind. Wo wohnen Sie denn, Herr Groß?“

Ernst antwortete: „In … in Hamburg!“

„Na schauen Sie. Dann müssen Sie den Hund auf dem Hamburger Ordnungsamt anmelden. Ist doch gar nicht so schwer.“

„Ich ... also, ich bin aber auf der Durchreise.“

„Das ist schön für sie. Doch in Hamburg wird man auf die knapp hundert Euro Steuern für Ihren Rex sicher warten können, bis Sie wieder zurück sind."

„Schnurres!", brüllte Ernst und war aufgesprungen. Er hatte die Faxen so was von dicke.

Die Frau erschrak und Ernst wollte sich nicht vorstellen, was sie gerade dachte.

„Wie meinen?"

„Mein Hund heißt nicht Rex, er heißt Schnurres!"

Kapitel 18
Dr. Wusch und die Kernspaltung

Aufgebracht wie er war, legte sich Ernst erst einmal auf das Bett des Wohnmobils und war sofort eingeschlafen. Auch Schnurres schien seine Ruhe zu brauchen und so schnarchten beide, auf dem Parkplatz einer Norma-Filiale, im Hymer-Mobil um die Wette. „Solche Tage wie diesen musste er nicht dauernd erleben", dachte Ernst, als er sich gegen Abend wieder an das Steuer setzte. Der Hund hatte gepieselt und war essenstechnisch versorgt. Vielleicht konnten sie heute noch einige Kilometer zurücklegen. Auf jeden Fall musste er raus aus Greifswald.

Das Fahrzeug war noch keinen Kilometer weit gekommen, als Ernst, an einer Bushaltestelle sitzend, eine einsame Person entdeckte. Sie trug einen ähnlichen karierten Anzug wie der alte Mann vom Stadthaus und im Vorbeirollen fiel Ernst diese Ähnlichkeit auf.

„Ist das nicht der Typ von eben?"

Schnurres reagierte nicht.

„Es kann mir doch egal sein, wenn der Mann auf den Bus wartet, Schnurres. Oder, was meinst du?"

Der Hund schaute nun sein Herrchen treu, aber gleichgültig an. Ernst war klar, ihm konnte er die Verantwortung für seine Entscheidung nicht aufdrücken.

„Der Mann hat einen extrem orientierungslosen Eindruck auf mich gemacht. Er war abwesend. So, wie Papa in seinen letzten Wochen."

Der Hund konzentrierte sich mehr auf die Gussstatue von Mamas Hund *Räuber*.

„Vielleicht benötigt er Hilfe? Ich kann mir bald das Wort ‚Hilfsmobil' auf das Autoblech kleben, wenn das so weitergeht!"

Schnurres hatte seinen Kopf gedreht und es schien Ernst, als wollte er ihm ein schlechtes Gewissen machen.

„Du meinst also, wir sollten kehrtmachen und nach dem alten Mann schauen?"

Schnurres schien ‚kehrtmachen' mit ‚Gassi gehen' zu verwechseln, denn er wedelte ausgelassen und freudig erregt mit dem Schwanz.

„Na gut, du hast mich überzeugt."

*

Ernst wendete den Wagen auf einem Feldweg und fuhr zurück. Der Mann saß noch immer alleine auf der Holzbank bei der Bushaltestelle und Ernst parkte sein Wohnmobil etwas weiter von ihm entfernt. Er nahm Schnurres an die Leine und spazierte zu dem Mann. Es handelte sich tatsächlich um den Alten aus dem Stadthaus.

„Moin, wir kennen uns vom Stadthaus. Sie waren dort an diesem … dämlichen Automaten!“

Der Alte beachtete Ernst nicht, er bearbeitete nur seine Fingernägel.

„Wo wollen Sie denn hin?“

Ernst suchte auf der Tafel nach der Endstation des Busses. So, wie es dort erklärt wurde, fuhr er in Richtung Wolgast. Aber der letzte Bus, so wurde es an der Tafel angezeigt, fuhr 19.07 Uhr. Jetzt war es schon eine Stunde später.

„Sie wollen sicher nach Wolgast, aber den letzten Bus haben Sie leider verpasst.“

Der Alte schaute Ernst an und noch immer waren seine Augen trüb und ohne Ausdruck.

„Mist, was mache ich bloß?“, überlegte Ernst laut. „Die Polizei holen wäre eine gute Idee. Bevor ich den Abend hier mit dem Unbekannten verbringen muss.“

Das Wort ‚Polizei‘ verursachte bei Ernst noch immer starke Schauer auf dem Rücken.

„Aber vielleicht besitzt er ein Handy? Eines mit Kontaktdaten?“

„Besitzen Sie ein Handy?“, fragte er. Der Mann schien ihn nicht verstanden zu haben.

Ernst zog sein eigenes Mobiltelefon aus der Jacke. „So eines!“

Plötzlich wühlte auch der Mann in seiner Anzugsjacke und beförderte ein kleines Telefongerät heraus. Er hielt es Ernst hin. Der nahm es an sich und schaltete es ein. Zum Glück gab es keinen Sperrcode und schon nach Sekunden leuchtete das Display hell auf. Während Ernst in den Kontakten nach Ansprechpartnern des Fremden suchte, klingelte und vibrierte das Handy. Ernst erschrak und hätte das Gerät fast fallengelassen.

Er nahm den Anruf entgegen. Noch bevor er sich überhaupt namentlich melden konnte, war eine hysterische Frauenstimme zu hören.

„Mensch Papa, wir machen uns schon alle Gedanken! Frau Löwenich versucht dich schon den ganzen Nachmittag zu erreichen. Du kannst doch nicht das Handy abschalten! Wo steckst du? Wir machen uns große Sorgen. Hatten wir nicht abgesprochen, dass du dich alle Stunde mal meldest…?"

Ernst hielt das Handy etwas vom Ohr entfernt. Die Stimme war äußerst erregt und laut. Er unterließ es, die Worttiraden der Unbekannten zu unterbrechen. Aber irgendwann musste sie doch mal Luft holen? Dann würde seine große Stunde kommen. Und tatsächlich, nach zwei Minuten verbalem Dauerbeschuss grätschte Ernst in das Gespräch. Die Lunge der Frau hatte nach der sprachlichen Verausgabung riesigen Sauerstoffbedarf und das war seine Chance.

„Moin! Sie da, mein Name ist Ernst Groß. Wenn der Besitzer dieses Handys Ihr Vater ist, dann geht es ihm soweit ganz gut!"

Die Stimme und die Atmung am anderen Leitungsende war augenblicklich verebbt und erst nach wenigen Sekunden rührte sich wieder etwas.

„Habe ich das richtig verstanden, Sie … Sie sind im Besitz des Handys meines … Vaters?"

Nein, nicht noch so etwas. Das fehlte noch, dass man ihm nun noch unterstellte, das billige Handy des senilen Alten an sich genommen zu haben. Für einen kurzen Moment überlegte Ernst, den Abschaltknopf zu drücken, der das Gespräch beendete. Dann dem Alten das Handy in die Hand zu drücken und zusammen mit Schnurres schnellstens das Weite zu suchen. Doch dann gab er der Frau noch eine letzte Chance.

„Ich habe Ihren Vater im Stadthaus getroffen. Er schien etwas … ich sage es mal vorsichtig, durcheinander zu sein."

„Stadthaus? In welchem Stadthaus?"

„In Greifswald und eben saß er an einer Bushaltestelle nach Wolgast."

„Wolgast? Um Gottes Willen, was ist hier los?"

Die letzten Worten der Frau klangen weinerlich und Ernst wurde bewusst, dass Sie sich tatsächlich große Sorgen um den Vater machen musste.

„Könnten Sie ihn vielleicht abholen? Ich werde warten, bis Sie hier sind!", schlug Ernst vor.

Ein leises Schluchzen zeugte davon, dass die Frau im Moment gerade nicht reden konnte. Ernst blickte zu dem Alten. Der hatte sich wieder auf die Bank gesetzt und streichelte den Hund.

„Hallo Herr … Groß, so war doch Ihr Name?", begann die Frau nach einer kleinen Pause.

„Ja, richtig! Sie können gerne Ernst sagen."

„Gut, Ernst. Ich befinde mich in meiner Anwaltskanzlei in München. Mein Vater heißt Oliver Wusch, ist letzten Monat 84 Jahre alt geworden und mein Name lautet Siglinde Wusch-Gerber. Also, wie gesagt, ich bin etliche hundert Kilometer von Ihnen entfernt, und wenn das stimmt, was Sie da erzählen … also nicht, dass Sie glauben, ich vertraue… nein, quatsch, natürlich vertraue ich Ihnen, also ...!"

Wieder vernahm Ernst Schluchzen. Tochter Siglinde schien gehörig durch den Wind zu sein. Und weinende Frauen taten ihm schon seit eh und je leid.

„Wo ist Ihr Vater … ich mein, wo muss er denn hin?" Fast hätte er ‚wo ist er ausgebrochen' gesagt. Nur mit Mühe bekam er die Kurve.

„Ernst, Papa wohnt noch immer in Lubmin. Er wollte nie in ein Pflegeheim. Ich habe mit Frau Löwenich eine tolle Stundenbetreuung gefunden und der Pflegedienst schaut ebenfalls täglich nach Papa."

Lubmin? Wie weit entfernt von Greifswald mochte das sein, fragte sich Ernst, als die Frau erklärte: „Sie sind keine zwanzig Kilometer von Papas Haus entfernt. Ich verstehe nicht, warum er sich in den Bus setzte und nach Greifswald fuhr? Das hat er bisher noch nie getan."

Ernst war klar, worauf das hinauslief.

„Wohnen Sie in Greifswald, Ernst? Also, wenn Sie ein Fahrzeug haben, könnten Sie ihn vielleicht … ich würde Ihnen die Fahrtkosten großzügig erstatten!"

„Nein, nicht in Greifswald, ich bin auf dem Weg nach Polen." Ernst haderte mit sich. Ein Taxi würde sicher nicht die Welt kosten und der Fahrer verdiente auch noch etwas. Während er…!

„Also gut, Frau Wusch. Ich bringe Ihren Vater nach Lubmin. Ich denke, bevor wir die Pferde scheu machen. Es ist ja ein Katzensprung."

Ernst konnte den Knall des Steinbrockens hören, der der Tochter vom Herzen fiel. Es freute ihn, dass sie so an ihrem Vater hing. Auch er hatte ein tolles Verhältnis zu seinem Papa gehabt. Lange Jahre und bis zu dessen Tod.

„Das ist sehr, sehr lieb von Ihnen. Ich werde Frau Löwenich Bescheid geben. Sie wird sie beide vorm Haus erwarten. Sicher hat Papa noch nichts gegessen. Sie kann schnell etwas vorbereiten. Sie kocht hervorragend und Sie sind herzlich eingeladen, Ernst."

*

Tatsächlich war Frau Löwenich dabei, die Kartoffeln zu pellen, als Ernst in den Hof des alten Einfamilienhauses bei Lubmin rollte. Sie kam nach draußen gerannt und half Herrn Wusch aus dem Wagen. Danach gab sie Ernst die Hand. Mit einem vierbeinigen Gast hatte sie nicht gerechnet. Aber die stämmige, pausbäckige Mittfünfzigerin ließ sich das nicht anmerken und streichelte Schnurres zur Begrüßung. Lubmin war ein Seebad und Herr Wusch wohnte im Ortsteil Wusterhausen. Das Gebäude lag nahe bei einem Friedhof und einer kleinen Kirche und hatte seine besten Jahre lange hinter sich. Die Haushälterin schien Ernsts Blicke, was den Zustand des Gebäudes betraf, richtig gedeutet zu haben.

„Ja, man sollte am Haus mal einiges erneuern. Aber Doktor Wusch weigert sich. Nach dem Verlust seiner Frau wollte er nichts mehr verändern lassen. Es sah lange aus, als hätte er nur noch den einen Wunsch, seiner verstorbenen Gattin so schnell wie möglich folgen zu können." Mit einem Gruß verschwand sie zurück in die Küche. Schnurres trottete hinterher.

Gegen 21.00 Uhr konnten Ernst und Dr. Wusch den echten Pommerschen Kartoffelsalat mit Würsten genießen. Sogar für Schnurres gab es noch eine dicke Wurst und man sah dem Tier an, dass es seine Gönnerin gleich in sein Herz geschlossen hatte. Er schlich dauernd hinter der Haushälterin her.

Spät verabschiedete sich Frau Löwenich.

„Ich bin morgen zum Frühstück wieder hier, bringe Brot mit. Möchten Sie etwas Bestimmtes? Sie übernachten doch sicher hier?", fragte sie Ernst.

Er hatte noch nicht darüber nachgedacht. Doch es bot sich an, hier auf der großen Einfahrt zu übernachten und die Fahrt in Richtung Polen am Morgen wieder aufzunehmen.

„Ja, gut. Ich werde hier die Nacht verbringen!", bestätigte Ernst ihre Frage. „Dosenfutter für Schnurres habe ich noch genügend. Brot reicht mir völlig."

Frau Löwenich verabschiedete sich und ließ die beiden Männer allein.

*

Herr Wusch war also Doktor und anhand der zahlreichen Urkunden an der Wand im Wohnzimmer fand Ernst auch gleich seine Fachrichtung: Nuklear-Ingenieurswesen. Ernst erinnerte sich plötzlich, dass in Lubmin eines der beiden Kernkraftwerke der ehemaligen DDR gelegen hatte. Aber es war, so seine Erinnerung, schon seit Jahrzehnten abgeschaltet und außer Betrieb. Dr. Wusch war neben ihn getreten, während Ernst die vielen Auszeichnungen und auch Orden betrachtete.

„Was machen Sie hier?“, fragte der 84-Jährige. Ernst schaute skeptisch, der Mann schien noch immer in einer Zeitschleife festzuhängen. Während der Fahrt von Greifswald hierher hatte er wenig geredet. Und wenn, dann von seiner Frau und den schönen Urlauben zusammen mit der Tochter in Bulgarien berichtet.

„Ich bin Ernst, ich habe sie hergefahren!“

„Ach ja, hatte ich vergessen. Sie und … der Hund…“, er schaute sich nach Schnurres um. Doch der lag satt und müde neben dem Ofen in der Küche.

„Setzen wir uns doch“, bot der 84-Jährige seinem Gast an. „Lassen Sie uns eine kubanische Zigarre rauchen und einen Whiskey trinken.“

Langsam kehrte wieder Leben in den Körper des Alten ein. Whiskey und Zigarre, das klang in den Ohren des Hamburgers schon angenehmer. Minuten später hingen im Wohnzimmer Rauchschleier wie Nebel an einem Oktobermorgen. Ernst hielt ein Whiskeyglas in der Hand. „Es gab Schlechteres als hier zu sitzen", dachte er so bei sich. Wichtig war, dass der senile Mann nicht wieder in die alten Muster zurückfiel. Er hatte keine Lust ihm ständig zu erklären, wer er war.

„Kann ich den Fernseher anschalten?", fragte Ernst. Das wäre eine gute Idee, fand er, um von langweiligen Gesprächen abzulenken. Dr. Wusch hatte nichts dagegen und Ernst wählte die ARD. Dort liefen gerade die *Tagesthemen* und sie berichteten vom Diebstahl einer giftigen Substanz, die aus dem Friedrich-Loeffler-Institut auf der Insel Riems entwendet worden war.

„Schauen Sie, Insel Riems, das liegt ganz in der Nähe", versuchte Ernst Bewegung in die nur durch den Lautsprecher genährte Stimmung zu bringen.

Der Hausbesitzer schien interessiert zuzuhören. Ernst konnte regelrecht fühlen, wie sich Moderatorin Caren Miosga schwertat, den Zuschauern an den Bildschirmen die verfahrene Situation zu erklären. Sicher steckte mehr dahinter, als bloß der Diebstahl einer giftigen Flüssigkeit. Ernst war bekannt, dass früher auf der Insel in Riems eine Virenforschungsanstalt lag. Sein Vater hatte ihm erzählt, er habe vor seiner Flucht aus der DDR dort einige Zeit als Handwerker gearbeitet.

„Die entwendete Glasflasche mit der hochgiftigen Flüssigkeit ist gekennzeichnet mit einem blauen Aufkleber. Der Inhalt ist transparent, sieht also Wasser zum Verwechseln ähnlich. Sollte diese Flasche in Ihre Hände gelangen, öffnen Sie diese bitte nicht. Vor allem schütten Sie die Flüssigkeit nicht in offenes Gewässer wie Brunnen", bat die Moderatorin.

Ernst lief wie auf Kommando Schweiß über den Rücken. Und das nicht wenig.

„Mensch Doktorchen! Die Flasche gleicht, wie ein Ei dem anderen, der aus dem Ort *Dreizehnhausen*. Ich war erst gestern dort."

Ernst war außer Rand und Band. Schnurres musste die Nervosität des Herrchens an der veränderten Stimmlage erkannt haben und war ins Wohnzimmer gelaufen. Er beobachtete ihn aus der Distanz. Frau Miosga war noch nicht fertig mit ihren Ausführungen.

„Im Zusammenhang mit dem Verschwinden der Substanz wird der stellvertretende Direktor des Instituts, Professor Dr. Rick O. Roos, gebeten, sich umgehend im Labor in Riems zu melden. Herr Roos befindet sich angeblich auf einer Weltreise. Wer etwas über seinen Aufenthaltsort weiß, möchte sich bitte melden. Wir blenden unten eine Nummer ein. Ansonsten sprechen Sie ihn, bei einem Kontakt, auf unsere Suche an. Vielen Dank!"

Zur Telefonnummer wurde ein Foto eingespielt. Ernst hielt den Atem an. Es zeigte einen älteren Herrn mit einer dicken Hornbrille und einer Glatze. Man opferte dieser Sache schon die halben *Tagesthemen*, also musste es entsprechend wichtig und, wie er glaubte, gefährlich sein. Sein Kreislauf lief auf Höchsttouren. Schnell notierte er die Telefonnummer in seinem Handy.

„Dieser … dieser Typ da, Schnurres, das ist der, der versucht hat, euch auseinanderzutreiben. Weißt du noch?“

Ernst versuchte vom Tier Zustimmung zu bekommen. Doch Schnurres schaute nur verwundert. Auch Dr. Wusch war hin- und hergerissen von Ernsts Gefühlsausbruch.

„Schau dir den Kerl genau an, Schnurres. Das Foto ist vielleicht älteren Datums, aber er ist es!“

Ernst litt gerade unter leichter Atemnot.

„Wenn … wenn es das giftige Zeug war, das auf dem Boden der Terrasse versickert ist, sollte ich … dringend jemandem Bescheid geben. Vielleicht ist das gut so. In der Flasche ist ja jetzt eh nur noch Poolwasser drin!“

Ernst war klar, er musste dringend darüber nachdenken, wie er weiter vorgehen sollte, und trank erst einmal einen großen Schluck Whiskey.

Kapitel 19
Melden macht frei

„Moin, mein Name ist Ernst Groß aus Hamburg, ich rufe anonym an.“ Ernst hatte die halbe Nacht das Gewissen geplagt und gegen vier Uhr am Morgen die in den *Tagesthemen* eingeblendete Nummer angerufen. Bevor die Welt wegen seiner Nachlässigkeit zugrunde ginge, wollte er zumindest Bescheid gegeben haben.

„Alles klar, Herr Groß. Wir überprüfen schnell mal zur Vollständigkeit Ihre Telefonnummer“, erklärte die freundliche weibliche Stimme am Zuschauertelefon und Ernst gab die zwölf Zahlen durch.

„Wie können Sie uns helfen?“

„Ich war gestern in einem Ort namens *Dreizehnhausen*. Dort steht ein moderner Bungalow mit einem großen Pool!“

Die Dame am anderen Ende der Leitung hörte geduldig zu.

„Ich habe einen Hund, also noch nicht so lange. Erst einige Tage, ein liebes Tier. Der war plötzlich im Wald verschwunden. Als ich nach ihm suchte, stieß ich auf den Bungalow. Dort spielte der Hund mit einer Hündin. Also spielen ist vielleicht … egal … sie rannten um die Wette. Ganz verknallt war er, mein Hund. Er heißt Schnurres…“

Die Frau hatte lange zugehört, doch nun unterbrach sie ihn.

„Sie wissen schon, dass dies nicht die Tierschutz-Hotline ist? Wir erwarten hier auf diesem Apparat Beiträge zum vermissten Professor Roos."

„Ja, ja! Lassen Sie mich doch mal ausreden." Ernst ärgerte sich über die Unterbrechung. Da wollte man schon mal helfen...!

„Also, wo war ich stehen geblieben? Ach ja, Schnurres war ganz verrückt nach der Hündin und er verfolgte sie. Dabei stieß er an einen Tisch, auf dem diese kleine Glasflasche stand. Also die, von der Caren Miosga gesprochen hat."

Ernst spürte, dass nach diesem Satz im Hörer etwas passierte. Ein Echo schallte plötzlich durch den Lautsprecher und die weibliche Stimme wurde abrupt von einem Mann abgelöst. „Und Sie sind sich sicher, es handelte sich um besagte Flasche mit blauem Aufkleber?"

„Totsicher. Auch der Typ vom Foto war anwesend!"

„Gut, Herr Groß. Bleiben wir bei der Flasche. Sie stand also auf einem Tisch."

„Ja, richtig. Schnurres hat den Tisch angerempelt und dabei ist die Flasche umgefallen. Die Flüssigkeit lief aus ... auf die Terrassenfliesen."

„Wie, die Flasche war offen?"

„Ja, sonst wäre ja nichts rausgelaufen!"

„Richtig, entschuldigen Sie. Und was ist dann geschehen?"

„Also, dieser Professor, der mit der Brille von der Insel Riems, hat versucht die Hunde zu trennen. Die waren gerade beim Liebes…!“

„Gut, gut! Weiter!“

„Ich bin dann zum Pool gelaufen und habe die leere Flasche mit Poolwasser aufgefüllt. Ich wollte keinen Ärger, verstehen Sie!“

„Moment, ich bin mir nicht sicher, ob ich Ihnen noch folgen kann. Sie meinen, die Flasche enthält inzwischen nur noch einfaches … Poolwasser?“

„Genau!“

„Und die Flüssigkeit…?“

„… trocknete auf der Terrasse vor sich hin!“

Der Mann machte eine kurze Pause und Ernst glaubte, eine Schnappatmung zu hören. Dann hatte sich der Unbekannte wieder gefangen.

„Hat der Professor Sie beim Einfüllen beobachtet?“

„Um Gottes willen, nein. Das hätte Ärger bedeutet. Ich konnte rechtzeitig Land gewinnen.“

„Land gewinnen?“

„Ja, abhauen!“

„Und Sie sind sich sicher in diesem … Bungalow wohnt Professor Rick Roos?“

„Es ist der, den Sie auf dem Foto in den *Tagesthemen* gezeigt haben. Er trug nur eine andere Brille.“

„Vielen Dank, Herr Groß. Wir werden die Einsatzkräfte losschicken und Ihre Angaben überprüfen. Dürfen wir Sie später noch einmal kontaktieren?“

„Aber klar!“, erwiderte Ernst und legte auf.

Ein Glück, dass er anonym angerufen hatte. Mit gutem Gewissen schlief er ein. Keine zehn Minuten später klingelte das Telefon. Der Mann von eben war wieder dran. Ernst wunderte sich, woher kannten die bloß seine Nummer?

„Herr Groß, eine Frage haben wir noch: Welches *Dreizehnhausen* meinten Sie? Es gibt eines bei Wackerow, im Landkreis Greifswald. Und eines liegt in Bayern, in der Nähe von Nürnberg."

„Das bei Greifswald natürlich!"

*

Schnurres weckte ihn. Sicher war es der Geruch von Eiern und Speck, die Frau Löwenich zum Frühstück zubereitet hatte. Vielleicht war es auch der Drang, sich erleichtern zu müssen. Ernst war es egal. Nach einem kurzen morgendlichen Aufhübsch-Ritual saß er, Minuten später, am Küchentisch von Dr. Wusch. Der überraschte Ernst mit guter Laune und war aus der dunklen Welt der Nacht und des Schleiers in die Gegenwart zurückgekehrt.

„Haben Sie gut geschlafen, mein Freund?", begrüßte er Ernst. Die Haushälterin grinste erfreut und erleichtert.

„Ja, danke. Ich hoffe, Sie hatten ebenfalls eine angenehme Nacht."

Wusch antwortete schon nicht mehr, sondern machte sich über ein frisches Croissant her, das er in seinen schwarzen Kaffee tunkte.

„Was halten Sie von einem Ausflug in meinem Wagen?", fragte er seinen Gast nach einer Weile.

Ernst war etwas überfordert und konnte die Anfrage gedanklich nicht gleich in die Realität umsetzen. „Wie meinen Sie das, Dr. Wusch?"

„Ganz einfach, wir setzen uns in meinen Wagen und ich zeige Ihnen meine Heimat."

Dagegen war nichts einzuwenden.

„Kann Schnurres mit?"

Der Hund hatte in seiner Ecke neben dem Ofen den Kopf gehoben.

„Ich denke, Frau Löwenich wird sich um ihn kümmern." Der Mann schaute die Haushälterin an und die nickte. „Aber denken Sie daran, um 13.00 Uhr muss ich weg, Dr. Wusch!"

*

Bei dem Wagen handelte es sich um einen alten *Moskwitsch 412*, einer, der noch aus den DDR-Zeiten übrig geblieben sein musste. In gepflegtem Zustand. Mit leichter Skepsis setzte Ernst sich neben den Besitzer des Automobils. Seinem fragenden Blick zur Haushälterin, die neben der Garage kniete und Schnurres streichelte, entgegnete diese mit einem beruhigenden Augenzwinkern.

Der Wagen war zum Glück mit Sicherheitsgurten ausgestattet. Zwar keine automatischen, aber zumindest Gurte.

„Dieser *Moskwitsch* war einer der letzten, die man 1976 in Ischewsk gebaut hat. Die Farbbezeichnung lautet *MOS 508*, also hellblau, und der Wagen fuhr schon damals mit Niedrig-Oktan-Benzin“, erklärte Wusch stolz, während er das Gefährt langsam und vorsichtig aus der Hofeinfahrt, vorbei am Hymer-Mobil, rangierte. Ernst freute sich, dass Dr. Wusch hin und wieder wache Momente hatte. Ob er die sofort am Steuer eines Fahrzeugs verbringen sollte, daran zweifelte Ernst.

Ernst hatte auch nie in einem *Wartburg* oder einem *Trabant* gesessen, aber er glaubte, dass dieser russische Wagen, was den Innenraum anging, ohne verletzungsgefährdende Bedienelemente gebaut wurde. Das gefiel ihm und langsam trat Entspannung ein.

„75 PS, 1478 Kubik und er fährt fast 150 Sachen! Und es ist nicht, wie die Westdeutschen behaupten, ein Opel-Motor drin!“

Die Höchstgeschwindigkeit und die Herkunft des Motors wollte Ernst gar nicht wissen. Er stellte sich gerade lebhaft vor, was passieren würde, wenn der Fahrer bei hohem Tempo plötzlich einen Aussetzer bekam.

„Lassen Sie es uns bitte gemütlich angehen, Dr. Wusch!“

Der Mann nickte abwesend und beschleunigte seinen *Moskwitsch 412*.

*

Wusch steuerte den Wagen gemütlich und sicher am Strand des Seebads Lubmin entlang. Vorbei an der Seebrücke, und während Ernst den Blick auf das Meer genoss, verhielt der Mann sich ruhig. Touristen schauten dem Wagen nach und Ernst war sich nicht sicher, ob sie die Insassen bewunderten oder dankbar waren, in einem moderneren Fahrzeug ihre Urlaubsreise hierher angetreten zu haben. Die Fahrt konnte ja, dank dem zeitlichen Einspruch der Haushälterin, keine Ewigkeit dauern und Ernst wünschte sich zurück in seine Komfortzone. Über nahezu unbefestigte Wege ging es zunächst durch den dunklen Wald. Erst nach Minuten, die Ernst durchgeschüttelt von tiefen Schlaglöchern verbrachte, erreichten sie eine Lichtung.

Wusch zog die Handbremse an und stellte das Vierzylinder-Aggregat ab. Der Blick aus der Frontscheibe zeigte eine riesige Baustelle und Ernst war sofort klar, dass es sich um das ehemalige AKW Lubmin handeln musste.

Mit Dr. Wusch vollzog sich eine Wandlung. „Wie bei einem Werwolf", dachte Ernst ängstlich, als er sah, wie der alte Mann zu zittern begann. Dann wurde seine

Gesichtshaut fahl und aus den Augen liefen dicke Tränen. Ernst bekam Angst und überlegte die Haushälterin oder gleich den Notarzt anzurufen.

„Was … was ist mit Ihnen?“, fragte er und öffnete die Fahrzeugtür, um frische Luft in den Wagen zu lassen.

„Es war so knapp! Es war so knapp!“, stammelte der Mann unter Tränen.

„Was war knapp, Dr. Wusch?“

„Meine Fahrlässigkeit hat dazu geführt, dass Menschen Schaden genommen haben.“

Ernst verstand nicht. Ob er seine frühere Arbeit im Atomkraftwerk meinte?

„Aber knapp ist doch auch daneben!“, versuchte Ernst den Mann mit einem dummen Spruch zu beruhigen. Doch das Gegenteil war der Fall. Wusch öffnete die Tür, sprang aus dem *Moskwitsch* und warf sich in den sandigen Boden. Dabei trommelte er mit den Fäusten auf die Erde, als wollte er sie feststampfen.

„Am 24. November 1989 sind wir … nur knapp einer … Katastrophe entgangen“, stotterte er und richtete sich auf. „Während andere die Befreiung vom Sozialismus feierten, habe ich hier Blut und Wasser geschwitzt ...“

Ernst setzte sich neben Wusch und nahm ihn in den Arm. „Hören Sie, sicher haben Sie alles getan, um Schaden abzuwenden. Aber Kernspaltung ist nicht ungefährlich. Das haben wir ja aus dem Unfall von Tschernobyl gelernt.“

Diese Aussage steigerten die Weinanfälle des Mannes noch und Ernst war klar geworden, das hätte er besser nicht sagen sollen. „Schauen Sie, alles ist gut. Ihre Tochter ist gesund. Haben Sie eigentlich Enkel?“, lenkte er ab und es schien zu klappen.

Wusch schaute ihn an, rieb sich die Augen und erklärte: „Ja, zwei. Erna-Rosa ist 32 und Fritz-Willi 29 Jahre alt.“

„Na sehen Sie! Jetzt fahren wir zurück. Darf ich den schönen Wagen steuern? Ich verspreche auch pfleglich mit ihm umzugehen.“

Man sah Wusch an, dass es ihm gut passte, dass der bisherige Beifahrer mit ihm den Fahrersitz tauschte. Er ließ sich aber zunächst nichts anmerken.

„Normalerweise ...“, Wusch sog die Luft tief in seine Lungen, „lasse ich das nicht zu. Aber ... ich mag sie, Ernst!“

Unterwegs erzählte Dr. Wusch davon, dass am 24. November 1989 ein simulierter Störfall im AKW Lubmin außer Kontrolle geriet.

„Die automatische Schnellabschaltung hat versagt. In Folge dessen kam es zu einer gefährlichen Überhitzung mehrerer Brennelemente. Wir hatten außerordentliches Glück, dass keine Kernschmelze eintrat. Ich selbst habe die Abschaltung manuell eingeleitet. Das war unser Glück. Ansonsten hätten ... Greifswald und die Umgebung, nur wenige Jahre nach Tschernobyl, zu einem Geisterort wie Prypjat werden können“, erklärte der ehemalige Nuklearingenieur unter Tränen.

„Na sehen Sie, ist ja nichts passiert, Doktorchen. Wir hatten mal einen Beinahezusammenstoß 1979 auf der A1 mit unserem Hymer-Mobil auf der Fahrt nach Holland. Nahezu zehn Jahre vor ihrem … Unfall. Doch Papa hat großartig reagiert, als vor ihm in der Dunkelheit dieser Stau auftauchte. Die Trommelbremsen waren noch eine Stunde später rotglühend!“, lachte Ernst und langsam kehrte die Farbe in das Gesicht von Dr. Wusch zurück.

Kapitel 20
Dognapping auf Usedom

Noch 153 Kilometer bis Rewal! Frau Löwenich hatte extra in ihrem Smartphone nachgeschaut. Sie stand winkend am Zaun des Hauses Wusch, als Ernst das Wohnmobil rückwärts aus der Einfahrt lenkte. „Es war gut von hier wieder wegzukommen“, dachte Ernst. Nicht, dass es keine Vorteile für ihn gab. Vor allem die regelmäßigen und leckeren Mahlzeiten hatten es ihm angetan. Die Haushälterin kochte nach ihrer Rückkehr vom ehemaligen AKW einen Hackbraten und versprach zum Abendessen Sauerkraut und Rippchen aufzutischen. Doch Ernst widerstand. Schnurres sah das etwas anders und wie am Tag zuvor beim Stadthaus in Greifswald tat sich sein Herrchen schwer, den Hund in das Hymer-Mobil zu locken. Nur die halbe, von Frau Löwenich zur Verfügung gestellte Wurst schaffte es, das Tier zu überreden. Ernst überlegte während der nächsten Kilometer in Richtung Wolgast, ob er den Hund überhaupt verdient hatte. Vielleicht wäre er besser bei einer Person wie der Haushälterin aufgehoben. Bei ihm verbrachte Schnurres die meiste Zeit im Wagen liegend. Und stammten Hunde nicht von den Wölfen ab und brauchten viel Auslauf? Er musste unbedingt sicherstellen, dass Schnurres während der Stopps genügend Bewegung bekam. Nicht, dass seine Muskeln noch verkümmerten.

Während der letzten Stunde fuhren sie durch einige hochkarätige Urlaubsorte und Ernst nahm sich vor, beim nächsten Halt in einem der Ostseebäder anzuhalten und Kaffee zu trinken.

Koserow auf Usedom war das nächste Bad, das sie anfuhren, und Ernst stellte den Hymer auf einem Parkplatz nahe der Seebrücke ab. Sicher gab es ein tolles Café und was gab es Angenehmeres, als nach einem guten Mittagessen einen Kaffee und etwas Kuchen hinterherzuschieben. Ernst nahm den Hund vorsichtshalber an die Leine und durchquerte den Ort. Das herrliche Wetter der letzten Tage hatte viele zusätzliche Urlauber und Tagestouristen hierhergelockt. Vor allem die E-Bike-Fahrer waren es, die Ernst den letzten Nerv raubten. Das dauernde Geklingel und der Kampf um die wenige Meter breite Straße veranlassten ihn, einen kleinen Umweg zu machen. Aber auch dort hatten sich die nörgelnden Radfahrer ausgebreitet. Seine Nerven waren nach dem morgendlichen Ausflug zum AKW Lubmin nicht mehr die besten und er hielt an einem Café namens *Max* an. Dort setzte er sich an einen kleinen Tisch unter einen bunten Sonnenschirm.

„Haben Sie reserviert, mein Herr?“, fragte eine junge Frau mit Schürze freundlich. Sie war schon, während Ernst sich niederließ, zu ihm getreten. Er wunderte sich über diese Frage. Seit wann musste man in einem Café reservieren?

„Sie machen Spaß?“, bemühte sich der Hamburger seine innere Aufregung zu unterdrücken.

„Spaß? Wieso meinen Sie, dass ich Spaß mache? Schauen Sie sich um, hier möchte jeder einen Tisch, um seinen Kaffee und dazu ein leckeres Stück Torte zu genießen. Da müssen wir schon um Reservierung bitten.“

Neben die Frau hatte sich ein Ehepaar gesellt. Sie blickten mit dunkler Miene auf den sitzenden Ernst hinunter. Sicher reklamierten sie den Tisch als den ihren. Beide fielen ihm durch ihr Übergewicht auf und das führte dazu, dass Ernst etwas Frust rauslassen musste.

„Sicher haben die beiden hier“, er zeigte auf das Paar, „den Tisch reserviert. Aber Sie müssen doch auch den gesundheitlichen Aspekt in Betracht ziehen, junge Frau!“

Die Bedienung, aber auch das Ehepaar waren überfordert mit der Aussage des Mannes.

„Ja, achten Sie mal auf das Körpergewicht der beiden!“, Ernst zeigte auf das sprachlose Paar. „Denen jetzt noch kalorienreiche Torte in den Hals zu schieben, grenzt schon fast an Körperverletzung.“

Doch dann braute sich etwas zusammen. Ernst sprang schnell auf, nahm Schnurres an die kurze Leine und ergriff die Flucht. Ihm war bewusst, dass die drei mit offenem Mund hinter ihm herschauten. Wahrscheinlich hatte er es nur der Anwesenheit seines Hundes zu verdanken, dass der männliche Teil des kräftigen Paares sich nicht auf ihn gestürzt hatte.

Ernst kaufte sich an der Backtheke eines Lebensmittelladens einen ,Coffee to go' und ein Plunderteilchen. Schnurres schaute hungrig und neidisch auf das kauende Herrchen, das sich auf einer Holzbank niederließ.

Hinter ihnen befand sich eine riesige Wiese und Ernst erinnerte sich an sein eigentliches Vorhaben, Schnurres mehr Auslauf zu bieten. Kein anderer Hund war weit und breit zu sehen und bis auf einige Radfahrer war es ruhig. Ernst löste die Leine und sofort rannte Schnurres auf die Wiese.

„Bleib nicht so lange weg! Heute Abend möchte ich in Polen sein!"

Der Hund hatte kurz innegehalten. So, als habe er den Satz verstanden. Dann war er außer Sichtweite.

*

Die Warterei auf Schnurres machte Ernst ganz nervös. Das Tier war inzwischen schon seit einer halben Stunde verschwunden und das erinnerte Ernst an den Kurzaufenthalt im kleinen Ort *Dreizehnhausen*. Das entwickelte sich aktuell sehr ungünstig. Sicher würde es später nötig sein, mit dem Tier einen Trainingskurs zu machen. Gehorchen musste er. Ernst wollte nicht weiter hier rumsitzen. Also spazierte er los, den Hund zu suchen. Sicher würde Schnurres seiner Spur folgen können, sollte er zur Bank zurückehren. Er besaß ja ein ausgesprochen gutes Geruchsorgan. Im angrenzenden Park war richtig was los. Dort schien man eine Hochzeit zu feiern und der Veranstalter hatte das Gelände abgesperrt. Touristen standen an der provisorischen Abtrennung und unterhielten sich.

„Na, heiratet Lindner hier zum zweiten Mal?", machte Ernst einen Witz. Die Angesprochenen schienen seinen Scherz nicht verstanden zu haben und schauten ihn fragend an.

„Lindner! Der Finanzminister! Kampen, Sylt!", gab Ernst Hilfestellung. Da drehten sie sich kopfschüttelnd um und gingen ihres Weges. Weiter vorn lehnten noch zwei junge Mädchen. Ernst sprach sie an: „Hallo, heiratet hier vielleicht ein Prominenter?"

Die Mädels kicherten. Eine schüttelte den Kopf. „Nein! Außer du glaubst, dass die Tochter des Ortsbürgermeisters ein Promi ist. So wie *Kim Kardashian*."

Schon ging das Gelächter weiter. Ernst nahm über sich eine kreisende Drohne wahr. Sie musste wohl die Hochzeit filmen und jetzt bemerkte er auch diverse Zettel an der Absperrung, die darauf hinwiesen:

„Wenn Sie sich in diesem Bereich aufhalten, stimmen Sie automatisch zu, gefilmt zu werden."

Zwei Fotografen sprangen mit vorgehaltenen Kameras im Festbereich herum.

Die offizielle Trauung schien gerade vorbei zu sein. Die Gäste liefen auseinander und Ernst kletterte geschickt über das rot-weiße Kunststoffgatter. Als ihn niemand aufhielt, spazierte er mit einem neutralem Gesichtsausdruck in Richtung der Braut.

„Meinen herzlichen Glückwunsch!", rief er der jungen Frau zu. Sie schaute verwundert, nickte aber dankbar. Ein älterer Herr im Anzug trat neben Ernst: „Danke für Ihre Wünsche, mein Herr. Ich bin der Brautvater und ich bin mir sicher, Sie nicht eingeladen zu haben. Oder täusche ich mich?"

Ernst überlegte, wie er sich hier rausreden konnte, doch es fiel ihm nichts ein.

„Nein, Herr Bürgermeister, Sie haben völlig recht. Ich wurde nicht eingeladen. Mein Name ist Ernst Groß aus Hamburg. Ich muss mich für das Eindringen entschuldigen, aber ich bin auf der Suche nach meinem Hund Schnurres. Er muss sich hier irgendwo rumtreiben."

Dem Mann schien es zu imponieren, dass er als Ortsbürgermeister erkannt wurde, denn seine Miene entspannte sich gleich.

„Ach Sie suchen Ihren Hund. Nun, vor etwa einer halben Stunde war hier Hundelärm. Beim Buffet. Ja, Essensgeruch lockt die Hunde sofort an. Wir haben unsere Cockerspaniel-Hündin Denise extra zu Hause gelassen." Ihm fiel plötzlich der Grund wieder ein, warum Ernst vor ihm stand.

„Also Ihr Hund … ja, ein Unbekannter hat versucht das Tier einzufangen. Es gelang ihm erst nach einer Weile und es hat die Feierlichkeiten extrem gestört."

„War das Fell des Tieres vielleicht schwarz-weiß und hatte er dazu einen riesigen Schnurres? Also einen Schnurrbart?“

Der Bürgermeister schien mit der Frage überfordert. Er zuckte mit den Schultern. „Fragen Sie doch mal den Drohnenpiloten dort. Sicher hat er die Szene auf Band.“

Ernst war begeistert von der Antwort und spazierte zu einem jungen Mann, der vor zwei offenen Aluminiumkoffern kniete. In jedem der Koffer befand sich eine Drohne.

„Hallo! Der Bürgermeister und Brautvater hat gemeint, Sie hätten die störende Szene mit dem Hund eingefangen.“

Der Mann hatte die Koffer geschlossen und stellte sie aufrecht. Dann richtete er sich auf. „Ja, das stimmt. Der Hund machte mir richtig Arbeit. Er tauchte beim Buffet auf und die Hilfskräfte haben ihm etwas zu essen gegeben. Vielleicht, um ihn zu beruhigen und wegzulocken. Aber es war wohl nicht genug. Das Tier bellte während der gesamten Trauungszeremonie. Das muss ich jetzt wieder aufwendig rausschneiden und nachvertonen.“ Bevor der Typ noch Schadensansprüche stellte, improvisierte Ernst: „Es könnte sein, dass man diesen wertvollen Zuchthund entführt hat!“

„Oh, ich kann ja mal meine Dateien durchschauen. Das muss etwa zwischen 17.30 und 17.40 Uhr gewesen sein.“ Der Typ griff nach seinem Tablet und schon nach einer Minute scrollte er durch das Bildmaterial. „Hier,

hier ist die Szene. Schauen Sie, der Hund wird verpflegt und wenig später versucht der Mann sein Tier einzufangen."

„Nicht sein Tier!", widersprach Ernst. „Mein Tier!"

Ernst liefen Schauer den Rücken hinunter und ihm stockte der Atem. Das Bild zeigte seinen Hund Schnurres. Den Schwanz zwischen die Hinterläufe geklemmt, stemmte er sich gegen den zerrenden Kerl. Sicher hatte das Tier versucht ihm zu entkommen, doch die Absperrung hinderte ihn wohl daran.

„Warten Sie, ich werde das Material der zweiten Drohne anschauen."

„Wie, Sie haben mit zwei Drohnen gefilmt?", fragte Ernst und dem Videofilmer schwoll die Brust vor Stolz.

„Aber natürlich, ist ja nicht wie bei armen Leuten. Die Drohnen fliegen synchron. Beide werden mit nur einer Fernbedienung gesteuert."

Ernst verstand die Technik dahinter nicht. Ihm war es auch egal, er wollte lediglich wissen, was aus seinem armen Hund geworden war.

„Schauen Sie, da hat der Kerl das arme Tier am Halsband. Der Hund, wie heißt die Töle noch?"

Ernst verzieh ihm das abwertende Wort und erklärte: „Schnurres!"

Der Typ grinste. „Also hier scheint sich Schnurres in sein Schicksal ergeben zu haben. Der Kerl zieht ihn wie einen Esel hinter sich her zum ... da ... zum Parkplatz. Hier öffnet er einen ... Kleintransporter und ... einen

Moment“, er wechselte die Aufnahme, „jetzt, schauen Sie, hier verlässt der Wagen den Parkplatz.“

Ernst war nicht nach Reden zumute. Dennoch, er musste das Kennzeichen des Fahrzeuges wissen.

„Und die Kameraqualität der Drohne ist so gut, dass Sie damit sogar das Kennzeichen des Wagens lesen können?“

„Was glauben Sie denn? Das ist eine meiner leichtesten Übungen. Einen Moment!“ Wieder scrollte der Mann durch das Video, drückte und schob, dann verriet er stolz: „WLG-VG-4711!“

*

Ein weißer Transporter mit einem Wolgaster Kennzeichen. Das waren viele Informationen, aber auch nicht genügend. Der Videofilmer hatte ihm noch nachgerufen, dass man streunende Hunde manchmal auch für Versuchszwecke einsammelte. Das brachte Ernst keinerlei Beruhigung. Im Gegenteil, die Anspannung des Hundebesitzers stieg noch. Warum hatte es mit der Steuermarke gestern nicht geklappt? Vielleicht hätte der Typ dann vom Diebstahl Abstand genommen. Aber, hätte, hätte, Fahrradkette!

Was war bloß der Grund, das arme Tier zu entführen? Schnurres war kein Rassehund und er trug auch kein mit Diamanten besetztes Halsband. Also Erpressung einer reichen Witwe konnte es nicht sein. Da machten Tierversuche schon eher Sinn. Wie arm war die Welt, dass man Hunde zu Versuchszwecken entführen musste. Und was brachte das? Ein neues Parfum? Eine neue Creme oder was immer? Ernst sah schon im Geiste, wie man Schnurres quälte, und das trieb ihm Tränen in die Augen. Er war froh, endlich wieder am Hymer-Mobil angekommen zu sein.

*

Was konnte er bloß tun? Er musste die Adresse dieses Hundediebes herausbekommen. Doch wer würde, anhand des Kennzeichens, die Adresse des Verbrechers rausrücken? Kommissar Kälberjung fiel ihm ein. Der war ihm noch etwas schuldig. Ernst kramte dessen Visitenkarte aus der Seitenablage und wählte seine Nummer.

„Kälberjung!“

„Ernst Groß!“

„Sagt mir nix. Woher haben Sie diese Nummer?“ Die Stimme des Kommissars klang genervt und Ernst war sich sicher, der legte gleich auf.

„Ich habe Alice Petterson gerettet.“

„Was haben Sie?“

„Alice Petterson gerettet!“, wiederholte Ernst.

Der Beamte schwieg für einen Moment. „Sind Sie der Typ mit dem alten Wohnmobil?“

Ernst bestätigte das.

„Mensch, wir haben Sie gesucht. Der Vater von Alice wollte sich persönlich bei Ihnen bedanken!“ Die Stimme wurde freundlicher.

„Ich habe es nicht so mit der Öffentlichkeit, müssen Sie wissen.“

„Ja, gut. Auf jeden Fall konnten wir über das Kennzeichen des Wohnmobils Ihre alte Adresse herausfinden. Sie haben ja in Hamburg richtige Probleme hinterlassen!“ Kälberjung schien sich zu amüsieren.

„Ja, das stimmt. Nur einige Knöllchen. Aber da gehörte das Fahrzeug noch meinem Vater. Und die Miete … nun…!“

„Also Herr Groß. Die Bußgelder für Falschparken habe ich mit Beziehungen aus der Welt geschafft. Und wie ich hörte, hat sich Herr Petterson wohlwollend um den Rest gekümmert.“

„Wie, um den Rest gekümmert?“

„Wie gesagt, Sie waren nicht zu erreichen und nach der Pressekonferenz hatte ich Petterson von Ihrer guten Tat erzählt. Auch von Ihren … finanziellen Schwierigkeiten in Altona. Alice schwärmte von ihrem Retter. Da hat Petersson wohl seine Beziehungen in Hamburg spielen lassen und alles bezahlt, was Sie an Schulden hinterlassen haben. Als eine Art Belohnung für die Rettung seiner Tochter. Dabei ist er recht kostengünstig weggekommen, wenn Sie mich fragen.“

Ernst war sprachlos. Das waren doch mal gute Nachrichten.

„Zu Ihrer Info: Bei den Entführern handelt es sich um Mitglieder des organisierten Verbrechens! Schwedische Staatsbürger! Wir haben sie noch nicht alle festgesetzt, aber wir sind dran!“

Plötzlich fiel Ernst der eigentliche Grund des Anrufs bei Kälberjung ein: der verschwundene Schnurres.

„Vielen Dank, Herr Kommissar, für alles, was Sie getan und in die Wege geleitet haben. Aber darum habe ich nicht angerufen.“

„O. k., also warum?“

„Mein Hund wurde gerade entführt. Vermutlich geht es um Tierversuche und ich habe Angst, dass ihm etwas geschieht.“

Der Kommissar hatte gleich verstanden.

„Haben Sie sich an die hiesige Polizei gewandt? Überhaupt, wo befinden Sie sich?“

„In Koserow, einem kleinen Seebad auf Usedom.“

„Koserow kenne ich. Da werden Sie, was Polizei angeht, wenig Glück haben.“ Es schien, als überlege der Beamte, wie er Ernst helfen konnte.

„Ich habe das Kennzeichen des Entführers“, schrie es Ernst heraus. „WLG….!“

*

Kommissar Kälberjung hatte ihm erklärt, dass er Daten, wie Adressen von Autokennzeichen, nicht weitergeben durfte. Dann entschuldigte er sich und ließ einen völlig verzweifelten und am Boden zerstörten Ernst Groß zurück. Keine Minute später klingelte Ernsts Telefon. Es handelte sich um eine anonyme SMS. In der stand: Gebhard Kiefer, *Lindenstraße* 77, Peenemünde.

Kapitel 21
Ein Hund ist ein Herz auf vier Beinen

So langsam hatte Ernst die Faxen dicke. Seine Reise entwickelte sich immer mehr zu einem Fiasko. Zwar waren ihm gut gesinnte Mitmenschen gerade dabei, sein in Hamburg zurückgelassenes Chaos aufzuräumen. Doch vor ihm taten sich jede Menge Baustellen und Hindernisse auf. Er musste nun erst mal eine schließen und vor allem, seinen geliebten Hund zurückbekommen.

Die *Lindenstraße* lag mitten in Peenemünde und Ernst war der Meinung, wer hier Hunde gefangen hielt, müsste doch bei seinen Nachbarn auffallen. Er war bei Einbruch der Dunkelheit in der kleinen Gemeinde angekommen und parkte den Hymer an der Hauptstraße. Dann spazierte er zur Hausnummer 77. Es handelte sich um ein älteres Haus mit riesigem, ungepflegtem Vorgarten und Ernst glaubte Hundegebell aus dem Gebäude zu hören. Aber in solch einem kleinen Ort musste wohl jeder Haushalt einen Hund besitzen, denn es bellte fast aus jeder Ecke. Dieser Gebhard Kiefer schien mit dem Fangen der Hunde ein paar Euros zu verdienen und sich so über Wasser zu halten, spekulierte er. Eine alte, am Haus angebaute Garage ließ sich nicht mehr ganz schließen und stand etwas offen. Ernst schlich sich hin. Auf dem Boden liegend leuchtete er mit der Handy-Taschenlampe ins Innere. Tatsächlich, dort stand der gesuchte Kleintransporter. Auch das Kennzeichen stimmte. Am besten wäre es, wie zuletzt, die Polizei anzurufen. Oder PETA, dorthin hatte er jetzt gute Kontakte. Aber die Anfahrt über die Wolgaster Brücke dauerte ewig und ob der Typ inzwischen seinen Hund schon … nein, er wollte nicht darüber nachdenken. Ernst zog sich in das Hymer-Mobil zurück, um sein weiteres Vorgehen zu planen. Er wollte in der Nacht zuschlagen. Er würde ins Haus eindringen und Schnurres befreien. Aber wenn man ihn dort gar nicht gefangen hielt? Vielleicht besaß der Typ eine alte Scheune oder eine Hütte im Wald, wo er die Tiere versteckte?

*

Die Gemeinde Peenemünde lag völlig im Dunkeln und nicht mal der Mond hatte mit Ernst Erbarmen. Sein Handy besaß noch gute fünfzig Prozent Akkukapazität und er schlich, unter Zuhilfenahme der LED, bis zur Garage. Davor blieb er einen Moment stehen. Da waren doch Tiergeräusche. Hundegebell, wenn ihn nicht alles täuschte. Es klang nach mehreren Tieren. Ernst versuchte das Bellen von Schnurres herauszuhören. Aber dafür kannte er ihn noch nicht lange genug. Die Räume im Haus waren unbeleuchtet und der Transporter stand unverändert. Vielleicht hatte er Glück und der Typ war außer Haus. Reingehen, Schnurres suchen und abhauen, das war der Plan. Er schob das alte Garagentor etwas höher, bis sein Körper hindurch passte, und robbte in die Garage. Es roch nach Farbe, Lacken und Verdünnung. Aber alles war besser, als wenn man ihn erwischte. Ernst horchte einen Moment in die Dunkelheit. Bis auf heiseres Hundegebell war nichts zu hören. Er leuchtete das Innere der Garage ab. Sie war ungepflegt. Es herrschte ein heilloses Durcheinander. Er richtete sich auf und schlich in Richtung der einzigen Tür. Sie musste in das Gebäude führen. Auf einer Werkbank lag ein großes Rohr. Sollte er es mitnehmen und gegebenenfalls…? Nein, so rabiat wollte er nun doch nicht sein. Sicher könnte man mit dem Hundedieb reden. Er hatte ja auch noch etwas Geld im Hymer und die Münzsammlung von Papa.

Die Holztür wurde wohl nicht so oft benutzt. Dementsprechend waren Knarzgeräusche beim Öffnen zu hören und das wiederum verursachte bei Ernst einen Schweißausbruch par excellence. Endlich stand die Tür so weit offen, dass er hindurchschlüpfen konnte. Gestank von Kot und Urin zog in seine Nase. Der üble Geruch musste von den eingesperrten Hunden kommen. Wieder horchte Ernst in die Dunkelheit des angrenzenden Flures. Das leise Bellen kam garantiert aus dem Keller. Er leuchtete den Flur ab. Über einem alten Tischchen befand sich eine Garderobe mit Haken, so wie man sie früher benutzte. Eine gebrauchte blaue

Arbeitsjacke und eine abgewetzte Jeansjacke hingen einsam daran. Im Flur gingen auf einer Seite drei Türen, inklusive der Haustür, ab. Alle schienen verschlossen zu sein. Auf der Garagenseite gab es nur noch eine Stahltür. Das könnte der Abgang zum Keller sein. Mit dem Rücken zur Wand schlich sich Ernst zu dieser Tür. Sie war zum Glück nicht abgeschlossen, und als er sie öffnete, wurde das Bellen lauter. Der Typ schien nicht zu Hause zu sein, dachte er beruhigt, doch gerade als er den ersten Schritt in Richtung der Betonstufen machte, hörte er ein Geräusch. Ernst drehte sich auf dem Absatz um, hielt die Handy-LED in die Richtung des Geräusches und blickte in die Fratze eines jungen Mannes. Der hielt etwas über seinem Kopf. Ernst erkannte den Gegenstand. Es handelte sich um das Rohr, das er aus der Garage hatte mitnehmen wollen. „Hätte ich es nur mitgenommen …!“, dachte er noch, als ihn ein heftiger Schlag am Kopf traf. Dann war da nur noch absolute Dunkelheit.

*

Eine Zunge arbeitete sich von seinen Wangen bis hin zur Stirn. Sie war rau und feucht und unangenehm. Die Person vor ihm schien wenig von Zahnpflege zu halten, denn Ernst roch Fäulnis. Es schauderte ihn. Diese eklige Feuchtigkeit im Gesicht war das Erste, was er nach dem Schlag auf den Kopf spürte. Ernst hob seine Arme. Drückte die Extremitäten von sich weg. Er traf auf Wolle oder auf etwas Fellartiges. Das Etwas roch äußerst unangenehm. Nach Urin und Kot. Ernst spürte Brechreiz und öffnete die Augen. Zumindest versuchte er es. Nach einer Weile gelang es ihm. Der Raum, in dem er sich befand, war dunkel. Nur oben durch eine rechteckige Öffnung in der Wand schimmerte etwas Helligkeit. Es dauerte eine Weile, bis Ernst seine Augen an die Dunkelheit gewöhnt hatte. Das Hecheln um ihn herum machte ihm Angst und so fürchtete er sich vor dem, was er gleich erblicken würde. Er erkannte Umrisse, einen wedelnden Schwanz. Vor ihm stand Schnurres und leckte ihm wie besessen über das Gesicht.

„Schnurres!" Ernst ließ die Leckerei zu. Er packte seinen Hund und drückte ihn ganz fest. Plötzlich erschienen immer mehr Hunde um ihn herum. Ernst begann zu zählen. Es mussten fast zwanzig sein. Der Schmerz in seinem Kopf nahm zu und sein Körper verordnete ihm eine Ohnmacht.

Wieder waren es feuchte Zungen, die Ernst aufweckten. Er war sich nicht sicher, wie lange er weggetreten war. Aber es hatte sich nichts verändert. Eine Horde Hunde lag vor sich hindösend auf dem Boden. Zum Teil in ihrem eigenen Urin und Kot. Der Geruch hier im Keller war kaum auszuhalten und Ernst schob sein Shirt über Mund und Nase. Er musste nachdenken, aber aufgrund der Schmerzen im Schädel fiel ihm das äußerst schwer. Er versuchte aufzustehen. Seine Hand geriet dabei in etwas Weiches und er wollte nicht darüber nachdenken, um was es sich handeln könnte. Er putzte seine Hand an der Hose ab. Trotzdem stank die Hand ganz furchtbar. Der Raum war über zwei Meter hoch und besaß, außer einer festen und verschlossenen Stahltür, nur oben den Lichtschacht. Ansonsten war er, bis auf die Tiere und einige Kunststoffkübel, leer. Ernst streckte sich so gut es ging in die Höhe und er glaubte draußen eine schummerige Straßenbeleuchtung zu erkennen. Er lief zurück zur Stahltür und hämmerte mit den Füßen dagegen, bis seine Zehen schmerzten. Er rief laut: „Hallo, machen Sie auf! Ich habe Geld! Ich kann Sie bezahlen!“ Doch nichts geschah. Die Hunde wurden unruhig und liefen hin und her. Sie streiften um seine Beine und eines der Tiere zwickte ihm in die Wade. Ernst schob es sanft mit dem Fuß weg. Er konnte es ihm nicht verdenken, sicher hatten die Hunde die Nase voll von den Menschen.

Aber was sollte er bloß tun? Er setzte sich wieder auf den Boden. Schnurres legte sich auf seinen Schoß. Der Hund war sehr schwer und drückte gegen seinen Magen, doch er ließ es zu und genoss die Nähe. Seiner geringen Körperlänge wegen kam er nicht bis zum Lichtschacht, das war klar. Vielleicht klappte es, wenn er sich auf einen der größeren Hunde stellen würde? Aber welcher Hund erlaubte das? Ernst spürte Müdigkeit und schlief ein.

Es musste Tag sein. Er erkannte es am Licht, das nun etwas heller durch den Schacht in den Keller fiel, als er aufwachte. Die Hunde mussten ihn wohl inzwischen akzeptiert haben. Alle lagen brav da und dösten vor sich hin. Der Geruch war etwas weniger intensiv geworden. Wann kam dieser Typ endlich und brachte den Tieren Futter und Wasser? Ob er, nachdem Ernst sein Versteck entdeckt hatte, geflüchtet war und ihn hier mit den Tieren alleine ließ? Das würde nicht gut enden. Hier unten hörte ihn keiner und das Haus sah eher unbewohnt aus. Seine Kopfschmerzen waren etwas in den Hintergrund gerückt und er bemühte sich um eine Lösung. Er stand auf. Mit erhobenen Armen schaffte er es, den Lichtschacht zu erreichen. Wenn er die kleineren Hunde hochhob und von dort herausschob, waren wenigstens sie in Sicherheit. Ob die Tiere das zuließen? Wenn sie ihn bissen, wäre das nicht so spaßig. ‚Versuch macht klug', fiel ihm der Spruch seiner Mutter ein. Er packte einen kleinen Terrier und hob ihn am Körper hoch. Der hatte nicht damit gerechnet und schaute extrem verwundert. Das Tier war abgemagert und wehrte sich nicht. Ernst hob ihn über seinen Kopf und drückte ihn hinein in den Lichtschacht. Der Hund schüttelte sich und Ernst hörte noch ein Tapsen. Dann war er, unter leisem Bellen, verschwunden. Das lief doch prima! Warum sollten die Tiere leiden? Ernst packte den nächsten. Auch dieser Hund schaute ihn mit großen Augen an. Minuten später war er aus dem Keller unterwegs in Richtung Freiheit. Nach etwa einem halben Dutzend geretteter Tiere musste Ernst eine Pause machen. Er keuchte vor Anstrengung und musste sich setzen. Nach einer Verschnaufpause schob er das nächste halbe Dutzend Tiere durch den Schacht. Der Dieb hatte es, zum Glück, überwiegend auf kleinere Hunde abgesehen. Schwere Schäferhunde und Doggen hätte Ernst nicht stemmen können, das war ihm klar. Nach einer Weile verließen ihn erneut die Kräfte. Er überlegte noch, Schnurres hochzuheben, doch plötzlich übermannte ihn eine weitere Ohnmacht.

*

„Hallo, hallo, Sie da! Ich bin Rettungssanitäterin. Wir haben Ihnen eine Infusion gelegt. Können Sie mich hören?“

Ernst glaubte zu träumen. Er erkannte über sich eine junge Frau in einer kurzärmeligen rot-schwarzen Jacke und sie schaute freundlich zu ihm hinunter. Sicher lag er noch im Kot beschmutzten Keller und träumte diese Situation nur.

„Ich träume…!“

„Nein, Sie träumen nicht! Ihre Idee, die Hunde aus dem Lichtschacht nach draußen zu heben, hat bestens gewirkt. Ein Nachbar hat die Polizei gerufen, als er bemerkte, dass sich ein Dutzend Tiere plötzlich in seinem Garten tummelte. Deutsche Gründlichkeit – erst einmal die Polizei rufen!“ Die Frau konnte sich ein Lachen nicht verkneifen.

Ernst verstand noch nicht so richtig. „Ich dachte, hier gibt es keine Polizei?"

Die Frau schaute ihn verwundert an.

„Egal! Wo … wo ist Schnurres?", fragte er.

„Ich verstehe nicht!"

„Der große schwarz-weiße Hund … mit dem … breiten Schnauzbart", flüsterte Ernst mit letzter Kraft.

„Ach ja, jetzt ist mir alles klar. Da war ein Hund, der wich nicht von Ihrer Seite. Wir haben ihn an unserem Wagen festgebunden." Sie rief nach einem Kollegen. „Kannst du bitte den Hund herbringen?" Wenig später saß Schnurres neben der Liege seines Herrchens im Krankenwagen und ließ sich von ihm streicheln.

„Alle Hunde wurden aus dem Keller geholt. Man hat sie etwas gesäubert, verpflegt und ihnen ausreichend Wasser gegeben. Alles ist gut. Und der Hundedieb selbst … aber das wird Ihnen sicher der Kommissar aus Greifswald erklären."

Die letzten Worten kamen nicht bei Ernst an, er war schon wieder eingeschlafen.

Kapitel 22
Fischers Fritze fischt keine frischen Fische

Ernst hatte sich geweigert, mit dem Krankenwagen zu weiteren Untersuchungen ins Krankenhaus zu fahren. Er fühlte sich echt mies, aber er war sich sicher, in einem Krankenzimmer würde es nicht besser werden. Auch machte er sich Gedanken um seinen Hund. Man hatte zwar nur von kurzfristiger Einquartierung in einem Tierheim gesprochen, aber gerade konnte er Schnurres wohlbehalten in seine Arme nehmen, schon sollte er ihn wieder abgeben. Nein! Doch noch hing er an einer Infusion. Er wartete, bis der Beutel mit der Flüssigkeit vollständig geleert war, dann verabschiedete er sich von den freundlichen Sanitätern.

„Hallo, Sie wollen doch nicht so schmutzig, wie Sie sind, in Ihr Wohnmobil steigen?“, rief eine Stimme. Es handelte sich um Kommissar Kälberjung. Er stand grinsend neben einem Polizeiwagen und inhalierte den Rauch einer Filterzigarette.

Der Beamte hatte recht, fand Ernst. Er stank nach dem Hundekot aus dem Keller und erst jetzt wunderte er sich, wie es die beiden Sanitäter mit ihm im Fahrzeug ausgehalten hatten.

„Stimmt! Auch Schnurres ist sicher trotz Wasserschlauch noch nicht salonfähig!“, grinste er und spazierte zu Kälberjung.

„Na, Sie lassen ja kein Fettnäpfchen aus, Groß!“

Ernst zuckte mit den Schultern. „Ausgesucht habe ich mir das nicht!“

„Da haben Sie sicher recht. Dieser Kiefer hat sich sein Geld mit dem Entführen von Hunden verdient. Zumindest bis jetzt. Er wird wohl einige Jahre in seiner Zelle auf Geld und Vierbeiner verzichten müssen!“

„Wie, Geld verdient…?“

„So, wie ich es überblicke, hat Kiefer die Hunde betuchter Touristen, wohl eher Touristinnen, entführt und von ihnen Lösegelder erpresst. Das lief schon einige Monate. Doch die hiesige Polizei ist ihm bisher nie auf die Schliche gekommen.“ Der Kommissar kratzte sich am Kopf. „Personalmangel, wissen Sie!“

„Aber ich bin nicht reich, warum also Schnurres?“

„Nun, ich hatte wenig Zeit, ihn zu vernehmen. Aber genau das habe ich ihn natürlich gefragt. Auf seinem Raubzug war ihm Ihr Hund aufgefallen, wie er beim Buffet der Hochzeit verpflegt wurde. Kiefer glaubte, es sei der Hund des Bürgermeisters, und erhoffte sich ein fettes Lösegeld. Ja, dumm gelaufen!“

Ernst verstand. Schnurres Hunger hatte ihn in diese Falle laufen lassen. Hoffentlich war ihm das für die Zukunft eine Lehre. Aber so richtig glaubte er daran nicht.

„Hören Sie Groß, Sie wollen also nicht in ein Krankenhaus. Ich habe mit der Feuerwehr gesprochen. Sie können dort duschen und auch für den Hund ist ein C-Rohr frei!" Wieder lachte er und schlug dabei mit der flachen Hand auf die Motorhaube des Polizeiwagens.

Die Dusche im Dienstgebäude der Feuerwehr war heiß und minutenlang schrubbte Ernst sich den Schmutz von der Haut. Solange, bis er sicher war, vernünftig zu riechen. Die Ansage, für seinen Hund ein C-Rohr einzusetzen, war natürlich ein Witz des Kommissars. Ernst wusch Schnurres an der Seite des Gebäudes mit einer hoch parfümierten Seife und nach einer Weile roch das Tier wieder sauber.

„Mensch, der glänzt ja wie neu!", rief ihm einer der Feuerwehrmänner zu.

„Und stinkt wie eine ganze Douglas-Filiale!", bemerkte ein zweiter lachend.

Ernst bedankte sich für die Hygieneaktion und rollte wenige Minuten später mit dem Hymer davon.

Es war viel geschehen in den letzten Tagen. Schnurres und er hatten kaum Schlaf bekommen. Von Nahrung ganz zu schweigen. Es machte sicher keinen Sinn, sofort wieder die Fahrt in Richtung Polen aufzunehmen. Er besaß noch ausreichend Geld; vielleicht sollte er mal ein Zimmer mieten und sich verwöhnen lassen.

„Schnurres, was hältst du davon, wenn wir in Bansin Halt machen, uns einquartieren und essen, bis sich der Bauch spannt?"

Der Hund war freudig aufgesprungen, wedelte mit dem Schwanz und seine Augen strahlten das erste Mal, seit er befreit wurde. Ernst war klar, aus der Nummer kam er nicht mehr raus.

*

„Aus welchem Grund hatte ich eigentlich so spontan Bansin gewählt?“, fragte er sich, während der Fahrt auf der B 111. Doch war ihm klar, an Koserow würde er dieses Mal mit Vollgas vorbeifahren und das nächste Ostseebad danach war Bansin. Sicher ein schöner Ort und sie würden die gewünschte Erholung finden.

Das Suchen nach einem Parkplatz machte ihm das Usedomer Seebad sofort etwas unsympathisch, aber war das in der Hochsaison nicht immer so? Ernst stellte das Hymer-Mobil auf einem Rewe-Parkplatz ab. Dort war das Parken für eine Stunde erlaubt. Natürlich mit Parkscheibe. Er nahm Schnurres an die Leine und suchte nach der Touristik-Information. Er fand sie schnell, doch es dauerte etwas, bis er an der Reihe war. Dann suchte eine junge Frau, auf seine Anfrage hin, nach einem Zimmer oder einer kleinen Ferienwohnung, in der auch Schnurres willkommen war.

„Hier, die *Villa Ingelore* wäre vielleicht etwas für Sie! Das ist eine Hundepension an der Strandpromenade mit Vermietung von Zimmern. Inhabergeführt. Dazu serviert man dort Frühstück und ein Abendessen. Also Halbpension. Alles zusammen für 185 Euro pro Tag.“

Von der Ausstattung war Ernst sofort überzeugt. Nur der Preis erschien ihm alles andere als günstig.

Die Frau, die hinter dem Tresen zu ihm hinaufschaute, musste seinen überraschten Blick bei Nennung des Preises bemerkt haben.

„Wenn Sie drei Tage buchen, reduziert sich der Tagespreis auf hundertvierzig Euro!"

Sie schien zu hoffen, dass Ernst nun vor Freude rückwärts aus den Latschen kippen würde. Er gab auf. Sicher verlangte man hier für das Abstellen eines Wohnmobils auf einem popligen Parkplatz schon fünfzehn bis zwanzig Euro am Tag…! Er ließ sich die Adresse der Hundepension nennen und spazierte dorthin.

Die Villa lag nicht weit entfernt und wie die Tourismus-Info auch nahe am Strand. Zahlreiche Urlauber nutzten das schöne Wetter und spazierten durch die kleine Parkanlage, die parallel zur Ostsee verlief. Als Ernst endlich an einem Hausgiebel den Namen der Hundepension entdeckte, zeigte ein seitlich angebrachtes Hinweisschild an, dass genau dort der Hundestrand begann.

„Schau, der Hundestrand liegt vor der Tür. Ganz praktisch, Schnurres! Wir rennen in der Badehose raus und sind schon am Meer. Und keiner meckert wegen dir. Was meinst du, sollen wir das Geld investieren?" Schnurres wedelte so kräftig mit dem Schwanz, dass Ernst Angst bekam, er falle gleich ab. Dann sprang er die Stufen hinauf zur *Villa Ingelore*.

*

„Na, du bist aber ein ganz Lieber!“

Ingelore, so hatte sich die Besitzerin bei Ernst vorgestellt, konnte es besonders gut mit Hunden. Aber das sollte für die Besitzerin einer Hundepension schon Voraussetzung sein, glaubte Ernst. Eigentlich waren es wohl eher die Leckerlies, die die Mittfünfzigerin bei den Hunden beliebt machte. Und sie verteilte sie großzügig. Dazu streichelte die Frau Schnurres, als ob sie Aladins Wunderlampe blank reiben wollte, in der Hoffnung auf das Erscheinen eines Geistes. Ob sie sich damit versprach, dass sein Herrchen länger hier verweilen würde? Ernst spürte, dass er wieder abglitt in Skepsis und Voreingenommenheit. Er brauchte dringend Ruhe. Nur so würde seine frühere Gelassenheit zurückkehren.

Mist, er hatte ja sein Wohnmobil noch beim Rewe geparkt, fiel ihm plötzlich ein. Ob die es dort genau nahmen mit der Zeit? Er war schon eine halbe Stunde drüber.

„Kann ich hier beim Hotel mein Wohnmobil abstellen?“, fragte er Ingelore.

„Wo denken Sie hin? Sogar ich und meine Angestellten kommen am Morgen mit dem Fahrrad zur Arbeit. Parkplätze sind in Bansin Mangelware. Aber sie können ihr Fahrzeug an der *Maxim-Gorki-Straße* abstellen. Dort ist meistens Platz.“ Sie fügte noch hinzu: „Eines muss man den Touristen im Ort ja lassen, sie wollen keinen Meter zu viel laufen.“

Ingelore hatte keinerlei Einwände, Schnurres kurz zu beaufsichtigen, und Ernst lief zurück zum Parkplatz. Gerade als er dort eintraf, hing eine ältere Dame in einer Art Uniform über der Wagenschnauze und war bemüht, ein Parkknöllchen unter den Scheibenwischer zu klemmen.

„Junge Frau!", scherzte Ernst, schien aber den Nerv der Frau getroffen zu haben, denn sie grinste. „Ich habe schnell noch ein Zimmer gesucht, für mich und meinen Hund. Ich bin augenblicklich von hier verschwunden."

Die Frau vom Ordnungsamt stand nun neben ihm und der kleine Zettel an der Frontscheibe glänzte wie Falschgeld in der Sonne.

„Sorry, mein Herr. Aber ich habe den Strafzettel schon ausgestellt. Und zurücknehmen kann ich ihn nicht mehr. Aber es sind nur zehn Euro!" Sie lachte und spazierte zum nächsten Falschparker. Toller Job, Urlaubern die schönsten Tage des Jahres zu versauen. Sein Aufenthalt im Ostseebad Bansin fing ja gut an.

Zehn Minuten später stand das Hymer-Mobil an besagter *Maxim-Gorki-Straße* und Ernst spazierte die Strandpromenade entlang zu seiner neuen Unterkunft.

*

Frau Hass-Geier, wie Ingelore mit Nachnamen hieß, vermietete ihrer Aussage nach elf Zimmer in der Villa. Frühstück gab es pünktlich um neun Uhr am Morgen und das war, so die Frau, den Tieren geschuldet.

„Sie sollten Ihren Hund, wenn Sie ihn mögen, nur zweimal am Tag füttern", belehrte sie Ernst. „Einmal am Morgen und dann erst wieder gegen Abend."

Bisher hatte sich Ernst wenig Gedanken darüber gemacht. Aber überfüttert konnte er Schnurres auch nicht haben. Beide kamen ja seit einer Weile nicht mehr dazu, vernünftige Mahlzeiten zu sich zu nehmen.

Ernst stellte seinen Handywecker auf 8.30 Uhr am Morgen, duschte kurz und lief später noch seitlich zu einem kleinen Beet, das angelegt worden war, um den Hunden die Möglichkeit zum Pinkeln zu geben. Pensionsbesitzerin Ingelore hatte an alles gedacht.

Ernst erwachte am Morgen durch den Ton seines Handys. Schnurres hockte vor dem Bett und hechelte ihn erwartungsvoll an. Er verstand, zog sich an und führte den Hund Gassi. Der Hunger packte ihn und auch sein Hund sah aus, als könne er etwas vertragen. So spazierte er in Richtung Frühstücksraum.

*

Die Wirtin hatte Ernst neben einem grimmig dreinschauenden Mann an den Tisch geführt. Hund Schnurres wurde an der Eingangstür zum Frühstücksraum schon von einer Angestellten abgegriffen. Sie erklärte: „Wir kümmern uns um ihn. Er wird auch jetzt frühstücken. Ihnen einen guten Appetit!" Diese Prozedur empfand Ernst als angenehm. So schielte der Hund nicht dauernd auf die Leckereien seines Herrchens.

„Groß!“, stellte Ernst sich dem Mann am Tisch kurz und knapp vor. Der schaute ihn kurz an, grummelte etwas, was wie ‚Fischer‘ klang, und biss anschließend in ein Brötchen. Das war so hoch mit Lachs belegt, dass Ernst Angst hatte, der Mann bekäme beim Reinbeißen eine Maulsperre. Doch es gelang dem Gast. Auch das zweite Brötchen mit gleichem Belag und gleicher Höhe verspeiste Fischer in Minutenschnelle. Irgendwie war Ernst bei dieser Schlingerei seines Tischnachbarn der Hunger vergangen. Aber es nutzte nichts, er musste etwas essen. So schmierte er sich ein Mettbrötchen und trank O-Saft dazu. Fischer hatte sich noch zwei weitere Brötchen gegönnt. Eines mit Leberwurst und eines mit Fleischsalat. Trotzdem sah man ihm, was die Figur anging, seinen Heißhunger nicht an. Sicher lag es daran, dass der Magen des Typen kaum Zeit hatte, den Bissen zu verarbeiten, da der nächste schon in der Warteschleife hing. Fischer hatte zwei große, volle Gläser O-Saft vor sich abgestellt und leerte gerade das erste. Ernst bemerkte, dass der Typ einen Rülpser zu unterdrücken versuchte. Doch es gelang ihm nur mäßig. Der Lachs und das Mett gingen geruchstechnisch noch in Ordnung. Aber die von Fischer ausgestoßenen Leberwurstdämpfe…! Ernst sprang auf und holte sich vom Buffet einen Apfel.

„Sie machen Urlaub hier?“, fragte er nach seiner Rückkehr.

Ernst glaubte, etwas Konversation könne nicht schaden. Der Mann hatte nicht damit gerechnet, angesprochen zu werden, und verschluckte sich am zweiten Glas mit O-Saft so heftig, dass Ernst aufsprang und ihm fest auf die Schulter klopfte. Endlich standen dessen Atemwege wieder für die Luftaufnahme zur Verfügung und Fischer krächzte heiser: „Ich bin zum Angeln hier!"

Ernst interessierte das Hobby des Fremden keine Bohne, aber anstandshalber fragte er nach: „Zander oder Forelle?" Er hatte sich nichts dabei gedacht. Beide Fischsorten waren ihm einfach so eingefallen. Doch er sah, wie das mechanische Gehirn seines Gegenübers krampfhaft bemüht war, eine Antwort zu formulieren.

„Be … be … beides!", antwortete Fischer. Dann sprang er auf und verschwand aus dem Speisesaal. Ernst lief zum Buffet und packte sich noch ein Ei und eine Brezel ein. Für später. Das war doch alles im Preis inbegriffen.

Als Ernst gesättigt den Raum verlassen hatte, um in den unteren Räumen nach Schnurres zu schauen, kam er an der kleinen Rezeption vorbei. Niemand war anwesend und er blickte in das dort aufgeklappte Zimmerbelegungsbuch. Fritz Fischer hieß der Typ, den ihm Ingelore an den Tisch gesetzt hatte. Und Fischer war sogar noch sein Zimmernachbar. Das musste er für morgen dringend ändern.

*

Schnurres kam entspannt angerannt, als er sein Herrchen erblickte.

„Hat alles geklappt?“, fragte Ernst die junge Frau, die sich um das halbe Dutzend Hunde im Raum zu kümmern hatte. Hier sah es völlig anders aus als im Keller des Hundeentführers Kiefer in Peenemünde. Der Boden war durchgehend gefliest. Sogar die Wände hatten Wandfliesen erhalten. Es gab Kuscheldecken und Körbchen in den Ecken und jeder Hund hatte seine eigene Speiseschüssel. Auf einer konnte Ernst Schnurres Namen lesen. Dazu stand genügend Wasser zur Verfügung. Vorbildlich!

Er verließ mit seinem Hund an der Leine die Villa und spazierte zum Hundestrand. Dort war jede Menge los, und erst nachdem er dem Treiben der Tiere und ihrer Herrchen eine Weile zugeschaut hatte, ließ er den unruhig gewordenen Schnurres von der Leine. Das Tier war wie umgewandelt. Eben noch in Schockstarre von all dem, was die arme Kreatur hatte erleben müssen, rannte er nun im Zickzack mit zwei anderen Hunden um die Wette. Ernst setzte sich oben auf eine der Bänke und schaute ihm entspannt zu. Einen Hund zu besitzen war schon eine andere Hausnummer als ein Auto zu haben, fand er. Die Verantwortung war gewaltig und er hatte sie sich nicht so mächtig vorgestellt. Ob er dem dauerhaft gewachsen war? Bisher kam er ja noch nicht mal mit sich alleine zurecht. Jetzt kam noch ein Lebewesen dazu, auf das er achten musste. Mama geriet, nach dem Tode von Chihuahua *Räuber*, nicht mehr in

Versuchung, einen neuen Hund anzuschaffen. Ernst erinnerte sich daran, dass sie mal am Abend erzählt hatte, Tierhaltung sei eine große Aufgabe. Und dass sie Opfer mit sich bringe. Ihre Worte blieben ihm bis heute unverständlich.

Nach dem Aufenthalt am Hundestrand bekam Ernst Lust auf Kaffee und ein Stück Kuchen. Auch benötigte Schnurres dringend frisches Wasser. Ernst war eingefallen, dass sich sein Bestand an Bargeld inzwischen extrem reduziert hatte. Vielleicht sollte er zu einem Geldautomaten laufen und Geld zum Begleichen der Rechnung für die Unterkunft abheben? Auf einem Stadtplan entdeckte er den Bankautomaten oder sogenannten Cash-Point, der sich auffällig, aber von der Lage extrem günstig, am Ende der Bansiner Strandpromenade befand. Ernst spazierte, Schnurres an der Leine, dorthin. Nach wenigen Minuten hatte er den Bankautomaten erreicht. Den kleinen rot-graulackierten Gebäudeblock trennte nur eine Großbaustelle von den Hotelanlagen der Strandpromenade. Weiter unten wurde es, was die Bebauung anging, dünner. Sicher plante man in den nächsten Jahren dort weitere Gebäude zu errichten und so baulich den Anschluss an den Nachbarort Heringsdorf zu erreichen. Was machte er sich Gedanken?

Radfahrer quälten sich in beide Richtungen. Ansonsten war es ausgesprochen ruhig hier in der hintersten Ecke des Ostseebades. Ein Schild gab an, dass nur wenige Meter entfernt das *Hans-Werner-Richter-Haus* stand. Ob dieser *Richter* etwas mit *Beatrice Richter* zu tun hatte? Er mochte die Schauspielerin und ihre Auftritte zusammen mit dem verstorbenen *Dieter Krebs*.

Plötzlich stutzte Ernst: Stand dort im Cash-Point nicht sein Mitbewohner Fischer? Benötigte er vielleicht Geld, um neue Angeln zu kaufen? Er band Schnurres an einem Pfosten fest und versteckte sich hinter einer Tafel, die Informationen über anstehende Veranstaltungen im Seebad Bansin gab. Tatsächlich, bei dem Kunden handelte es sich um Fritz Fischer. Ernst hatte keinerlei Lust, dem unsympathischen Typen über den Weg zu laufen. Also wartete er, versteckt hinter der Tafel, und beobachtete das Treiben des Mannes. Was hatte Fischer so lange da drinnen zu tun? Eigentlich war der Ablauf an einem Geldautomaten doch relativ einfach: Karte reinstecken, PIN eingeben und Geld ziehen! Obwohl, seine letzte weibliche Bekanntschaft Bärbel Boose tippte in solchen Filialen stundenlang irgendwelche Überweisungen in den überforderten Automaten. Vielleicht war Fritz Fischer auch so ein Pedant? Ernst bemerkte, dass Fischer, bevor er den Cash-Point verließ, schnell und versteckt mit seinem Handy Fotos des Innenraumes schoss. Er konnte es von seiner Position aus genau erkennen. Dazu trug Fischer einen Block in seiner Hand. Darauf schienen eine Art Skizze und einige Wörter gemalt bzw. geschrieben zu sein. Vielleicht besuchte er ja Bankautomaten wie andere Leute Festivals oder Konzerte? Oder sammelte Fotos davon wie andere Briefmarken? Ernst fiel ein, er hatte mal von einem Fan von David Hasselhoff gelesen, der Hunderte von Veranstaltungen des Sängers und Schauspielers besuchte. War das nicht krank? Zumindest wurde man krank, wenn man irgendwelche Songs hundert Mal und mehr hörte, glaubte er. Also für ihn war das … er stoppte seine Überlegungen. Fischer war inzwischen in der Menschenmenge auf der Strandpromenade verschwunden.

*

Das Stück Kuchen war riesig und der Blick von der Terrasse des Cafés beim Schloonsee überwältigend. Es musste nicht immer Meer sein. Schnurres bekam sein Wasser, und obwohl Ingelore es sicher nicht gut gefunden hätte, steckte Ernst ihm kleine Kuchenreste zu.

Das Abendessen war mit 18.30 Uhr angegeben und Ernst spazierte mit seinem Hund noch etwas abseits des Tourismusbereichs. Hier in Bansin fühlte sich Ernst wohl. Sein Geld war bestens in Gesundheit und Ruhe angelegt. Auch der Hund machte einen ausgeglichenen Eindruck. Obwohl er eben, beim Anblick der Schwäne und Gänse auf dem See, einen leichten Anfall von Jagdfieber bekommen hatte. Sie spazierten erst zum Hymer-Mobil. Ernst wollte noch eine warme Jacke für den Abend herausholen. Das Wohnmobil stand ordentlich abgestellt an der Straße und hier konnte es sicher ohne Probleme ein paar Tage parken. Schnurres sprang, als Ernst die Tür öffnete, sofort in den Hymer und kletterte auf den Beifahrersitz. Es schien, dass er Lust auf eine neue Fahrt hatte. Ernst war etwas verwundert. Nach allem, was sie erlebt hatten, hätte er Papas Münzsammlung verwettet, dass Schnurres gerade keinerlei Verlangen auf das Fahrzeug und weitere Ausflüge damit hatte. Zumindest vorübergehend.

Die *Maxim-Gorki-Straße* war seitlich mit Touristenfahrzeugen zugeparkt und plötzlich fiel Ernst eine Person auf, die sich hinten an einem kleinen Transporter zu schaffen machte. Ein Mann und der glich doch … seinem Tischnachbarn Fischer! Musste ihm dieser schmierige Typ denn ständig über den Weg laufen? Ernst machte sich im Hymer klein und beobachtete den Mann erneut. Fischer hatte sein Fahrzeug wohl aus den gleichen Gründen wie er hier abgestellt. Ob er auch etwas Warmes zum Anziehen holte? Eine der Hecktüren wurde durch eine Windböe ganz aufgerissen und Ernst entdeckte im Wageninnern einige Gasflaschen. Ob Fischers Kiste mit Propangas fuhr, ging es ihm durch den Kopf? Möglich war alles. Ob Strom, Bio-Diesel, Frittenfett, warum nicht Gas aus Flaschen? Irgendwann wird man in den Tank pinkeln und kommt damit 1.000 Kilometer weit. Das wäre doch, umweltmäßig, mal eine Errungenschaft. Aber nein, die Autobauer bleiben weiter bei Diesel und Benzin oder versprechen das Allheilmittel Elektromobilität!

*

Zum Abendessen gab es Fisch. Ernst mochte Fisch, aber wenn, dann bitte ohne Gräten. Aber der aus Ingelores Küche servierte Fisch hatte jede Menge davon. Eigentlich bestand er ausschließlich aus Gräten. So verlangte Ernst etwas Vegetarisches. Das zog immer und man brachte ihm dann auch tatsächlich leckeres Gemüse und angebrannten Tofu. Ja, man konnte nicht alles haben. Auch Fritz Fischer saß wieder neben ihm am Tisch. Ernst wollte ihn erst auf sein Hobby, die Bankautomaten, ansprechen, fand es aber dann doch etwas übertrieben.

„Na, erfolgreich?", fragte er und Fischer blieb wohl eine Gräte im Hals stecken.

„Wie … was meinen Sie?", seine Gesichtsfarbe war irgendwas zwischen Perl- und Kalkweiß.

„Ich dachte, Sie selbst haben diesen Fisch gefangen!" Ernst wies auf die Porzellanschale, die vor ihnen auf dem Tisch stand. Fischer versuchte, gleichzeitig zu schlucken und den Kopf zu schütteln. Das vertrug sich nicht und so hustete er, nun mit hochrotem Kopf, das Essen in Brocken heraus. Ernst hatte genug und sprang auf. Er musste sich unbedingt irgendwo einen leckeren Döner Kebab besorgen.

*

Die Imbiss-Bude war überlaufen und das war ein gutes Anzeichen für einen schmackhaften Döner. Während

Ernst in der Schlange auf seinen Einsatz wartete, unterhielten sich vor ihm zwei Einheimische:

„Das mit dem Sprengen der Geldautomaten nimmt inzwischen überhand!"

„Das sagst du was."

„Die haben am Wochenende in Heringsdorf wieder einen Automaten zerlegt."

„Nicht dein Ernst!"

„Doch, glaub es mir. Und einige Tage zuvor einen in Anklam."

„In Anklam? Das ist doch nicht normal!"

„Das ist sicher eine Bande, die hier im Umkreis abräumt."

„Mensch!"

„Ich habe gehört, es sind Holländer!"

„Holländer? Nein!"

„Doch, Holländer. Die kommen über die Grenze, sahnen ab und schon geht's über die Autobahn wieder zurück."

Endlich waren die beiden Männer an der Reihe. Ihr Gespräch wurde unterbrochen und sie erklärten dem Personal ihre Wünsche. Ernst hatte plötzlich einen Geistesblitz. Ob dieser Fischer vielleicht …? Er hatte die Gasflaschen im Lieferwagen gesehen und auch, dass der Mann in der Filiale Fotos und Notizen machte. Aber solch einen Überfall alleine durchzuziehen…?

„Der Nächste, bitte!"

Ernst entschied sich für eine Döner-Box mit Pommes. Er aß den Inhalt auf einer Bank im kleinen Park um die Ecke und war eine Zeitlang vom Genuss des kleinen Happens abgelenkt. Schnurres nervte ihn. Er wollte etwas abhaben. Doch Ernst kamen die Worte seiner Wirtin in den Sinn und er ließ es dieses Mal, ihn zu füttern. Erst, als er sich mit der Serviette den Mund abrieb, fiel ihm plötzlich Fischer wieder ein. Sicher gab es noch den einen oder anderen Komplizen. Dass der Zimmernachbar alleine in der Villa wohnte, zeugte von Cleverness. Sicher lebten der oder die anderen Gauner auch hier und trafen sich nur zur Durchführung der Tat.

Ernst ließ die Geschichte nicht mehr los. Bei der Seebrücke hingen Plakate, die für den morgigen Abend ein großes Konzert im Strandpavillon ankündigten. Die Hauptattraktion war die bekannte deutsche Sängerin Elena Zischer. Sie trat mit ihrer Volksmusik ab 22.00 Uhr auf. Als Vorgruppe gab es eine regionale Band, die – laut Plakat – ähnlich wie Santiano die Gäste mit schmissigen Seemannsliedern unterhalten wollte. Der Eintritt war frei. Da würde bestimmt viel los sein an der Strandpromenade von Bansin. Und keiner würde sich um den Automaten kümmern. Alle würden abgelenkt sein und der Musik lauschen. Ob das der Zeitpunkt sein würde, in der Fischers Fritze beim Bankomaten zuschlug? Oder vielleicht in der Nacht, wenn sie alle glückselig, vollgepumpt mit Aperol Spritz, von Elena Zischer träumten? Das könnte er nur herausfinden, wenn er zu diesem Zeitpunkt in der Nähe war, überlegte sich der Hamburger.

*

Schnurres lag in seinem übergroßen Körbchen. Wie so oft im Schlaf streckte er seine Pfoten in die Höhe. So etwas hatte Ernst noch nie zuvor gesehen – ein Hund, der auf dem Rücken schlief. Dabei machte er seltsame Schnarchgeräusche. Ernst stand auf und gab ihm einen kleinen Schubser. Wie in Zeitlupe fiel das Tier auf die Seite, schlief aber weiter. Ernst grinste. Wenigstens sein Hund erholte sich hier im teuren Zimmer. Während er selbst den Kopf nicht frei bekam. Was ging es ihn an, wenn schlechte Mitmenschen Bankautomaten sprengten? Vielleicht sollte man weniger davon aufstellen? Früher gab es das nicht. Da musste man hinein in die Bankfiliale und an den Schalter, um Geld zu bekommen. Sein Vater sprach immer von sogenannten Schüttel-Schecks. Wenn man die Schecks einlösen wollte und das Konto nichts mehr hergab, schüttelte der Bankangestellte beim Wunsch auf Auszahlung den Kopf. Zur damaligen Zeit wurden mehr Banken ausgeraubt als heute, glaubte Ernst. Doch egal, wie sie es anstellten, die Bösen fanden immer wieder eine geeignete Möglichkeit, schnell an fremdes Geld zu gelangen. Ernst legte sich wieder in sein Bett. Er brauchte dringend Schlaf. Der morgige Tag könnte extrem lang werden.

*

Laute Bässe wummerten durch die Lautsprecher und Ernst war klar, die Volksmusik von damals war längst

Vergangenheit. Nach Seemännern, die wohl nie auf See gewesen waren und dennoch deren Lieder grölten, folgte nach kurzer Umbauzeit Elena Zischer. Die hübsch anzuschauende Brünette hatte ihre Fangemeinde voll im Griff. Mit ihrer fünfköpfigen Band gab sie alles, zumindest was die Lautstärke anging. Ernst legte sich nach dem Abendessen, dieses Mal Fisch (!), noch etwas hin, um später mit Schnurres einen ausführlichen Spaziergang zu machen. Das Tier musste ja die nächsten Stunden im Zimmer verbringen und sollte ausgepowert und müde sein. Am Hundestrand waren nur wenige Tierhalter unterwegs. Fast der ganze Ort, inklusive aller Touristen, hatte sich um den Pavillon geschart und es sah etwa aus, wie wenn der *FC St. Pauli* gegen den *Hamburger Sportverein HSV* im *Volkspark* spielte, dachte Ernst. Trotzdem amüsierte sich Schnurres mit einem Labrador und schon nach weniger als dreißig Minuten musste das Tier, mangels Kräften, die Rennerei aufgegeben. Nur widerwillig folgte es seinem Herrchen zurück in die Villa Ingelore.

„Sei schön brav, Schnurres!", beruhigte Ernst Schnurres zum Abschied, „Dein Herrchen muss den Bankautomatensprenger fangen!" Das Tier hatte müde, aber freundlich mit dem Schwanz gewedelt. Ernst glaubte, Schnurres wünsche ihm damit viel Erfolg.

Ab etwa 23.00 Uhr lag Ernst auf der Lauer. Er hatte sich vergewissert, dass sein Handy aufgeladen war. Sobald er Anzeichen einer geplanten Explosion sehen würde, wollte er die Polizei darüber informieren. Er legte sich auf einem Baustellengerüst neben dem Cash-

Point auf die Lauer. Es war kein Problem, über die angelegten Leitern dort hinaufzusteigen. Von hier aus genoss er die Sicht auf das Meer und hatte auch den Blick auf den entfernt gelegenen Pavillon bei der Strandpromenade. Der Wind war angenehm kühl und Ernst ärgerte sich, nicht ein paar Dosen Bier mitgenommen zu haben. Die Stimmung, wenige Hundert Meter entfernt, war ausgelassen und rockig und er saß hier ohne Getränke. Seitlich lag der Parkplatz eines Hotels. Lange nach Mitternacht hörte Ernst den Motor eines Transporters, der dort einparkte. Die Straßenbeleuchtung war alles andere als gut, aber er glaubte, dass es sich um Fischers Wagen handeln könnte. Der Mann war nicht alleine, eine zweite Person stieg mit aus dem Wagen. Sie tuschelten und spazierten den Weg zur Strandpromenade entlang. Versuchten den Eindruck zu vermitteln, sie seien Touristen. Beim Geldautomat war, seit Ernst hier Platz genommen hatte, keinerlei Betrieb gewesen. Wie es schien, stand so spät in der Nacht und mit Elena Zischer auf der Bühne keinem der Kopf danach, hier Geld abzuholen. Die Verdächtigen spazierten in wenigen Metern Entfernung an Ernst vorbei und hielten unterhalb seines Standortes an einem, für die Arbeiter aufgestellten Dixi-Klo an. Der Wind wehte Gesprächsfetzen zu dem Hamburger hinüber.

„Du holst … Gasflasche … einleiten … Schmiere … sofort verschwinden.“

Es schien die Masche dieses verbrecherischen Duos zu sein, brave Touristen zu mimen und nach der Tat mit den erbeuteten Geldkassetten noch eine Zeit im Ort zu verweilen. Statt, wie die genannten Holländer, schnell mit leistungsfähigen Autos das Weite zu suchen. Die beiden Männer spazierten inzwischen zurück zu ihrem Wagen.

Ernst fand, er hatte genügend stichhaltige Hinweise auf ein bevorstehendes Verbrechen und es war nun an der Zeit, die Polizei davon in Kenntnis zu setzen. Er rief beim Polizeihauptrevier in Greifswald an. Vielleicht waren andere zuständig, aber er kannte Kommissar Kälberjung und auf den berief er sich bei seinem Telefonat.

„Hallo, hier ist Ernst Groß. Ich befinde mich beim Geldautomaten an der Strandpromenade in Bansin. Haben Sie verstanden, Seebad Bansin? Zwei Männer sind dabei Gas einzuleiten und den Automaten zu sprengen. Wenn Sie also schnell jemand schicken würden!“

Den männlichen Beamten am Telefon schien die Ankündigung der Straftat nicht sonderlich aufzuregen. Erst als Ernst seinen Kontakt mit Kommissar Kälberjung in das Gespräch einfließen ließ, versprach man einen Streifenwagen vom Polizeirevier Heringsdorf aus loszuschicken.

*

Eins musste man den Jungs lassen, schon wenige Minuten nachdem Ernst das Gespräch mit der Polizei beendet hatte, rollte genau vor dem Cash-Point ein Streifenwagen geräuschlos aus. Ernst, aber auch die Gauner, schienen erst nicht mitbekommen zu haben, dass sich das Fahrzeug näherte. Doch plötzlich ließen sie die mitgeführte Gasflasche und ihre Sporttasche mitten auf der Strandpromenade fallen und stoben in unterschiedliche Richtungen davon. Zwei Uniformierte sprangen aus dem Wagen und Ernst hatte Hoffnung, dass die Ganoven schnell in Handschellen hinter Schloss und Riegel landen würden. Doch die Polizeibeamten hatten wohl nur einen der Männer entdeckt und verfolgten ihn. Fischer selbst, das konnte Ernst sehen, war unterdessen dabei, sich auf der Baustelle zu verstecken. Er kletterte in das blau-weiße Dixi-Klo und Ernst hörte, wie Fischer es von innen verriegelte. Das war nicht sehr clever, fand der Hamburger. Er kletterte schnell die Stufen hinunter und rannte zum Dixi. Dort angekommen, stellte er sich dahinter und versuchte den aufrecht stehenden Kunststoffquader umzuwerfen. Nur langsam begann das Teil zu schwingen. Innen vernahm Ernst Fischers Stimme. Die Bewegung der Toiletten beunruhigte ihn wohl. Ernst musste lachen.

„Herr Fischer, es wird nix mit Angeln. Aber ich habe Sie am Haken!"

Fischer brüllte innen vor Wut und versuchte die Tür zu öffnen. Ernst war klar, wenn er das Klo nicht bald zu Fall brachte, würde der Gauner auf Nimmerwiedersehen verschwinden. Endlich konnte er dem Toilettenhäuschen den Todesstoß versetzen und wie in Zeitlupe fiel es nach vorne um. Und landete auch, wie beabsichtigt, auf der Tür. Innen gab es einige Geräusche. So, als ob Flüssigkeit in Bewegung geraten war. Auch hörte Ernst ein seltsames Glucksen und anschließend menschliches Würgen. Fischer schien der Aufenthalt in seinem Versteck nicht gut zu bekommen.

„Halt, stehen bleiben, Polizei!", rief man hinter ihm. Die Polizisten waren zurück. Sie hatten den anderen Verbrecher geschnappt. Mit hängendem Kopf und die Hände durch Handschellen verbunden, schoben sie ihn vor sich her.

„Groß, ich habe Sie angerufen!", rief Ernst, völlig außer Atem. „Der zweite Verbrecher hat sich hier im Dixi eingeschlossen. Wir sollten ihn befreien, bevor er ertrinkt!"

Ernst lachte und auch die Männer grinsten, während sie die Toilette auf die Seite drehten. Der herauskletternde Fritz Fischer war von einer Mischung brauner Kloake und durchweichtem Toilettenpapier bedeckt. Er würgte noch immer und Ernst bekam kurz ein schlechtes Gewissen. Fischer roch extrem nach Fäkalien und schien sichtlich erleichtert, das Dixi-Klo verlassen zu können. Er warf seinem Tischnachbarn einen bitterbösen Blick zu, dann klickten die Handschellen Die Polizeibeamten weigerten sich zunächst, Fischer in diesem Zustand in ihr Fahrzeug zu bringen. Sie hielten ihn mit einer Pistole in Schach, während ein herbeigerufener Feuerwehr-Einsatzwagen den Mann mit dem Schlauch säuberte. Erst dann erlaubten sie dem Kriminellen in den Streifenwagen einzusteigen. Ein zweiter Streifenwagen war inzwischen eingetroffen. Ernst blieb so lange vor Ort, bis die Beamten den Tatort freigegeben und Gasflasche sowie Sporttasche eingeladen hatten. Einer trat zu ihm. „Ich soll Sie von Kommissar Kälberjung grüßen!", erklärte er. „Er befindet sich in Süddeutschland auf einer Tagung. Er meinte, Sie sollten sich bei der Kriminalpolizei in Greifswald bewerben."

„Um Gottes willen, ausgerechnet Greifswald", grinste Ernst und bedankte sich für die Blumen.

Kapitel 23
Meerblickgebühr – Kein Zugang ohne Kurkarte

Die Schilder ‚Kein Zugang ohne Kurkarte', aber auch die diversen Automaten an den Eingängen zu den Strandabschnitten waren Ernst aufgefallen. Doch er hatte sich nichts dabei gedacht. Tat alles als neumodischen Kram ab und ließ sich mit Schnurres im feinen Sand nieder. Der Hund hielt es nicht lange beim Herrchen aus. Sekunden später war er aufgesprungen und tobte mit gleichgesinnten Tieren umher. Sie wirbelten Unmengen an Sand auf und ihre Sprünge ins Meer verursachten Spritzwasserfontänen, die weit hinter ihnen im Strandbereich landeten. Ernst war inzwischen klar geworden, warum es Hundestrände geben musste. Vor seiner Zeit als professionelles Herrchen hätte er sich bestimmt über die lärmenden, quirligen Vierbeiner in Meeresnähe geärgert. Urlauber, die sich hier an den Hundestrand verirrten, mussten definitiv mit einem erhöhten Aufkommen von Vierbeinern rechnen.

Ernst blickte sich in der Gegend um. Zahlreiche Urlauber hatten es sich auf bunten Decken bequem gemacht. Sie schleppten Körbe mit Essen und Getränke in riesigen Bottichen an. Sie schienen dauerhaft hier bleiben zu wollen. Hoffentlich nahmen die ihren Müll auch wieder mit zurück nach Hause. Andere packten sogar echte Stühle aus. Manche davon waren klappbar, andere fest. Eine Frau rannte mit einem schlafsackähnlichen Teil den Strand hoch und runter. Ernst konnte ihre Absicht erst nicht einordnen. Ob sie manisch war? Erst als die Unbekannte den halb vollen Sack auseinanderrollte und ihn zu einer ansehnlichen Matratze umfunktioniert hatte, musste er anerkennend grinsen. Was es nicht alles gab! Sicher kam der ganze Zauber aus China. Die Bewohner dort kannten das Meer wohl nur aus dem Fernsehen, aber kreative Ideen waren ihnen nicht fremd!

Der stetig wehende kühle Wind und die gute Luft waren bestens geeignet, um nach der schlaflosen Nacht und der Verhinderung eines Verbrechens abzuschalten. Das letzte Frühstück vor der Abreise aus der Villa hatte Ernst alleine am Tisch im Speisesaal verbracht. Frau Ingelore schien etwas reserviert zu sein beim morgendlichen Gruß. Ob sie ihm nicht verzieh, dass er ihren Pensionsgast hinter Schloss und Riegel gebracht hatte? Sicher zahlte die Polizei keine Mietausfälle bei Kriminellen.

In einiger Entfernung beobachtete Ernst einen Mann, der von Decke zu Decke und von Strandbesucher zu Strandbesucher spazierte. Sicher ein Schnorrer, der um einige Cent bettelte. Der Typ im hellblauen Hemd mit blauer Baseballkappe bot aber augenscheinlich nichts feil. Ansonsten hätte Ernst geglaubt, die in zahlreiche Fernsehsendungen gezeigten Straßenhändler auf dem mallorquinischen Strandabschnitt Ballermann hätten jetzt auch die Ostsee im Griff. Schon bald würde der Typ hier sein und Ernst überlegte, ob er ihm vielleicht einen oder zwei Euro geben sollte. Doch der Mann trug ordentliche Kleidung und sah nicht arm oder gar obdachlos aus. Ob er sich mit dem Schnorren des Typen täuschte? Vielleicht suchte der Mann bloß seinen Hund? Oder ein Familienmitglied? Und fragte die Touristen am Strand, ob sie was gesehen hätten? Tatsächlich hielt er den Strandbesuchern etwas hin. Für Ernst sah es zunächst wie ein Foto aus. Es könnte aber auch ein Ausweis sein. Was mache ich mir wieder Gedanken, überlegte der Hamburger und wandte sich seinem herumrennenden Hund zu.

„Darf ich bitte Ihre Kurkarte sehen?“ Die dunkle Stimme war nahe an Ernsts Ohr und er wandte sich erschrocken um.

„Wie bitte?“

„Ihre Karte! Die, die Sie berechtigt hier am Strand zu sitzen!“

Ernst war völlig von der Rolle.

„Ich verstehe nicht! Benötige ich eine Meerblickberechtigung?“, fragte er den Unbekannten und fand diesen Spruch selbst dämlich. Der Unbekannte hielt etwas vor sich und erst jetzt erkannte Ernst das scheckkartengroße Teil als Ausweis. Er starrte den Mann verständnislos an.

„Ich bin amtlich bestellter Kontrolleur der Insel Usedom. Wenn Sie also keine Kurkarte oder Strandtageskarte besitzen, muss ich Ihnen die erhöhte Abgabe von zehn Euro berechnen."

Ernst hatte nur die Worte ,zehn Euro' verstanden.

„Zehn Euro? Ist das eine Art Landschaftssteuer?" Er überlegte, ob es so etwas in seiner Heimat Hamburg an der Alster auch gab. Er konnte sich nicht erinnern. Aber das musste nichts heißen. Wahrscheinlich war es ihm dort auch entgangen.

„Hören Sie, ich möchte mich nicht mit Ihnen streiten!" Die Gesichtshaut des Kontrolleurs war stark gerötet. Schweißperlen wanderten von seiner Stirn zur Nasenwurzel. Inzwischen hatten sich einige Hundebesitzer um das Paar geschart und glotzten neugierig.

„Jetzt geben Sie ihm halt die zehn Euro! Wer so dämlich ist und keine Strandkarte löst, ist selber schuld!", rief eine ältere Frau. Sie hielt einen kleinen Dackel mit überlangen Ohren an einer Leine. Ernst hatte große Lust, dem Hund die Ohren zusammenzuknoten. Aber warum das Tier bestrafen, wenn die Herrin bescheuert war? Er schaute nach den Ohren der Sprecherin. Nein, das Zusammenbinden würde bei ihr nicht funktionieren.

„Hallo, ich spreche mit Ihnen." Der Kontrolleur ließ nicht locker.

Ein Mann mischte sich plötzlich ein. Der Kräftige hielt gleich zwei riesige Hunde an Leinen. Er musste gerade erst den Strandabschnitt betreten haben, denn die riesigen, wie Kälber aussehenden Vierbeiner hatte Ernst bisher nicht bemerkt. Der Mann hielt dem Kontrolleur seine Kurkarte so nahe ans Gesicht, dass der etwas verängstigt zurückwich.

„Schauen sie, bei mir ist alles o. k.!“, machte sich der Hundebesitzer wichtig.

„Herr Lehrer, Herr Lehrer! Im Keller hat Licht gebrannt und ich habe es ausgemacht!“

Die übergroßen Hunde des Mannes hatten sich inzwischen gelangweilt abgelegt. Einer nahe bei Ernst. Er rieb seine von Schleim triefende Schnauze an dessen Hose und Ernst schob den riesigen Kopf des Tieres schroff zur Seite.

„Lassen Sie bloß meinen Hund in Ruhe, Sie, Sie … erst keine Gebühren zahlen wollen und noch Tiere quälen.“

Lautes Gemurmel war die Folge.

Ernst stockte der Atem. Was war mit der Welt los?

Immer mehr Menschen drängten sich um das Treiben am Strand und langsam bekam Ernst Platzangst. Alle redeten laut und aggressiv durcheinander, doch Ernsts Gehörgang erreichte nur noch ein Schwall unterschiedlicher Frequenzen. Die einen beschwerten sich über die Vermarktung der Natur. Andere faselten etwas von fehlenden Hundeduschen, die am Strand gebaut werden sollten. Dann war da eine Gruppe, die über die Regierung schimpfte. Schnurres war inzwischen neugierig geworden und zu seinem Herrchen zurückgekehrt. Er setzte sich neben ihn und schaute dem Geschehen zu. Der Kontrolleur stritt sich momentan mit der Mutter zweier Kleinkinder, die einen haarigen Schäferhund an einer geflochtenen Lederleine hielt.

„Mir geht das total auf den Sack! Ich zahle schon genug für die Lütten und diese Kurtaxe sollte unbedingt abgeschafft werden. Das ist pure Nötigung! Raubrittertum! Man bereichert sich an den Mitmenschen! Der Strand gehört doch uns allen!"

Einige jubelten, andere schrien laut durcheinander. Ernst wurde es langsam zu viel. Er bewegte sich aus seiner Position im Sand etwas nach hinten und mit Glück konnte er die Menge verlassen. Noch bevor der Kontrolleur etwas gemerkt hatte, war er aus der lauten und streitenden Gruppe herausgetreten und aufgestanden. Auch Schnurres stand jetzt neben ihm.

„Was ist mit den Menschen nur passiert?", fragte er den Hund und wies mit der Hand auf den Pulk Menschen vor ihm. „Haben die etwas geraucht?" Er schüttelte den Kopf. „Weißt du, Schnurres, in wenigen Minuten wissen die nicht mehr, um was es bei dem Streit ging. Und vielleicht prügeln sie sich auch noch? Aber komm, lass uns packen und weiterziehen. Beim nächsten Mal suchen wir für dich einen Hundestrand mit ‚Ohne Meerblickgebühr'!"

Kapitel 24
Nicht immer ist Hopfen und Malz verloren!

Ernst hatte die Schnauze gestrichen voll. Regeln, Gebote, Verbote, dazu das ständige Gemecker seiner Mitmenschen. Jeder spielte den Hilfspolizisten und schwärzte den anderen an. Nur, um von seinen eigenen Untugenden abzulenken. Was war bloß mit dem Land und seinen Bewohnern geschehen? Drehten die alle am Rad? Die mehr als achtzig Millionen Menschen sollten doch glücklich sein. Der Wohlstand zog sich inzwischen von der Armutsgrenze bis weit nach oben. Hatten seine Eltern vor vierzig Jahren noch den Geldbeutel täglich auf links gedreht, gab es heute sogar im Bereich der Niedriglohnbezieher fast nur noch Gewinner. Sicher fuhren diese nicht auf einer Yacht in Urlaub. Aber für einige Tage auf Malle reichte es allemal. Konnten die Menschen nicht einfach dankbar sein, über das, was ihnen der Wohlstand der letzten Jahrzehnte einbrachte? Nein, immer mehr, immer mehr. Schnurres schaute beim Laufen unentwegt zu seinem Herrchen. Er schien zu spüren, dass Ernst sich Gedanken machte. Die beiden hatten den Sandstrand verlassen und waren zu einem entlegenen Abschnitt gelangt. Überall lagen Steine und Felsbrocken herum. Es wurde schwierig dort lang zu spazieren. Hin und wieder sah man einsame Pärchen, die auf Decken oder in sogenannten Strandmuscheln lagen. Sie wollten einfach alleine und unter sich sein. Ein lautes Schluchzen und dazu Babygeschrei riss Ernst aus seinen Gedanken. Hinten, beim steil abfallenden Hang, bemerkte er eine Frau im Badeanzug auf einer Decke. Neben ihr stand ein Kinderwagen, und während sie weinte, bemühte sie sich durch Wippen, den Inhalt des Wagens, ein Baby, zu beruhigen. Daneben erhob sich eines dieser aufblasbaren Riesen-Einhörner, die inzwischen von keinem Strand der Welt und von keinem Swimmingpool mehr wegzudenken waren. Ernst stellten sich die Rückenhaare auf und er schaute sich um. Die Frau musste alleine hier sein und das bereitete ihm Kummer. Ob er ihr vielleicht seine Hilfe anbieten sollte? Vor ihm stieß gerade, laut prustend, ein Kopf aus dem Meer. Der Kopf trug eine dieser modernen Taucherbrillen, die Ernst hier schon einige Male in den Läden und am Strand gesehen hatte. Sie bedeckten das ganze Gesicht und er konnte sich nicht so recht vorstellen, was der Vorteil gegenüber einer der altertümlichen Taucherbrillen mit Schnorchel sein sollte. Aber ihm konnte es egal sein. Tauchen war eh nie sein Ding gewesen. Er brauchte ständig frische Luft zum Atmen und das, was unter Wasser geschah, war ihm Jacke wie Hose. Gerade stellte er sich vor, wie die Meeresbewohner reagierten, wenn so ein blaues, das Gesicht eines Menschen bedeckendes Plastikteil auf sie zu schwamm. Wahrscheinlich reagierten sie ähnlich wie er, nichtsahnend von solch einem hässlichen Teil überrascht zu werden. Der Typ, einige Meter von ihm entfernt im Meer, tat sich schwer mit dem Tauchen. Das Verhältnis Auftrieb zu seinem Körpergewicht schien nicht gerade ideal zu sein. Ernst war stehen geblieben und schaute dem Mann interessiert zu. Wie besessen versuchte er seinen Körper unter die Wasseroberfläche zu drücken. Aber sobald es ihm gelungen war, kam er stöhnend und nach Atemluft ringend wieder hoch. Es war, als würde man einen Luftballon in einer Badewanne unter die Wasseroberfläche zu drücken versuchen, grinste der Hamburger. „Vielleicht sollte sich der Typ einfach an den Strand legen und die Sonne genießen, statt sein Leben aufs Spiel zu setzen“, überlegte Ernst. Er hatte nicht bemerkt, dass die Frau, mit ihrem Baby auf dem Arm, zu ihm getreten war. Er erschrak regelrecht und der Unbekannten tat dieser Umstand augenscheinlich leid.

„Entschuldigen Sie, dass ich Sie erschreckt habe!“

Ernst schaute erst in das gerötete Augenpaar der Frau, dann auf das Baby. Es war sicher kein Jahr alt, schätzte er, doch es grinste ihn entspannt an. Ernst spürte plötzlich wieder menschliche Wärme im Körper.

„Kein Problem, ich war bloß abgelenkt. Habe diesem seltsamen Vogel im Wasser zugeschaut. Der versucht wohl, sich mit seiner neuartigen Taucherbrille umzubringen!" Ernst versuchte einen Lacher und das Baby zappelte dabei freudig mit seinen Armen.

„Dieser seltsame Vogel ist mein Mann!", erklärte die Frau und erneut strömten Tränen wie Wasserfälle über ihre geröteten Wangen. Das Baby ließ es sich nicht zweimal sagen und fing aus Solidarität an mitzuschreien.

Ernst fand, die Frau sprach in einem Dialekt, den er nicht gleich einem Bundesland innerhalb der Bundesrepublik zuordnen konnte.

„Oh, jetzt muss ich mich entschuldigen", rief er in den vom Weinen überfluteten Strandabschnitt, „ich wusste ja nicht…!"

Die Frau hatte sich umgedreht und war mit dem Baby zurück zu ihrer Decke gelaufen.

Ernst war sich unschlüssig, wie er sich verhalten sollte. Was ging es ihn an, wenn der Familienvater seinem Leben unter Wasser ein Ende bereiten wollte? War es ihm zu verdenken, bei einer dauerhaft weinenden Zweidrittelmehrheit in seinem heimischen Haushalt? Andererseits fühlte sich Ernst nicht unschuldig am erneuten Gefühlsausbruch der Unbekannten. Vielleicht sollte er den Wassersportler bitten, zurückzukommen, und der Familie beizustehen. Schnurres hatte sich abgelegt und die Augen geschlossen. So, als wollte er das Elend der Welt nicht mehr sehen.

Ernst spazierte zum Wasser. Der Typ war inzwischen einige Meter ins offene Meer getrieben worden, schien es aber nicht bemerkt zu haben.

„Hallo, Sie da, kommen Sie zurück!"

Der Mann hörte ihn nicht, kämpfte noch immer mit dem Wellengang.

Ernst versuchte es lauter. Dabei schwenkte er seine Arme über dem Kopf. Endlich hatte der Typ Ernst bemerkt. Er schien ratlos darüber zu sein, was der Mann am Strand von ihm wollte. Er riss sich die Tauchermaske vom Gesicht und hervor kam eine Gesichtsfarbe, die dem Rot von Tomaten glich. Solche, die Ernst seit seiner Kindheit nicht mehr in den Ladenregalen gesehen hatte. Plötzlich hustete der Typ. Er schien Wasser geschluckt zu haben und musste vergessen haben, wo er sich befand. Ernst machte einen Schritt ins Meer. Die Temperatur empfand er als äußerst niedrig, und als die Kälte durch seine Hosenbeine die Haut erreichte, stockte Ernst. Zeitgleich hatte der Mann seinen Atem wieder im Griff und schwamm ungelenk, unter zur Hilfenahme der Maske als eine Art Paddel, an Land. Endlich fand er wieder Boden unter seinen Füßen und Ernst machte einige Schritte zurück zum sicheren Strand. Er hatte nicht so viel Kleidung mit, als dass er sich hier als Lebensretter beweisen sollte.

Der Mann warf seine Maske schon einen Meter vor dem Strand in hohem Bogen auf den Sand und zum Glück landete sie zwischen zwei dicken Steinbrocken. Etwas weiter links oder rechts und das Glas wäre sicher zerbrochen. Er hustete und Ernst sah an seiner Körperstatur, dass er kein Olympionike war. Sein Bauch hing wie ein Rettungsring über einer knallgelben Badeshorts und ein Büschel Brusthaare wies ihn als Erwachsenen aus. Der Haarschnitt musste mittellang sein, soweit Ernst das beurteilen konnte. Die dünnen Strähnen klebten rund um den Kopf und Ernst bemerkte, dass seine Hände wie Espenlaub zitterten. Er bekam Mitleid mit dem Typ. Vielleicht wollte er nicht sportlich sein und es gab andere Gründe, hier sein Leben zu riskieren? Die Frau nahm ihm die Antwort ab. Sie kam angerannt und warf ihrem Mann ein Handtuch über, mit dem er sofort dankbar nickend seinen Körper abtrocknete.

„Hast du ihn?“, schrie sie laut und der Mann schüttelte sofort den Kopf.

Was war hier los? Waren die beiden vielleicht auf Fischfang? Oder hatten sie gar etwas verloren? Es wurde Zeit nachzufragen.

„Ich heiße Ernst, darf ich fragen, was genau los ist?“

Der Mann schaute Ernst sprachlos an und die Frau reagierte als erste: „Ich habe dort vorne im Wasser meinen Ehering verloren.“ Das Wort ‚verloren’ ging schon wieder in Schluchzen über und Ernst musste sich zusammenreißen, die Weinende nicht in den Arm zu nehmen. Ihm fiel auf, auch der Mann sprach in diesem Dialekt. Er erinnerte ihn an den Komiker Emil Steinberger. Er und seine Eltern hatten Tränen gelacht, als der Schweizer in den Siebzigerjahren im deutschen Fernsehen seine Späße machte. Das Paar musste also aus der Schweiz sein.

„Wollen Sie Ihre Frau nicht mal…?“

Der Typ reagiert schnell und riss die Frau an sich. „Welch seltsames Paar“, dachte Ernst. Aber so war die Welt heute. Die seltsamsten Menschen fanden zueinander, und wenn dann noch Nachwuchs entstand, war das Chaos komplett. Zärtlich streichelte der Ehemann seiner Frau über den Kopf.

„Wir finden ihn schon. Und wenn ich einen Bagger bestellen muss!“

Wieder war da diese Emil ähnliche Aussprache und Ernst musste ein Lachen unterdrücken. Doch er verstand noch immer nicht. Drehten sich das menschliche Chaos und die Schreierei alleine um einen dämlichen Ring, den man an jeder Ecke in einem Schmuckladen ersetzen konnte? Er hatte damals bei seiner Hochzeit mit Hilde wenig Geld in Schmuck investiert. Ein einfaches Paar Silberringe für unter zwanzig Mark hatte es getan. Hilde hatte keine großen Ansprüche und damals auch keine Einwände gehabt. Ob es mit einem teuren Goldring besser gelaufen wäre? Noch immer lag sich das Paar in den Armen. Das Baby befand sich allein im Kinderwagen und Ernst machte sich Sorgen.

„Wollen wir mal nach dem Kind schauen?“, schlug er vor. Die drei liefen zum Liegeplatz der Familie und Ernst setzte sich auf einen dicken Felsbrocken neben das Einhorn. Die Augen des Wasserspielzeugs schaute ihn so penetrant an, dass er es etwas zur Seite schob.

„Sie haben also den Ehering im Wasser verloren?“, begann er seine Fragen.

Der Mann nickte und wischte sich den aus der Nase triefenden Schleim mit dem Handtuch ab. Die Frau schien darüber nicht begeistert zu sein und schüttelte den Kopf.

„Ich war mit dem Baby draußen im knietiefen Wasser, müssen Sie wissen. Es lag auf dem Einhorn. Wir hatten großen Spaß. Wir sind aus der Schweiz hierhin hochgefahren. Wollten unbedingt mal an die Ostsee. Christof brachte Sonnenöl, Fünfziger, um das Baby noch etwas einzucremen. Obwohl, ich hatte es schon am Strand eingerieben … aber Christof wollte sicher gehen, dass …"

Die Frau fing wieder an zu weinen und ihr Mann legte seine Hand auf die ihre.

„Fakt ist, beim Eincremen muss ihr der Ring vom Finger gerutscht sein. Sie hat es nicht sofort bemerkt. Erst als ich bemerkt habe, dass sie ihn nicht mehr trug, habe ich sie darauf angesprochen", warf Christof ein.

„Wissen Sie, der Ring hat genau gepasst, als wir heirateten. Doch nach der Geburt von Alex habe ich viel Sport gemacht, um meine alte Figur wiederzubekommen. Da wurden auch die Finger schlanker und wir wollten den Ring irgendwann mal etwas enger machen lassen", entschuldigte sich die Frau.

Noch immer war Ernst unklar, warum sie der Verlust des Ringes so mitnahm. „Aber, so ein Ring lässt sich doch ersetzen? Sie haben das Baby. Seien Sie froh darüber. Warum bringen Sie sich wegen eines dämlichen Rings in Gefahr?"

Das Paar schaute Ernst an, als ob er erklärt hätte, ihr Kind sei der hässlichste Mensch, den er je gesehen hätte.

„Sie ... Sie waren wohl nie verheiratet?", wollte die Frau wissen.

Ernst zögerte. „Nun ... also ... ja ... ich bin geschieden. Aber es lag sicher nicht ... am Ring."

„Wir haben es uns nicht leichtgemacht beim Kauf der Eheringe. Haben Hunderte von Ringen ausprobiert. Wir wussten, es würde nur einmal sein ... wir wollen das ganze Leben zusammenbleiben. Da möchte man nicht das Erstbeste kaufen."

Der Frau liefen wieder Tränen über das Gesicht und sie ergriff die Hand ihres Ehemannes. Er zog sie an sich und nahm sie liebevoll in den Arm. Ernst wurde es ganz anders. „Hatte er, was die Ehe und das Zusammenleben von Paaren betraf, vielleicht eine falsche Einstellung?", überlegte er.

„Wir fanden erst nicht das Richtige. Es gab Ringe aus Gelbgold, aus Rotgold, aus Grau-Gold und Weißgold. Als der Juwelier bemerkte, dass wir unschlüssig waren, bot er uns an, einen eigenen Ring herzustellen. Aus verschiedenen Goldsorten."

„Ja, wir haben sofort zugestimmt. Und ich wollte für meine Frau noch fünf Diamanten im Ring!", bemerkte der Schweizer stolz.

„Und was...?" Ernst traute sich nicht nach dem Preis des Ringes zu fragen.

„Eintausendfünfhundert Schweizer Franken!"

Ernst verstand jetzt, warum der Ring wieder auftauchen musste. Da war zunächst die emotionale Schiene. Aber auch der monetäre Verlust war nicht von schlechten Eltern.

„Aber sie können doch nicht den ganzen Meeresboden absuchen!"

„Nein, nein. So dumm sind wir nun auch wieder nicht." Die Gesichtshaut des Mannes strahlte wieder in hellem Rot. „Sonja stand während des Eincremens auf einem Stein im Wasser, etwa dort", er zeigte auf den Bereich vor ihnen. „Wir haben vorne einen von Alex' Babyschuhen auf ein Stöckchen gesteckt. Sehen Sie?"

Ernst schaute und entdeckte vorne im Wasser das Zeichen.

„Ich war schnell im Ort, habe eine Tauchermaske gekauft und seitdem versuche ich den Ring zu finden."

Sonja streichelte ihrem Mann über die gerötete Wange. „Christof besitzt viele Fähigkeiten. Aber Tauchen gehört eher nicht dazu!" Jetzt mussten sie beide lachen. Ernst fand es gut, dass sie sich etwas entspannten.

„Lasst uns überlegen. Alleine schaffen wir das nicht. Wir müssen mehr Taucher und Touristen dazu bringen, uns zu helfen", schlug Ernst vor.

„Aber was, wenn der Ring dadurch tiefer in den Sand eindringt? Dann finden wir ihn nicht mehr."

Ernst zuckte mit den Schultern. „Erst müssen wir den Bereich markieren. Der Babyschuh wird bald von der Flut überschwemmt sein. Schaut nur, der untere Teil des Stöckchens ist schon im Meer verschwunden."

„Was schlagen Sie also vor?"

„Wir nehmen das Einhorn. Wir packen es mit Steinen voll und es markiert die Stelle."

„Gute Idee." Der Schweizer war aufgesprungen, hatte das Einhorn lieblos am Hals gegriffen und zerrte es zum Wasser. Er legte Steine auf die Liegefläche und kehrte zurück.

„Wir müssen vorne an den Familienstrand. Dort, wo viele Jugendliche schwimmen und Volleyball spielen. Würden Sie eine Belohnung für die Beschaffung des Ringes aussetzen?"

„Klar!" Der Schweizer überlegte. „Fünfhundert Euro!"

„Nein, das ist zu viel. Dann schwimmen hier bald hundert Menschen rum und behindern sich gegenseitig. Lasst uns dem Finder einhundert Euro versprechen."

Das Paar nickte.

*

Eine Stunde später war der Strandabschnitt rund um das Einhorn extrem belebt. Menschen über Menschen lagen dort. Sogar ein Eisverkäufer hatte die Chance genutzt und seinen kleinen Verkaufswagen dorthin gezogen. Etwa zehn Menschen, überwiegend Jugendliche, tauchten mit oder ohne Maske und Schnorchel und für Ernst sah es eher nach Wettbewerb aus. Wie war noch der olympische Gedanke: Dabei sein ist alles!

Ernst und Christof waren zum nahe gelegenen öffentlichen Strand gelaufen und hatten Jugendliche und Erwachsene angesprochen. Schnell hatte sich die Suche nach dem verlorenen Ring der Schweizer Familie wie ein Lauffeuer rumgesprochen. Zahlreiche Touristen tauschten ihren Platz vorne am Strand gegen einen in der Nähe des Einhorns. Sie schauten jetzt neugierig zu den Tauchern im Meer. In Erwartung des Rufs: „Ich habe ihn!"

Doch auch nach einer Stunde war der Ring, im wahrsten Sinne des Wortes, noch nicht aufgetaucht. Ernst musste zurück, um sein Zimmer zu räumen, und er erklärte es den Schweizern.

„Vielen Dank, Ernst, für Ihre Hilfe." Beide nahmen den Hamburger in den Arm und sichtlich berührt klatschten einige Strandbesucher, obwohl sie nicht wissen konnten, um was es ging.

„Egal wie es ausgeht, Ernst. Sie sind ein gern gesehener Gast bei uns in der Schweiz. Wenn Sie mal zum *Lago Maggiore* fahren, besuchen Sie uns. Wir Meiers wohnen in *Locarno.*"

Ernst versprach es und steckte die Visitenkarte der Schweizer ein. Nach einigen Metern drehte er sich noch mal um. Noch immer stand das Paar, das Baby auf dem Arm der Frau, an derselben Stelle und winkte. Ernst spürte einen Kloß im Hals.

„Weißt du Schnurres“, der Hund schaute sein Herrchen neugierig an, „manchmal kann ich schon ein Arsch sein!“

Kapitel 25
Der frühe Vogel fängt den Wurm

Ernst hatte schon kurz vor 21.00 Uhr den Fährübergang *Świnoujście-Warszów* erreicht.

Nach der Festnahme der beiden Männer in Bansin war ihm eingefallen, dass er ja eine Kurkarte besaß. Es war ihm bloß entfallen. Doch jetzt war es Zeit weiterzuziehen und das letzte Kapitel aufzuschlagen.

Vor knapp einer Stunde hatte Christof Meier angerufen und ihm mitgeteilt, ein Jugendlicher habe den Ehering gefunden. Ernst freute sich für das nette Schweizer Ehepaar und Söhnchen Alex.

Erst ab 22.00 Uhr durften auch Fahrzeuge bis drei Tonnen und mit anderen Kennzeichen als dem polnische ZSW die Bielik-Fähre nach Warszów benutzen. Mit der ersten Fähre überquerten Ernst, Schnurres und das Hymer-Mobil die Swine hin zur polnischen Seite. Nach nur zehn Minuten Fahrt erreichten sie das andere Ufer. Es war inzwischen zunehmend dunkler geworden und Ernst schaltete das Licht ein.

Der direkte Weg nach Rewal führte parallel zur Ostsee und die Distanz betrug keine sechzig Kilometer. Der schnellere Weg war fünfzehn Kilometer länger und führte durch den polnischen Kurort *Kamień Pomorski.*

Am liebsten wollte er noch heute in Rewal ankommen. Aber wie er es auch drehte, es würde Mitternacht werden. Und wer wollte schon um diese Zeit aus dem Bett geholt werden. Auch nicht von einem guten Freund. Er musste also noch irgendwo unterwegs nächtigen.

Sein Plan war es, am Meer entlang bis Rewal zu fahren, dort die Nacht zu verbringen und zu frühstücken, um dann am späten Vormittag ausgeschlafen bei Freund Tymon einzutreffen. Das Kribbeln im Bauch stellte sich wieder ein.

*

Ernst war schon eine halbe Stunde unterwegs. Schnurres schlief unter dem Bett im Wohnmobil und die neuen Lampen fraßen sich wie hungrige Wölfe durch die schwarze, unbeleuchtete Allee. Was ein Glück, dass man dem Hymer diese neuen Scheinwerfer eingebaut hatte. Ohne sie wäre er bei einer Nachtfahrt aufgeschmissen gewesen. Es war nicht viel los um diese Uhrzeit auf der Straße. Hin und wieder kam Ernst ein Fahrzeug entgegen. Ansonsten war es ein entspanntes Fahren und er übertrieb es auch nicht mit der Geschwindigkeit. Plötzlich blendeten ihn von hinten grelle Scheinwerfer und nur wenige Sekunden später überholte ein dunkler SUV mit ausländischem Kennzeichen das Wohnmobil. Das Fahrzeug schnitt den Hymer und Ernst schaltete das Fernlicht ein, um dem Fahrer seinen Unmut über diese Aktion mitzuteilen. Doch in Sekundenschnelle war der Wagen jenseits einer Kurve verschwunden. Ernst konnte gerade noch ‚Depp' brüllen, als vor ihm auf der Straße eine eingeschaltete Warnblinkanlage auftauchte. Dort musste ein Unfall geschehen sein. Sicher dieser dämliche SUV. Ernst verringerte das Tempo des Fahrzeugs und stoppte bei einem Wagen, der quer auf der Straße parkte. Davor stand ein Mann mit einer Mütze, in der Hand eine beleuchtete Winkerkelle. Er wies Ernst an, sein Wohnmobil an dem Wagen vorbei zu lenken. Ernst glaubte, dass es sich um den SUV handelte, der ihn gerade so verkehrswidrig überholt hatte. Plötzlich wurde ihm bewusst, dass er sich in einem fremden Land befand. Ob er den Fahrer durch sein Aufblenden verärgert hatte? Die Mütze des Mannes sah nicht nach Polizei aus. Es war eher ein Baseball-Cap. Aber vielleicht handelte es sich bloß um eine Fahrzeugkontrolle? Der Unbekannte wies Ernst an, den Hymer in einen unbefestigten Seitenweg zu lenken. Dort angekommen, stellte Ernst den Motor ab. Die Standleuchten ließ er eingeschaltet und verließ den Hymer.

„Was ist hier los?", fragte er, „Warum halten Sie mich an?"

Der Typ mit der Kelle kam auf ihn zu und blieb etwa einen Meter vor Ernst stehen.

„Kennst du vielleicht Alice Petterson?", fragte er. Sein Ton klang unfreundlich. Ernst war sich sicher, der

Typ sprach mit einem schwedischen Akzent. Aber was wollte ein Schwede in der polnischen Grenzregion zu Deutschland von ihm? Der Mann trug besagte Baseballkappe und seine Schultern waren breiter als das Sideboard im früheren elterlichen Wohnzimmer.

Ernst zögerte. Dann erklärte er stolz: „Na klar, ich habe sie gerettet!“

Im selben Moment, als er im Licht der Warnblinkanlage das Gesicht des fragenden Mannes sah, wurde klar, er hätte das nicht sagen sollen. Hier war Gefahr im Verzug! Ernst wollte kehrtmachen und zum Hymer zurückrennen, doch der Unbekannte hielt ihn fest und es fühlte sich an, als stecke sein Arm fest in einem Schraubstock.

„Du Arsch hast unseren Plan kaputt gemacht. Das sollst du büßen! Ich hoffe, es gibt jemand, der für dich Lösegeld zahlt, ansonsten…!“

Von hinten zog ihm jemand einen Sack über den Kopf und plötzlich war seine Sicht gen Null. Man bog seine Arme nach hinten, wie bei Cops in einem US-Thriller, und das Ratschegeräusch und der damit verbundene Schmerz an den Handgelenken ließen auf Kabelbinder schließen. So nahe am Ziel und doch so weit davon entfernt, stöhnte Ernst. Die Typen schoben ihn ein Stück nach vorne. Er stolperte, stieß plötzlich mit dem Schienbein fest gegen etwas Hartes.

„Hoch mit dir!“ Ernst gehorchte und hob ein Bein an. Der plötzlich wahrzunehmende Geruch war ihm nicht fremd: Sie stiegen in sein eigenes Wohnmobil.

Also war die Stufe beim Eingang des Hymer schuld an der schmerzhaften Abschürfung am Schienbein. Doch wo war sein Hund? Der hätte doch seinem Herrchen beistehen sollen? Hoffentlich hatten die Unbekannten ihm nichts angetan? Plötzlich glitt etwas durch seine Beine hindurch. Schnurres! Er musste die gefährliche Situation wohl richtig eingeschätzt haben und versuchte zu entkommen.

„Scheiße, da war ein Köter! Wo ist er hin?", fragte einer der Männer.

„Lass ihn, der hat sich vor Angst in die Hose gemacht!", lachte der andere.

Sie durchsuchten Ernst und nahmen ihm den einzigen Gegenstand in seinen Taschen, das Handy, ab. Dann sperrten sie ihn in den kleinen Waschraum des Wohnmobils. Ernst ließ sich auf dem Deckel der Chemietoilette nieder. Von dort konnte er hören, wie sich die Verbrecher draußen vor dem Hymer-Mobil unterhielten; jetzt aber auf Schwedisch …

„Vi ska döda killen och bränna husbilen!"

„Aldrig, vi kanske ändå kan pressa ut lösensumman trots allt!"

Ernst verstand nur Bahnhof. Aber eines war klar: Er war am Arsch. Seine Gutmütigkeit gegenüber anderen führte letztendlich dazu, dass er sich selbst in Gefahr gebracht hatte. Die Typen mussten ihm gefolgt sein. Oder seine Fahrtroute irgendwie ausfindig gemacht haben. Was konnte er bloß tun? Im fremden Land? Gar nichts! Er lehnte den Kopf an die Holzwand und fing in seiner Resignation an, alte Gebete zu reaktivieren.

*

Der Motor des Hymers wurde gestartet. Dann bewegte sich das Fahrzeug, in dem er saß. Erst rückwärts, zumindest glaubte Ernst das. Dann beschleunigte der Hymer. Sie fuhren jedoch nur wenige Minuten. Sie bogen in einen unbefestigten Weg ab, denn Ernst wurde mordsmäßig durchgeschüttelt. Er versuchte sich an der Toilette festzuhalten. Aber es gelang ihm nicht. Wie ein Pingpong-Ball schlug sein Kopf vorne und hinten gegen die Trennwände des Waschraums. Zum Glück war es nur dünnes Holz. Doch schon nach wenigen Sekunden spürte er starke Kopfschmerzen. Endlich blieb das Hymer-Mobil stehen. Er hörte, wie der Fahrer die Tür öffnete und das Fahrzeug verließ. Hinter ihm näherte sich ein weiterer Motor. Sicher war ihnen der zweite Schwede gefolgt und jetzt würden die beiden Schweden draußen seinen Tod planen. Aber sprachen die nicht davon, dass sie für ihn Lösegeld erpressen wollten? Wen kannte er, der einen Euro oder gar Tausende für sein Leben ausgeben würde? Vielleicht seine Cousine, aber die hatte finanziell eh nichts drauf. Jemand anderes kannte er nicht und die Menschen, die er unterwegs kennengelernt hatte, würden vielleicht den einen oder anderen

Euro zahlen. Doch damit würden sich die Gauner nicht zufriedengeben. Petterson! Bei Alice Petterson ging es doch um Millionen und der eine der beiden Männer hatte ihn danach gefragt. Vielleicht würde Petterson etwas für ihn ausgeben? Schließlich war die Rettung der Milliardärstochter sein Verdienst. Sicher könnte man mit ihm über Lösegeld reden. Petterson musste ja, dank ihm, einiges davon eingespart haben. Doch was war dem reichen Schweden das Leben des Deutschen, Ernst Groß, wert? Er konnte es nicht einschätzen. Man musste es wohl darauf ankommen lassen.

Nach einer Weile hörte Ernst Schritte. Die Tür zum Waschraum öffnete sich. Jemand zerrte ihm die Kapuze vom Kopf. Erst jetzt sah Ernst den Typen von eben. Er hielt eine Pistole in der Hand und drückte sie Ernst schweigend an den Kopf. Jetzt war es geschehen. Adieu Welt, adieu Schnurres. *Es war schön, sich die letzten Tage mal wieder als Mensch gefühlt zu haben. Doch jetzt war Schicht im Schacht, Ende im Gelände. Mama, Papa, ich komme!*

„Wer gibt Geld für dich aus?", wollte der Mann wissen und der Druck des Pistolenlaufs an der Stirn wurde geringer.

„Ich denke, Herr Petterson wird dankbar sein, dass ich seine Tochter gerettet habe. Er wird sicher zahlen!", lehnte sich Ernst mit dieser Aussage weit aus dem Fenster. Der Mann schien mit allem gerechnet zu haben, aber nicht mit diesem Spruch. Er überlegte kurz, dann schlug er die Waschraumtür wieder zu und verließ den

Hymer. Vielleicht würde ihm seine großartige Idee das Leben retten, betete Ernst.

Einige Zeit war vergangen. Es war sicher schon Mitternacht und die Typen rührten sich nicht. Entweder sie hatten aufgegeben, wovon er eher nicht ausging. Oder sie wollten den Morgen abwarten, bevor sie Petterson kontaktierten. Ernst machte es sich so gut es ging bequem und schloss die Augen.

*

„Kaffee, Ernst, und Croissants?", rief die sympathische Stimme einer Frau.

Ernst nickte und entgegnete: „Ja, gerne! Ohne Zucker und zwei Croissants, bitte!"

„Bist du bescheuert!", rief eine Stimme und sie klang nicht mehr weiblich, sondern männlich mit schwedischem Akzent.

Ernst öffnete die Augen. Sein Schädel dröhnte, doch er erkannte sofort den Typen, der einige Zeit zuvor noch mit einer Waffe vor ihm gestanden hatte. Draußen musste es hell geworden sein. Licht fiel in den engen und bislang hermetisch abgeriegelten Waschraum. War er eingeschlafen? Bestimmt, aber hier lag er nicht so gut wie in seinem Bett. Alle Glieder schmerzten und er erinnerte sich mit Schrecken, wie viele Muskeln sein Körper doch besaß.

„Die Idee mit Petterson hat dir vielleicht dein Leben gerettet. Niklas hat zugestimmt und wir handeln gerade die Übergabe aus“, erklärte der Fremde.

Ernst war beruhigt. Sein Leben war doch etwas wert. Und dem Milliardär würden die paar Scheine sicher nicht fehlen. Bestimmt konnte er die Lösegeldforderungen noch von der Steuer absetzen.

„Steh auf und komm mit!“

Ernst versuchte, die Beine zu strecken, doch als das gestaute Blut zurück in Beine und Füße floss, wurde ihm schwindelig und er fiel rücklinks auf die Toilette. Der Typ hielt ihn am Arm fest und erst nach einer Weile gelang es ihm, sich zu erheben. Er schob Ernst vor sich her und drückte ihn auf den Beifahrersitz. Dann verließ er den Hymer. Ernst sah sich um. Der Wagen stand auf einem Waldparkplatz. Davor verlief zwischen Bäumen ein Feldweg und seitlich parkte der dunkle SUV. Ein BMW, wie Ernst erkennen konnte. Die beiden Schweden standen rauchend neben der Nobelkarosse und unterhielten sich. Der Zündschlüssel des Hymer war abgezogen, und als ob der Typ draußen Ernsts Gedanken lesen konnte, wedelte er zynisch mit Mamas gesticktem Anhänger. Plötzlich stieg einer der beiden in den SUV, startete den Motor und verließ mit durchdrehenden Reifen den Waldparkplatz. Der andere trat in die Tür.

„Dann wollen wir mal hoffen, dass Niklas bald zurückkommt. Mit viel Geld. Ansonsten!“ Das Zeichen, das der Ganove mit der flachen Hand vor dem

Hals machte, verursachte bei Ernst Extrasystolen und Schweißausbrüche.

„Was bedeutet eigentlich dieser hässliche Hund da am Fenster?“ Der Mann wies auf die Statue von Räuber.

„Das war der … der Hund meiner Mama!“, stotterte Ernst.

„Ich hasse Hunde!“

Apropos Hunde, Schnurres fiel ihm ein. Er schaute durch die Scheiben nach draußen, ob sich sein Hund irgendwo versteckt hatte. Aber sie waren ja in der Nacht noch einige Kilometer gefahren und sicher war das Tier nicht hinterhergekommen.

Der Typ schien Kettenraucher zu sein. Er steckte sich eine weitere Zigarette an und spazierte in Richtung Wald. An einem Baum machte er Anstalten, seinen Hosenschlitz zu öffnen. Dann wurde auch schon ein Urinstrahl sichtbar. Noch während Ernst den Druck verspürte, zur Toilette zu müssen, fegte Schnurres wie ein geölter Blitz durch die offene Tür. Sofort verschwand er unter dem Bett. Er sah verdreckt aus, zumindest glaubte Ernst das sehen zu können. Der Mann draußen schien nichts davon bemerkt zu haben und urinierte weiter. Hatte sich Wilma nicht am Sitz geschnitten, fiel Ernst siedend heiß ein? Also musste es etwas Scharfes, Messerartiges unter seinem Hintern geben. Er suchte danach. Tatsächlich, da war eine ausgedünnte Stelle im Polster, die sich verdammt wie eine Messerklinge anfühlte. Der Mann draußen hatte inzwischen wieder alles eingepackt und spazierte gelangweilt umher. Hin und wieder schaute er zum Fahrzeug. Ernst schaffte es, die Handgelenke zu dem scharfen Gegenstand zu bringen und begann sich dort wie wild daran zu scheuern. Er fühlte, dass er sich dabei die Haut seiner Unterarme aufriss. Doch er hörte nicht auf, trotz der Schmerzen. Hier ging es um sein Überleben. In weniger als einer Minute schaffte Ernst es, den Kabelbinder durchzutrennen. Er spürte, wie das Blut wieder in seine Hände floss. Es kribbelte, doch seine Hände waren frei. Hatte Papa nicht stets einen Ersatzschlüssel im Wagen versteckt? Ernst erinnerte sich an einen Spaziergang am Strand, als die Eltern den Fahrzeugschlüssel vermissten. Mama schimpfte unentwegt und Papa suchte, mit schlechtem Gewissen, den Wagen und den Außenbereich ab. Spät in der Nacht, die Kinder schliefen schon, wurde der Schlüssel gefunden. Erst wollten sie nicht darüber reden, wo er gelegen hatte. Doch später erzählte Papa seinem Sohn im Vertrauen, Mama habe ihn in ihrer ledernen Handtasche gehabt. Und dort suchten sie als allerletztes.

„Er klebt unter der Lade bei der Spüle", rief Ernst laut. Er vergewisserte sich, dass der Typ draußen nichts gehört hatte, und da der weiter planlos umherspazierte, drehte sich Ernst um und riss den Schlüssel von der Klebestelle.

Was nun? Sollte er … nein, er musste! Wann ergab sich noch einmal die Gelegenheit, von hier wegzu kommen? Sicher legten sie ihn nach Übergabe des Lösegeldes um, denn er konnte die Männer identifizieren.

Der Typ war gerade hinter einem Baum verschwunden. Vielleicht kam nach der Pinklerei jetzt ein größeres Geschäft auf ihn zu?

Ernst wechselte in Windeseile von einem Sitz zum anderen, steckte den Schlüssel in das Schloss und betete, dass der Motor sofort anspringen würde. Er trat die Kupplung durch, legte den Gang ein, löste die Handbremse und startete den Motor.

Plötzlich stand der Mann auf dem Tritt, die Pistole in der Hand. Wie zum Teufel hatte er so schnell aus dem Wald zum Wagen gelangen können? Mit einem Satz bewegte sich der Ganove in das Wohnmobil. Aus einem Reflex heraus griff Ernst nach der Hundestatue vor sich und warf sie mit viel Schwung in Richtung des Mannes. Er hatte nicht richtig gezielt, schien aber getroffen zu haben. Denn der Mann griff sich an die Stirn und fiel wie ein Stein rückwärts aus dem Hymer und landete unsanft auf dem Waldboden. Ernst überlegte nicht lange. Er ließ die Kupplung kommen und wie ein Formel-1-Bolide nach dem Reifenwechsel sprintete der Hymer aus seiner morastigen Boxengasse. Die Reifen drehten etwas durch, bekamen endlich den notwendigen Grip und dann schoss der Hymer in Richtung des Waldweges. Ernst sah die Umrisse des Typen im rechten Außenspiegel. Der Kriminelle hatte sich aufgerappelt. Blut lief ihm über sein Gesicht und er schien etwas zu suchen. Seine Pistole? In einem Akt der Verzweiflung trat Ernst das Gaspedal voll durch, schaltete sofort in den nächsthöheren Gang. Dann hörte er einen Schuss.

Etwas zischte nahe bei seinem Kopf vorbei, er spürte einen Luftzug. Mit lautem Getöse splitterte die Frontscheibe. Sofort atmete Ernst saubere Waldluft ein und der Blick nach draußen war klarer geworden. Er riss den Wagen in die erste Kurve und hatte, nach wenigen Sekunden, einen sicheren Abstand zum Waldparkplatz und dem um sich schießenden Schweden erreicht.

Das erste, was Ernst durch den Kopf ging, als er etwas durchatmen konnte, war, dass Mamas alter Anhänger samt Schlüssel jetzt tatsächlich dauerhaft verschwunden bleiben würde.

*

Ernst gab dem Motor des Hymers die Sporen. So, wie *Winnetou* seinem Pferd *Iltschi* auf dem Weg zur Rettung der Schwester *Nscho-tschi*. Und das Fahrzeug hielt durch. Er war am Ende des Waldrandes instinktiv links auf die Straße abgebogen, in der Hoffnung in Richtung bundesdeutscher Grenze zu fahren. Der Fahrtwind durch die fehlende Scheibe machte ihm das Lenken nicht leichter und er griff zu Paps alter Sonnenbrille, die noch immer in der Ablage hing. Sie war nicht mehr ganz sauber. Aber Zeit zur Reinigung blieb ihm nicht. Jeden Moment konnte der Kumpel mit dem BMW auftauchen. Sicher hatte ihn der verletzte Entführerkollege schon über seinen schwerwiegenden Fehler informiert.

Die Straße und die Ortschaften, die er zwischenzeitlich durchfuhr, kamen ihm bekannt vor. Es war dunkel gewesen in der gestrigen Nacht, doch das eine und andere an Umgebung war bei ihm hängengeblieben. Es knirschte beim Lenken und Schalten. Splitter vom Sicherheitsglas mussten sich in allen denkbaren Ritzen festgesetzt haben. Da sollte man später mal mit einem starken Sauger ran. Später? Aber wann war später? Ernst hatte sich so sehr auf Polen und seinen Freund Tymon gefreut. Aber, dass es jetzt so kommen würde, das hätte niemand geahnt. Im Moment war er gewissermaßen auf der Flucht von der Flucht. Das kam davon, wenn man Held und Menschenfreund sein wollte. Aber er bereute nichts und wich gerade einer schwarzen Katze aus, die die Straße kreuzte. Zu spät, Mietzekatze! Pech hatte ich schon gestern. Schlimmer geht nimmer! Er lachte laut und spürte, wie seine Lippen durch den Wind wie Fähnchen flatterten.

Nach einer guten halben Stunde war Schluss. An einem Kreisverkehr war er geradeaus gefahren, statt rechts abzubiegen. Die Straße führte durch ein einsames, nahezu unbewohntes Gebiet. Zum Glück war die Fahrt durch den dunklen Wald jetzt zu Ende. Sie hatte ihm große Angst bereitet. Vor jeder Kurve war er darauf gefasst, dem SUV und dem Schweden mit der Kelle zu begegnen. Abrupt endete die Straße und Ernst stand vor einem Fluss, an dem Fahrzeuge parkten. Sicher wieder diese *Swine*. Irgendwie musste ganz Polen von Wasser umgeben sein, schätzte er. Ernst war froh, endlich einmal anhalten zu können. Er hustete und nur zögerlich schälte sich Schnurres unter dem Bett hervor. Sein ängstlicher Blick sprach Bände. Unter Schnurres' Kruste von Waldmorast und Tannennadeln spürte Ernst, dass dieses Erlebnis auch den Hund mitgenommen hatte. Gab es auch Hundepsychologen, fragte er sich? Dann musste er mit Schnurres sicher bald mal einen aufsuchen. Ernst verließ den Wagen. Es warteten schon einige Pkws, ein Motorrad und ein halbes Dutzend Radfahrer auf die nächste Fähre. Eines der Boote war auf der anderen Seite beim Ausladen und das zweite, das verkehrte, auf halber Strecke zu ihnen unterwegs. Hatte Ernst Bedenken, die Personen am Anleger würden sich über seine zerborstene Frontscheibe wundern, so täuschte er sich. Keiner sprach ihn darauf an. Jede und jeder schien mit sich selbst beschäftigt zu sein.

Aber auf der Fähre grinste ihn der Mann, der die Tickets verkaufte, an und rief ihm „Dużo świeżego powietrza!“ zu. Als Ernst mit den Schultern zuckte, lachte der Fremde nur. „Viel frische Luft!“, übersetzte er den polnischen Satz und zeigte auf die Front des Hymer-Mobils. Ernst fuhr seinen Kreislauf etwas herunter und lachte mit.

Die Gussstatue von *Räuber* lag unter dem Esstisch. Sie hatte gute Dienste geleistet. Wahrscheinlich wäre er jetzt tot, wenn er nicht, schnell entschlossen, damit nach seinem Entführer geworfen hätte. Die Statue schien etwas gelitten haben. Am Schrank, an dem sie abgeprallt war, konnte Ernst eine Delle erkennen. Aber das konnte man sicher einfach wieder instandsetzen. Papa würde ihm das verzeihen. Zumal die Statue ihm das Leben gerettet hatte. Ernst hob das schwere Teil vom Boden auf und wollte sie dauerhaft in eine der Schubladen verbannen. Plötzlich stutze er. An einer Seite war die schwarze Farbe völlig abgesprungen. Darunter glänzte es golden. Ernst setzte sich auf das Bett und untersuchte die Statue. Das schien kein Guss zu sein, wie von ihm bisher geglaubt. Aber was war es sonst? Ernst konnte das Schwarze abpellen wie seine Haut nach einem Sonnenbrand. Hervor kam eine Statue, die in ihrer goldenen Farbe nur so glänzte. Ernst spürte, dass ihm sein Kreislauf diesen anstrengenden Tag nicht verzeihen wollte. Vorsichtshalber legte er sich etwas auf der Wolldecke ab, die Statue in der Hand. Was genau waren Papas Worte über diese Statue, so kurz vor seinem Tod?

„Pass gut auf sie auf!"

Aber da war noch etwas, was er selbst in diesem Moment nicht verstanden hatte:

„Teile mit deiner Schwester!"

Der Schauer, der Ernst den Rücken hinunterlief, war nicht von schlechten Eltern. Ihm wurde plötzlich bewusst, dass die Statue des dämlichsten Köters der Welt aus purem Gold bestand.

Noch immer zitterten Ernst die Hände, aber er schaffte es, das Hymer-Mobil unfallfrei von der Fähre zu lenken. Schnurres hatte sich auf den Beifahrersitz gelegt. Ob er lange dort durchhielt, war unklar. Der Fahrtwind würde ihm bald zu schaffen machen. Und tatsächlich, schon nach wenigen Metern verzog sich der Hund knurrend nach hinten auf seinen zweiten Lieblingsplatz.

Es war irgendwie wie immer. Nur dass er jetzt einen Ballen Gold mit sich rumfuhr. Woher besaß Papa bloß den Reichtum? Sicher war es nie die Art des Sohnes gewesen, sich in die Geldgeschäfte des Vaters einzumischen. Ernst hatte stets genug mit sich und seinem klammen Geldbeutel zu tun. Auch als Papa vor Jahren im Lotto gewann, hatte er sich zwar für den Vater gefreut, aber nie nach der gewonnenen Summe gefragt. War das der Grund, warum dieses Gold existierte? Ernst zermarterte sich den Kopf, aber er fand keine andere Erklärung.

„Papa, du hast damals den Gewinn wohl nicht ausgegeben, sondern in Gold angelegt. Das war gewissermaßen das Erbe für deine Kinder“, rief Ernst laut, gegen den immer stärker werdenden Fahrtwind.

„Ich verspreche dir hoch und heilig, die Hälfte des Goldes Schwester Klara zu übergeben, Papa. Und was Tymon angeht, den werde ich einfach später aufsuchen!“

Schnurres wedelte voller Zustimmung mit seinem Schwanz!

Danksagung

Danke, Sonja und Christof Meier mit Söhnchen Alex, aus dem schweizerischen Müllheim für die Geschichte vom verlorenen Ehering. Danke auch für den leckeren Grappa (in dieser lauen Septembernacht 2022 auf dem Campingplatz am Lago Maggiore).

Im Verlag CW Niemeyer bereits erschienen ...

Eine schwere Explosion zerreißt die nächtliche Stille am Hamburger Fischmarkt. Mit lautem Knall versinkt die U-434 auf dem Elbgrund, ein Mann stirbt. Ein terroristischer Anschlag? Dem geht der neue dänische Leiter der Mordkommission auf den Grund, während sich Kommissarin Sandra Holz nach ihrem Reha-Aufenthalt in der Ermittlungsgruppe „Ungeklärte Kriminalfälle" wiederfindet. Ein bekannter Name weckt ihre Aufmerksamkeit, und plötzlich befindet sich die ehemalige Kommissarin wieder mittendrin. In einem Fall, der nicht nur den „Neuen" vor Rätsel stellt, sondern ihr eigenes Leben bedroht. Nur, das ahnen beide Ermittler noch nicht!

Klaus E. Spieldenner. Elbgrab
432 Seiten. Klappenbroschur. ISBN 978-3-8271-9349-0
E-Book 978-3-8271-8447-4 (Epub)

#niemeyerbuch

Jetzt kein Buch mehr verpassen

Ab März 2024 im Verlag CW Niemeyer ...

OLAF PACKT DAS AN!

Was passiert, wenn der Bundeskanzler beim Gassigehen über eine Leiche stolpert? Und warum gibt es noch drei weitere spektakuläre Morde? Hängen die Fälle überhaupt zusammen?
Olaf beginnt zu ermitteln und nutzt jede freie Minute zwischen Regierungserklärungen, Fototerminen, Debatten bei der EU in Brüssel und Telefonaten mit Joe Biden. Hochkarätige Helfer unterstützen ihn dabei. Ehefrau Britta, Karl Lauterbach, eine Kellnerin mit österreichischem Migrationshintergrund, ein schlitzohriger Kleinganove, eine taffe Obdachlose.
Zwischendurch muss er auch noch die Kids von Annalena Baerbock hüten. Robert Habeck nervt, Macron auch, und der Geschirrspüler gibt den Geist auf. Aber Olaf wäre nicht der Scholz, wenn er das nicht alles packen würde. Mit anderen Worten: Es brennt die Luft, wenn Olaf ermittelt!

„Eine fesselnde Mischung aus Spannung, Humor und Politik. Macht Spaß zu lesen."
„Mr. Tagesschau" Jan Hofer

„Wenn dieses Buch nicht amüsant ist, fress ich 'nen Besen!"
Dieter Hallervorden

„Spannung und Humor vom Feinsten, absolutely funny!"
Maite Kelly

„Atemlos durch das Buch!"
Harald Schmidt

Wolfgang Hofer. OLAF ERMITTELT – Der Kanzler-Krimi
352 Seiten. Klappenbroschur. ISBN 978-3-8271-9327-8
E-Book 978-3-8271-9778-8 (ePUB)
Hörbuch 978-3-8271-9736-8

#niemeyerbuch
Jetzt kein Buch mehr verpassen

Folgt uns auf

#niemeyerbuch